筷　怪談競演奇物語

三津田信三、薛西斯、夜透紫、瀟湘神、陳浩基　著

筷子大人

大家好，我叫做雨宮里深。我很晚才加入這場戶外派對，不經意聽見老師說的怪談，聽著聽著在意起一些事……

首先老師提到，某間空屋有以筷子戳刺雙眼自殺的中學生幽靈出沒，這個故事其實是發生在我的故鄉。我記得很清楚，這個鬼故事在某些圈子很有名，在我大學時還流傳到變成都市傳說。

接著老師說到那件讓所有人接二連三陷入不幸的女性套裝，顏色跟款式聽起來都跟我現在穿著的這件上衣很像……不禁讓我心一驚。

最後是在人行道邊涼亭躲雨的鬼故事，由於我姓雨宮，我一邊覺得自己多心，卻又莫名覺得有諸多符合之處……

因此我才會自知失禮，也要來跟您出聲搭話。

您問我鬼故事啊……老實說，我聽到用筷子戳雙眼的故事時……有個回憶驟然湧上心頭。您別擔心，我很樂意說出來。只不過那是我兒時的體驗，而且還有一半是夢境……您可以接受的話，我就來分享吧……

……那是我升上小學五年級時的事。我跟一名剛好在春假期間從關西轉學過來的男生被分到同一班，他姓音湖。啊，老師這麼喜歡貓的人，果然會在意他的名字啊。他姓氏的寫法是音樂的「音」加上湖畔的「湖」。當時我也嚇了一跳（註）。

嗯——這是二十幾年前了。老師，您怎麼能問可以推算出女性年齡的問題呢？請您別再追問了。

升上五年級會碰到分班，班上當然有不認識的人。但我從小一就在這間學校，至少還認得他們的臉。然而音湖同學才剛轉進來，沒有任何認識的人。他在男孩裡算白皙、個子矮小又文靜。或許受到姓氏給人的印象影響，我們女生都說他就像隻小貓。可能是因爲這樣，男生最初就對他不感興趣。

我跟音湖同學坐在隔壁，不知不覺就成了照顧他的人。由於我底下沒有弟妹，不禁將他當成弟弟了。平常照顧到這個份上，一定會被旁邊的人嘲笑我暗戀對方。但我從來沒有被揶揄的記憶，班上的人一定都很清楚，我只是在照顧怕生的轉學生。

音湖同學話不多，眞的是很安靜的孩子。不過他給人的感覺也不陰沉。乖巧文靜就是在形容他這種在大人眼中不用操心的孩子。我這樣說，您能了解嗎？對於我的種種照料，他雖然顯得難爲情，卻也乖乖地聽從我的指示。

大概因爲這樣，班上的男生不太喜歡他。起初說他可愛的女生，過不了多久也厭倦起來，不再理會他。現在回想起來，音湖同學或許就是在等大家對自己這個轉學生失去興趣。因爲在他習慣起這個班級——應該說在他自然而然成爲這個班級的空氣、不會有人在意的時候，他開始了那項奇特的行爲。這是在五月連假過後的事，其實還挺快的。

我一、二年級營養午餐的主食是麵包。升上三、四年級，一週有一天是米食。到了五年級，每天都是米食。我還記得導師說過，這項變動要歸功於當地農家的熱情贊助，但現在仍搞不清楚爲什麼會換菜單。當時我們小朋友對這項變化抱持負面態度，只不過反應也會因菜色而異。如果那天吃咖哩飯，大家當然還是會叫好。但即使如此，一開始大家都罵聲連連。

然而只有音湖同學不一樣。

「這裡的營養午餐每天都吃飯啊。」

沉默寡言的他，非常難得開開心心地主動跟我開口聊天，我很意外。但當時我沒多想，以爲他只是喜歡吃飯。可是他又常常沒吃完營養午餐，我有點疑惑他到底在高興什麼。

某一天營養午餐分配完畢，我們跟導師一起開動時，他突然做出一件讓我大爲震驚的事。

他把筷子插進裝著米飯的飯碗正中央。

是的，沒錯。就像守靈時供奉在往生者身邊的腳尾飯那樣……音湖同學插上筷子後，合掌祈禱起來，我整個人都嚇壞了。

他是不是有親戚過世了？

我腦子雖然這麼想，但誰會拿學校的營養午餐當腳尾飯？我想到其他同學或許也很傻眼，猛然朝周圍一看，卻沒有任何人在意。同學的反應也令我驚訝。

當時我兩邊的爺爺奶奶——父方跟母方兩邊——都在鄉下活得好好的。有一次我找他們玩，鄰居剛好有人辦喪事，爺爺奶奶毫不顧忌帶我過去拜訪。因此我見過腳尾飯。

說不定是班上沒有人參加過守靈或喪禮吧。就算參加過，可能也是禮儀公司主導的簡化版儀式，沒見過傳統禮俗。

把筷子插在飯碗裡……

正因如此，同學們大概都不了解這個行爲的意義。不對，我當時也不了解。我記得自己再長大幾歲，外婆告訴我腳尾飯時，我聽了也毛骨悚然。

要煮這一碗飯，千萬不能洗米。在古時不能用釜，要用鍋子煮，而且不能在灶上煮，要在外升篝火煮。煮完後要淨化用過的道具與場地，總之就是很不尋常。看看這些步驟，根本就沒打算把飯煮好。

註：音湖的日文與貓諧音。

這是死人的食物……

重新體會到這層意義，我害怕起來。小學時的我單純把腳尾飯當成祭祀往生者的普通食物。在我發現生者不能吃的那刻，我感到非常驚駭。

只是小學時的我還不知道腳尾飯的儀式，因此我也沒意識到那是死人的食物。我只是在鄉下的喪禮上見到在遺體旁供奉了插著筷子的飯碗，受到不小的衝擊。但我鐵定在無意識之間，感知到將筷子插在飯上的這項行為隱含不吉之兆。

當時是喪禮，這麼做是理所當然，但那畫面給我的印象還是很強烈。畢竟不止是在家用餐，就算是外食也絕不可能見到那種景象。

我想到了。我結婚前的工作地點附近有一家便宜又好吃的簡餐店，我常跟同事去消費——那家店有個常客是白人男性，總是邊吃飯，左手拿著報紙閱讀。這位先生在翻報紙的時候，會將筷子插在飯碗裡以便空出右手。我第一次見到時都傻了，過了半晌才跟同事面面相覷。

他怎麼不把筷子放在小菜碟或味噌湯碗上呢？起先我感到疑惑，但觀察他以後，我發現這個人有點神經質，也就能領會了。他應該是不希望筷子碰到小菜或是沾上味噌湯的水蒸氣而被弄髒吧。

您說得對。即使如此，小朋友以外的日本人絕不會想到將筷子插在飯碗裡。但因為他是外國人，才能毫不猶豫做出這舉動。他一定覺得將筷子插在飯裡不構成大礙。

老實說，店裡的人或隨便哪位客人應該要告誡他這樣不妥……但他看起來有點凶，說了又會害他出糗，因此沒人敢開口……

我離題了。

音湖同學讓我感到驚訝的點除了將筷子插進飯碗外，他用的筷子還不是營養午餐的木筷。對，我們不是用塑膠筷。我記得導師跟我們說明過那筷子是用桑木製成的——而我也還記得他那雙不是營養午餐附的筷子，據說是他自製的竹筷。

他親自將竹材削成適當的長度與粗細，弄成一雙筷子的模樣。那是雙粗糙的筷子，一眼就看得出自製。他把那東西插在等下就要開動的飯上，讓我覺得有點噁心。尤其筷子用竹子製成，更是嚇到我了……

啊，您果然懂。老師眞不愧是民俗學小說家。

您說得對。我外公外婆住的鄉村，也只有辦喪事用上竹筷。平常會避不使用，甚至還說要是不小心用到竹筷，眼睛會爛掉。咦？有些地方過年會用竹筷嗎？我只知道外公外婆那邊的習俗，眞沒想過有這種事。人家常說日本看似狹小實則廣闊，此言不假。

音湖同學每到營養午餐都會重複相同行爲，害我對他這種宛如儀式的舉動在意得要命。因此某天放學，我就跟在踏上歸途的音湖同學後頭，等到遠離學校，豁出去跟他搭話。接著我問起了那奇特儀式的意義。

「……沒什麼特別的意思。」起初音湖同學跟我打馬虎眼。

「但你每天吃營養午餐時不都會這麼做嗎？那麼認眞，怎麼會沒特別的意思？」

他默默點頭，但我很清楚他想盡快逃離現場。他的腳步實際上也急促起來。

「我不會告訴任何人，拜託你偷偷告訴我。」

即使如此，在我死命拜託下，他很明顯地猶豫起來。

能不說就別說，但雨宮很照顧我。既然她不會跟其他人多嘴，應該可以跟她坦白吧。

我猜，當時音湖同學心裡這麼想。

「妳眞的不會告訴別人？」

百般苦惱後，他用還改不掉的關西腔回問我。

「這是我們之間的祕密，我絕對不會毀約。」

我立刻對他發誓。我的右手差點就要伸出來跟他打勾勾了。沒這麼做，是因為我見到他的表情。現在開始，我要講一件極駭人的事。

音湖同學的臉上彷彿寫著這些話。目睹他的神色，我瞬間懊悔不已，差點就要脫口而出：

還是算了，我不想聽了。

但我沒說出口，大概是出於想看恐怖事物的心態。或是我已無法抑制好奇心。也可能是班上只有我能知道他的祕密，帶給我優越感。

無論如何，此時我的心臟正砰通砰通地高聲跳動，聲音大到擔心被他聽見，甚至感覺到自己滿臉通紅。然而音湖同學三緘其口才肯告訴我的關鍵祕密，卻讓我不知如何反應。他扭扭捏捏地說出儀式的手續。整理一下再重新說明，就是以下的步驟：

一、一天一次用野生的竹子自製筷子，在吃飯時插進裝在碗裡的白飯。

二、接著在心中對「筷子大人」默念自己的願望。

三、「筷子大人」會通知我們願望是否會實現。要是沒接到通知，就必須放棄那個願望。

四、這個儀式要持續八十四天，不可有一天間斷。

五、但在這段期間不能被「筷子大人」找到。

六、配菜要是有魚，願望會更容易實現。

七、在第八十四天一定要用竹筷子吃飯。

八、必須遵守以上規則。

據說要是完全遵守以上規則，任何願望都能實現。只是依然必須是「筷子大人」認可的願望，並且不能被「筷子大人」找到。

是的。我猜「筷子大人」是竹筷吧，但我問音湖同學，他也不知道。他說自己只是聽人家說的。

音湖同學到底是在哪裡得知這麼奇特的儀式？我疑惑地開口詢問，他說這在他待的關西學校其實挺有名，他還繪聲繪影地告訴我不止是那間學校，「筷子大人」的儀式也在其他學校廣爲流傳。

但實際上就音湖同學所知，沒有任何學生達成條件。他以前就讀學校的營養午餐，一週只有一天是吃白米飯。剩下的六天就須在家裡進行「筷子大人」的儀式。然而多數人都在第一次儀式就被雙親或祖父母警告了。若厚著臉皮進行第二次，家長就大動肝火，實在沒辦法持續。

那麼沒跟祖父母同住，雙親都有工作會晚歸，必須自己吃晚餐的孩子不就有本錢舉行這個儀式嗎？當時我這麼想過，但似乎還是沒人能堅持下去……

整整八十四天。這很需要耐心。雖然說就是因爲年紀小，一旦下定決心就會整個人投入其中，但也正因爲年紀小，某天突然熱情澆熄，失去興趣，也是毫不意外。

「筷子大人」的儀式說明大致完畢後，我遲疑地提出疑問。

「音湖同學的願望是什麼？」

就在那瞬間他闔上了嘴，三步並作兩步離去。我很後悔自己說錯話，卻於事無補。

隔天，我在學校一如往常地對待音湖同學，他的態度卻疏遠起來，貌似非常後悔向我吐露「筷子大人」的事。

前一天晚上我在睡前回顧「筷子大人」儀式的步驟，冒出好幾個疑問。「筷子大人」的通知是什麼？被「筷子大人」發現是什麼狀況？不可以被發現，那被發現以後會怎麼樣？

我很想向音湖同學請教這些疑問，但見到他的模樣後我放棄了。我反而還告戒自己別再跟他提起「筷子大人」。我判斷應該得過一段時間才能跟他聊到這個話題。我當然也遵守約定，沒告訴任何人。

應該是在音湖同學開始「筷子大人」儀式一個月左右吧。某天早上我一如往常來到學校，坐在我旁邊的他很不對勁。臉完全不肯轉過來面對我，渾身上下卻散發出有話想說的氣氛。

自從他在放學路上告訴我「筷子大人」的事，他很明顯在躲避我，但那天早上不同。

「那件事有什麼進展嗎？」

我索性悄悄跟他問起，音湖同學聽了渾身一震。接著他笑容滿面地這麼告訴我。

「通知來了。」

「筷子大人的嗎？」

我吃驚地回問，音湖同學不發一語，點頭承認，此後不管問什麼都不肯答話。不過我跟他的關係又恢復成以前那樣，而他給人的感覺也有些改變。看得出來他比以前又多了點自信。

這也是「筷子大人」的影響嗎？

若眞如此，就算願望無法實現，那個儀式對他來說也有重大意義。

實際上音湖同學在那之後仍在轉變。但大概僅有我敏銳地察覺到他的變化。他在表面上看起來與剛轉學過來沒什麼不同之處。但論內心層面，我感覺他裡頭的那個人是不同的。雖然我無法具體說明哪個地方出現什麼改變……想必正是因爲我最初就對他關懷備至又知道「筷子大人」，才能意識到吧。

不久，梅雨季節到來，悶熱的日子多了起來。天空明明下著冰冷的雨，卻又濕濕黏黏、熱氣蒸騰。讓人動不動就冒汗，吸飽汗水的衣服還黏在皮膚上。就像是今天這種天氣。因此孩子不分性別幾乎都穿起短袖，穿著短褲的男生也一口氣增加了。

唯有音湖同學與眾不同。他下半身穿著短褲，上半身卻不知怎地維持長袖。

他家境不太富裕這點，我自然感覺得出來。雖然從他轉學那天開始的一陣子我完全沒察覺，但不久後女生之間很常聊起這件事。他好像常常穿著同一件衣服沒有洗啊……像是這樣。

是的，女人這種生物不管到了幾歲，總是會對別人的衣著感興趣。就算對方是男的也不例外。

因此我最初還以爲他有短褲但沒短袖，對他感到同情。然而不管天氣再怎麼悶熱，他都堅決不捲起袖子。他總是規規矩矩地讓長袖蓋到手腕。

某天一大早就異常潮濕，到了下午，我利用回到座位但還沒開始上課的短暫空檔，跟音湖同學閒話家常起來。

「你不熱嗎？」

我瞥了一眼他的長袖，彷彿剛剛才注意到似的。

結果音湖同學瞬間安靜不語，我尷尬起來，懊悔不該多嘴。孩子年紀再小，也看得出家裡的經濟狀況不好。被朋友指出這點，他不知道多難受。我也是小孩因此能體會。所以我深深反省，責備起自己。

然而——

「這一定也是通知。」

他這句喃喃自語悄悄地傳入我耳裡，我在訝異的同時自行解讀，猛然興奮起來。

當時我非常著迷靈異現象，常常閱讀這類書籍，知道「聖痕」是什麼。我一時期待，希望「筷子大人」的通知是出現類似胎記的痕跡。這下也能說明他爲什麼堅持穿長袖了。

我一談起聖痕，音湖同學的態度便警戒起來，並且不經意地做出護著左手的動作。

他左手的某個地方出現了通知。

我深信如此，迫不及待要看他的聖痕。只是氣氛根本不適合拜託他展示給我看，只好無可奈何地放棄。梅雨遲遲不肯結束，即使到了泳池開放的時節，音湖同學仍然穿著長袖。而他總是在岸上旁觀，完全不肯下水游泳。他鐵定不想換上泳裝裸露左手吧。

「都到五年級了還不會游泳啊？」

某些男生這樣嘲笑他。以前的他應該會難爲情地低著頭，不敢有任何反駁。但現在不同了。

「以前我是不會游，但現在說不定在水裡是一條龍呢。」

他一邊用雙手做出撥水的動作，一邊用依然沒改過來的關西腔這麼說。

要是在平常，男生應該會緊咬不放，叫他當場游給大家看，就算對方卻步也會硬換掉他的衣服，把他拉到泳池裡。然而不僅沒有任何人行動，甚至沒有人敢回話。

音湖同學雖然不敢游泳，卻會游泳。

他的態度與口氣充滿了自信，讓人不得不接受這個矛盾的說法。所以男生也默不作聲地離開現場。

我從旁見到了他們的對話，親眼見證其他人絕對不會注意到的事。他在做出游泳的姿勢時，左手舞動的幅度比右手還更加靈活，彷彿正是因爲有這隻左手他才游得動。

大概就是從這段時間起，音湖同學開始跟班上格格不入。在此之前他跟班上並非和樂融融，但至少沒被排除在外。大家與他正常對話，也會找他玩。然而在他建立起詭異的自信後，大家自然而然地跟他保持距離。

我不太會形容，但大家可以感受到他有種異於我們的特質……要說明的話，大概就是這樣。

其實就連我也漸漸地不太搭理音湖同學了。只不過理由跟大家不同……

……您猜到了？沒錯。其實我在不久前也開始執行「筷子大人」的儀式。我差不多比音湖同學晚了一個半月吧。

當時我有個在中學就讀的哥哥。他是早產兒，醫生說沒辦法活太久。母親拚命養大他，哥哥才得以存活。但他跟同齡的孩子相比，身體瘦小孱弱。即使如此，在就讀小學時也安好無事。然而他一進入當地的公立國中，立刻成了霸凌對象。那間國中收了一些其他小學的學生，是在我跟哥哥小學母校見不到的惡霸。哥哥被那一類人盯上了。

就算是這樣，哥哥完全沒拒絕上學，沒自暴自棄，更沒打算自殺。要說他是默默放棄抵抗咬牙忍耐也不算錯，但實際上不是這樣。

……他是靠對我施暴來發洩不滿。

他採取了家暴手段，但沒有對父親、母親或夾在我跟他之間的姊姊下手。他只針對我，施暴時會避開臉部。他總是毆打我的上手臂與背部。他對我施暴的理由總是一些無關緊要的事。像是我關門聲音太大，經過他背後時嘆了口氣，沒有意義地盯著他看——什麼都能成藉口。只要惹得我哥一個不高興，我就大難臨頭，等著在家裡四處逃竄。

可是當時我父母只覺得這是普通的兄妹吵架，從沒阻止過哥哥。雖然我要是跟他們力陳自己受到暴力對待，他們也許會改變態度……

為什麼不尋求幫助呢？到了現在，我很疑惑，大概因為當時我還只是個孩子。長大成人就忘光了，但我覺得人在小時候不管當事人有沒有自覺，思考上總是會委屈自己。

您問我姊姊嗎？她當然知道我哥的行為。但她不曾安撫哥哥，也沒保護過我，更沒有插手我們的事，她沒特別做些什麼。我很羨慕姊妹感情很好的朋友。若還有溫柔可靠的哥哥，就更不用說了……我家不管是兄妹或姊妹之間，都疏遠得像外人。不對，外人好歹會顧忌對方，但正因我們是一家人，才不會有這種好事。既然如此，忽視我也好，我卻還是不斷受到哥哥單方面不講理的暴力。

您已經看出來了吧。我祈求「筷子大人」幫我「解決」我哥哥。

沒錯，是「解決」。祈求他「死掉」，果然還是令我遲疑。即使平常強烈希望哥哥去死，在這節骨眼上又害怕起來……因此我選擇使用「解決」這個詞。「該怎麼解決」哥哥就交給「筷子大人」來決定，這就是我的如意算盤。

我家是雙薪家庭，哥哥總一個人吃飯，因此晚餐只有我跟姊姊兩個人吃。即使在週末也一樣。世界上不會有比我家更適合祕密執行「筷子大人」儀式的家庭了。除了我小時候，我們已經好幾年沒有一家全員聚在餐桌上過了。

我前往生長在附近小山丘的竹林，發現倒塌的斷竹。但要將竹子加工成筷子的粗細與長度，還要鋸子或斧頭。可是我家沒有，我也不知道哪裡有賣。因此我上文具店尋找，但那裡僅有賣竹籤。當我不知該如何是好時，店員跟我搭話。我說明自己想要這樣那樣的竹材，店員告訴我居家修繕材料行找得到。

我騙媽媽學校要用竹材，讓她週末開車帶我去材料行，這才弄到一根切得細細長長的竹材。姊姊很懷疑上課是否眞的會用到，在我表示我們的課程跟姊姊那時不一樣後，姑且相信了我。

但在我開始「筷子大人」的儀式後，姊姊發現其中果然有詐，一臉洋洋得意。不過她似乎還是很好奇，便問我這是什麼咒術，我謊稱說出來就沒有效果來打發她。

這個時候我最擔心她跟媽媽告狀。果不其然，過了幾天，媽媽就警告我不可以這樣做，很不衛生。女兒把在材料行買來的竹子製成筷子插進飯裡，她會有這個反應也很正常。

我用以防萬一事先準備好的說法跟媽媽說明：竹材都洗乾淨了不用擔心，這是在朋友之間流傳的咒術。於是媽媽不再過問這件事。姊姊雖然對每一次的「筷子大人」儀式都表示不屑，倒沒有特別干擾。她覺得我就是小毛頭才會執行這種儀式，沒過多久就展現出毫無興趣的態度。

要是我們與任一方的祖父母同住，大概就不會這麼順利。相信大家也能明白我多麼安心。

回到最重要的「筷子大人」，在我開始儀式一週後，完全沒有發生變化。枉費我在晚餐與起床後頻頻檢查左手，「聖痕」卻遲遲沒有出現。很奇特的是我並不打算跟音湖同學請教這件事。大概是因爲心中有強烈的意念，認爲這是專屬於我的「筷子大人」。總之這件事與他無關。這就是我的心境。

我是從何時開始夢見那個夢，其實記不太清楚了。我明明每天留心是否今天就會出現通知……或許是我放太多心思在左手上，壓根沒想到通知是以夢的形式出現……

我在夢中覺醒，處在一個鋪木地板、道場般寬敞的室內，身邊有疑似同年級的孩子跟我一起睡通鋪。一時之間我想到了校外教學。但孩子的數量異常少。而且校外教學時男女應該會分房睡，但這裡也有男生。更讓我驚訝的是，這裡沒有任何我的同學。

清點人數，包含我在內共九人。五個男生加上四個女生，每個人都是生面孔。但不知爲何，我就是知道所有人都是五年級。

「嗨，妳起得眞早。」

正當我思考起這些人到底是誰，一個不知道何時起床的男生向我問好。轉頭一看，五人中五官端正，看起來能文能武的男生正盯著我看。我感到自己的臉瞬間轉紅，實在很狼狽。

……我想想，他長得很像當時我暗戀的別班男生。我果然是在作夢吧。

「我是班長。」

他沒說自己的名字，只這麼自我介紹，但我不覺得哪裡不對。

「我是値日生。」

反而是我在說明時不得不這麼介紹自己，讓我感到很丟臉，傷透了腦筋。

對，看來我好像是値日生。我也不曉得自己怎麼得知，反正不假思索就說出口了。

「那麼値日生，我們來叫醒還在睡的人吧。」

接著班長跑去搖醒男生，我在女生枕邊對她們出聲，一起將剩下七個人叫醒——

還是沒有任何人報上姓名。大家都不疑有他地說明自己是什麼幹部。依照起床順序介紹如下：

副班長是美麗卻冷淡的女生。

圖書股長是認眞而一板一眼的男生。

健康股長是高大有精神的女生。

體育股長也是個高大有精神的男生。

飼育股長是溫柔可愛的女生。

清潔股長是嬌小文靜的男生。

我覺得第七個人的形象很像音湖同學。只是聽著大家自我介紹，我開始覺得這些人不存在現實。他們是我夢境的登場人物，這麼說是廢話，但假如這些人裡有人實際存在，這個人是不是也在作夢呢？當時我這麼想。

最後，還剩下略胖的男生，班長再怎麼搖晃都毫無動靜。

「他是打菜的同學吧？」

副班長跟大家確認，圖書股長與體育股長立刻點頭。雙方宛如較勁般的反應令我驚愕。

「但打菜的在昨天放飯時，偷懶沒工作。」

圖書股長緊接著指出重大問題，彷彿在副班長面前邀功，要讓體育股長扼腕。

「所以班長才會代替他打菜啊。眞了不起。」

聽見健康股長對班長的稱讚，我的腦海突如其來浮現了「昨天的記憶」，感覺不太舒服。

當時是我第一次作這個夢。或許正因如此，夢中的我只有醒過來以後的記憶。此時我卻突然回想起夢境裡的前一天，感覺很古怪。

「打菜的好像不太對勁……」

「我看看。」

飼育股長爲他擔心之際，搖醒他的任務從班長轉交給健康股長。

「……他醒不來了。他死了。」

她出人意表的發言讓現場空氣爲之一變。校外教學的氣氛已完全消失無蹤。

「妳確定？」

班長問起，健康股長不合時宜地露出害羞的表情點頭。副班長見狀隨即質疑起來。

「他眞的死了嗎？」

「我來驗屍，幫幫我吧。」

健康股長沒理會副班長，請求班長協助她「驗屍」，我既驚訝又害怕。因爲班長跟她還眞的脫起打菜同學的衣服。原本還在睡覺的他居然穿著普通的衣服，也是因爲這是一場夢吧。

是的，他們眞的驗起屍來了。健康股長僅是個小學五年級生，根本不可能有能力驗屍，她卻輕輕鬆鬆地驗完了。

「在這裡沒辦法進行司法解剖，無法了解實際的死因——」

說完這個前提，她承認打菜同學確實喪失了性命。

「有外傷嗎？」

健康股長搖頭回應圖書股長的提問。

「都沒有。他身上沒有任何毆打、戳刺或絞縊的痕跡。」

「所以是病逝嗎？」

聽見體育股長的低語，健康股長只是聳聳肩。

「要不要把他的遺體擺在壁龕那邊？」

所有人馬上贊同清潔股長的意見。我當然不作此想，倒也沒有反對。

寬敞室內的北側有個壁龕，其實我很早就注意到壁龕的牆邊垂著又小又短的繩梯。我總覺得在某處見過這個東西，不過在調查繩梯之前，我先叫醒了還在睡覺的人，大家紛紛自我介紹，接著發現打菜同學過世了。

我跟著搬運屍體的班長及體育股長來到壁龕。接著我緊盯著之前提到的奇怪物品，終於想到這東西跟外婆告訴我的「事箸」一模一樣。

我對所謂的「事日（註）」並不是很清楚，只知道這是在二月八日與十二月八日舉行，類似節分的節日……

哦，我說的大致上沒有錯嗎？那就沒問題了。

外婆告訴我古時候的人會在那天把一家人用的筷子，左右兩邊各用一條繩子綁起來，再弄成宛如梯子的形狀，並掛在房子的屋簷下。算是一種驅邪手段。

壁龕的牆上就掛著與事箸相同的物品。

筷子總共有八隻，也就是四人份，但這不符合我們的人數。在我感到狐疑之時，我就醒來了。

我認爲這個夢就是來自「筷子大人」的通知。雖然除了最後出現的事箸以外，內容沒什麼關聯，但我有種預感不久就會夢見後續，因此才這麼認定。

然而我有一段時間都夢不到個夢，就算作了夢也毫不相干，沒有任何像是「筷子大人」通知的要素。

那個夢會不會其實也是無關的夢……

就在我快要死心的時候，我再次於夢境中覺醒。我身處跟那間道場一樣寬廣的房間，除了我以外的人都醒來了。不對，還有一個人沒醒來。溫柔可愛的飼育股長還躺在被窩裡。班長、副班長、圖書股長、體育股長、清潔股長跟健康股長在她身邊圍成一圈坐下，就像守著飼育股長迎來最後一刻，那景象令我毛骨悚然……

「她死了。」

健康股長注意到我並通知消息，我的脖子寒毛直豎。

「我要來驗屍，妳也來監督吧。」

副班長說得一副理所當然，我慌慌張張想要推辭。但想到只有女孩子能爲飼育股長驗屍，我也只能答應。再說我隱隱約約察覺到副班長跟健康股長正爲班長爭風吃醋。

我們請四個男生轉身背對，首先脫掉飼育股長的衣服。健康股長滴水不漏地檢視屍體每處。

「沒有任何外傷。」

驗屍結果顯示她跟打菜同學一樣死因不明，健康股長很茫然。

我們幫飼育股長穿回衣服，班長與體育股長把遺體安置到壁龕。不知道打菜同學去了哪裡，我跟班長小聲詢問，班長說他被移到食材倉庫了。看來在這個夢境世界中，還有圖書室、音樂室與供餐室等幾個房間。可能除了通鋪，幾乎跟學校沒有兩樣。

「這是……連續殺人案吧。」

所有人對著遺體合掌膜拜時，圖書股長輕描淡寫地道出了震撼發言。

「別在這種非常時刻亂說話啦。」

班長雖然立刻指責他，但我可沒錯過班長同時迅速確認全員反應的那刻。班長恐怕也認為這是一場連續殺人案。圖書股長看上去很想反駁，但可能看氣氛不適合，便再度對著遺體合掌。

注視著兩人的我將視線再次轉向壁龕，接著大吃一驚。我注意到一件事。我保險起見清點了一下，數量還是不對。

事箸原本有八隻筷子，現在成了七隻。

我偷偷窺視其他同學，副班長與健康股長兩個女生閉著眼睛，體育股長與清潔股長雙眼透著恐懼，緊盯著遺體。圖書股長四處張望觀察著所有人，無意間與我對上視線。我連忙別開眼，接著就見到班

註：民俗學上稱爲事八日，日本各地慶祝方式差異極大。主要在二月八日及十二月八日舉行。據說妖怪或惡神會在這天上門（另一說爲神明會在這天前來拜訪），因此需準備驅邪物品吊掛於門前或屋簷，或者準備供品迎接神明。

長，他也凝視著壁龕。一發現班長注意到事箸的異狀，我就莫名心跳加速。

注意到這件事的人，就只有我跟班長……

我又是開心，又是心虛，又是自豪，又是害臊，心境五味雜陳。

簡陋的喪禮過後，大家團團圍坐，自然而然地談論起來。

「這要是連續殺人案，我們就必須採取行動。」

「說得對。」

體育股長率先贊同圖書股長的意見，接著清潔股長跟著附和。

「你們的意思是我們中有人是凶手？」

副班長略為惱怒的語氣讓圖書股長與體育股長退縮起來，完全不敢吭聲。我不知怎地看出這兩個人都對副班長有好感，把彼此視為勁敵。這兩個人難得意見一致，卻又為了副班長一句話而消沉，見到他們這樣子，我有點同情。

「打菜同學跟飼育股長身上可是沒有一丁點外傷。」

健康股長的口氣滿是自信。

「……既然如此，很可能是毒殺吧？」

圖書股長看著副班長的臉色，仍想繼續朝他殺的方向探討。

「你的意思是班長是凶手嗎？」

「對啊。這兩天打菜的人可都是班長。」

結果健康股長立刻發難，這句話也惹到了副班長。

「妳們別這樣——」班長介入對話打起圓場。「我很高興妳們為我說話，但想想驗屍結果，圖書股長懷疑是毒殺也很正常。說不定是營養午餐裡放了延遲性的毒藥，兩人在睡眠期間喪命。」

「看吧。」

「但那個毒藥又上哪去了？」

圖書股長對話間才剛恢復氣焰，班長一提出疑點，立刻閉上了嘴。

「好，既然如此——」

此時，體育股長提出了一個破天荒的提議。

「所有人都來搜身吧。」

眾人暫時陷入沉默。副班長與健康股長顯然不願意。圖書股長可能看出來了，因此毫無贊同體育股長的意願。

「可以。」首先開口的人是健康股長，接著又說：「要是這樣能洗清班長的嫌疑，我無所謂。」

「那就規定男生跟女生在不同房間，檢查一個人的時候一定要有複數的人在場見證吧。」

副班長雖然對健康股長的發言不滿，到頭來還是答應搜身。

剩下班長、清潔股長與我，事已至此不敢說「不」。三個女生在通鋪搜身，四個男生去其他的房間。而搜身的結果顯示沒有任何人有毒藥，此後我們又搜索了所有的房間，毒藥依然不見蹤影。

「以防萬一，也檢查他們兩個的遺體吧。」

班長犀利的意見讓大家鼓譟起來。這個藏毒藥的位置的確是個盲點。不過在兩具屍體上都沒有收穫。

「我就知道。」健康股長得意洋洋。「要是真的下了毒，就算睡著了，藥效發揮時多少也會掙扎。沒有任何人注意到動靜，不是有點奇怪嗎？」

「要不就是大家睡太熟，要不就是他們沒受太多折磨。」

面對圖書股長的反擊，健康股長顯得老神在在。

「你自己要跟我提起折磨，我就是覺得遺體沒有痛苦的表情這點也很奇怪。」

「要是凶器不是毒藥，這兩個人又怎麼被殺害的？」

體育股長提出疑問後，圖書股長又加上一句。

「而凶手到底是誰……」

所有人面面相覷又隨即別過臉，班長下面這句話又讓場面氣氛凝結。

「動機是什麼？」

見到眾人的反應，我突然覺得不太對勁。這一瞬間大家看起來……每個人似乎都對動機心裡有數，卻表現得若無其事。

「比起行凶手法與動機，我們更應該先揪出凶手吧。」

沒有人反對副班長的意見。我感覺大家都不想探討動機。

爲什麼？

我害怕起來。就算是在夢中，遇上連續殺人案就夠可怕了，即使如此我對這群人多少有點團體意識——對凶手則另當別論。當我驚覺或許存在著只有我不知道的祕密，感到骨子發寒。

「……打菜同學跟飼育股長兩個人眞的是被謀殺的嗎？」

當我聽見清潔股長遲疑呢喃，彷彿受到救贖。

既然屍體沒有外傷也沒找到毒藥，他們果然是病死的吧。雖然兩人接連死去不太自然，但因此斷定他殺也不太對。我一古腦兒說出了上述的意見。

對我的意見表示贊同的人只有清潔股長，其他人不約而同對我投以責難的眼光。班長雖然沒這麼做，卻用眼神暗示我「妳應該注意到了」，我見狀也跟著恢復記憶。

「我沒跟大家說，其實吊掛在壁龕的筷子變少了。起初有九隻，打菜同學死了以後變八隻。如今飼育股長死了變成了七隻。」

得知最初有九隻筷子，我心中冒出一股不明不白的恐懼。事箸的數量必須是偶數才對。用不著說明，筷子就是一人兩隻。一雙有兩隻可是常識。一般狀況下絕對無法想像到「九隻」這種奇數，我感受到某種邪惡的存在而瑟瑟發抖，隨後我從夢中清醒。

第三次作夢時，死掉的人是體育股長。第一個人死的時候夢才開始，根本沒有跟死者說過話的印象，坦白說我沒什麼受到打擊。但接連死了第二個與第三個人，我果然還是受到不小震撼。雪上加霜的是副班長又胡說八道。

「我之前就一直覺得，我們裡頭有一個人是異類。」

「妳說誰？」

圖書股長反問，她沒有正面回答。

「你看我是副班長，你是圖書股長。他是清潔股長，她是健康股長。而他當然就是班長。」

她邊細數邊望向一張張臉孔，接著猛然將視線轉向我。

「只有這個人不是某種股長，而是值日生。」

副班長沒有針對她這番言論的意思進行最重要的說明，利用只有我「不合群」的事實，隱射我可能是眞凶。

「……眞的呢。」

圖書股長的驚愕代表了其他人的反應。所有人都對我投以質疑的眼神。

不對，只有一個人不同，他就是班長。妳別擔心——他以表情示意，接著這麼反駁。

「值日生的確跟任期長的股長不同，每天都會換人。但這點上打菜同學也一樣吧。既然有兩個人處於相同立場，只有值日生是異類這種說法就不成立了。」

我在第三次的夢境第一次體驗到營養午餐。當時我很訝異沒有任何人要幫忙代替打菜同學配膳的班長。我猛然起身走向供餐室。班長雖然向我道謝，似乎也有點驚訝。我感到害羞，卻馬上被另一件事引走注意力。

供餐室已經按照人數準備好了食物，但裡頭沒有人。

看來夢中的世界打從一開始就只有我們九個人……再次認識到這個事實，令我不禁微微發寒。

在我協助放飯的時候，副班長與健康股長惡狠狠地盯著我，刻意酸言酸語給我聽。

「不過就是被班長袒護了一下。」

「怎麼突然就幫起忙來了。」

我才是不敢相信都沒有人要幫忙——我差點開口回嗆，卻趕緊閉上了嘴。難道我自己在第一場夢跟第二場夢的用餐時間就幫過班長了？從他剛才驚訝的樣子看來，我顯然袖手旁觀。所以她們這樣看待我也無可奈何。

話說回來，爲什麼我對於夢的世界只有部分記憶？爲什麼我會遺失某些記憶呢？

我最後將裝著自己餐點的盤子拿到寬廣房間正中央的餐桌，坐在旁邊苦思。還是說大家都沒有完整的記憶呢？大家是不是都像我一樣，巧妙隱瞞這個祕密呢？

此時，班長拿裝著醬油、西式沾醬、鹽巴、筷子筒與拋棄式餐巾的托盤回來，營養午餐總算發放完畢。所有人取好筷子後，我見到裡頭剩下了很多備用筷，感到十分詫異。我們根本不需要這麼多筷子……但我馬上就明白是自己誤會了。留在筒裡的不止是多餘的筷子，其中還包含三名死者的那份。

一察覺這個晦氣的事實，我的雙臂爬滿雞皮疙瘩。而在下一個瞬間，雞皮疙瘩蔓延到全身。大家合掌用虎口夾著筷子，說完「開動了」後，除了我以外的五個人紛紛將筷子插進飯碗的正中央。

每次吃營養午餐時，所有人都會執行「筷子大人」的儀式……

我在這一刻醒過來，開始害怕下一次的夢境。爲什麼每個人都在進行「筷子大人」的儀式？還是說反正是在夢中，那個行爲沒有特別的意思？不對，怎麼可能。背後一定有駭人的理由。我的思緒就像這樣十分混亂。

說起感到害怕，我當然也對每次作夢都會有一個人喪命的狀態感到恐懼。差不多一個月就有三個人遇害。「筷子大人」這儀式要持續八十四天，大概有三個月。我們有九個人，事箸有九隻。也就是說每個月分別有三個人陸續死去，算起來剛剛好。

莫非被「筷子大人」找到，就是指在夢中死亡？

這靈光一閃的念頭，爲我帶來了新的恐懼。

不久後我也會被「筷子大人」找到……

但在夢中遇害的我又會發生什麼事？既然我已經死了，自然不會在夢境中甦醒。再也見不到那個夢是否就證明我已身亡，而「筷子大人」的儀式宣告失敗？

我的日子過得悶悶不樂起來。平常雖然乖乖上下學，這段時間的記憶卻多半是夢中境遇，對現實生活發生的事沒什麼印象。

第四次夢裡，清潔股長死了。因爲他有音湖同學的影子，我受到的打擊比之前任何受害者都還強烈。不過在這次夢境中印象最深刻的，就是圖書股長其實具有事箸的知識，存活的人爲眞凶身分疑神疑鬼起來，以及班長私底下對我一個人說的這句話。

「我好像快解開我們身處的這個世界之謎了。」

然而當我在第五次的夢中覺醒時，副班長緊緊揪著班長嚎啕大哭的身影冷不防映入眼簾。副班長絲毫不肯讓任何人接近，用全身主張只有自己能觸碰班長的屍體。

「我了解妳的心情，但還是得驗屍，好嗎？」

健康股長溫柔而充滿耐心地說服她，她才鬆手。想到健康股長對班長的愛慕之情並不下於副班長，就覺得她願意驗屍也是相當堅強。

「跟之前的四個人一模一樣。」

她刻意用平淡的語氣來宣告結果。只是聽見健康股長的這句話，不止是我，圖書股長與副班長都渾身顫抖起來。就連說出這句話的健康股長本人，看起來也為自己的話感到毛骨悚然。

所有人鐵定都很依賴班長。圖書股長或許會否認——要是體育股長還在世大概也不會承認——但我覺得他們內心一定認為班長的存在很重要。因此這次的夢境始終瀰漫著守靈的氣氛。

我不想夢到第六場夢……

一覺醒來，我如此強烈希望。但這樣一來我就必須停止「筷子大人」的儀式。好不容易堅持到現在，我真有辦法爽快放棄嗎？我捫心自問，始終答不上來。

我想繼續「筷子大人」的儀式，但不想再作夢了。

雖然兩相矛盾，卻是我真實的心情。這樣子到頭來還是一樣。我只能繼續「筷子大人」的儀式，拚命祈求不再作那個夢。

順帶一提，學校早就放暑假了。現在提這個有點晚，不過我突然想到放假前不久，班導曾經問我：

「音湖同學最近常常請假，妳知不知道些什麼？」

當時我的生活完全以夢境為主。殘留在腦海裡的記憶永遠是某人遇害後的場景。跟其他人聊聊，可以得知夢中的我似乎跟大家過著宛如宿營的同居生活。但不知怎地，我腦中沒有除了死亡以外的記憶。即便如此，當時有種現實世界被夢境侵蝕的感覺。正因如此，我完全忽略了音湖同學。

話說回來，他執行「筷子大人」的儀式，算算也過了八十四天……

我一領悟到這項重大的事實，就決定要拜訪音湖同學。就像我之前說的，我的「筷子大人」與他無關。我只是出於自私的心態，認為了解他「筷子大人」的進度，對我未來的「筷子大人」有益。

音湖同學的家位於某條河堤旁。那種物件應該是叫文化住宅。獨棟的平房就像時代劇裡的長屋一樣建成一排。朝南北綿延的兩排住宅中，西側最南端的那戶就是他家。周遭僅有河堤與雜木林，是個氣氛蕭瑟的地方。而且文化住宅多半是空屋，冷清得令人害怕。可能是因爲我等到白天酷暑稍緩的傍晚才出門，更是無端增添了這種寂寥。

我敲響音湖同學家的門，屋內鴉雀無聲。我報上名字再敲一次後將手搭在門上，門輕而易舉開了。將頭探進門內呼喚音湖同學，沒得到回應。家裡也沒有人的動靜，只有一股腥味悶在裡頭。聞到這股類似海鮮的臭氣，我忍不住皺起鼻子。即使如此我也沒打道回府，應該是因爲我有點期待見到顯示出他「筷子大人」成果的東西吧。

我不假思索地從門口踏進玄關的灰泥地，脫掉鞋子踏上木地板。走道朝左手邊延伸，南端則是廚房，還能見到小小冰箱。

廚房對面有扇玻璃門，我打過招呼後拉開門，裡頭是一間沒有人影的六疊（註）房間。右手邊避開窗戶放著置物櫃與櫥櫃，中央是一張方形餐桌，左邊則放著衣櫃與電視。雖然我年紀還小，見到這房間的樣子也明白音湖同學大概是單親家庭。這個空間只感覺得到成年女性的氣息。

我穿越六疊房間推開深處的拉門，來到了一間同樣沒有人影的四疊半房間。我迅速朝右邊的書桌與左邊的壁櫥望了一眼，視線卻在半途中被四疊半房間正中央的榻榻米緊緊吸住。

那塊榻榻米上放著插上竹筷的腳尾飯，飯碗左右還有長條的竹棒插在榻榻米上。不對，乍看之下是竹棒，但我馬上就領悟到那是竹筷。

註：一疊是指一張榻榻米的大小，即半坪。六疊即爲三坪，後述的四疊半則爲二點二五坪。兩者皆爲和室常見大小。

這也是「筷子大人」的儀式？

可是音湖同學的話裡沒提到這種長竹筷。還是他故意隱瞞我？要是他假裝從實招來，其實隱瞞了重要的事……說不定這就是我在夢境中的記憶不夠完整的理由。

我一時起了調查音湖同學書桌的念頭。爲了解開「筷子大人」的祕密，我考慮檢查他所有的私人物品。就在此時，我感覺到視野邊緣有東西在動。我反射性地回望，見到刺進榻榻米的長竹筷之間模模糊糊的。兩根筷子之間隔著一個飯碗的距離，那段距離裡的空氣出現了波紋。

我繞到對面一看，還是一樣。兩隻長竹筷之間宛如煙靄般幽幽搖曳。

那裡隨時會有東西冒出來……

我的心頭突然冒出這種恐懼。這股恐懼無法以邏輯解釋，應該稱之爲本能。先逃再說的心情驅使我行動。

當我急忙想折回玄關時，我注意到四疊半房間北側半開的鋁落地窗另一端，能見到後門的門板。捨棄玄關選擇更近的後門是理所當然的選擇，然而這是噩夢的開始。事實上直到現在我也無法不認爲當時的體驗是場夢。我造訪音湖同學家是事實，但窺看了那兩隻古怪細長竹筷之間的晃動後，就墜入噩夢的時間之流。我無法不作此想。

鋁落地窗另一邊地板是磁磚，有洗手台與洗衣機。左邊是廁所，右邊能見到浴室的門。後門位於洗手台與洗衣機之間。我一邊逃離音湖同學的家，一邊心想後門在這裡，一定是方便前往庭院晒衣服……

然而，我打開後門竟來到廚房。我以爲自己從北邊出去，怎麼又回到南邊的廚房……我一頭霧水，不經意回頭一望，接著放聲慘叫。

搖搖晃晃的空間直貫廚房的流理台與窗戶，直通音湖同學家的後門。也就是說我踏進的這塊空間，就是音湖同學家北端的房子。我環視屋內，發現廚房的外觀的確不一樣。

我連忙想從玄關離開，卻怎麼找都找不到關鍵的大門。灰泥地還在，門口卻不存在。

……滋啵啵啵啵、蹦。

此時音湖同學的家那邊傳來作嘔的聲響。聲音無庸置疑是從四疊半房間發出來的。緊接著又有其他聲音響起。

……噗滋滋、噗滋滋、噗滋。

那聲音就像拿有銳利尖端的物品刺進榻榻米。聲響延續好一陣子，突然變成另一種。

……喀答、滋滋滋滋滋、喀答、滋滋滋滋滋。

同一個物體在磁磚地上，不顧寸步難行依然直直前進。而且還是朝我所在的屋子……

有東西從那兩隻長竹筷中間跑出來了……

我深信如此，躡手躡腳地穿過廚房，進入六疊房間直奔窗戶。豈料半月鎖卡得死死，毫無反應。

……叩咚、叩咚。

背後的聲響讓我明白那玩意已經踏上這戶人家廚房的木地板，一意識到這點，我立刻前往前方的四疊半房間。這當然是為了從窗戶逃出。然而房間的窗戶打不開。

……噗滋滋、噗滋、噗滋。

那玩意闖進了六疊房間。從聲音細微的變化來看，感覺牠多多少少也習慣起榻榻米了。警覺到這個事實，我連忙打開深處的鋁落地窗，想從後門逃到室外，卻又來到廚房。

這怎麼一回事？

泫然欲泣的我絞盡腦汁思考，這才發現自己似乎來到了音湖家北邊隔壁第二戶的空屋。

朝南北方向散落的幾間文化住宅，不知怎地串連成一列……

不這麼想的話，便無法說明這個不可思議的狀況。我會陷入這個狀態，大概都要怪音湖家四疊半房間供奉的那兩隻長竹筷。而且還有來路不明的東西從那長竹筷之間冒出來追趕著我。

……喀答喀答、喀答喀答喀答。

我發現那玩意穿過隔壁的磁磚地板直逼而來。比起通過音湖家同一個地方的時候，牠的腳步感覺更加穩重。

那到底是什麼東西？

我忍不住想像起外貌，感到令人寒毛倒豎的恐懼。

要想之後再慢慢想。現在逃命要緊。

我宛如脫兔般從這戶的六疊房間鑽進四疊半房間，接著打開後門，一如預期地來到下一戶廚房。

到底該逃到哪裡才能得救……

我滿腦子充斥著這樣的擔憂，猛然停下腳步。兩排並列的文化住宅雖然大多是空屋，確確實實也有住戶。然而我從音湖家開始走進了三間房屋裡，卻沒遇到任何人。我完全沒見到住戶的身影。

啊，五戶人家是一排。

此時我突然想到剛見到這幾棟文化住宅時，我在無意識間清點房屋數量，見到東西兩排都是五戶排成一條南北向的縱列。也就是說下一戶既然是第五戶，就沒有相連的隔壁戶了。第五戶的後門一定能通往外界。

……噗滋滋、噗滋、喀答、喀答喀答。

儘管從背後逼近的駭人動靜讓我渾身顫抖，但就像見到希望之光，我不顧一切全速衝向第五戶屋內。接著我抵達後門就急急忙忙推開，正以為終於逃到室外，眼前卻出現陰暗的詭異走廊。

咦，怎麼會……

朦朧的鏽色餘暉穿透門外漢搭的粗陋木板牆縫隙，灑落在走廊上，走廊朝右邊繞了大大的彎延伸下去。我雖然不想前進，但那玩意正緊跟在後。我無可奈何踏上前方地面。走廊呈「U」字型，在新一戶民宅裝設洗手台與洗衣機的磁磚地面告終。

我察覺這裡是文化住宅東側那排最北邊的那戶。東西兩排並陳的住宅中間，不知爲何以U字型的走廊連結在一起。

繼續逃下去，最後將會抵達第五戶——也就是音湖家對面——那戶人家的廚房。但我不清楚那裡有沒有玄關。不對，玄關不存在才合理吧。

……叩咚、叩咚、叩咚、叩咚。

此時U型走廊逐漸傳來奔跑的腳步聲。堅硬細長的好幾條腿一同蠢動的模樣不經意閃現腦海，我瞬間噁心想吐。

再不做些什麼就完蛋了……

我在強烈的絕望籠罩下持續逃命，然而在木地板上叩叩作響的駭人腳步聲無庸置疑直逼而來。正當那聲響在腦中迴盪，我認眞害怕起自己腦袋是否被嚇出問題時——

事箸……

堅硬細長的數條腿……大概是這驚悚的念頭讓我聯想起數根筷子，我冷不防想起了那個驅邪的道具。我在那一刻領會到，想要逃離我背後的東西，就必須趕緊打造事箸。

我在第一戶住宅逃竄時，拉開櫥櫃的抽屜塞了好幾隻筷子進口袋，但還不夠。進了第二戶我再次翻找他們的櫥櫃，差點被背後的玩意逮到，渾身冷汗直流。我當然立刻逃走了，但筷子還是沒找齊。我拔腿狂奔來到第三戶，在十萬火急蒐集筷子的同時查看櫃子弄來兩條長繩。這時候我見到了圖釘盒，便順便拿走。

此時右腳的小腿肚突然一陣劇痛，回頭驚見那玩意已經來到背後，我嚇得臉色全白。

……其實我不太記得當時見到了什麼，但一點也不想恢復記憶。對不起，還請您體諒。

我彈起身子逃之夭夭。接著逃到第四戶，這樣下去在做出事箸之前，我會被那玩意追上。被逼上絕境的我這才想到要給後門上鎖。我要是打從一開始就上鎖便能爭取更多時間，可惜在那種狀況下是不可能的。我滿腦子顧著逃命，沒有心思想到這點上。

……嘎嘰嘰、嘎嘰嘰嘰。

聽著從後門傳來的搔抓聲響，我跌坐在六疊房間，急急忙忙做好了事箸。

……叩、叩叩。

搔抓聲不久轉為敲打聲。像啄木鳥那樣持續敲打著木板門。後門被破壞是遲早的問題。

……啪嘰、啪嘰。

一聽見這晦氣的聲響，我立刻奔向第五戶人家。接著我同樣鎖上了後門，一溜煙衝向廚房，卻依然沒見到玄關。那裡是房子的最底端，完全是條死路。

我在用十幾隻筷子製成的事箸上又加了幾隻筷子。就在事箸突破一公尺長的時候，後門隨著巨響被打破，我隔著兩個房間都能感受到那玩意正一鼓作氣襲來。

我手忙腳亂地將玻璃門從左右拉攏，只留了筷子橫擺的寬度，用圖釘將事箸垂釣在上方門框後，便坐倒在廚房的流理台前。其實我很想逃到左邊或右邊，但為了讓那玩意直直朝著事箸衝來，我必須正對事箸。儘管內心怕得不得了，我仍然拚了小命忍耐。但眼睛還是反射性緊閉。

那玩意發出一種無以名狀的不祥聲響朝我直逼……正當我察覺四周突然靜默無聲，眼前又出現別的氣息，我還未出聲就被那東西碰觸，我猛然瞪大雙眼，要發出慘叫，身體卻一陣虛脫。

那是一臉擔憂的老奶奶。她問我哪來的，我意識到她是這裡的住戶。我得救了。

「對不起。我來找音湖同學，但好像搞錯戶了。」

我至今都還覺得自己非常厲害，在那種悽慘的遭遇後竟能想出這種藉口。不過老奶奶似乎信了，她笑盈盈地告訴我音湖家就在對門，爲我奉上冰涼的麥茶。

歷經這場驚悚體驗，我其實想中止「筷子大人」的儀式，卻還是拖拖拉拉地持續……於是在第六場夢境中，我冷不防就撞見了副班長與健康股長的死亡。眞凶就是圖書股長。事已至此，我發誓無論如何都要活到最後。我在夢境中一直逃跑，卻一次也沒見到那個圖書股長。

第七場夢境中，圖書股長遇害了。應是凶手的他死在被窩中。

我爲不可理喻的恐懼瑟瑟發抖，卻依然徬徨於夢境世界。雖然我根本搞不清楚怎麼一回事，總之我是留到最後的人。這是否表示順利達成「筷子大人」的儀式呢？我猜想某處應該會有某種印記，便找了起來。

可是我完全沒找到類似的東西。而且在搜索時，我注意到一陣詭異聲響。

……躂、躂。

聽起來就像還有人跟我一樣在這夢境世界中徘徊。這個地方理當剩我一人，我卻感覺到某人放低腳步聲行走的氣息。

不會吧……

我豎起耳朵聆聽，終於明白那個人可能正在找我，不禁全身寒毛直豎。

我朝著發出聲響的反方向死命逃竄，不斷告訴自己這是一場夢，拜託快點醒來。好不容易清醒過來，這下才慶幸得救。同時我立刻中斷了「筷子大人」的儀式。

您問我音湖同學嗎？他到了第二學期也沒上學。不久後我聽說他轉學了，不知道是不是眞的。

歸納雨宮里深的話，便如上述所言。底下記述是她不顧我以線索不足無法判斷來推辭，照樣請求解答，而我個人想出的解釋。因此無法說明每一個疑點，我要事先聲明。

首先「筷子大人」的週期是八十四天，夢中九個人有八人遇害，應該是來自「筷子」諧音。意即前者爲「八四」，後者爲「八死」（註）。規矩有八項，但第八項沒有實質意義，應該是因爲「八」這個字就代表了筷子。接著夢境世界的眞面目，說穿了應該就是蠱毒。

蠱毒是一種巫術，在一個壺裡放進好幾種爬蟲類或蟲子，讓牠們呑噬彼此到剩下最後一隻，藉由供奉活下來的蟲子來獲得靈力。「筷子大人」的例子裡，應該是活下來的人可以實現願望。不過這麼一來就表示除了雨宮以外的八個人都是實際存在的人。因此實際上清潔股長可能就是音湖。但這樣兩個人的週期對不上。可能其餘的八個人該視爲夢境裡的存在。

如果要在那八個人裡找出連續殺人案的「眞凶」，又會變成什麼樣子呢？我在此先假設所有人都實際存在，同樣都實踐了「筷子大人」的儀式。但無論哪種說法都會出現矛盾，我無法進行更多解釋。

順便一提，我推測凶手是班長。他利用副班長與健康股長對他的好感，請兩個人配合他上演詐死的戲碼，在大家爲眞凶身分彼此猜忌時脫離嫌犯名單，以便進行接下來的犯行。在他「死後」，副班長與健康股長兩個人同時遇害，當然就是爲了滅口。

第一個受害者之所以是打菜同學，是爲了親自發放營養午餐。這麼一來他就能在其他人見到筷子筒之前，先從裡頭抽出九隻筷子製作事箸。雖然那都是備用的筷子，要是一口氣少了整整九隻搞不好會有人注意到。班長如此費心也要製作事箸的理由，應該是因爲凶器就是事箸。

班長趁著受害者側睡的時候從事箸抽出一隻筷子悄悄插進耳道，然後掌心使力一口氣刺入深處，就像把釘子打進去那樣。雖然收起筷子後難免會出血，但側睡也不用擔心血會從耳朵滴落，且到了早上就會凝固。這個手法就是看準了健康股長驗屍檢查外傷時，不會察看耳道。要處理凶器，只要洗乾淨放回筷子筒就解決了。一次增加或減少九隻筷子很顯眼，但一隻一隻增加的話，就用不著害怕別人察覺。

雨宮在夢境中僅有部分記憶，應該是因爲她沒按照規矩執行「筷子大人」。音湖說明要用「以野生竹子自製的筷子」，她卻用了材料行販售的竹材。

雨宮勉強接受我上述的解釋。保險起見我跟她補充說明，我也不知道這個行凶手段是否眞的行得通，血可能會從耳朵噴出來。但她表示反正是在夢境之中，認爲這點不構成問題。倒是她要我也用相同方式解釋她在音湖家的驚悚體驗，讓我傷透腦筋。這我才是眞的辦不到。那件事不管誰聽了，都只能視爲貨眞價實的靈異事件。不過以U字型走廊連接的兩排文化住宅，外型就跟形似鑷子的古代日本筷子一模一樣，這點我倒是告訴她了。

隨後我終於開口問雨宮一件在意已久的事：「妳左手都沒起變化嗎？」她回答我：「左手冒出了像魚一樣的紅色斑紋，中止儀式一部分也是爲了這個原因。」

我在無意間注意到，這天的戶外派對就跟當時雨宮歷經的那次梅雨季一樣悶熱，即便如此，在我們進行先前這番對話時，她從來沒有脫過上衣。

雨宮里深眞的被班長的小動作騙倒了嗎？講述班長之死時，她不知爲何完全沒用上「遇害」、「死亡」或「喪命」之類的詞彙。但在談論其他受害者時，她卻正常使用這些詞彙……

想著想著我的視線轉向她的左手，雨宮旋即爲了種種協助向我致謝，忽然就離開了。

最後派對結束，所有人紛紛踏上歸途時，雨宮走在前方的背影映入眼簾，我猛然叫住她，問起另一件在意的事。

「恕我冒犯，請問令兄後來……」

她頭也不回，面向前方小聲回答。

註：日文的筷子、八四與八死讀音皆爲「hashi」。

「他在那年秋天，筷子刺進雙眼死掉了。」

主要參考文獻：

向井由紀子、橋本慶子『箸　ものと人間の文化史一〇二』（法政大学出版局／二〇〇一）
斎藤たま『箸の民俗誌』（論創社／二〇一〇）

珊瑚之骨

他和我想像的很不同。

「魚先生」來應門的時候，這是閃過我腦中的第一個念頭。

他穿著一身過大的黑色T恤，一條半舊的牛仔褲，甚至有點學生的青澀感，和「道士」兩個字幾乎無法連結在一起。

唯一讓他看起來不那麼普通的，是他袖口下一道怵目驚心的紅痕。形狀那麼明顯的胎記實在很少見，幾乎纏住他半條手臂，像一條死咬著他不肯鬆口的魚。

「請進。」

他才一說完，走廊上岌岌可危的日光燈就閃了一下，我忽然想起朋友的警告——跟這位大師見面，最好約在光天化日、陽氣鼎盛之時。

房間不大，一張長木桌、一對太師椅幾乎就填滿了整個空間。沒有裝冷氣，但是屋裡很冷。燈光昏暗，牆邊擺了兩套黑漆漆的玻璃櫥櫃，裡面裝了什麼都看不清楚。

來之前我想像了香煙繚繞、陰森神壇的樣子，但這裡遠比我想得俐落冷清，一點宗教氣息也沒有。

道士慢吞吞踱回太師椅前，他上下打量了我一陣，但並非令人不快的猥瑣目光，不如說他的目光陰冷而莊重，好像我才是會給他帶來危險的那一個。

「請坐，喝茶嗎？」

「不用了。」

但他還是慢悠悠沖了一壺茶，我正想著再次出言婉謝，就見他晃了晃小茶壺，倒進自己杯子裡。

「不好意思，我已經快兩個月沒好好睡過覺了，不喝點東西撐不住。我平常就不太睡覺，尤其最近又是『旺季』，一旦睡下去了，什麼牛鬼蛇神都能上身。」他頂著兩個黑眼圈，大大打了個呵欠，問我：「貴姓？」

從一進門他就散發出一股我不缺客人，只有客人缺我的強大氣場。

「我姓程。」

「程小姐。」他點點頭：「妳可以叫我海鱗子。大海的海，魚鱗的鱗。這是我的道名。」他漫無目的地掃視了周圍一圈：「在這裡最好不要說出自己的名字，讓『祂們』聽見了，會有各種妳難以想像的麻煩。」

我連忙點頭，來之前就已經聽說過他的規矩非常多。

初次知道這位「魚先生」的存在，是去年冬天的事。

一開始我還以為是「于先生」，後來才知道是游魚的「魚」，不曉得是為了他道號裡那個魚鱗的「鱗」字，或是為了他手上那塊嚇人的胎記。

做他們這一行的通常很低調，都靠客戶口耳相傳。我也是有賴他人倒楣，才幸運知道他的存在。那時朋友老家不知招惹上什麼，鬧得雞飛狗跳，病了三個死了兩個，找十幾個「大師」都處理不了。

結果這位「魚先生」一來，不到三天就擺平了。

一聽朋友說完，我便知道這位「魚先生」就是我要找的人。

「那麼程小姐今天有何貴幹呢？」

「是這樣的，我年底要結婚了……」

他忽然露出了不安的神情。

「呃，該不會是來找我算八字跟良辰吉日的吧？」

「啊？」

「建議不要，我算得不準。」

「……」

「我就直說吧，我提供的服務裡只有一項划算。」我這時才注意到桌墊底下壓了一張全彩印刷的服務價目表，猛一看像小吃店的菜單，他指著洋洋灑灑列表的最末端，敲了敲手指：「就是這個——」

除靈。

「被鬼纏上的話，我可以處理得非常乾淨。除此之外我都是三流。」

我還是第一次遇到這麼理直氣壯自稱三流的人。

但反過來說，也是他對「除靈」這個本事有著壓倒性的自信吧？

「占卜開運算黃道吉日的，我可以推薦給妳幾個高手。」他一面說一面熱情地從口袋裡摸出手機，五彩斑斕的螢幕上，一群鸚鵡正在熱帶雨林間翱翔。我認得那頭鸚鵡，那是電子寵物遊戲「宇宙森林」的角色，不久前我兩歲的小姪女也在玩這個。

「不用麻煩了。」我連忙打斷他：「我確實是遇到了……人力所不能及的問題，才來拜訪您的。既然都要結婚了，有些事我不想帶到新的家庭去，想早點做個了斷。」

「哦？」他竟然顯得很訝異的樣子：「當然，我很能理解這種想法，我也有很多這樣的客戶。但妳的情況比較特殊，會不會是妳自己想太多了呢？」

「什麼意思？」

「因爲妳一身正氣，鬼看到妳基本上都要繞著路走。」

「正氣也能看得出來嗎？」

「妳方圓三尺內陽氣非常旺盛，普通的鬼是會怕妳的。被鬼纏身的人多半陽氣匱虛，看起來跟要死了差不多。」

我看了他那兩個大大的黑眼圈，懷疑他說的是不是自己。

「我找過很多師父，大概有一半的人說過跟你一樣的話。」

「居然還有一半？看來最近同業水準還是有在提升的嘛！」他興高采烈地說，隨即又一臉懷疑：「那妳還來幹麼？何必要這麼……這種情況到底要說信邪還是不信邪呢？」

我苦笑：「我也不知道，也許你能告訴我吧！但這件事已經糾纏我十五年了。當時我身邊確實發生了常理無法解釋的事情，如果不能弄清楚眞相，我這一生都不能安心的。」

「我的業務不包括招魂或觀落陰喔。」看我仍不為所動，他嘆了口氣，兩手一攤，說：「好吧！那就說說看我能不能幫上妳。但我話先說在前頭，我眞的只會除靈而已。」

「沒關係，我相信您一定能幫上我的。」我連忙說：「那件事和一雙筷子有關。」

「筷子？」他愣了一愣，好像很不可思議，一會兒他問：「妳確定這和我的專長領域有關嗎？」

「這就是我想請您給我的答案了。」

來這裡之前，我曾想過無數次，故事該從哪裡開始說起才好呢？

開門見山地告訴您究竟發生了什麼事，或許是比較省事的方法。但既然是故事的話，我希望能從對我最重要的地方說起——

從我與那個人相識的地方說起。

我國中時有個很不可愛的綽號，叫「六兩一」。

這是因爲我的八字重六兩一錢。

不知道現在的國中生沉迷什麼，不過我國中那段時間，最流行的是各種傳說迷信。我的「六兩一」也是在那時候傳開的，這個重量打遍全校無敵手，一時蔚爲奇談。

算命還是小事，更流行的是筆仙、錢仙之類的降靈遊戲。我讀教會學校，很多老師對此尤其痛恨，抓到一定加倍責罰，但我們仍樂此不疲，以展現自己對抗權威的勇氣。

我也是其中一分子，不過，倒不是我大膽或反骨，我通常是被朋友拉去的。在我們班上玩這種遊戲，性別陣線涇渭分明，只有我例外，是男生群唯一會找的女孩子。雖然他們嘴上都說什麼要有一點陰氣來平衡、只有男生太無聊、反正我跟男的沒兩樣……等等五花八門的藉口，不過眞正的理由我們都很清楚——

爲了我的「六兩一」。

據說只要我加入，最後遊戲都可以安全落幕。

不曉得這算不算在您的「業務範圍」，不過我的八字放在古代，好像能成爲帝王將相一流的人物。聽說我出生的時候，算命師一看我的八字就感嘆連連，直說「豬不肥，肥到狗。」意思是這八字如果落在一個男人身上，他將來就會成爲一個很了不起的人物。

每次說到這件事我就想大笑，倒不爲算命先生落後一百年的性別觀，而是想到不管是豬是狗是帝王，最後這「六兩一」最大的用處，就是當降靈遊戲的門神。

降靈遊戲的規矩很多，其中最重要的就是要懷抱恭敬之心。遊戲開始前的儀式叫「請神」，結束叫「送神」，這兩個步驟是半點也馬虎不得的。

但是否應該稱那爲「神」，其實我也不是很清楚。我常常想，既然遊戲叫「錢仙」、「筆仙」，似乎就是在委婉地提醒你，不論召來的是什麼，絕對都不是眞正的「神明」。

有一次，我們出於叛逆之心，故意選在學校的教堂玩錢仙。

但遊戲開始後，不論我們問什麼問題，錢幣都一直固定在三個字上打轉。那三個字讀起來像個人名，卻又不是班上同學的名字，大家都很困惑。這時，忽然有人靈機一動，問祂：「錢仙錢仙，這是祢的名字嗎？」

錢幣第一次改變了方向，移到「是」的位置。

我們都很高興，覺得自己很聰明，正準備問祂下一個問題時，忽然錢幣又動了起來，拉著我們的手，瘋狂在「幫」、「我」兩個字上不停來回，所有人都嚇壞了，不知道究竟發生什麼事。我們不停大叫「送神！趕快送神！」，然而不論怎麼做都沒用，我想把手指抽開，指頭卻像被黏住一樣，分毫動彈不得。硬幣動得越來越快，甚至連答案紙都被刮破——

就在這時，教堂裡響起了莊嚴的歌聲。

那是每天下午六點固定播放的聖歌，幾乎也在同一個瞬間，硬幣慢慢停了下來。

我們僵在那裡一動不動，沒有一個人的手敢離開，幾個膽子小的人直接哭了起來。

那一刻我抬頭望向講壇，從玻璃窗射入的斜陽，將金色的十字架映得閃閃發光。在神前大聲呼喊著「神」帶來的背德感，至今想起，仍教我渾身戰慄。

其實至今我還是認爲大概有誰故意嚇人，但降靈術以這個事件爲界，在班上徹底冷卻，再也沒有人敢玩了。

取代降靈術大受歡迎的，變成網路上流傳的都市傳說。

國三那年冬天，班上的女生流行起交換筷子的魔法。

魔法是這樣的：和喜歡的人用一樣的筷子，再偷偷換走對方一邊。只要三個月內不被對方發現，兩個人就會在一起。

這大概是取筷子成雙成對的印象吧？國中女生正是對戀愛憧憬的年紀，筷子魔法很快就吸納了一批信徒。開運魔法的一貫特色是步驟繁瑣、考驗耐心，但通常不會有降靈術的危險性。這就像用麻煩和困難取代了風險，作爲向神明輸誠的祭品。

但我實在看不出這個魔法麻煩和困難的地方在哪裡。當時大部分同學都用平凡無奇的螺紋鋼筷，差別頂多是上面有沒有印個「家長會敬贈」而已，偷偷換掉根本沒什麼難度。老實說，我覺得就連在橡皮擦上刻字用到完的魔法，都比這個有誠意多了。

因此當我知道朋友們都認眞當一回事時，實在非常驚訝。

「大家筷子不都差不多嗎，偷換過來有什麼難的？這樣就能在一起的話，天下就沒人會失戀了。」

我輕慢的發言，立刻招來了集體圍攻。她們指著我的鼻頭，很生氣地說：「程六兩！妳就是這麼鐵齒，這麼麻木，所以一生沒桃花，男生找妳永遠都是去當門神。」

順帶一提，女生都叫我六兩，因爲「六兩一」太長，少了一種親密感。

少一錢來交換姊妹友誼，我覺得還算値得。

「哪有，我只是比較理性而已。」

「那妳要不要試試看？」

「什麼？」

「既然說得那麼簡單，那妳來試試看啊！」

「這種事可以隨便試嗎？」

「成功了也沒關係啊，反正妳也不相信換了筷子就眞的會在一起吧？」

她們立刻拿點名表過來，並把已被鎖定的目標從列表上刪掉。我當然不相信什麼戀愛魔法，但當她們說「用抽籤來決定選哪個男生」時，看著那張畫得亂七八糟的點名表，我竟然還是產生一絲動搖——雖然這樣說對其他人很失禮，但大顆的柿子都被挑走了，剩下都是些眞成爲男朋友會很痛苦的人。

可是現在求饒未免也太丟臉了。

哪怕只有萬分之一的機率會成，希望至少是個過得去的對象。

我慌慌張張地說：「等等，不要抽籤，我自己選。」

「哦——怕了啊？」

「才不是，既然要偷，就選難度高的啊。」

「好好，難度高。那妳要選誰？」

那一瞬間，我腦中忽然跳出了一個人選。

我和他三年下來，幾乎沒好好說上過什麼話。唯一一次交談，也是在非常匪夷所思的場合。

那時降靈遊戲在班上還很流行，某天放學，我和班上「國王」那群男生留下來玩「翻銅錢」。

「翻銅錢」有點像賭博，先準備好一個碗和三枚硬幣，硬幣一面塗成紅色。我們選的是十塊錢硬幣，理由是容易花掉。

首先在人頭面塗上一層漿糊，漿糊乾了以後用紅色水彩薄薄塗上一層，水彩乾後再塗一層漿糊。這樣就不怕刮下顏料，之後也可以把顏料剝得乾乾淨淨。之所以要弄得這麼麻煩，是因爲如果紅色顏料沒有處理乾淨，聽說「銅錢仙」就會一直跟著你。

決定好第一個人以後，大家就按順時針順序擲銅錢，擲出三面都是紅色的人，可以跟銅錢仙「問」一個問題。銅錢仙不會立刻回答，但當天回去一定可以得到指示。到時候就要恭敬地說謝謝銅錢仙，然後盡快將硬幣花掉。

硬幣和碗都由國王他們準備，我是被找來當守衛而已，因此按慣例由我擲第一把。在令人暈眩的夕色中，連硬幣哪一面才是塗紅的，好像也變得難以分辨。我一向愛出風頭，其實有點想第一把就擲出三點紅。

忽然「刷」的一聲——

教室的門被拉開了，他就站在門口。

大概是看到一群人蹲在講台前像在賭博，嚇了一跳吧！他的眼睛瞪得很大，畏怯地退了兩步。我知道他的名字，印象就是很安靜的一個人，我好像沒眞正跟他說過話，連討論分組都沒機會分在一起過。

四十人的班級說大不大，說小卻也不小，爲了使這個群體能夠正常運作，我們會像水螅一樣一次又一次的分裂，分裂中找到各自的歸屬。有些人可以靈活地在各個群落中移動，有的人只能謹守原地。而沒有被任何群落收容的人，通常會彼此爲伴——並不是眞的變成朋友，只是集體行動，因爲中學生的教室也像非洲草原，落單就會發生危險。要是連這種「臨時夥伴」也無法組建的人，就很容易被欺負。

這種校園生活的暗則，從八歲到十八歲都是適用的，因此我們都有一種特殊的技能，看見一個人就能立刻判斷出他屬於哪一個群落。但我不記得他屬於哪個了。

是不是因爲他純屬「男生群」？畢竟我對女生勢力的版圖比較清楚。

但才一閃過這個念頭，國王他們忽然就全部站了起來。

他們什麼話也沒說，只是盯著他看。

那種沉默中到底包含了什麼，我當時還不明白。

一開始找我來的國王忽然說：「不玩了。」

其他幾個男生還有點猶豫，國王又說：「第一把都還沒撒，不算開始。」說完就向我伸手：「硬幣還我，我處理掉。」

我有點生氣，覺得這明擺的欺負人，我不記得這個男生做過什麼得罪他們的事。其實玩不玩我一點也不在乎，但那個男生全身都僵住了，非常不安的樣子。所以我就說：「不行，我要繼續玩。」

「搞什麼？」

「神都請了，不玩出事你負責嗎？」

國王臉色變得很難看，說：「隨便妳好了。」說完立刻跑出教室，我在他背後大叫：「喂！只剩我一個是要怎麼玩啊？」但他們一下就像鳥獸一樣散了，留下我和那個男生面面相覷。

「沒擔當！還好意思叫國王！」

我朝走廊大聲叫囂，那個男生站在我背後，過一會，我聽見他低聲說：「以後還是不要玩這樣的遊戲比較好。」

我立刻回過頭，惡狠狠地瞪他。

簡直超級火大，我幫他出氣，他竟然還反過來教訓我？

那時候人都跑光了，其實我也不曉得接下來怎麼辦，但還是嘴硬的說：「遊戲已經開始了，想跑也跑不掉啊！」

他問：「這個要怎麼玩？」

我告訴他由一群人輪流擲硬幣，神選上的那個會擲出三點全紅。

他想了一想，就在講台旁邊坐下來，說：「那我們一起玩吧！」

「什麼？」

「這種遊戲至少要有兩個人吧？」

我不清楚是不是有那麼嚴格的規定，本來想說只有我一個人也沒差，就一直丟到出現全紅就好了。丟不出來也沒關係，反正我是六兩一。

但那個男生說：「沒問題，一定會沒事的。」

他刻意放柔放緩聲調，變得像是他要安撫我，讓我很不甘心。

然後他就從我手裡順走了硬幣，擲進碗裡——

三點全黑，我當下有點後悔，沒必要把他牽扯進來的。他抬起頭望著我，像提醒輪到我了，我擲開硬幣，三點全紅，遊戲結束了。

他站起來，說：「這樣就算結束了吧？」

我還沒回答，他就迅速穿過密集的桌椅，在自己的位置上摸索，原來是來拿忘在教室的課本。走到門邊時，他回頭跟我揮揮手說「拜拜。」很快消失在走廊那一頭。

這就是我幾個學期來唯一跟他講過的一句話。

一般這種時候不是會問要不要一起走嗎？就算不同路，至少也會一起走到校門口吧？我忍不住感到委屈，又覺得他人滿好的，比國王他們帥氣多了。

我要挑戰他的筷子這件事，一下就傳遍了班上的女生。

她們一致哀鴻遍野的反應，讓我想，原來這個人也沒想像中那麼沒存在感。

我問她們：「他有什麼問題嗎？」其實「翻銅錢」那天後，我就開始偷偷觀察他，擔心他是不是被班上的男生排擠。但他在班上活得怡然自得，完全不需我多事。

下課他總是待在座位上靜靜看書，午餐時間會離開教室，放學則很快收拾書包離開，和同學沒有多餘的互動。雖然沒有和他特別親近的人，但也不像遭到欺負。

他和別人之間就好像隔著一層膜——他出不來，別人也進不去。

大家聽我說了那天國王綠著臉逃走的事，紛紛沉默下來，不久，終於有人說：「國王當然不想和他玩錢仙了，聽說有『東西』跟著他喔。」

「什麼？」

「他跟我們是同一個國小的啊！以前他們班都叫他『天使』，妳知道爲什麼嗎？」

那似乎不是很難聽的綽號，但大家聽了都窸窸窣窣笑起來，朋友又說：「因爲他媽媽有一次跑來學校，說有一個什麼神跟著他、要把他搶走，所以不准他亂跑，什麼活動都不讓他參加。後來大家都開玩笑叫他天使，說神要來把你搶回天上囉！」

「是什麼神啊？」

「不知道，不過我們都覺得根本就不是神。」朋友說：「聽說他們家專門在拜一些很陰的東西，說的『神』應該就是指那個吧？他媽媽好像還拜到得了怪病，一直在住院耶，超恐怖。」

她們七嘴八舌討論起來，傳言愈換愈盛，我偷偷瞥向教室角落的他一眼，依舊靜靜垂著眼讀書。

「怎麼辦，六兩？妳眞的要選他？」

「現在換一個我們也不會怪妳喔。」

所有人的目光都投向我，等候著我下一步的指示。

「有什麼好怕的？」我大聲說：「我是六兩一耶！」

說一點都不怕是騙人的，但這時候退了，我跟國王那傢伙又有什麼差別呢？

發下豪語的我，事情卻進行得很不順利。我偷翻過他的位置，找到了餐盒，卻沒找到餐具。那他都怎麼吃飯？仔細一想，我甚至沒看過他吃午餐，只要午休時間一到，他就會消失得不見蹤影。

但我可不會這麼容易放棄，除非他吃生冷的，不然總要熱便當吧？於是我改變戰略，換從家裡帶便當，一到中午就立刻躲進蒸飯室裡「埋伏」——

說「埋伏」或許有點奇怪，我根本沒必要躲起來，但終於等到他出現在蒸飯室的那天，他一進門就四處張望，好像害怕有誰躲在暗處，讓我一時找不到出去的時機。

確認沒有別人，他便挽起了袖口，套上隔熱用的棉手套，將便當拿出來，我也悄悄探頭——

那一刻，我忍不住發出一聲驚呼，暴露了自己的存在。

我們對上眼神的瞬間，他猛一下跳了起來，整個便當摔到地上，發出響亮的鏗鏘聲，幸好飯盒牢固，沒有摔壞。他看也不看我一眼，立刻拔下手套，狼狽地將所有東西捲進懷裡，逃命一樣快步離開。

我連忙大叫：「喂！等等！」

他的腳步頓了一頓，我裝出什麼也沒看見的樣子，輕鬆地問他：「你還好嗎？東西沒摔壞吧？」

「嗯……」

「對了，我怎麼都沒看過你在教室吃飯啊？」

大概也不好完全無視同學，他想了一想說：「在外面吃，有風，比較舒服。」

「在哪裡呀？我也想去。」

他露出非常困擾的神情，老實說我也尷尬得不得了，但現在退縮就輸了，我努力擺出泰然自若的樣子。過一會他終於鬆動了，可能認為獨占校園美景很不道德。

他說：「屋頂、中庭的榕樹、還有禮堂後面。」

其實哪裡都好，我根本不在乎，我說：「那我可以一起去嗎？」

他似乎猶豫了一下，終究還是點點頭，我鬆了一口氣，總算得到正大光明跟著他的藉口。

禮堂後面有一整排綠樹的濃蔭，常有人坐在樹下的石桌椅聊天，不過午餐時間人就很少，因為會有葉子飄下來，在這裡吃飯並不舒服。但他好像不太在意，隨便找了個空位就坐下，我也忙攏了攏裙子坐在他旁邊。正要拿出便當時，我突然想到，我的餐具還放在教室裡。但話說回來，他也是兩手空空來的，總不會他也沒帶餐具吧？

我抬頭看了他一眼，誰知他忽然伸手探進自己衣領中——

那眞是相當詭異的畫面。

他的筷子並不是收在盒子或袋子裡，而是用一條鏈子懸起來，掛在自己胸前。

他取下筷子時，目光淡淡朝我掃來，像在確認什麼。

那一瞬間，我像被釘上捕獸夾的獵物一樣，不敢動彈。在他的眼神中，我感受到近於威脅的惡意。但他很快轉回頭，拿包便當的紫色布巾仔細擦拭筷子。

是我太敏感了嗎？狂跳的心臟漸漸趨緩，這時才想起我最初的目的——

我悄悄偷瞄著，那雙筷子非常美麗，是鮮亮耀目的朱紅色，纏繞著一圈圈漩渦般的紋路。筷子頭尾都鑲銀，頭部的銀帽上打洞，項鍊從洞口穿過去。

但相對於華麗的筷子，他的便當就顯得十分貧瘠：少少的白飯、三道水煮的青菜，一顆小小的牛番茄，連顆蛋也沒有。他已經夠瘦了，應該不會是在減肥，我心想，他家裡該不會很窮吧？

他扒了兩口飯又抬起頭來，看我連飯盒也沒打開，似乎覺得很奇怪。我怕他誤會我瞧不起他的便當，連忙說：「我忘記帶筷子了。」

「那妳回教室吃吧！」

「不行啦！餓到走不動了。」我討好似地朝他笑一笑：「你等等吃完筷子可以借我嗎？」

「抱歉。」他幾乎想都沒想就說：「我的筷子不能借人。」

「爲什麼？」人生第一次被這樣毫無餘地拒絕，讓我十分錯愕，然而更讓人錯愕的是接下來的話：

「因爲這是神明的筷子。」

我一下愣住了，但沒給我理解機會，他指了指自己便當裡的番茄說：「很餓就先吃這個吧？」

「那……我的也給你吃。」

「不用了。」

「沒關係啦！我把你的番茄吃掉了，你吃不飽吧？」我的便當是昨天家裡剩菜，但是非常豐盛。

「我吃素，油腥的東西不能碰。」

「啊……」

我的氣勢立刻疲軟下來，他好像不忍心看我這麼失落，微微一笑說：「不然這個給我吧。」他伸出筷子，像跨過埋著地雷的壕溝一樣，越過一整排的油炸食品，小心翼翼地夾了幾葉青菜。

那樣莊重謹慎的樣子，甚至讓我覺得，比起不想碰葷腥，他更像是不想弄髒那雙筷子。

那天回家，媽媽發現便當幾乎沒動幾口，狠狠罵了我一頓，還叫我明天便當自己準備。我一開始雖然叫苦連天，但一想起他那貧乏的午餐，覺得這樣或許也不賴。得到用廚房的自由，我把冰箱裡琳琅滿目的青菜都燙了一把，保鮮盒裡切好的水果也被我洗劫一空，準備了一個豐盛的素菜便當。隔天，我說要報答昨天的事，強迫他跟我一起吃午餐。

有了這一來一往的「飯局」，我是一起吃午餐的同伴這件事漸漸變得理所當然。他開始習慣第四節下課稍作停留，等我一起出去，帶我逛遍他所有珍藏的祕密景點。

他吃完飯通常不會回教室，而是找個安靜的地方吹風，有時則帶一本書出去。有些同學參加校隊或儀隊，午休也要練習，因此看到他的空位時，我們都自然這樣推論，但實際上誰都沒檢證過他的去向。

這麼說來，這傢伙根本只是溜出來而已……

「我不習慣午睡。」他苦笑說：「但是在教室裡不趴下來睡覺的話會被記。他們好像都以爲我有參加什麼社團或數理實驗班，不過也沒人來問過我。」

乍看十分文弱畏縮，實際上這傢伙遠超乎想像的大膽。

很快的，我也和他一起翹掉午休，果然沒有半個人在乎這件事，唯一需要注意的就是躲避路上的糾察隊或教官。一次我們兩個在路上撞到教官，他竟然神色自若地說：「老師叫我們兩個去辦公室幫忙印講義。」教官隨便問了一下幾年幾班就走了，看來他在這方面經驗老到。

中學生對群體歸屬的敏感程度如同嗜血的鯊魚，轉眼我和他的關係已在女生的地下網路圈擴散開來。不過，除了午餐，我和他其實很少有接觸。他放學後既沒有社團活動，也沒有補習，鐘響就消失不見。幾次我邀他一起念書，都被他拒絕了。

他說：「太晚回去的話，我媽會生氣。」

我想起同學們議論他的謠言——生了怪病住院、有著恐怖迷信的母親，不由得脫口而出：「你媽不是在醫院嗎？」

他似乎沒料到我會知道這件事而愣了一愣。我馬上後悔起自己的大嘴巴，但他又說：「兩年前就出院回家了，我們跟外公外婆住，不過他們年紀都大了，實在也應付不來我媽那個脾氣，所以現在都是我在照顧她。」

「那一定很辛苦吧？」

「還好，本來就是我該做的。」

「你媽還好嗎……是生了什麼病呀？」

「不是什麼奇怪的病。」他微笑：「是癌症。」

他的表情就像在告訴我，他知道我都聽過什麼樣的傳聞。之後我再也不敢隨便提起這件事。

不論如何，隨著與他變得親近，我確實得到更多觀察那雙筷子的機會。

和我最初預期隨便就能得手的螺紋鋼筷不同，他的筷子很特別，頭尾粗細接近，比一般常見的略短一點，是現在很少見的設計。不過，最大的難關還是在材料本身——

那雙筷子紅得不可思議，上頭緻密的紋路就像無數圈鮮血的漩渦，好像看久了會被吸進去一樣。筷子打磨得很平整，光澤明亮但不刺眼，我想應該不會是塑膠或金屬。但要說是竹子或木頭，也很難想像植物能生出那樣妖豔的紅色。

有一次我忍不住問他：「你的筷子好特別哦，是用什麼做的？」

「這樣可能看不出來，不過這是用珊瑚做的喔。」

「珊瑚……可以做成筷子嗎？」

「可以哦，不是也有牛骨或象牙做成的筷子嗎？珊瑚聽起來像寶石，其實是差不多的東西。」

「不過我很少聽說用這麼貴重的東西做筷子耶。」

「確實它本身不太適合，要找到大小適當的材料也很難。」他輕撫過筷身：「要做成筷子的話，一體成形比較好，所以至少要是這麼長的珊瑚枝，太小的珊瑚就不行。」

「這樣大小的珊瑚算很稀有嗎？」

「也不一定。不過，如果是這種大小，與其做成筷子，不如直接整株賣掉，或做成其他工藝品，都要來得更划算。玉也是一樣的道理，所以妳很少看到玉做的筷子吧？」

我不太懂這方面的知識，但一無所知也絲毫不減損它的美麗。我湊過頭想仔細看看珊瑚的細節，但就在這時，我突然發現了一件很奇怪的事。

「這兩邊用的是不同珊瑚嗎？」

「啊……對。」他愣了一下：「妳好厲害，看得出來嗎？」

「我也不太懂，但覺得好像這邊的顏色更深一些。」

紅到像要蝕入骨髓一樣，甚至令人感到不安。再仔細一看，兩邊紋路也明顯不同。

「爲什麼？」我感到很不可思議，伸手比畫了一下：「珊瑚應該沒有那麼細吧？既然找到這個長度的了，沒辦法做成一雙嗎？」

他指著比較深的那一邊說：「因爲有一邊弄丟了，這邊是後來重做的。」

「弄丟？」

「嗯……」他苦笑：「雖然顏色有一點差異，不過也沒辦法，這樣就是極限了。」

「我覺得兩邊都很漂亮。」

「是嗎？」

我誇獎了他的筷子，他好像很高興，竟然有點害羞地笑了。

「新的珊瑚是我找來的喔。」

他笑起來很好看，本來纏繞在身上的那一點陰暗感都消失了。要是他常常笑的話，應該會變得很受女生歡迎吧？那一刻我忽然心如擂鼓，不著邊際地想著，幸好全班女生都知道他的現任挑戰者是我。

就因爲滿腦子都是這些事，那時我竟沒有覺得奇怪：

一個國中生怎麼弄來昂貴的珊瑚的？

知道他的筷子是用珊瑚做的以後，我就徹底放棄了掉包筷子的計畫。首先，要找到一模一樣的筷子根本不可能。而且筷子掛在他的脖子上，除了吃飯外幾乎不離身，除非把他敲昏，或是策畫一場搶劫，不然我也沒有掉包的機會。

其實這個時候向朋友道歉求饒，說偷不到筷子，讓大家嘲笑一輪就沒事了。偏偏正是好勝心最強的年紀，而且我也不想丟掉挑戰者的位置。我想，既然正攻法行不通，那就換條迂迴一點的小路。

我們學校每個月底都有服儀檢查，教官非常嚴格，分成男女兩邊，一輪下來大概一個小時。大家會記得不化妝、不戴耳環、不穿不合規定的鞋襪，該卸的指甲油就卸掉。

當然，項鍊也是。

因為是教會學校，連掛護身符都要被罵，也有很高機率被沒收。大部分同學都會記得在檢查服儀前拿下護身符，就更不要說他的筷子了。

輪到我們班服儀檢查那一天，大家都安安分分，不做多餘打扮地進校門，他在教官進門時也不得不悄悄解下項鍊。男生到走廊上列隊檢查，偶爾傳來教官的喝斥聲，大家都圍到窗邊湊熱鬧，我則乘機溜到他的座位上，悄悄打開他的書包。

真的要這樣做嗎？

周圍所有的嘈雜聲彷彿都消失了，我只能聽見自己心臟轟隆隆的響聲，手心開始沁出冷汗，我不停告訴自己，失敗了最多跟他道個歉就好了，但今天不試的話，這麼好的機會就要再等一個月。

雖然沒找到掉包的辦法，但只要讓這雙筷子不見，他總得想辦法弄一雙新的吧？再怎麼樣應該都不會比這雙麻煩了，到時候我還可以虛情假意地送他一雙新的當禮物。

我抽出被紫色布巾包住的筷子，藏進外套口袋，若無其事回到位置上。心臟跳得好快，我輕輕碰觸口袋裡的筷子，冰冷的銀帽刺痛肌膚，指尖向下滑，筷身打磨平整，但摸起來有點原料特有的粗糙感。

檢查完男生後輪到我們。女生通常比男生更費時，因為我們能變的花樣更細更多。等例行檢查結束，第一堂課已經開始了十分鐘。這是我人生第一次當小偷，心情還完全沒平復下來，我不停偷瞄他，但他就像什麼事也沒發生一樣，依然專注盯著老師寫下的公式。

我心不在焉地過了一節課，滿腦子都在想竟然還要一整天才能把贓物帶回家，根本無法集中精神，好不容易熬到鐘響，突然，他走到我面前。

平時除了吃飯時間，他從不會主動來找我聊天。

我作賊心虛，連抬頭看他也不敢。

他平靜地說：「可以把筷子還我了嗎？」

「什……麼？」

「妳剛剛把我的筷子拿走了吧？我看到了。」看我還要張口反駁，他立刻說：「我剛剛一直看著教室裡面。」

我這一生沒做過賊，不知人贓俱獲時該怎麼反應，此刻既害怕又丟臉，全身發燙。

我原以爲大大方方道歉就好了，但事到臨頭了才發現有多難，他面無表情的樣子，就像暴風雨前寧靜的大海。他絕對生氣了，早該想到的，他把筷子當成項鍊貼身帶著，連服儀檢查都不到最後一刻不拿下來，何等珍重，我怎麼會覺得把筷子偷走他就會摸摸鼻子換一雙？

我顫抖著將筷子拿出來，他一句話也沒說，只靜靜伸手過來，指尖相觸的瞬間，我想向他道歉，但是一張開口，卻只發出一連串模糊的聲音——

眼淚掉了下來。

完了。完了。我在心裡不斷這樣想。我只要在公共場合哭起來就完了，我很少哭，所以不知道忍住眼淚的方法。我想開口辯解，喉嚨卻像一台打氣幫浦，只能持續發出抽氣一樣的聲音。

這下換他慌亂起來，本來緊繃的表情也立刻垮了。

「沒關係，筷子還給我就好了。」他不停安撫我，可是我的眼淚還是停不下來，無法控制自己的屈辱感完全支配了我。有些人回頭過來看我們，他慌慌張張拉我出去走廊，我想跟他道歉，但說不出連貫的句子，他大概也察覺到了，拚命對我說：「算了、算了。」

說到最後他也放棄了，乾脆靠了上來，伸手輕輕摸我的後腦勺。一開始還隔著一點距離，漸漸他將我的頭按在肩上，弓起手指慢慢梳我的頭髮。他身上有一股混合著皂香和線香、清潔又沉靜的香味，輕柔和緩的肢體接觸，讓我不知不覺間被一股安全感包圍。

他注意到我的眼淚停了，慢慢鬆開了手，同時拉開一點距離，彎著腦袋看我的臉。

「好一點了嗎？」

「……」

「抱歉，我不是故意要嚇妳的。」

明明小偷是我，爲什麼是他道歉呢？雖然在心裡幫他抱不平，但現在還沒辦法好好說話，我斷斷續續用哽咽的聲音說：

「薄、薄荷糖……」

「什麼？」

「你有、沒有薄荷糖？」

他愣了好幾秒，搖了搖頭。

「那你有、有錢嗎？」他從長褲口袋裡摸出幾個十元硬幣，我帶著濃厚的鼻音說：「去福利社，我要吃薄荷糖。」

他什麼也沒多說，順從地隨我到福利社，我們買了一包薄荷糖，塑膠包裝袋是完全透明的，可以清楚看見裡面一顆顆冰藍色的糖球，像天空中繞轉的星星。我撕開包裝袋，含一顆進嘴裡，遞一顆給他，他擺擺手表示不必了。

上課鐘聲響了，但我的眼睛還又紅又腫，暫時不想回去。他安靜地陪我站在福利社後面的樹蔭下，背靠著石牆。我一口氣吃了三顆薄荷糖，這時才覺得氣息好像平緩下來了。

「對不起。」

「算了。」

我把一顆薄荷糖硬塞進他手心。

「我生氣或哭的時候就會吃薄荷糖，吃一吃火好像就消了。」

他笑說：「我已經不生氣了。」

「我能不能問你一個問題？」

「嗯？」

「那一招是哪裡學來的？」

「什麼？」

「就是梳……頭髮啊。」我有些試探地說：「這不是隨便會對女生做的事吧？你感覺很熟練啊。」

「不是妳想的那樣。」他竟然慌張地說：「我媽身體不是不太好嗎？她每次不舒服都會大哭大鬧。只要我這樣做，她很快就會穩定下來了。」

這話換任何人來說都像謊言，但不知爲什麼他說了我就信了。

「妳問完了，那換我問妳一個問題好嗎？」我點點頭，他說：「爲什麼要偷我的筷子？」

我一下不知怎麼回答。我以爲他說算了，就不會再追究了。

「是因爲上次我說這是珊瑚做的嗎？不過，其實這個應該賣不了什麼好價錢……」

「不是！不是這樣的！我……」知道他完全誤會了，我張口結舌地否認，但什麼戀愛魔法的理由，實在太難說出口了。

他看著我爲難的表情問：「是不方便說的理由嗎？」

「嗯……」我小心翼翼偷覷他：「可以不說嗎？」

「不可以。」

我原本想要蒙混過關，但他罕見地強硬：「這雙筷子是對我很重要的東西，如果不問清楚理由的話，我心裡會留下一個疙瘩。我不想這樣，我不想討厭妳。」

話都說到這個分上了，我知道再糊弄下去，好不容易和他建立的關係就到此爲止了。和絕交比起來，我寧可被他嘲笑幼稚或迷信。

我垂下頭小聲說：「我跟人打賭了。」

他愣了一下，顯得有點難過：「如果你們覺得這樣很好玩……」

「不是這樣！」我忙說：「聽說跟喜歡的人交換一邊筷子，就可以跟他在一起。」

他僵住了，眼睛瞪得很大，一句話也沒說。

我立刻知道他誤會了，但這一刻實在尷尬極了，好歹說點什麼啊！就算眞的當作我在告白，也沒有人這樣晾著對方的吧！我大喊：「不是，你不要搞錯，我不是喜歡你！」

「啊……」

他好像才如大夢初醒一樣，有點恍惚地說：「那……」

「我就是不相信才跟班上女生打賭會偷到一雙筷子，證明這個都市傳說是假的。」

「可是爲什麼是我？」

「因爲——」

是啊，爲什麼是他？

我想我或許是知道答案的，但我不想告訴他。

「因爲抽籤抽到的。」

我說完，他臉上浮現一種很奇妙的表情。

過了一會兒，他像鬆了一口氣一樣，哈哈笑了。

他的笑聲竟然讓我有點火大，感到前所未有的焦躁。

「所以你的筷子能不能借我半邊？」我自暴自棄地說：「拜託，我保證不會用，就是拿去給大家看而已，她們說如果我贏了下學期都當我跑腿。」

當然是騙人的，下課結伴去逛福利社是我們的娛樂，班上只有男生會拿這麼無聊的事打賭。但他在班上似乎既沒有男生朋友，也沒有女生朋友，因此毫無異議地接受了我的謊言。

「抽到了也沒辦法。可是……抱歉，這個筷子沒辦法借妳。」

「還是你有什麼交換條件？」

「不是的。」他搖了搖頭，說：「因爲這是神仙寄宿的筷子，所以不能隨便借別人。」

神仙？

第一次看到這雙筷子時，他好像也說過類似的話。但那時我很快就忘了，畢竟這麼荒謬的話由他一本正經說出來，太超現實了。

他耐心地向我說明：「這雙筷子是千年的古董，在我家代代相傳，裡面住了一位神仙，我們都叫祂『王仙君』。」

他告訴我，王仙君的本名是「王宗千」。

祂說，自己是一位唐朝的駙馬。

皇帝選中王宗千做駙馬，但還沒決定嫁哪位公主，於是就賜了一場御宴，讓兩位公主躲在窗後看。宴會結束以後，皇帝問了她們的看法，大公主心高氣傲，看王宗千沒有半點宏圖霸氣，官職也不算高，心裡很不喜歡。竟然當著皇帝的面，將宴席上的翠玉筷砸成兩截，說：「從前玄宗皇帝賜給宰相宋懷一雙金筷子，讚許他的耿直不折，如何父皇御宴卻賜了一雙柔弱的玉筷子呢？」

這下皇帝也不高興了，小公主敏銳地察覺他的不悅，連忙打了圓場，說：「眞金剛正，不怕火煉，玉雖溫潤，該玉碎時卻也不求瓦全。」

皇帝龍心大悅，於是便將小公主嫁給王宗千。原本打算贈一對玉筷作嫁妝，但想起當時御宴上的玉筷被摔斷了，又說了什麼玉碎瓦全的話，恐怕不吉利。因此命人改以紅珊瑚精工新造了一雙筷子，作爲公主陪嫁之物。

公主將那雙珊瑚筷給了王宗千，說：「此後你我便如此物，永不分離。」果然兩人婚後情感和睦，相敬如賓。王駙馬過世以後，化成了「王仙君」，守護著珊瑚筷，是庇佑姻緣的神明。

「可是你不是說筷子弄丟了半邊嗎？」我問他：「既然是神仙守護的重要筷子，怎麼還會弄丟？」

他猶豫了一下，才說：「就是被王仙君拿走的……王仙君不止會庇佑良緣，如果是惡緣，祂也會作祟警告。那時我爸媽正在鬧離婚，但我媽一直不肯答應。結果有一天，筷子突然消失了……我外婆說，那就是仙君給我媽的警告。沒多久以後，我媽就簽字了。」

「哪有人因爲筷子決定要不要分手的啊？是不是太迷信了？」

「這雙筷子在我們家保管很久了，家族裡的人都非常尊敬，忌諱規矩很多。而且……好像本來就是有『那種』血統的家族，聽說有人還能親眼見到仙君的。」

「那你見過仙君嗎？」

他笑了，搖了搖頭：「聽說仙君只見女孩子，我連祂的聲音都沒聽過。」

「那你怎麼能肯定眞的有什麼仙君存在？」我反駁他：「筷子難道不會是被誰偷走嗎？」

他抬起眼來看我，那樣靜謐的眼神，令我感到毛骨悚然。過了一會兒，他淡淡笑了，說：「我就知道妳一定不信。不過，不信也沒關係，因爲王仙君是眞實存在的，我比誰都清楚，這樣就夠了。」

「可是……」

「而且，筷子不可能是被人拿走的。」

說完，他將筷子遞到我的眼前。

「妳看。」

筷子上殷紅的光波流轉，彷彿一池流動的鮮血。

筷子頭尾都鑲銀，他說珊瑚脆弱易蝕，尾端鑲銀是爲了保護和食物、唾液接觸的部分。頭部則鑲一頂六角形的銀帽，中間挖空一個圓形小洞，讓項鍊從洞裡穿過去。

鍊子很細，披在男孩的頸上似乎顯得過於秀氣。也不長，大概只到鎖骨下一點，他好像很不想被別人看見，不分寒暑總穿著厚厚的冬季制服，把扣子扣到最上面一顆。

「做成項鍊是怕筷子弄丟。尤其這雙筷子是珊瑚做的，不容易找到代替品。」

他將項鍊拉直，讓珊瑚筷順著鍊子滑下去。

我看得捏了一把冷汗，不過，筷子並沒有掉到地上，而是剛好被扣環卡住。

他說：「項鍊的扣環比筷子上的洞要大一點，這是特別訂製的，筷子穿過項鍊才焊上扣環。一開始就是怕弄丟，所以除非破壞項鍊，不然筷子會被扣環卡住，是拿不下來的。」

我愣愣地盯著筷子看，像看穿我心裡的念頭，他說：「沒有人知道是怎麼不見的，不到一分鐘筷子就消失了。除了仙君顯靈，我們也找不到更好的解釋。我媽說，筷子不見以後，仙君也不再出現了，祂一定眞的很生氣吧！」

「需要這麼生氣嗎？我爸媽也常吵架，但都過幾天就和好了。」

我一說完，他的眼神就暗了下來。

「仙君會這麼生氣，都是我害的。」他細聲說：「是我向祂告狀的。」

我對王仙君最早的記憶，是在神桌上供著的一個黑色漆盒。

母親每天早晚都會在神桌前焚香祭拜、喃喃傾訴，恭謹地擦拭盒上每一處塵灰，因此我小時候一直以爲王仙君就住在盒子裡。

一次，我悄悄搬張凳子，想窺看盒子的模樣。光澤艷亮的黑地漆盒上，描繪著淡金與銀紅色的石榴花。我模仿母親的樣子拿幾枝香，裝模作樣地拜了幾拜，然後伸手探向那神祕的盒子。撥去落在盒上的香灰，我慢慢轉開黃銅鎖扣。王仙君的眞面目究竟是什麼呢？打開了寶盒就能見到祂嗎？我深吸一口氣，小心翼翼地掀起盒蓋，幾乎將雙眼都貼到盒子上——

什麼都沒有。盒裡什麼都沒有。

但就在這一刻，我忽然感受到一股視線。

在陰暗的某處有誰正窺視著我——不，打量著我。那視線既是戲謔的，又好像帶了一點貪婪。我立刻將盒子放回原處，客廳裡一片黑暗，視線從四面八方濃密地包圍而來。我想轉頭確認，身體卻不聽控制地僵硬。一陣寒意從背脊升起，我能感覺那視線漸漸縮攏，集中在我的背後，慢慢往前……我知道那視線幾乎已在我身後幾步，在我頸後，在我頭頂——

我緩緩抬起頭來。

對上了一雙鮮紅的眼睛。

「啊……」

「你在做什麼？」

母親的聲音冰冷響起，她居高臨下俯視著我，一向蒼白的臉孔被紅柑燈染得一片朱紅，就連眼珠好像都放著紅光。母親細軟烏黑的長髮垂到我面上，遮擋了視線，我想伸手撥開，卻因恐懼而動彈不得。

母親看我不說話，淡淡掃一眼神桌，我感覺自己的一切都已在她面前暴露，母親微微一笑說：「你剛才點香了？哪一枝是你點的？」

母親每晚睡前一定都會燒香，爐裡插滿密密麻麻的線香，有些燒盡了，有些燒了一半就熄滅，高低錯落不齊，猛一看竟也分不出剛剛點的香在哪裡。

母親看我沒有回答，忽然伸出了手——

她用手掌直接將所有的香都按熄，手心燒出點點焦痕，但她好像一點也不覺得痛，只是死死瞪著神桌空無一物的前方，好像在與一頭猛獸對峙，誰先移開了目光，誰就會被吃得屍骨無存。

不久，大概香已熄盡了。母親默默清理了香爐，自己再點上新的。

我覺得自己彷彿犯下什麼大逆不道的惡行，全身激烈地顫抖起來。

母親靜靜看著渾身發抖的我，並不說話。過了一會兒，她才彎下身來，細聲問：「你想看看王仙君是嗎？」

我不知道正確答案是什麼，不敢開口，但隨即母親伸手進衣領裡，解下頸上的項鍊。鍊上懸了一對朱紅色的筷子，母親又恢復平常溫柔的樣子說：「這才是王仙君。神桌上是本來放這雙筷子的盒子。」

「王仙君是……一雙筷子嗎？」

「不是的，王仙君以前是這雙筷子的主人。他變成神仙以後，就一直住在這雙筷子裡，保佑筷子新的主人。」

於是母親向我說起王仙君與筷子的故事。珊瑚筷通常只傳給女兒，結婚時作陪嫁之物，母親說，筷子成雙成對，寓意是「永不分離」，只要不讓這雙筷子分開，王仙君就會庇佑她美滿姻緣。

「王仙君眞的住在筷子裡嗎？」

「當然了，媽媽還見過祂一次哦！」

「王仙君長什麼樣子？」

母親朝我眨了眨眼，裝出一副苦思的樣子。那戲謔的態度，讓我也分不清她說的究竟有幾分眞假。

「我也不知道，那時候暗暗的，王仙君站在一片黑色的霧裡，媽媽看不清楚祂的臉。不過，我和王仙君說了很多話，還拜託祂幫我一個忙。」

「什麼忙？」

「那時候你爸爸被其他人騙了，媽媽只好拜託王仙君救救他。王仙君開始的時候跟我說，爸爸跟那個人的緣分有十二年，現在才過了三年。」

「那怎麼辦？」

「還有九年，實在太長了啊！媽媽就一直拜託王仙君，說我什麼都可以答應祂，要祂幫我把你爸爸救出來。最後祂說，好吧，那祂想想辦法，把剩下的九年搶過來，轉讓給我。」

我對王仙君廣大無邊、拯救了我父親的法力充滿敬畏，忍不住伸手想去摸一摸那雙筷子。但母親微微一笑，將筷子收了起來，她說：「你現在不要靠祂太近比較好。」

「爲什麼？」

「王仙君很喜歡你，還在你身上『點油做記號』，想要把你從我身邊搶走。」母親溫柔地撫摸我的手，說：「不過你不用怕，我們去找其他神仙來保護你，媽媽絕不會讓任何人搶走你。」

我小時候身體很不好，甚至生過幾次要命的大病，母親篤信這是王仙君的所作所爲，因此一年到頭，總是帶我奔走於大小寺廟之間，燒香禮佛。

父親痛恨母親的這一面，從不肯跟我們一起去廟裡。我很羨慕父親擁有拒絕母親的權利，去廟裡是我最大的噩夢，不僅是因爲又累又恐怖，而且每次從廟裡回來，母親總會大病一場，四肢關節會像球一樣發紅腫脹，連續幾夜猛咳不止。

外婆說，這是王仙君的「懲罰」——因爲王仙君討厭我們奉祀其他神明，祂雖有求必應，卻也十分嚴厲，爲此，我家甚至連祖先牌位也不敢擺的。

然而，即使王仙君的懲罰如此酷烈，母親也從未退縮，一聽說哪裡的神明靈驗，馬上不遠千里地帶我去上香。每當聽見母親開始咳嗽時，我就非常畏懼與痛苦，好像讓她那麼難受的元凶並不是王仙君，而是我。

有一次我忍不住問外婆，母親到底爲什麼這麼害怕王仙君帶走我？

外婆說，你媽媽向王仙君許了願，欠祂的。

我覺得王仙君實在太小氣了，有什麼是神仙想要而得不到的？爲什麼要這樣爲難她呢？我問：「那一定要帶我走嗎？我們不能還祂別的嗎？」

外婆畏懼地說：「王仙君給你什麼，就要還祂什麼。如果賜你財富，就要給祂做金牌金身。如果賜你名聲，就要替祂造塔修廟。如果賜你感情，就要對祂加倍尊頌敬愛。」

「那王仙君給媽媽的是什麼，爲什麼要用我來還？」

外婆臉色蒼白，什麼話也沒有說。

不過，燒香拜佛了幾年以後，原本體弱多病的我，身體竟然眞的漸漸結實起來。母親不再帶我去寺廟，她說王仙君已經放棄我了。我不曉得母親爲何能如此肯定，也從未想過，放棄了我，王仙君是不是就不會再跟她討任何東西了呢——

那年冬天，母親在肺部發現了腫瘤。

這件事在家裡投下了一顆巨型炸彈，父親知道以後，立刻提出離婚的要求。

或許你覺得我父親自私又殘忍，但當時兩人感情早已降到冰點，母親的病只是一個導火線而已。

父親經常向我說，他與母親的婚姻就像一場怪異的夢一樣，如今只是夢醒罷了。

在他們結婚之前，其實父親曾有過一任妻子。他在母親面前很少提起前妻——事實上，他就是透過前妻認識母親的，沒想到結婚還不到三年，妻子就過世了。

父親很喜歡和我說前妻的事，但關於她的死，父親卻總是諱莫如深，只隱隱約約聽他提起過一次。那是在旅行中發生的意外——妻子當時在山頂拍照，卻從山崖失足墜落。父親親眼目睹她墜崖的一幕，他說，妻子就好像想走進雲中一樣，完全無視那是山崖盡頭，已無前路。他在她身後不停大喊大叫，她卻彷彿什麼也聽不見，腳步沒有半點遲疑。爲什麼會這樣呢？至今他似乎還不太肯相信自己的記憶，一面說時，一面露出難以理解的恍惚神情。

當時母親也在那裡，事發後她常來關切父親的狀況，在他灰心喪志的那段期間，給了他許多支持與幫助。或許正是因此，父親對亡妻的眷戀逐漸轉移到母親身上。但熱戀消退以後，母親性格上的缺陷就變得難以忍受，尤其是對宗教的狂信格外使他畏懼。

離婚並不順利，兩人爲此發生無數次激烈爭執，家中幾乎沒有一刻安寧。主要是母親完全不肯討論。母親說，她的婚姻是王仙君所賜的，絕不能輕易放棄。現在回想起來，知道自己罹病的母親，或許只是死命想抓住浮木罷了。她想維持住這個家，就算剩下殼的形狀也可以。

但我眞的非常厭倦這樣的生活。

父親漸漸晚歸，他不在家的夜晚，徒留我對著母親如坐針氈。母親通常會關在房裡一整晚，那是最好的情況，絕不要去打擾她，如果聽見她開門的聲音，就是暴風要臨頭了。但母親比暴風更安靜、也更有條理。她會拿起桌上的報紙，從頭版開始撕成一條條等寬的碎紙，如果撕完了還不夠，她就打開衣櫃，將衣服依顏色一件件剪爛，打開碗櫥，將碗盤按大小一個個砸碎。我常想，等那些東西都消耗完，接下來就是輪到我了。

我能逃到哪裡去呢？能聽我傾訴的對象，就剩下神桌前的王仙君了。既然祂那麼喜歡我，或許會願意聽我的願望吧？於是每天晚上，我都會偷偷向神桌前的王仙君祈禱——

仙君啊！請祢讓媽媽趕快放棄，讓爸爸得到自由吧！

一天夜裡，我如常向王仙君祈禱以後，忽然感受到一股膠著的視線。那感覺非常熟悉，好像有誰在某處盯著我——小時候第一次爬上神桌偷看漆盒，就是這種感覺，那時我覺得害怕，這一刻卻有些期待，是不是王仙君聽見我的願望而現身了呢？我感受到一種召喚，不由自主靠向前去，打開漆盒——

這一次，漆盒裡並非空無一物。

在燈火照耀之下，盒中放著妖豔的紅光，那是母親的筷子。

我還沒反應過來，就聽見身後傳來了腳步聲，我猛一下回過頭，黑暗中浮現母親蒼白的身影，她遠遠站在門口，看著我微笑：

「這幾天晚上，我都聽你在跟王仙君祈禱，所以就把筷子放在那裡。」她說著，慢慢走到我身後，下顎輕輕靠在我肩上：「我想你直接跟祂說祂才聽得見，說嘛！說啊？你不是每天都說的嗎？我知道，我都聽見了。」

屋子裡那麼安靜，讓我覺得好像來到一個沒有聲音的世界——只有母親是這個世界唯一的聲音。

「媽媽爲了保護你，連命都可以拿去跟王仙君換，你就這樣對我？」

從頭到尾，我都沒有開口的勇氣，只能跪在地上不停哭泣，不停說著對不起。

對我的痛哭悔罪，母親一句話也沒說，過很久她才淡淡問一句：「如果我們分開了，你要跟誰？」

我沒有回答，但看著母親悲傷的神情，想必她仍讀出了我的心思吧？

不久後筷子就消失了。

剩半邊孤零零的珊瑚筷，彷彿嘲諷著那「永不分離」的誓言。

母親開始變得奇怪，整天一言不發、精神恍惚，外婆爲此專程來了一趟，勸她早點放手，她說：「我早跟妳說過，不要隨便向祂求東西。祂當初說緣分給妳幾年就是幾年。人要爭，爭得過天嗎？現在筷子不見，就是仙君在給妳警告，妳再死抓著不放，到時候連妳兒子也牽拖下去——」

聽外婆提起我，我全身都繃緊起來，但母親只是面無表情地看了躲在門後的我一眼，什麼也沒說。

當天晚上，母親就簽字了。

監護權終究是歸給了母親，以她的身體情況，其實給父親可能更合理……我不知道是他自己放棄的，或是其他什麼原因呢？

在離婚和病痛的雙重打擊下，母親的精神狀況變得很不穩定。她將少了半邊的筷子鎖在抽屜深處，此後絕口不提王仙君。

雖然這樣說很奇怪，但我想如果是完全瘋了還好一些，可是母親大部分時間都表現得很正常。她照常工作，也開始接受治療。因爲父親已經徹底離開這個家了，在不必去醫院的假日，她幾乎將時間都留給我，從前父親給我什麼，她一樣不缺地全部補上。

簡直是模範母親呀！如果你這樣想，我也無法反駁。但這沉重負持的天平，偶爾會有一瞬間產生劇烈的傾斜。

有一年暑假，爲了完成觀察昆蟲的作業，母親帶我去爬山。

母親不會開車，因此我們搭著公車去，一大早就出發。母親戴著一頂寬大的遮陽帽，穿著她最喜歡的、如少女般純白的麻裙與涼鞋，一路緊緊牽著我的手。循著步道一路深入，漸漸天空被濃綠的密林遮蓋，頭頂像鋪了一張蟬織成的網一樣，鳴聲震耳欲聾，總覺得天上隨時有蟬掉下來也不奇怪。

垂落的山澗積成了一汪清潭，母親彎下身輕輕撥弄水波。我在母親身邊撐起了小小的傘，母親看見我奇怪的舉動，問我：「怎麼了？」

我說：媽媽最愛乾淨，我怕蟬掉到身上。母親呵呵笑了，伸手摸摸我的頭。

「你知道蟬能活多久嗎？」見我搖搖頭，她說：「蟬的一生大部分都在地下過完，出土鳴叫就是它們最後的階段，大概只剩下半個月左右的壽命。」

我聽那雷響一樣的蟬噪聲，怎麼也無法想像，再過十多天後，如此放聲啼鳴的它們就要死了。母親悠悠說：「媽媽也像這些蟬一樣，不知道什麼時候會死掉呢？」

樹縫間落下稀疏的日影，在母親的眼底，反射出細碎的金色光芒。

她忽然按住我的肩膀說：「你知道媽媽現在最怕什麼嗎？」

「死掉……嗎？」

「媽媽不怕死。」

她撫摸我的額頭，指尖比湖水更冰冷。像在我耳邊呼氣一樣，她說：「媽媽最怕自己死了以後，就只剩下你一個人了。」

我還有爸爸……還有外公和外婆，雖然心裡這樣想，卻有一種直覺，絕不能說出口。母親猛地抱住我說：「你不要像你爸爸那樣，你永遠不要離開我好不好？」

我本能地點點頭，母親笑了。

她牽起我的手，說：「那跟媽媽一起去一個地方，去那裡就很安全了。」母親米白色的涼鞋陷入濕軟的泥土中，我和她在岸邊留下一大一小的腳印，她慢慢走進水潭中，讓青藍吞噬她白色的洋裝。

「媽媽只有一個願望，就是和你永遠在一起。求求你，不要丟下我。」

腳底的濕滑感讓我害怕，但母親緊緊牽著我的手，走到水中央的時候，她將我的手放在肩上，環住我的腰間，我依靠她的支撐半浮在水面上，眼睛幾乎與她齊平，看見她閃爍著水光的美麗雙眸。

母親還在持續下降。

直到水已淹過她的肩膀，她忽然猛一下抱住我，將我的頭按進水中，一股帶著腥味的水衝入口中，我甚至沒有來得及閉上眼睛，母親的身軀像要在藍色中溶解一樣……

醒來時我躺在路邊的長椅上，枕著母親的膝頭。頭頂上是一張泥黃色的遮雨篷，一時分不清現在天明天暗。母親的遮陽草帽蓋在我的胸口，那身清潔的白洋裝沾了汙泥和水草。她低垂著腦袋，面龐隱在陰影之中，但我知道她在流淚，淚水像雨一樣打在我身上。

「媽媽……」我聽見自己喉間傳來乾啞的聲音，想伸手拂去她的眼淚。指尖碰到她的一瞬間，母親像個小女孩一樣，大聲號泣起來。

我不知道最後發生什麼事，究竟是有人伸手拉了我們一把，或是母親到最後一刻終於反悔呢？母親帶我下山，在商店裡買了一套全新的衣服換上，兩人若無其事地回家，她什麼也沒有對我說。

那樣的事，後來陸陸續續又發生了好幾次，但我從沒有向外公外婆說過。

我覺得那對母親來說，是一件必要的事。像她需要吃藥，需要去醫院定期檢查那樣。對我做這件事，對她來說，也是維繫生命所必須的。

而且，我總會想起那天在山腳下，她抱著我嚎啕大哭的模樣。

如果不是我胡亂向王仙君祈禱，事情就不會變成這樣了。

雖然我也害怕死，有時卻忍不住想，這大概就是神給我的贖罪方式吧！

但沒過多久，母親就從家中搬了出去。

因爲癌細胞開始向骨頭擴散，在醫生的建議下，母親決定暫時住院治療。

醫院離家裡不遠，每天下課後，我都會帶家裡的晚餐，騎腳踏車去醫院看她。雖然見面的時間變得很短，但我們總盡可能把握時間，向彼此說今天開心的事。

我們這樣好像還比較幸福——每當產生這樣的念頭時，我的心就會一陣刺痛。我有什麼資格產生這樣的想法呢？事情會變成這樣，難道不是我的責任嗎？

直到今天我還是常常在想，如果那時，不要向王仙君許那個願就好了。

我暫時停下漫長的故事，望向眼前沉思的海鱗子。

「老師，您認爲筷子中眞的會有神明寄宿嗎？」

「那不是神，是鬼。」

「什麼？」

海鱗子說：「有靈寄宿當然是有可能的。不過我想先訂正一下妳的用詞——妳說的那位王仙君是鬼，不要稱祂爲『神』比較好。用上『神』這個字眼的時候，很容易讓人產生一種幻覺，好像祂做的一切都是出於正義或仁慈，但不是這樣的。」

「可是萬一王仙君眞的是神呢？」

「不，『神』是不存在的。」

大概因爲我臉上的表情很奇怪吧，海鱗子後知後覺地醒悟：「抱歉，妳有宗教信仰嗎？」

我雖然念過教會學校，但沒有特定信仰。

「偶爾會進廟裡拜拜這樣的程度……」

「不論如何，希望沒冒犯到妳。剛才只是我的一家之見，我算百分之九十九的無神論者。」

百分之九十九？那是什麼意思？

「沒關係……不過您說的話，不是和您的工作自相矛盾嗎？」我看向他桌上那張寫著「除靈」的價目表。

「不，不矛盾。這樣說吧，『神』這個字在不同文化裡的意思差太多了，混用的結果，就是到今天『神』已經變得面目模糊。我跟客戶的認知如果不在一條線上，他們後續容易產生太多無益的幻想，反而添麻煩。所以我習慣和客戶先建立一些共識——」他仔細地向我解釋：「對我們這種人來說，一般人所謂的神，其實就是大一點的鬼而已。」

「神……就是鬼？」

「死者是很孤獨的。」他竟露出了同情的苦笑：「沒有人會永遠記住他們，他們會漸漸被活著的人拋棄。有些鬼會爲自己編造一個出身，或借用一個高貴的名字，以神的身分活下去，不想被人忘記。我這一生所見過的『神』，其實全部都是鬼。」

「但是……難道這樣就可以說沒有神存在嗎？」

「那就看妳對神怎麼定義了。程小姐，妳覺得神是什麼？」

不知道爲什麼，那一刻我腦中首先出現的景象，竟然是國中時學校裡的教堂——一幅聖像也沒有，只有冰冷銳利十字架的教堂。我以前從沒認眞聽過半堂講經課，那些課還常常挪來考試，即使念三年的教會學校，我對神仍是一無所知。

我想了想比較符合自己直覺的想法，說：「像是玉皇大帝、閻羅王之類的吧？你見過的鬼，難道都沒有看過祂們嗎？」

「有啊。」他忽然大笑：「我以前遇過一個鬼，說玉皇大帝很欣賞他生前孝順，決定讓他上天庭。因此要我每天三茶六飯供養他，助他西天學藝。等他修成，就能上南天門領旨，獲封神格了。」

「結果呢？」

「我把他趕走了。」

「爲什麼！」

「既然鬼是人變成的，當然就會說謊。」海鱗子說：「說的也都是在人世時學會的那一套。我考他玉皇大帝叫什麼名字、做什麼打扮、身邊有哪些文官武將，他就說得亂七八糟。跟職業道士比這個，根本找死。」

我一時啞口無言。

「那您覺得如果有神，應該是什麼樣子的？」

「我說了，我不覺得有神。」

「但你說你是百分之九十九的無神論者吧？那你心裡應該還有百分之一的地方是有神存在的。那裡的神是什麼樣子的？」

或許沒想到會被直接挑戰，他的微笑凍住了，沉思了一會他才開口。

「神會愛人。」他說：

「神會救人、神會賞善罰惡，這大概是活在我們集合想像中的神。但現實不是這樣的。是人想被愛、人想被救、人想賞善罰惡。我認爲，『神』就是我們的願望折射出來的樣子吧。」

但他終究沒有告訴我，他心中那百分之一的神是什麼。

「所以說了這麼多，妳想要我幫妳什麼呢？」

「我想請您告訴我，他說的王仙君到底是什麼？祂眞的存在嗎？」

「這個嘛……我也很難就這樣直接判斷。但我不太明白，不管這位王仙君是否存在、是否作祟降災，都跟妳無關吧？我一開始就說了，妳的陽氣很重，鬼神是不敢近身的。」

「我在乎的不是這個，我想知道王仙君的眞面目。」

他看我態度堅決，只好說：「好吧，那我們就從王仙君的角度來看。假如這件事眞的是祂作祟的話，確實有點奇怪。」

我專注看著他，希望他繼續解釋下去，他說：「我說了，神就是鬼，鬼就是人。既然如此，祂們當然跟人一樣，會爲利益驅動而行事。用這樣的角度來思考，王仙君的行爲就很奇怪——沒有人祭祀的『神』，與孤魂野鬼無異。祂受那一家人供奉香火，才能享有棲身之所。萬一他們眞的相信祂已消失，從此不再供養，對祂只有百害而無一利。」

我忙問道：「可是，如果不是仙君作祟的話，筷子爲什麼會消失呢？」

他沉默片刻，說：「鬼能做的事，人也能做，還能做得殘酷十倍。我這樣一路聽下來，與其說是什麼仙君顯靈，難道就沒有懷疑過是他父親拿走的？整件事的最大得利者不就是順利拿到了離婚簽字的父親嗎？他知道筷子對妻子意義重大，可以帶來很大的打擊。」

我很訝異他這麼直白：「沒想到您會這樣想呢……畢竟鬼神才是您的專業範圍。」

「承認鬼神的存在是信仰，但什麼都推到鬼神頭上就叫迷信了。」海鱗子有些不高興地說：「難道妳也相信什麼仙君作崇嗎？」

「我……應該不相信。」

「對吧？所以何必自尋煩惱？」

「可是筷子到底怎麼被拿走的？不想通這一點，眞的可以說王仙君不存在嗎？」

「我不太懂金工上的實務。雖然妳說扣環會卡住筷子，拿不下來。不過只要有適當工具，花點時間謹愼處理，應該不是做不到吧？」

「那就非得破壞項鍊不可了。」

我搜尋類似的圖片給他看，鍊子部分是扭絞成麻花形的細銀繩。

「如果是環鍊，還有可能在剪斷後，將圓環部分重新接上，但他的項鍊是一條銀繩。如果剪斷後想要再接上，只能重新焊接。」

「隨便找個銀樓師傅都能補得很乾淨，不讓人起疑吧？」

「可是沒有時間。」

那雙筷子的意義非比尋常，他母親只用這雙筷子進餐，幾乎二十四小時貼身帶著，要避開她的視線並不容易。

因爲尊敬仙君，她完全油鹽不進，也不碰葷。筷子不見的那天，她用完午餐後把筷子拿去洗，但廚房面紙剛好用完，筷子濕淋淋的不好拿在手上，她就暫時將筷子放在乾淨的盤子上，到起居室拿面紙。回來的時候，半邊筷子就消失了。

「她離開不到一分鐘。」我說：「把項鍊剪斷再接上需要時間、工具，依當時狀況不可能做到。」

海鱗子隨口說：「或許破壞的不是鍊子，而是筷子？反正都會把筷子拿走，弄得再慘也沒人知道。」

「筷子的銀帽很厚，普通的鋼絲剪是剪不動的。就算能剪斷，也要冒很大的風險。不但可能傷到項鍊，而且那種東西太顯眼了，也會弄出不小的聲音，他母親就在附近而已，萬一剪到一半被逮個正著，後果應該會更糟。」

「直接做一副假的呢？」

「珊瑚的成色、紋路、觸感很難完全複製，假如是要騙騙我這樣的外人還有可能，但那雙筷子時時在他母親眼前啊。」

「還眞像益智遊戲啊……」

「如何？您能幫我一起想想答案嗎？」

「那又不是我的營業項目。」他無奈地說：「但是，就算是作祟又怎麼樣呢？爲什麼妳要這麼努力證明人爲的可能性呢？」

「我……很希望能讓他不要再相信王仙君了。」

海鱗子皺起眉。

「爲什麼？他信不信與妳又何干？否定了鬼神的存在，能讓妳得到勝利的優越感嗎？」是不是我對鬼神的態度冒犯了他呢？他的語氣有些尖銳：「還是說他就是妳要結婚的對象呢？那我就可以理解了，跟宗教狂信者結婚，眞的是很難過日子啊。」

我連忙道：「不是的！我從來沒這樣想過，只是……他一直覺得筷子會消失，是因爲自己跟王仙君許了願。抱著這樣的想法過一輩子，眞的太可憐了。」

那段時間，我和他最常聊的就是筷子的事。

我堅持筷子一定是被人拿走的，他則相反。因此只要一出現新的想法，我就會立刻找他。我沒親眼目睹筷子失蹤的情形，只能像小說裡的安樂椅偵探，提出各種天馬行空的見解，再由他來評斷。

我一次次發起挑戰，想攻破關於王仙君的幻想，又被他一次次駁回。雖然他篤信王仙君的存在，但也不排斥我這樣扮家家酒的偵探遊戲。有時提出新奇的想法，他比我還熱中。我們做起各種實驗，在準備大考的焦慮中，這成爲我們最好的娛樂。

不過，終究沒有任何成果，就像現在的我和海鱗子一樣。

對我近乎哀求的死纏爛打，他也只能長長嘆氣。

「嗯……當時筷子有沒有什麼不對勁的地方呢？」

「他母親發現筷子少了半邊以後，第一個反應是扣環鬆脫了。因此她立刻試了試另一邊筷子的狀況，不過，另一邊還是牢牢被扣環卡住。」

他沉吟片刻：「對了，會不會是利用溫度變化呢？讓扣環縮小或讓帽孔膨脹，這樣說不定就能穿過去了！」

「扣環和帽孔的大小很接近，我們也有這樣想過，但做不到。東西本身都很小，熱脹冷縮的程度很有限。要做到能穿過去的程度，溫度差異會很大，一摸就會發現了。」

「我理科一向滿爛的。」他又說：「對了，物理不行的話，就換成化學好了？我見過在金屬或玻璃上蝕刻的版畫，會不會是用化學溶液，直接溶掉銀帽呢？」

「最大的問題還是時間，要將那麼厚的銀帽溶解是需要時間的。」

「你們還討論了眞多可能性啊！」

「國中生嘛……託此之福，我的自然科成績突飛猛進。」

頭一次我在他眼中見到一點憐憫之情：「那大概眞的是作祟了吧？也許該放棄的是妳才對，抱著想拉他一把的心情過一輩子，妳不是也很可憐嗎？」

「請您不要這樣，再幫忙想一想吧！」我忙說：「放棄的話，就好像承認他這一生都難以擺脫王仙君了啊！」

「我是道士，不是偵探。」

「我聽說如果是鬼的犯行，您就用對付鬼的方法處理。如果是人的犯行，您就用對付人的方法處理。」

他似乎很驚訝自己還有這樣的傳聞：「處理天災是我提供的基本服務，人禍要另外收費。但——事到如今，追究是天災或人禍又有什麼意義呢？」

他的目光中充滿無奈：「好吧！那我們再來試試這個假設如何？從頭到尾，宣稱筷子在短短時間內消失、並且動手檢查筷子的，只有他母親一人吧？」

「應該是……」

「那也有可能是他母親說謊，是她自己把筷子藏起來的。」

「這樣對她有什麼好處？」

「也許她察覺到這個家根本沒有人站在她這一邊……因此想要一個能下的台階。」

「但她爲筷子的事受到了很大的打擊，我實在無法想像她這樣做。」

「是嗎？我怎麼覺得眞正打擊她的，是兒子對自己的背叛呢？」他乾笑一聲：「不過如果妳不喜歡這個版本，那麼這個故事裡也還有一個人可以說謊。」

「誰？」

「妳的那個男孩。」他聳聳肩殘酷地說：「也許一切都是他編出來的故事，只是想給妳留個深刻的印象。」

「您比較喜歡這樣的版本嗎？」

「是妳堅持想要一個人禍的答案。」他說：「我只是告訴妳，妳也是這個故事中的局外人，他未必都向妳說實話。我明白妳想要爲他消除罪惡感的心情，但這樣做眞的有意義嗎？就算我和妳證明了他父親有機會把筷子拿走，也不能證明王仙君就不存在。如果妳只是想證明實際動手偷竊的人是他父親，筷子的消失與他那愚蠢的祈禱無關。那妳該找的是警察、偵探或是他父親本人，不是我。我不可能只聽妳這樣描述，就知道發生什麼事情、就推論有沒有鬼神的存在，我甚至連筷子都沒看見——」

一瞬間，海鱗子停下了口若懸河。

「筷子在這裡。」

我從皮包裡面拿出半邊血紅色長牙一樣的筷子。

「那現在你能告訴我，到底有沒有王仙君存在了嗎？」

故事走到這裡，我也忍不住想知道，在您心中，王仙君又有何種輪廓呢？

或許您對我如此執著於祂的存在與否，早已感到厭煩。但對王仙君理解的歧異，決定了我的一切行動。至今我仍不知道自己究竟做了什麼、做的又是對是錯。不知您在聽完這個故事後，能不能給我一個合理而公正的答案呢？

五月初，我們進行最後一次模擬考，大考迫近而來的氛圍變得強烈，我們好不容易才親近起來，卻轉眼就要畢業了。

但我還沒找出筷子的答案。

不知從何時起，這對我來說不再是單純的偵探遊戲，我是眞的想將王仙君的陰雲從他心中掃去。筷子一定是他父親拿走的，我深信不疑。他父親跟母親沒有兩樣，都利用王仙君來實現自己的願望，卻留他一個人在原地作人質。

那樣眞是太卑鄙了——這先入爲主的敵意，反而使我忽略找出解答最簡單的方式。

那天考完最後一科，班上成績最好的幾個人在走廊上對答案，我和他留在教室裡塡寫升學報名表。模擬考放學時間都會提早，教室裡已經沒剩什麼人，我們對坐著振筆疾書，除了走廊偶爾傳來的幾聲哀號，只能聽見原子筆書寫的沙沙聲。我和他前幾志願都是男女分校，可能不會念同一所高中。今年暑假過後也許就會漸行漸遠了。

想到這裡，我忍不住偷瞄他一眼。雖然都是些無聊繁瑣的基本資料，但他低頭寫得很專心，垂下來的瀏海幾乎遮住了眼睛，我的視線在桌上凌亂的綠色紙卡間飄蕩，突然在他資料卡的家長姓名那一欄上，看見一個陌生男人的名字。

說陌生，是因爲那個名字跟他姓氏不同。

我覺得那很明顯是男人的名字，應該不會是他的母親。他的姓氏不算很特別，卻也並不常見，家長欄上那個男人的名字，沒有任何一個字能與他產生連結，孤零零的，帶來一股不可思議的疏離感。

我第一個反應是，那會不會是他的新爸爸？

但他說過他們和外公外婆住在一起，而且照顧母親的工作都由他承擔，聽起來實在不像再婚。

過了幾秒，我突然又想到——

既然已經離婚了，說不定他現在是跟著母親的姓氏。

那麼，這會不會是他的親生父親？

這一刻，我赫然驚覺一件我過去從沒想過、解決筷子問題最簡單的方式——

「喂！你有沒有想過直接對正確答案啊？」

「什麼？」他一下沒反應過來，瞥一眼走廊那群人，竟然有些慌張地說：「不要不要，我這次應該考很差。」

「我不是說模擬考！」我大喊：「我是說，直接問你爸！如果當初筷子是他拿走的，那直接問他怎麼做的，就不必一直想了吧？」

他不當一回事地笑了：「不是他做的事，他能說什麼呢？」

「試試看也好嘛！」

「就算眞的是他做的，他也不可能講出來啊。」

「如果他的目的是離婚，那早就達到了，也沒必要再說謊吧？」

沉默片刻，他終於開口：「可是……我不想去找他。」

「爲什麼？」

「他……應該也不想被我打擾吧？」

「天下哪有爸媽會嫌自己的孩子打擾啊？」

「他再婚了，現在過得很好。我有一個弟弟，現在應該四歲或五歲了。」

「難道你們都沒有聯絡過嗎？」

他像被人用針扎了一下，輕輕地搖頭。

「我不知道聯絡了要說什麼，而且，我也覺得……我們或許不要再聯絡比較好。」

看他那一副難以啓齒——或說，連自己也不知道如何說明的模樣，我忽然產生近似悔恨的感情。

我生長在普通的小康之家，三個小孩，我是家裡的長女。雖然我們常常吵得鑼鼓喧天，但所有不愉快和冷戰都只限定一週，到了週末爸媽會開個會讓大家把話說開，然後以「好！這禮拜的吵架一筆勾銷，我們重新開始！」作結，全家一起出去玩。

我根本不明白他說的「打擾」是什麼，我永遠無法理解那是什麼樣的生存方式。

我和他不一樣——意識到這一點，我非常不甘心。而處理這種心情的唯一方法，就是逼他改變他的生存方式，讓他離開那個我不能理解的世界。當時的我，並沒有察覺自己的心態多麼殘酷。

「那我去幫你問吧？」我說：「你爸應該不知道你們後來把筷子修好了吧？」

「應該……是吧。」

「我可以試探他呀！」我興致高昂地說：「假如眞的是他偷走的，那他一看見筷子還跟以前一樣，一定會嚇一跳吧！說不定還會有點害怕呢，畢竟這本來是王仙君的筷子啊？我就跟他說是王仙君派我來的，仔細觀察他的表情變化——」

「不可以！」他大喝：「這不是可以開玩笑的事！這雙筷子比妳想得要更危險。」

我從未見過他這樣不高興，嚇了一大跳，還有點委屈：「可是……你不是說王仙君已經離開了嗎？還有什麼危險的？」

他嘆了一口氣，無奈地說：「妳知道筷子是怎麼恢復成雙的嗎？」

有一次在醫院，母親忽然向我問起珊瑚筷的事。她說自己昨晚夢見了王仙君，祂嫌筷子只剩下一邊了，要住也不舒服，要母親再去弄另一邊來。

「眞的是王仙君嗎？」

「當然了！」母親自信滿滿地說：「我以前親眼見過祂的。」

「可是，筷子不就是祂自己帶走的嗎？事到如今爲什麼又來找妳要？」

母親垂下眼來，淡淡笑了：「是嗎？是王仙君拿走的嗎？我不知道。」

那眞是一陣恐怖的沉默，我們誰也沒有開口，誰也不想知道正確答案。不久，母親又恢復了笑容，鉅細靡遺地向我交代王仙君的要求：「祂說，以前的事就跟我一筆勾銷了。只要我把筷子復原，祂就回來幫我實現一個願望。」

「妳還有什麼願望？」

「嗯，你覺得什麼才好？比如說，把你爸爸帶回來，讓我們一家三口團圓呀！」

她的眼神熱切，閃閃發光，那一刻我忽然感到難以言說的厭倦。

「爸爸已經走那麼久，不會回來了。」

「只要有王仙君的幫忙——」

「硬要拆散他人的姻緣，王仙君會要妳付出多大的代價？妳已經受過一次教訓，難道還不夠嗎？」

聽見「他人的姻緣」時，母親的面色變了，我未曾見過她如此憤怒的神情。她忽然猛一下站起來，掐住我的脖子大力搖晃，發出歇斯底里的尖叫聲。

但我已經不是當時那個柔弱的小男孩了。

母親的手腕變得好細，幾乎摸不到肉了，像一把乾柴，那是長年臥病的結果。她照不到日光的身體漸漸蒼白而萎縮，而我卻進入成長期，骨架一下就變得寬廣，雙臂也充滿力氣。我沒費什麼勁就將她的手扳開了，反而是母親發出疼痛的呼喊，我若再多出一點力，或許就會將她的手腕折碎了。

「對不起……」

我立刻道歉，母親一言不發，只是靜靜轉過頭去。

那一刻我感到強烈的畏懼與悲傷，曾經抱著我爬上一階一階寺前石梯，為我燒香祝禱那堅毅的力量，原來不知何時，母親早已失去了。之後，我都不敢再去看她，是外婆不停懇求我，說母親很想我，請我就當作可憐她也好，不要再鬧脾氣了。

再一次踏進醫院時，我帶了被母親束之高閣的筷子和一本珊瑚寶石的圖鑑過來。

「這是做什麼？」她抬起頭來，像個小女孩一樣看我。

「妳不是說要讓筷子重新成雙嗎？」我為母親戴上項鍊：「本來的是皇室的紅珊瑚，找了差勁的代替品，仙君也不會回來的。」

其實我問過外婆，原來筷子弄丟的時候，外婆就有想過讓它復原了。但找了專門的師傅，都沒得到滿意的結果。他們說，這個成色水準的珊瑚恐怕比黃金還貴，不如找相近的質料染色就好。

如果是普通的工藝品，也許這樣做就可以了。但這畢竟曾是神明寄宿了千年的靈物，若非真正有因緣之物，隨便做出另外半邊，恐怕反倒是冒犯。

我也知道，要讓筷子復原恐怕是很難了。但看著母親死氣沉沉的眼中又有了一點希望，我意識到，只要心中還懷抱一件想做的事，或許就能忍耐漫長痛苦的治療吧。此後，我經常帶寶石圖鑑和拍賣目錄來給她看，雖然我們大概都買不起，但只看不買也很開心。

母親一直尋找著理想中的紅色，如果照片拍得不夠清楚，她就會大肆批評。如果看到滿意的，她就會高興地要我多留意，她會跟王仙君問問看這個可不可以。

「以後要做會賺大錢的工作，給你媽買這個。」

就算是我，也知道那個價錢實在不是努力工作就買得起的。但如果我老實說了，她一定會很失望吧？所以每一次我都說好，我說，我有一天一定會幫她把筷子修好，讓王仙君再給她一個願望。

那段時間，她平靜了很多，我不再覺得去探望她是那麼可怕的事了。

可是，母子的遊戲還是有結束的一天——

升上國中那一年，王仙君又出現了。

不過這一次，王仙君找上的是我，祂直接向我指示珊瑚的所在。

說「直接」或許有些勉強，其實我這一生從未親眼見過祂、也從未聽過祂的聲音，至今我也無法肯定祂是否眞正存在。有時我甚至會想，那一天我得到的「指示」，會不會只是被我僞裝成神蹟的幻想？但神蹟就是這樣孤獨的體驗，無法分享、無法驗證，也無法重現，能決定它存在與否的，只有直面神蹟的本人。

而那對我來說，就是神蹟了——就像幼時打開漆盒的瞬間，雖然看不見祂，也聽不見祂，卻能強烈感覺到祂的存在。

我按王仙君的指示拿到祂要的珊瑚，終於讓筷子重新成雙。

有一天晚上，我忽然聽見客廳傳來說話的聲音。我跳下床，摸黑走進客廳，一片伸手不見五指的黑暗中，只有神桌上兩盞紅柑燈放著妖異的紅光。

筷子收在黑色的漆盒裡，我很篤定聲音是從盒子裡傳來的。

我恭恭敬敬朝神桌磕了頭，問：「是王仙君嗎？」

我聽見一連串笑聲，過一會那個聲音漸漸變得清晰，說：「我一直很想見你。我帶你去一個地方，要跟我走嗎？」

我無法抗拒聲音，竟然點了點頭，回房間拿了幾百塊錢，就穿著一件睡衣在凌晨出門。計程車一路逐著海風北行，司機反覆確認，這個時間是真的要去海岸邊嗎？爸爸媽媽呢？但我什麼也不回答。司機終於感到不對勁，將我載到警局。

天亮時我在一片茫然中清醒過來，毫無前夜的記憶。警局聯絡了外公外婆，讓他們帶我回去，但不久我又再次聽見那個聲音。

「上次就差一點了，眞可惜。這次會順利的，我們走吧！」

這次醒來時在一座舊大樓的樓頂，據說我從壞掉的側門溜進去，一路從安全梯爬到樓頂，當時正好有一群大學生也溜進來飲酒作樂。他們不想上警局，但還是在那裡一直等到我清醒。

類似的事日後發生了無數遍，但我漸漸習慣如何對付那個聲音，只要盡量保持清醒，就不那麼容易被聲音所誘惑，睡前我一定會鎖上房門，掛上一條手鍊，上面寫了我的名字和家裡的電話。

但不是每次都能那麼順利，有一次，祂用非常悲傷的聲音說：「難道你就一點也不想見我嗎？」那眞是一個柔軟的哀求，我毫無抵抗地就去了。

深夜裡空無一人的大橋，昏黃的路燈像幾百顆月亮一樣映在水面上。

我爬上欄杆。

非常幸運，當時在附近巡邏的警察攔住了我。

我不知道他說的話有多少是認眞的，但他看起來沒有半點開玩笑的意思。

我顫聲問道：「那是怎麼回事？之前王仙君有跟你說過話嗎？」

他搖了搖頭：「沒有。」我腦中一片混亂。原本我以爲他只是在家庭的影響下迷信王仙君的存在，但如果他說的這些都是眞的，情況就遠比我想得嚴重多了。

但是，爲什麼王仙君會開始跟他說話呢？

就算是在他最相信王仙君的童年裡，也沒有眞正幻聽過祂的聲音。總不會無緣無故情況就改變了，應該有什麼導火線才對？

我想起在反毒宣導的影片上看過，某些品種的植物有致幻的可能，雖然珊瑚不是植物，但會不會有類似機會呢？尤其筷子會直接放進嘴裡。如果弄明白新的珊瑚哪來的，或許就能知道究竟發生什麼事。

我連忙追問他珊瑚的來處，他說：「是王仙君指引我去拿的。」

「你是說，在筷子修好之前，王仙君就出現來找你了嗎？」

不對，我總覺得哪裡亂套了，這和他先前的說法出現微妙的矛盾，他明明跟我說他從沒有見過王仙君、也沒有聽過祂的聲音。

他偏著頭，思考如何妥善說明：「出現……不，這樣講好像也不太對。王仙君什麼也沒有對我說，是我單方面向祂許願的。我問祂願不願意收下我準備的珊瑚，爲我實現願望，祂同意了。」

「既然祂什麼都沒說，你怎麼知道祂同意了？」

「這……」

「擲筊？託夢？」

他有些焦躁地說：「不是這樣的，這很難說清楚，但那就是祂的回答不會錯的。總之，如果妳在我那個情況下，一定就會明白我的意思了。」

「什麼情況？你不說我根本不明白啊！放著那個聲音不管，你可能會有生命危險的，你家人沒有帶你去看醫生嗎？」

他以不可思議的眼神盯著我，好像我說了非常愚蠢的話。

「醫生是沒辦法解決這種事的，這是作祟呀。」

「怎麼可能？那只是一雙筷子而已！」
「妳不明白這雙筷子的力量，才會說出這種話。」
「如果眞的是這樣的話，爲什麼不把它扔掉算了？」
「不可以。」
「爲什麼？你不害怕嗎？」
「怕啊。」他垂下頭說：「但我……做不到。」
當然，就算是那個年紀的我也知道珊瑚是昂貴的珠寶，而且他們家長年供奉那雙筷子，絕不可能隨意丟棄。可是如果眞的相信是作祟，難道筷子還會比命更重要嗎？
「再說，也有一段時間沒發生過這種事了。」
「那也不能保證不會再發生吧？難道你們就打算什麼都不做——」
「我們不是什麼都不做！」他大聲反駁道：「家裡……找過很多師父了。」
「什麼？」
「我們希望能超渡祂的靈魂，但那些師父說，祂恐怕永遠都無法超生了。這都是我的錯，如果我當初不要那麼想實現媽媽的願望、讓筷子成雙……」
那一刻，我覺得腦內最後一根理智的弦繃斷了。
這麼嚴重的幻聽，危及他的性命。他們家不帶他去看醫生，卻尋求宗教迷信的庇護？
這已經不是他個人的問題、不是什麼將王仙君從他腦中掃去就好的事情，這是根植於他們家族心中的病態信念。他們是打從心底相信這一切的。
我惡狠狠瞪他：「那王仙君幫你實現願望了嗎？既然你給王仙君珊瑚了，爲什麼祂還要害死你？」
他答不上來，露出張皇無措的表情。我大叫：「因爲根本沒有什麼王仙君，是你們家每天灌輸你那些迷信思想，才讓你開始產生王仙君的幻覺！」

「不是這樣的，王仙君才不是幻覺！當初筷子就是被王仙君拿走的呀……」

「我才不相信，筷子一定是被人拿走的！只要我們繼續思考，絕對可以找出眞相！」

「妳憑什麼這麼肯定？」

「我才想問你憑什麼否定吧？全部推到王仙君身上比較輕鬆嗎？」

「什……麼？」

「如果筷子是被你爸拿走的，不就證明他爲了把你們母子甩掉，眞是費盡心思嗎？你最不想被證明的，才不是王仙君到底存不存在，而是這件事吧？」

「啊……」

他的話哽在喉頭，一句也說不出口，只能用震驚又悲傷的眼神看著我。但我沉浸在戳破事實的勝利喜悅中，絲毫沒有察覺自己的話何等殘酷：「我之前覺得，筷子的事你要自欺欺人就算了，那是因爲我不知道你的情況這麼嚴重。你要是不認清根本沒有什麼王仙君存在的話，這種事還會繼續發生，說不定還會危及性命的！」

「妳根本不知道我家的情形……怎麼能隨便下這種結論？」

「是嗎？如果眞的有神或鬼存在，爲什麼從來沒有人能證明？」

「但也沒有人能證明祂們不存在啊！」他焦急地辯護：「雖然我沒有見過王仙君，但我媽說她見過王仙君的！而且，王仙君還來託夢……」

「那全都是她的妄想吧？你自己不也說，離婚後她的精神狀況一直都不太穩定嗎？一定是因爲精神受到太大的打擊，所以才開始變成那樣的。」我抓住他的手：「拜託你，千萬不要步上她的後塵。到底是發生了什麼事，讓你也開始聽見聲音的？如果有什麼困難，都可以跟我說……」

他的表情頓時變得扭曲，可是我完全沒發覺。

「我陪你去找醫生、我們去檢查你的筷子，一定可以找到解決辦法，到時候你就不會再聽到那麼恐怖的聲音——」

「妳憑什麼說那樣的話？」他將我的手狠狠甩開，面孔因憤怒而脹紅，全身都激烈地顫抖：「少用妳自己的世界來想像別人的生活！」

他像逃跑一樣轉身衝出教室，走廊上爆出一陣驚呼，有些人探頭進來看發生了什麼事。但連我也還沒反應過來，我只是盯著發紅的手腕，腦中一片空白，但同時我也明白了一件事——

我和他，根本就活在不同的座標系上。

即使日常生活中能自在交談、能成爲親密的好友，但面對這個世界時，我們一直都用完全不同的邏輯在生活。關於鬼神、關於仙君、關於那雙筷子的事，只要一踏進那部分，他的世界就會變成一座頑強封死的堡壘。

可是，哪怕只有一點透光的縫隙也好，我想靠近他啊……

眞的是我太過傲慢，先入爲主地拒絕王仙君的存在嗎？

那之後，我每天一下課就泡在圖書館裡，想找出更多關於王仙君的資訊。哪怕一點蛛絲馬跡也好，我想知道王仙君究竟是一個什麼樣的人。我記得他說過，王仙君的本名是王宗千，是一位唐朝的駙馬，與公主許下白首不離的誓言。

那樣的人爲何變成如此貪婪殘酷的神明？知道更多他的事，我就可以找出自己下一步還能做什麼。我甚至抱著瘋狂的期待，或許我能找出王仙君違背自己諾言、傷害他的理由，然後求祂放過他們一家人。

然而，我的努力卻是徒勞無功的——

翻遍整部唐朝歷史，確認每一位公主的婚配，從來沒有這樣一位王駙馬存在過。

所有關於王仙君的故事，都是謊言。

那麼，他們家一直以來拜的東西，到底是什麼？

不知過了多久，海鱗子終於從珊瑚筷上移開視線。

「怎麼樣，筷子上眞的有什麼東西嗎？」

「不，這上面已經什麼都沒有了……」

「是嗎？果然王仙君是不存在的嗎？」

「話也不能這樣說，畢竟都過去這麼久了。」海鱗子冷淡地說，眼中毫不掩飾苛責之意：「比起這些，妳難道不該先告訴我，這半邊筷子爲什麼會在妳手上嗎？」

我低下頭：「是被我偷走的。」

「意思是妳早就知道拿走筷子的方法了，剛才都在耍我，跟我玩辯論遊戲？」

雖然他的語氣沒有太大波動，但明顯感受到他的怒意，我做的事確實太過頭了，我不停道歉：「對不起，但我有必須這樣做的理由。」

他嘆氣道：「算了，妳愛怎麼樣我管不著，反正我按時間收費。但至少讓我知道爲什麼妳要拿走他的筷子吧？萬一他說的都是實話，妳難道就不怕將作祟的鬼魂帶到自己身邊嗎？」

「那時我滿腦子只想著救他。尤其查不到王仙君是誰，更讓我相信什麼王仙君都是編出來的故事，只有我能幫他。」我苦笑道：「你現在一定覺得我很傲慢吧？對，是我傲慢，是我沒有聽他的警告，我一定是……根本不在乎他的世界是什麼樣子的。」

「對妳來說，偷走筷子就是救他的辦法嗎？」

我點點頭：「我覺得那雙筷子就是所有問題的源頭。最初，我想直接把整雙筷子偷走或弄壞，可是很快我就明白這沒有用。他一定馬上就會懷疑到我身上，就算沒有，以他們家對那雙筷子異常的執著，說不定只會讓他陷入瘋狂。可是，那雙筷子真的太礙眼了，一定要讓它消失。到底要怎麼做才能讓筷子消失，卻沒有任何人會受責備呢？」

「王仙君……」不像剛才那樣陷入苦思，這一次，海鱗子很快就得出答案：「妳想把一切都推給王仙君吧？」

「您真聰明，我那時候想了很久的。」

「不，我一點也不聰明。至少我還是不明白，妳到底是怎麼做到的？」

我好不容易捱到月末，國中三年最後一次服儀檢查。

那天的檢查以一聲怒吼開場，教官在走廊上粗聲粗氣大罵：「馬上把袖子捲起來！」大家全都湊到窗邊，只有我趁亂靠近他的座位。服儀檢查途中他會一直盯住教室，以免有人碰了他的筷子——我就吃過一次大虧。但那也得是他有餘暇，要是他自身難保的話，恐怕就沒時間管那麼多了。

確認沒人注意我，我深吸一口氣打開他的書包，這一刻在心中已演練過無數次了。

我撈出他的筷子，用鐵剪絞斷銀繩，接著換上訂做的新項鍊。

這幾乎花掉我所有零用錢，尺寸非常精準。在玩偵探遊戲的那段時間裡，我們把筷子上上下下摸透一遍，這時就派上用場了。筷子本身是高檔珊瑚，那樣奪人心魄的色彩，絕不可能用任何粗製濫造的手段蒙混——

但項鍊就不同了。

那僅是一條普通銀鍊，沒有任何特殊工藝，只要稍微做舊，很容易替換掉。新項鍊的扣環比原本稍小，剛好能穿過筷帽上的孔。我扣上扣環，從口袋裡摸出一條快乾膠，在帽孔頂部擠上一層薄薄膠水，如果不將眼睛湊近洞口，根本看不出來。

按照包裝說明，膠水三十秒內就可以完全乾燥。剩下那半邊筷子跟剪斷的銀鍊，我用面紙包住，收進保存食物的密封塑膠袋裡。假項鍊的扣環雖然比原本的要小半圈，但猛然一看根本分不出差別。唯一的困難是，只要他稍微一試，就會發現筷子能穿過新扣環。

爲了避免穿幫，必須使扣環穿過帽孔後，變得比孔還要大才行。

當然，要讓扣環無中生有地變大是不可能的——

既然如此，就使帽孔變小就好了。

雖然筷子的帽孔裡從未發現膠水痕跡，但只要當下沒被拆穿，他父親比我多得是機會處理。我把筷子塞進走廊盡頭飲水機底下的縫隙中。筷子是昂貴的珊瑚，鬧大了說不定會演變成嚴重的偷竊案，因此絕對不能把筷子帶在身上。經過上次的經驗，我不敢肯定他發現筷子不見時會做出什麼事。

男生的服儀檢查結束了，我看見他有些狼狽地走進教室，大概沒想到自己會被人暗算，費了一番工夫跟教官解釋吧？

接下來輪到女生，但檢查還沒開始，我就聽見教室內傳來巨大的碰撞聲。所有人都目瞪口呆地看向窗內。是他在翻箱倒櫃。他把書包和抽屜裡的東西全部倒出來，發瘋一樣翻找。

等服儀檢查結束，一進教室，他立刻筆直朝我走來。

亂撒一地的東西甚至都沒有收拾，他的眼中燃燒著前所未見的憤怒。

「是妳把筷子偷走的嗎？」

「筷子……筷子怎麼了？我不知道啊，我什麼都沒做。」

「是不是妳幹的！把筷子還我！」他歇斯底里地大聲尖叫，伸手抓住我的衣領，這時候旁邊同學終於知道情況不對，幾個人衝上來拉住他，但他就像從籠子裡放出的野獸一樣不受控制。

他瘋狂的模樣讓我非常害怕，但我偷換筷子的時間很短，不會有人看到的。我努力壯膽，故作氣憤地大喊：「你在講什麼？不要隨便誣賴別人好嗎？你的筷子不是在那——」

看著只剩半邊的筷子，我做出恰到好處的驚訝表情。

我定在那裡，不發一語。事實上，我怕到說不出話，怕講錯一句話就露出馬腳，讓他逮個正著。

他縮起身子，全身都在顫抖：「爲什麼……」

我從沒見過他如此脆弱，那讓我覺得自己和他父親一樣殘忍。明知那雙筷子是能傷害他們母子的。我很想拿出筷子，安慰他一切只是小小惡作劇，但此刻我已經失去承認的勇氣。

中午時，心臟跳得不是那麼快了，而他還呆呆坐在位置上。我拉了一張椅子，在他旁邊坐下來。

「到底怎麼了？」

他的額際有些汗濕，瀏海黏成一團，眼角發紅，和平常乾淨整潔的樣子相差很大。

他遲疑片刻，終於緩緩開口：「筷子……服儀檢查時不見了，檢查前還在的。」

我點點頭，裝出理解的樣子：「你回來時突然發飆，就是因爲這件事吧？但檢查的時候你有看到誰靠近你的位置嗎？我之前想偷你的筷子，一下就被你逮到了。」

「我有一段時間被教官抓住……」

我故作驚訝：「爲什麼？」

他猶豫一會，還是把話吞回去了：「教官對我有點誤會。」

「應該就是這段時間被偷了吧？可是我不記得有誰走到你的位置附近啊。要不要直接跟老師講？那個是紅珊瑚做的，很貴吧？」

「不行……」

他的聲音沙啞，充滿絕望。我不知道他爲何立刻放棄，但老實說我鬆了一口氣。要是事情鬧大了，說不定連警察都會來，那是我最害怕的結果了。我陪他虛情假意四處探問，當然沒有人承認拿了他的筷子，做這種事根本沒好處。他大概早就預測到這樣的結局，顯得十分無精打采。

放學後我陪他留下來，檢查每個人的位置和抽屜。

再也沒有比這更虛無的事了，因為凶手就是我。

花了兩個多小時證明自己的徒勞無功，我們無精打采地坐在講台邊。

我是因為疲憊，他是因為絕望。

不知不覺天已昏黃，夏日太陽落得很晚。讓我忽然想起第一次和他說話的情景。昏暗的冷冬，枯黃的天際，就與這一刻一模一樣。

「喂！」我說：「你那雙筷子能拿給我看嗎？」

他遲疑片刻，拿出筷子。

殘陽下的珊瑚看起來比以往更帶著邪氣，我頭一次感到有些畏縮。

「你說檢查前筷子還在，而且除了被教官抓住，你一直都盯著教室裡吧？」

「對。」

「那麼短的時間，就算是班上有人要偷，到底要怎麼做到？」

「我不知道……」

「鍊子也沒受什麼損傷。」我刻意解開扣環，讓他再三確認筷子確實還是被扣環卡住：「我不是要故意說這種話嚇人啦，但這個是不是……就跟那時候一模一樣啊？」

他面色蒼白，用恐懼的眼神看著我。

要將王仙君徹底毀掉的機會，就是現在。

「是不是……王仙君走了啊？」

「不可能。」

「你怎麼知道？搞不好祂放棄你了啊。說到底，祂本來就拿了你們的珊瑚，爲什麼還要害你？」

「祂……」

「連自己說過的話都不算數，這種器量還能叫神仙嗎？如果眞是這樣，那說不定是其他神仙看不下去，插手管了這件事。」

「怎麼可以這樣說……」

「我就是要這樣說！祂說話不算話，你還那麼尊敬祂幹麼？你媽不是也找過其他神明保護你嗎？既然這樣，我們也去找會管這裡的神明。」

說完，我拉起了他的手。

我們在走廊狂奔起來，夏天傍晚的風刮過我的臉頰，黏稠稠的，但是帶著一股溫暖的油煙香，一定是附近人家在煮晚餐。

他像人偶一樣任我拉著走，我們離開教學大樓，穿過校庭，夕陽下的操場反而變得很黯淡，跑道的材質不反光，像乾涸過久的鮮血一樣。

校門口立著如牧者般聖人的雪白塑像，我到現在還不知道他是誰，他背後的神聖光圈通了電點起彩色的光，那愚蠢的螢光色，讓他的神聖好像也變得廉價了。

警衛懶散地抬頭看了我們一眼：「這麼晚——」但我沒聽他說完，他的聲音被拋在風中。因爲持續狂奔，我感覺喘不過氣，心臟用力收縮，喉頭又乾又緊，好像隨時要被利刃切開。可是不能停下來，我的直覺告訴我，只要停下來了，我煽動的軟弱與恐懼就會退位，然後他會後悔，停下腳步，對我說：「算了。」

我不知道要帶他到哪裡，只是沿著人行道一直跑，抬頭交互看著兩邊街道，哪裡都好，越近越好——

就在那一刻，我看見學校教堂尖頂的十字架。纖細的金色十字，高高地刺穿了血紅的夜空。有如天啟，或許神明眞的想幫我和他一把。

「這裡！」後門已經關上了，但我們都知道怎麼開。把手伸進欄杆的縫隙，拉開安全鎖，滑動推拉門。夕陽下，教堂尖頂被拉出一片長長的陰影，我和他的影子逃入那片陰影的庇護，瞬間就被吞噬，就像投入一片黑暗的荒原。

這裡從來不會上鎖，我們很輕易就闖進去。昏黃的光線穿過彩繪玻璃，投在牆柱與地面上，如隔水望幾百尾鮮豔的熱帶魚，光稍動的瞬間，魚便搖頭擺尾的翩翩舞起。

教堂空蕩蕩的，長椅背後插著一本本黑殼的《聖經》，除了每週那一堂修女主持的講經課以外，我不知是否眞的有人會來這裡與神對話。

神在哪裡？

一股不可思議的肅穆感塡滿全身，讓人想屈膝下跪，想請求神——不論祂在也好不在也好——伸出憐憫的手，饒恕我，拯救他。

他一定也感覺到和我一樣的心情，冰冷的手不停發抖。我們像對愚蠢的私奔情侶，在神前請求祝福。不知誰先屈膝，兩人的身體一同下沉，膝蓋磕在又冷又硬的石地上，莊重的空氣壓得我低下頭來。

「神啊……」

我不信神。

讀了三年的教會學校，家裡也偶爾到廟裡上香。哪裡的神都好，我從來沒有眞正在心中當一回事過。

但這一刻不同，神在心中降臨了。

請幫幫他！我在心裡大喊，如果祢眞的存在，請幫幫他。

如果不能讓他放棄相信王仙君的存在，至少讓他相信王仙君消失了吧！

他的額頭觸著冰冷的石面，拱起的背脊微微顫動。

隔了很久，我聽見他輕輕問：「是您將筷子收回去了嗎？」

沒有回答，窗外只有倦鳥歸巢的啼聲。

「我一直……不知道該怎麼辦才好。」他依然維持跪地的姿態，彷彿在向神懺悔：「都是我的錯，對不起、對不起，我不該那樣做的，是我害你不能超生的。可是我受的懲罰也夠多了吧，我已經受不了了，你看啊！神也已經原諒我了，是神對我伸出了手……」

不知何處來的風搧開了鐵門，門在風中不停顫抖，發出有如魔鬼呻吟之聲。

我們所學的神不是這樣子的。

神是如此寧靜，會發出誘惑之聲的只有魔鬼，他搖搖晃晃起身，朝風的來處走去。風中震顫的每一塊玻璃，都像在對他發出喊聲。

我感到畏懼，那究竟是神或是惡魔，是厲鬼或仙君？但他似乎已經不在乎了，他哭著說：「神啊！謝謝您，謝謝您……」

「偷走筷子的方法，是妳自己想出來的？」

我一停下久遠的追憶，海鱗子立刻提出嚴厲的質疑。

我一語不發，他又遲疑地問：「或者說，妳終究去對了『正確答案』呢？」

「關於這一點，能讓我保密嗎？」

「爲什麼？」

「我認爲這不是您需要知道的事。」

海鱗子對這樣的回答措手不及，眼中帶了一點怒意：「是嗎？那我到底還需要知道什麼事呢？」我已分不出他究竟是厭倦或無奈，只聽他焦躁地說：「既然他已經相信妳的謊言，妳還來這裡做什麼？王仙君怎樣、筷子怎樣都已經無所謂了吧？妳想從我身上求的到底是什麼？」

我低聲安撫他：「請您再等一等吧，這個故事離結局不會太遠了。」

我不記得我們在教堂冰冷的磨石子地上跪了多久，雙腿漸漸發麻時，他低聲說，走吧。我們離開教堂，在入夜的街道中行走，他忽然往我手裡塞了個東西，我低頭一看，是一顆像玻璃珠一樣的薄荷糖。

他指了指我的臉，我伸手一摸，上面是已經被風吹得冰涼的水漬。

我甚至不知道自己是從什麼時候開始哭的，我剝開包裝紙，將糖塞進嘴裡，用含混不清的聲音說：「你身上怎麼會帶這種東西？」

「替妳準備的。」

我一下沒有反應過來，他輕輕笑了：「怕妳不知道什麼時候就會突然大哭起來啊。」

「我才沒有！」我大叫：「剛剛是誰在哭！你才愛哭！」

他轉開了眼，沒有繼續和我拌嘴，只輕聲問我：「爲什麼妳剛剛要哭呢？」

「我……我不知道，我很高興。」

「高興？」

「高興也可以哭啊！」我笨拙地說：「哭是誠實傳達感情最重要的方式了，我從來沒有看過你哭，常常覺得不知道你在想什麼。看到你掉眼淚的時候，我就想，太好了，你一定是終於能誠實面對自己心裡某個部分了。」

他沒說話，只是嘴角微微動了，又往我手裡塞了一顆糖：「那妳平常一定都很誠實。」

「其實我也有不誠實的時候。」

「眞的？什麼不誠實？」

「明天早上再告訴妳。」

穿過平交道，公車站牌就在對面，他忽然說：「我們去海邊好不好。」

「現在嗎？」

「嗯，不會太久，一下就好。」

學校離海不遠，從這裡走過去大概二十分鐘就會到碼頭了。

我點點頭，沿路上什麼也沒說，腦中還一直想著藏在飲水機下的筷子。

風中開始帶上一點潮濕的腥味，慢慢能聽見潮聲了，這是我第一次入夜後來到海邊。這裡沒有電影中的浪漫海灘，周圍有很多碼頭餐廳，正好是晚餐時間，燈火通明。

「喂……」我低聲問他：「你這麼晚還在外面沒關係嗎？你媽不會生氣嗎？」

「妳會被妳爸媽罵嗎？」

「我是沒差啦！但是你……」教堂帶來那股神聖的激昂感漸漸散去，這時我才開始考慮起現實的事，筷子的事就算能騙過他，但眞的過得去他家裡那一關嗎？我心裡充滿不安，他卻什麼也沒有多說，只是靜靜爬上岸邊的岩石。

我戰戰兢兢地跟上去，他牽住我的手，好冰，他的體溫嚇人得低，卻讓我產生一種將自己的體溫渡給他的滿足感。我們靈巧地在岩間跳躍，盡可能走到最高最靠近海的地方。

「小程，妳知道珊瑚是什麼嗎？」

我一下子沒有反應過來他想問什麼，脫口而出：「寶石……」一瞬間心中轉過千百個念頭，是不是他已經發現我偷走了昂貴的寶石？

「雖然可以這樣說，但珊瑚和其他礦物寶石最大的不同是，珊瑚是有生命的寶石。」

「什麼？」

「珊瑚最初是一種動物，珊瑚蟲。」

我點點頭，這在生物課也有學過。

「我知道，很難想像那麼漂亮的東西是一種蟲呢。」

「但我們採集下來的珊瑚，並不是珊瑚蟲的屍骸。」他說：「是珊瑚蟲還活著的時候，分泌出來的黏液形成的骨骼。」

他從懷中取出那只剩一半的珊瑚筷。

月光下，還能看見它隱約豔麗的光。

「我媽說，珊瑚是大海的骨頭——」他說：「也是時候讓它回去它最初的地方了。」

然後，他高高揚起手。

以從未見過的堅定力量，他朝空中揮動手臂——

將剩下那半邊昂貴的珊瑚筷，投入大海之中。

連一點聲音也沒有聽見，一點漣漪也沒有濺起。就著月光，看見他那彷彿解脫的神情，我覺得他心中有某些東西，在那一刻就隨著珊瑚一起沉入海中了。

「你……」我訝異得幾乎說不出話來：「這樣沒關係嗎？你要怎麼——」但那一刻，我心底升起一個貪婪的念頭——他要怎麼跟家人解釋，又與我何干呢？只要讓他把那雙筷子扔了，就是我的勝利了。

我將到嘴邊的話吞了回去，默默牽起他的手，他問我說：「要一起吃晚餐嗎？」那是我第一次看見他那樣如釋重負的笑容。我說：吃什麼都可以，你的禁忌多，你決定吧！他跟我說，他想吃拉麵。

那時是夏天，但晚上海邊還是很冷。他說，每次看到有人吃拉麵，都覺得很羨慕，光看都覺得身體暖起來了，但他帶那雙筷子在身上，只能用它用餐，因此這種湯汁油膩的食物都是禁忌。

雖然是這麼愚蠢的小事，但我覺得非常幸福。就從這樣的地方開始，讓他過來我的世界。就在我信心滿滿地這樣想時——

他鬆開了我的手。

他抬起頭，像聆聽神諭一樣仰望夜空。

然後，他伸手摀住耳朵，全身不停顫抖。我慌張問他發生了什麼，但他沒回答，只是持續發出哀鳴。

他是不是又聽見什麼聲音了？

我心底閃過這個令我毛骨悚然的念頭，馬上拉住他的手臂——

但他猛一下將我推開，力道大得難以想像。我踉蹌連退了好幾步，右腳被崎嶇的岩塊絆了一下，踝間的刺痛讓我幾乎失去平衡。

「走開……離我遠一點……」

「什麼？」

他抬起頭來，五官不知是因疼痛或憤怒而扭曲，我從未見過那樣恐怖的神情，他轉身大步朝岩岸的盡頭走，海風開始變大，耳邊只剩浪捲拍岸的聲音，就連站挺身軀都變得困難，我勉力支撐身體，使勁扯開喉嚨，大聲呼喊他的名字：「快回來！很危險！」

我扛著風拚命追向他，拉住他的袖口，但他的力量實在太大，我不但沒能攔住他，反倒被他愈拖愈向前，就在我們拉扯之間——

他的身體劇烈一晃。

他腳下的岩石忽然崩碎，讓他一下失去重心平衡，身體猛然向後仰倒。我連尖叫都沒來得及發出來，身體比腦更先行動，我使勁向前一撲，像一個抓住浮木的溺水者那樣，用盡全身的力氣拽住他。我倒臥在石地上，堅硬的岩石割破了肌膚，一定流血了，好疼，但沒有空管那些了，他的身體懸在半空中，一寸一寸的下滑，我能死死抓住的只剩他的手，可是他的身體好重，跟他單薄的外型一點也不相稱，我感覺自己也正被往下拖。

不知多久，我的手臂開始發麻，頭腦變得空白，已經無法去思考自己在哪裡做什麼，一抬起眼，冰冷的萬頃大海，黑沉沉地塡滿了視線，光看著海面，我就覺得好像浸在水裡一樣，渾身發冷——

不行，我根本拉不動他，再這樣下去連我也會掉進海裡。

這樣下去，連我也會死的！

那一刻，一個恐怖又自私的念頭支配了我，我望向他，他的雙眼因濕潤而反光，眼神失去焦距，好像在看著我，又好像在看著一個很遠的地方。

他幾乎是哀求著對我說：

「不要這樣，不要拋下我。」

我的大腦完全停擺，海風將他的襯衫灌得鼓鼓的，像神賜給他的翅膀，讓他飛翔，讓他離開大海，飛向廣闊的天。

然後我鬆開了手。

水聲。

只有那鈍重的投水聲讓我醒悟，他並不是飛上天空得到永恆的輕盈，而是墜落到大海無邊境的黑暗之中——

我放聲尖叫起來。

除了尖叫以外，我什麼也做不到。我像壞掉的蜂鳴器，每隔幾秒就發出尖銳的啼聲。周圍一個人也沒有，只有海潮與不知名水鳥的鳴叫，跟我的尖叫聲規律地繞纏在一起，形成另一種不可思議的頻率，正是那種頻率將最後一點現實感徹底剝除。在我如同節拍器一樣規律的慘叫當中，他的身體又下墜了幾尺呢？我陷入瘋狂的這短短一瞬間，卻漫長得有如永恆，他也因此無法順利墜地，穿過深海，到達地心，再穿過地心，到比地心更深沉無盡頭的異界。

但是，實際上只過去幾分鐘而已。

有人聽到我的尖叫呼救，匆匆趕來，職業的救生員躍入海中，在我依然如壞掉的警鈴一樣哀啼不止的那段時間，他的身體順利被撈上來了。他被一群人包圍，那些人呼喊著什麼我一個字也聽不見。他們按壓他的胸口，渡氣給他，水從他的身體裡被擠壓出來，我終於停止大叫，放聲大哭，有人過來抱住我，用溫暖的毛毯裹住我，遠遠響起了由低而漸高的蜂鳴聲。

之後發生什麼事，我完全沒有印象。

記憶恢復時我在家裡，裹在好幾條被子裡。明明是炎熱的夏天，但我覺得很冷，好像沉進海裡的人是我一樣。他從海裡被拉出來了，而我未曾墜落，但海水的味道和溫度一直沒有離開。

等狀況慢慢恢復過來，身邊的人試探地問我到底怎麼了，但我才是最想提問的那一個人。腦中所有的片段都變得模糊破碎，我甚至懷疑有些記憶只是我的幻想，但我仍盡可能地把一切都說出來。

只有一個地方，不知道爲什麼我全部省略了。

那就是我和他變得親近的理由——珊瑚，那雙筷子，讓他投入大海的東西。

現在我已經無法明白我省略那件事的理由了，是爲了保護他，或是爲了保護我自己？就像動物的求生本能一樣，我把這個碎片從故事中完全刪除，但沒有影響故事的半分流暢性。我與他的故事，拔除了那詛咒的、血紅色的珊瑚，依然繼續下去了。

回到學校以後，老師語焉不詳地交代了他的情況，幸好施救及時，他保住了一命。但他直接辦理了休學，再也沒有回到學校來。

大家團團包圍住我，朋友們抱著我大哭，一直說對不起，好像後悔讓我跟他扯上關係。眼角餘光投去，他的位置是空的，或許因爲是空的所以沒有人能過去抱住他，我想抱住他，大海一定很冷吧？

「是我害的吧！」我終於無法壓抑，朝海鱗子大叫：「王仙君是眞實存在的吧！是我自作主張偷走了筷子，引起祂的作祟，才害他落海的嗎？」

「不，請妳千萬不要這樣想。」他倉皇地說：「在妳的故事中，從來沒有王仙君眞正存在過的證據。就連那樣虔信的他，不也從未見過王仙君嗎？」

「他母親見過啊！」

「他母親總是習慣用王仙君來合理化自己的一切行爲，從她的婚姻到她對兒子的控制都是，既然如此，向孩子編造自己見過王仙君的謊言也是有可能的。」

「但她每次求神拜佛後，受到那些王仙君的『懲罰』難道是能作假的嗎？」

「後來他母親發現了肺癌，反過來想，那些『懲罰』難道不正可能是初期病徵嗎？」他立刻反駁說：「從來就不是王仙君做了什麼，而是他們將一切都視作是王仙君顯靈。就算是筷子的事，妳不也找到方法證明人爲是絕對可能的嗎？」

「可是……他確實聽見了王仙君的聲音，也在祂的指引下拿到了珊瑚。」

「不，不要搞錯順序，聽到聲音是在取得珊瑚以後才發生的事。」他冷靜地陳述著：「他說得很清楚，在那之前，王仙君從來沒有和他正面接觸過。我猜想，與其說是王仙君給了他指引，不如說是他在找到珊瑚時，一廂情願地將某種狀況視爲王仙君顯靈同意。」

「什麼狀況？」

「不知道。但在那之後，他才開始聽見聲音——可是，這件事眞的和筷子的復原有直接關係嗎？」

他說：「按他所說，他母親是在兩年前出院回家的，那大約就是他剛上國中——這不正是王仙君對他下指示、讓筷子復原的時候嗎？換言之，我認爲幻聽的出現，與其說和筷子有關，不如說與此事有關。對那樣年紀的孩子來說，照顧重症的母親是何等沉重的負荷啊！或許就是在這樣的壓力下，讓他的精神出了狀況——這就是幻聽的眞面目吧？」考慮片刻他又說：「事實上，考慮到王仙君這個傳說維持了這麼長的時間，說不定這本來就是他家族潛在遺傳的病根，容易受到外在壓力的誘發。」

「可是，爲什麼在海邊的時候他會……」

「按妳的說法，他一直都對母親有強烈的罪惡感，那雙筷子就像他母親加諸給他的責任與束縛，那麼，他又是用什麼心情扔掉筷子呢？是不是隱含著想從母親的控制下脫離的心情呢？筷子消失一方面使他鬆了口氣，可是另一方面，也使他的罪惡感升到最高峰。拉扯之下，使他的精神高度緊張，誘使幻聽再次發生，才會出現樣失控的舉動。」

「你還眞是不惜說到這個地步，也想將王仙君的存在抹消啊！」

「不是我拚命要讓祂消失，是妳拚命要祂存在——本來就找不到祂存在的證據。」

「也找不到祂不存在的證據。」

「如果是那樣的話，我傾向選擇相信祂不存在。」

「爲什麼？」

「我說了，神就是人的願望，所有的宗教信仰都是爲此存在的。」他大叫道：「爲什麼我要選擇一個讓委託人相信自己引起作祟的可能性？」

他的面色因激動潮紅，我垂下頭，體內慢慢湧起一陣寒意。

「那麼……」我發出一串破碎的笑聲：「就是我放手的吧？」

他先是一愣，接著表情漸漸僵硬，我想他已經明白了我的意思。

「那時候……我明明抓著他的手，爲什麼就放開了？我怎麼樣都想不起來，是我放手的？或是他放手的？」

我甚至沒有辦法對上他的眼睛，再也沒有比重述那一刻更痛苦的事了，但一定要說出來才行，我就是爲此而來的：「我覺得自己絕不可能放手。可是隨著時間過去，我越來越不敢相信自己的記憶，眞的是這樣嗎？如果是他自己放手的話，又怎麼會叫我別拋下他呢？究竟是出於怎樣的心情，讓他說出那句話呢？我一直在想，是不是那一刻他在我的眼中看見了什麼，讓他覺得我打算──」

海鱗子想阻止我再說下去，但我的心像墜入亂流一樣，完全無法控制：「你說的那些，我都考慮過了，但我還是想相信那一刻我們誰都沒有放手，是王仙君硬將我們分開了──可是你自己都說了，王仙君是不存在的。既然如此，那就不是王仙君從中作梗，而是我因爲害怕被他拖下去，在他恢復神智、向我懇求的時候，放開了手──」

如果王仙君存在，就是我偷走筷子，企圖抹煞祂的存在而引起作祟。

如果王仙君不存在，就是我在恐懼中，不自覺鬆開了手。

像被將死的一局棋，海鱗子沉默地封上口。

我懇求他：「求求你，告訴我那一天究竟發生了什麼吧！到底是誰鬆的手，你一定知道的！如果不能了斷這件事，我會一直痛苦下去的。」但他仍蒼白著臉，不肯開口，我不禁拉起他的手，說：「你知道我偷走筷子的那一天，是怎麼讓教官攔住他、引起混亂的嗎？那個人手上有一道胎記，從左臂到左手背，像一條紅色的魚。他不想被人看見，因此即使夏天也總穿著長袖制服遮掩。我跟教官打小報告，說他在手上刺青。」

已經到這個地步了，我什麼也不在乎了，我對他說：

「您知道那個人叫什麼名字嗎？他叫——」

那一直近於冷酷、彷彿說著與他不相干的事的面具，終於崩開了裂痕，他叫道：「不要說！不要說出口！我不需要知道！」

我與他都不再說話。

海鱗子的意思已經很明白了。

十五年了，我始終無法忘記那一個夏天。

能再見他一面就好了，但眞正見到他時，我又十分恐懼，我應該打擾他的生活嗎？

我要結婚了，你呢？

日子過得怎麼樣？幸福嗎？

你願意見我嗎？那一天我究竟做了什麼，你能原諒我嗎？

抓住他的力氣漸漸流失，我顫抖的雙手從他臂上慢慢鬆開。不知何時，我已是淚流滿面：「我用盡所有力量，只爲了將王仙君從他的生命中消去，自以爲那是對他最好的。但到頭來，我做的這一切，卻將他推進大海，甚至在最後關頭放開了他的手。這十五年來，我沒有一天能放下這件事，我眞的……非常痛苦，不論是什麼樣的結局我都能承受，我想要一個了斷，你能夠明白我的心情嗎？」

他閉上雙眼，發出一聲長長的嘆息。

「不是那樣的。那確實……與王仙君無關，也不是妳鬆的手。」

「事到如今，你還要說這樣的話嗎？」

「不，我說的是眞的——妳知道這半邊的珊瑚是什麼東西嗎？」

他將筷子遞到我面前，手輕微地顫抖。

「這是人骨。」他說：「用這種東西做成的筷子，有靈棲宿也不奇怪。」

我感到一陣暈眩。「那是、誰的……」

「你說你在升學資料的家長欄位上，見到一個和他不同姓氏的男人……」他垂下眼來淡淡說：「他的監護權給母親，不論那個人是誰，都代表在那個時間點，負責擔任他『家長』的人，已經不再是他母親了。」我明白他在暗示什麼，他說：「我相信他確實聽見了聲音——但或許那從頭到尾，都不是王仙君的聲音。」

「可是他明明跟我說那是、是……珊、瑚……」

「我想他沒有騙妳，那曾經是珊瑚。只是……和妳想的或許不太一樣。」彷彿忍耐著痛苦一樣，海鱗子啞聲說：「妳知道人工骨嗎？」

母親入院後，癌細胞移轉的速度比預想中還要快。

首先遭難的是骨頭。脊椎因受到癌細胞汙染，必須刮除掉一部分骨頭。刮除——光是字面就令人毛骨悚然。我能做的事情也不多，外公或外婆會帶我到醫院，他們填寫一些文件，我坐在冰冷的塑膠長椅上等候，然後再一次把母親一個人留下，在附近的簡餐店沉默地用餐。

手術一天，另外兩天就在病室中靜養，我們會在第三天才過去。那時候她已經好很多，麻醉消退乾淨，除了面色蒼白一點，幾乎就只像是感冒住了兩天院。醫院有供餐，不過沒有規定必須要吃什麼，我去外面另外買了好吃的帶進來，裝在保鮮盒裡，小心檢查是不是漏出了湯湯水水時，母親忽然問我：

「筷子在哪裡？」

我以爲她是說午餐的筷子，就從提袋裡拿出餐具，她搖搖頭說：「我的筷子。」那時我就明白她說的是珊瑚筷，那雙筷子在我家中有著特殊而不可侵犯的意義。她又補上一句：「手術的時候拿下來了，你替我看看，收在哪裡。」

我打開床邊櫃每一層抽屜，這個櫃子是設計給照顧者使用的，不是設計給病人使用的。可以看出來她吃力地翻找過，裡面亂七八糟。我默默把東西一件一件拿出來，疊在腿上。藥包，塑膠手套，衛生紙，濕紙巾，黏了幾根頭髮的梳子，按照他們的大小寬窄扁圓高低一件一件放在桌上，終於在抽屜的最底層找到它靜靜躺在那裡。

筷子只剩一半，因此顯得又更單薄，一個不小心就會被混亂的空間吞噬，在無色的病房中，看起來也變得沒那麼有侵略性。

我把筷子遞給母親，她小心翼翼撫摸筷子，唯恐在她手術期間誰又把它神不知鬼不覺的偷走。抬起頭時，她把筷子遞給我。

「拿著。」她說：「以後就給你。」

「可是……」

這雙筷子一點用處也沒有，只剩下一半了，我也從來沒想過依賴它得到什麼。母親好像明白我心裡在想什麼一樣地笑了。

「不是要給你用的。仙君已去了，這雙筷子沒辦法再賜給你什麼。你只要爲我保存著就好了。」說完，母親又問我：「你知道珊瑚是什麼東西嗎？」我懵懵懂懂地搖頭，她解釋了珊瑚的誕生：「珊瑚是曾經活著的寶石，是大海的骨頭。」

「媽媽動的手術，要把骨頭挖掉喔，挖掉的地方，會用人工的材料補上。醫生跟我說，植入我身體的人工骨，是用珊瑚培養出來的哦，很不可思議吧！」

「珊瑚會慢慢改變，長成我的骨頭……每次要進手術室之前，我就會閉上眼睛，想像自己是一株珊瑚，能聽見大海的聲音。他們並不是要割開我的身體，只是在採集美麗的珊瑚。那樣的話，就不會那麼害怕了。」

「我常想，若眞的能變成一株珊瑚就好了。這樣是不是就能用我重造筷子，讓王仙君回來了呢？」

「爲什麼非得要王仙君回來不可呢？」

「我還有想實現的願望啊！」

「我幫妳實現不行嗎？」我問她：「我去找爸吧？」

「跟他沒有關係。」母親摸了摸我的頭：「我的願望你是幫不上忙的。」

母親想要的到底是什麼呢？我再三詢問，她卻只是搖頭不肯告訴我。對母親來說，我如此不值得信賴嗎？我感到前所未有的沮喪與憤怒，對母親憤怒、對父親憤怒，還有對王仙君憤怒。

但也就在那一刻，我心中忽然湧起一個怪誕背德的念頭。

我坐在母親床邊，心中卻不停呼喚王仙君，就像小時候那樣。

——王仙君，您還聽得到我的聲音嗎？我可以再向您討一個願望嗎？

沒有回應，那是理所當然的，但我仍持續向祂祈求著。如果能給我一個願望，我希望母親能繼續留在我身邊。但我很清楚，母親就快要死了，就算是王仙君，又怎麼能扭轉生死命數呢？即使拖延她的性命，也是徒然增加痛苦罷了。

於是我改變想法。既然我的願望無法實現，那麼，請祢至少實現母親的願望吧！不論那是什麼——屆時，我會給祢一株最美麗的珊瑚。

最後一次向王仙君祈禱後，母親不到半年就走了。

我是她的獨子，最後一程當然只能由我來送。

從頭到尾，我的眼睛連眨一下也沒有，目送她就像搭著一艘木舟，乘著火海遠去。

我按照師父的指示，以黃銅做成的纖細長箸，依順序將骨頭的破片一片一片放入骨甕中。錫盤上模糊地倒映出我的面孔，我想起王仙君還在時，母親每次使用筷子就是這樣肅穆莊重的神情。

母親的遺骨燒出了淡淡的粉紅色，大部分骨頭都燒碎了，不可思議的是，有一部分遺骨還保留得很完整。就連師父也很詫異，說：「你媽媽生前一定是個很善良的人，才會燒出這麼漂亮的樣子。」

只有我爲此渾身戰慄。我明白，那是王仙君留給我的訊息。

他接受我的請求了。

那麼，他爲母親實現願望了嗎？

完好的遺骨太長了，無法放進骨灰罈裡，師父拿來一柄小小的槌子。可能是看我年紀小，他竟然像是充滿歉意地說：「比較大的要敲碎。」

我慌慌張張地說：「讓我來，可以嗎？」

「可是……」

「沒問題的，我都知道該怎麼做了，請讓我自己一個人來，可以嗎？」

最後放入的是母親的頭骨，頭頂上能看見細微的裂痕。當我手上的槌子輕輕落下時，頭骨便順著裂紋一塊一塊地塌陷，就好像我殺了她第二次一樣。

所有骨灰都入甕以後，師父過來用金色的布巾將骨灰罈包起，繫在我的胸前。母親走以前體重降得很厲害，幾乎就剩一把骨頭了。但也不該像這樣輕才對，那麼大的一個人，怎麼能收進這麼小的罈子裡，在這世上只剩這一點餘燼呢？

幸好，沒有人知道，我偷偷拿走了那一截遺骨。

並不止是要實現對王仙君的承諾，更多是出於無法抑制的衝動——

這樣，我就還能擁有一部分的母親了。

終於再度回到我面前，我所失去的、最珍貴的寶物啊！

我的視線漸漸因水霧而模糊，再也看不清小程與母親的遺骨。

他一句話也不再說，就那樣靜靜地掉下淚來。

我這時才明白，自己究竟從他身邊奪走了什麼。

過了很久以後，他終於緩緩開口。

「您知道爲什麼我被同行稱作是『魚』嗎？」

沒有等我回答，他說：「因爲魚是永遠不會閉上眼睛的。」

「我的母親在我十二歲那一年過世了。她死在醫院裡，在死之前，都沒有再回過這個家。在她死去以後，我才開始與那個世界產生連結。」

「但那並不是什麼愉快的事，我經常聽見死者的聲音，祂們想將我帶往另一個世界，神智清醒時我多少還能抵抗，但如果睡著，祂們便如入無人之境，甚至能夠支配我的身體，我這半生，幾乎沒有一夜好好闔過眼。」

「爲什麼會變成這樣……」

「我不知道。」他搖搖頭：「母親生前總說不想與我分開，或許，她終究以這樣的形式實現了願望吧！」

「本來這樣的生活，過著過著慢慢也就習慣了。但曾有一次，我短暫體驗到從未有過的安寧，母親的聲音……從我耳邊消失了。」

「雖然也有一點寂寞，但那時我眞的萌生一種解脫的感覺，相信是某處的神明對我伸出了手。我想，我受的折磨也夠了吧？我應該也可以拋下她，開始過自己的新生活了吧——但就在那一刻，她的聲音又出現了。她……一定是看穿了我的想法吧！她在我耳邊，不停對我說——」

不要這樣，不要拋下我。

「啊……」我不由得渾身顫抖：「那麼，那句話是——」

「那時我就明白了，那些聲音永遠不會消失，誰也不會來救我，我一生都要站在陰陽兩界的邊緣上，做一條不能閉眼的魚。我真的覺得很累……很累了，我的眼前變得模糊，再也聽不見外面的聲音，感覺有誰慢慢取代了我的意志。我知道是誰，是她來帶我走了。」

「那一天在海邊，您的朋友究竟聽見什麼、又發生什麼，我並不知道，但如果他和我一樣，輸給一瞬間的軟弱，便是向鬼神拱手讓出了可乘之機，讓鬼神代替他鬆開了手。」

他抬眼望向我，那樣清澈而溫柔的眼神，讓我想起那個冬日午後的教室裡，他拿著塗紅的銅錢，也曾用這樣的眼神對我說「一定會沒事的。」

他一點也沒有變，我永遠都分不出他說的究竟是實話或謊話。

「所以，請妳不要再悔恨了。」

「你說的……都是眞的嗎？」

但他還沒能開口，窗外便起了一陣狂風，那風來得如此暴虐，窗格與櫃子都被搖得格格作響，聽起來就像是誰尖銳的嘲笑聲。

他一言不發地升起百葉窗，用力鎖上沒關好的窗戶。

「修道這十幾年下來，我已能與那些聲音共存得很好，必要時也能打個小盹，不會再讓那些東西奪取我的意志。我相信妳的朋友，一定也能找到一個方法，把日子好好過下去吧。」

「如果他一切都好，爲什麼從來沒有聯絡過我呢？」

「像我們這樣的人，最好還是不要和他人有太深的牽扯。」

「難道不會很寂寞嗎？」

「每個人都有屬於自己的生存方式，我覺得自己一個人也很好。」

說完，他朝我微微一笑。

就在那一刻，我的心忽然得到了從未有過的平靜。

我過得很好——其實，我真正想聽他親口說的，一定只有這句話吧。

淚光仍模糊了我的視線，或許就像他說的，他是在邊界上的魚，我永遠也靠不到他的世界去。但只要知道他好好的在那裡，那樣就夠了。我朝他深深一鞠躬說：「謝謝您，就這樣吧，我想知道的事，已經全部都知道了。關於今天諮詢的費用，請您日後再通知我就可以了。這筷子原本應該物歸原主，但如今我已不知他身在何方。如果不嫌麻煩，能將這半邊筷子交給您嗎？」

他垂下頭來，有些惆悵似地說：「這不論如何都不是一位要結婚的女性該拿著的東西，若不介意可以交給我，讓我超渡亡者的執念。」

「那就謝謝您了。」

珊瑚筷遞交到他手上時，我有種虛脫的感覺。十五年過去了，終於物歸原主。忽然，他開口說：

「能請您稍待片刻嗎？」

說完，他伸手從口袋裡摸出什麼來，張開手掌——

那是一把冰藍色的薄荷涼糖。

「這個給妳。」

「你……隨身帶著這種東西嗎？」

「嗯，是爲我一個愛哭的朋友準備的。她說她只要吃這個，很不可思議的，眼淚就會慢慢停了。」

我反射性地摸了摸自己的臉孔，一片冰冷濡濕，但他一樣是一張被淚水刷洗得狼狽的臉孔，沒有比我好到哪裡去。

「怎麼樣，要試試看嗎？」

「如果你也吃一顆的話。」

他愣了一愣，然後朝我笑了。

「好。」

他說，一面撕開了透明塑膠紙的包裝，兩顆玻璃色的糖球在他手心旋轉。

就像一對繞著各自星軌，錯身而過的星一樣。

我手抖得幾乎插不進門匙，門一開就不顧一切衝進屋內。她在那裡——窗花打開了，她坐在窗框，人大半在外頭，拿著手機的手在發抖，整個人和我的心一樣懸在半空。

「小魚！」

她回頭，年輕的臉龐滿是淚水。大廈外的氣流吹動著她輕飄飄的白校裙和樸素長髮。這情境太不眞實。我釘在原地，不敢上前刺激，生怕她多動一分就追悔莫及。

爲什麼？爲什麼？爲什麼？疑問像噴泉般在我腦中炸開，湧到喉嚨時卻只剩泡沫，我只能像離水窒息的魚一樣結巴哀求：

「別衝動，有什麼可以好好跟我說——」

她悲傷地搖搖頭，空洞地望著我，喃喃自語地說：

「鬼新娘在等我，我一定要去……」

下一刻，眼前剩下空蕩蕩的窗框。

我眨眨眼，瞬間疑惑起來。剛剛的一切是幻覺吧？這個時間，她會在飯廳裡等著與我共進晚餐，笑著分享她在校園與同學相處的點滴——

然而，緊接在時間停止般的寂靜後，窗外傳來了重物落地的悶哼聲，粉碎我自欺欺人的奢望。當下，我渾身一軟，跌坐在地。冰冷巨響與她微弱無奈的遺言，在腦中迴響不散。

＊

下課了。林麗娜收拾各式化妝用具，默默在內心回顧老師教學重點。

廿二歲的她在網上以化妝達人自居，靠著把臉修飾得完美無缺獲得認同和點讚數。但拍影片示範化妝技術，跟替陌生人化妝竟是兩回事。上天給她一張姣好面容，化妝品是錦上添花，但遇上和自己不同的國字臉、熟齡肌、小眼睛、單眼皮……怎麼才能把對方的臉修好？她報讀有證書的班，失望地發現自己一知半解，只熟悉適合自己膚質的化妝品。

每個人心裡都有一張理想的面容。化妝師如果不明白這點，就算把客人修飾得跟大明星一樣美，客人也不會滿意。導師這句話，不知怎的讓麗娜特別印象深刻。不過，課程實用卻十分昂貴，如果不是落到如今處境，她根本不捨得花。

在「那個事件」後，麗娜失去依靠，須獨力生活。只要取得這張專業證書，她就有機會轉職當個專業的化妝師，不用再兼職須被人拍照的Show girl，進一步遠離網民的視線……

「就是她啊，『醜小鴨娜娜』的那個娜娜。」

教室裡其他學員的悄悄話，突地傳入麗娜耳中。

她裝作沒聽見地收拾化妝工具，準備離開教室。以前被陌生人認出還知道節目名稱，她一定沾沾自喜，但現在卻像水鳥被鱷魚一口咬住拖下水，只想盡快脫身逃命。

「昨晚我終於找到那個影片看了，那不就是證據了嗎？眞不明白警察爲什麼不把她抓起來？」

別看竊竊私語的源頭，別對上視線。不管露出什麼表情都會被人大做文章。收拾好東西，若無其事地離開化妝教室就好。但她還是忍不住瞥過眼，從玻璃窗的倒映上見到兩個年輕女孩目不轉睛地看著自己，小聲交頭接耳。

一定是她幹的。

這是心理作用，距離太遠，她什麼也聽不到。儘管掙脫了利齒，但已經撕開了傷口。

她快步走出教室。

晚上八點，她本該在工作室開會準備下週節目，但一個月前，和她經營網路節目的男友龔霆聰去世，連帶著工作室一起解散。此後，她便拋下回憶，放棄經營兩年的網路節目及網紅「娜娜」的身分，想重新開始。可是回過神來卻發覺自己如履薄冰，走差一步都會遭其他人一沉百踩。

懷著壞心情匆匆走出大樓，夜幕下狂風暴雨。她衝上巴士，頭髮和衣服濕了，狼狽地找到座位，抱著皮包坐下。偷偷掃視巴士一圈，確定大家都是低頭族，才安心地取出化妝鏡和面紙整理儀容。防水化妝品頑強地保住了大眼妝。

她取出手機，猶豫一會，還是點開社交平台。

想重新開始，還沒能靠岸腳踏實地，卻有了討厭的新習慣。平台上，幾個匿名群組對一個月前的悲劇與她窮追不捨。她總忍不住偷看，想知道那些人怎麼說，又暗暗期待何時放過她。而且，麗娜擔心那兩個女生會上網爆料她在這裡上化妝課，暴露行跡。

我朋友跟我說，早兩天看到娜娜跟一個小鮮肉二人世界吃晚飯。人才走了一個月而已，看來「綠帽說」真有幾分根據。

她瞪眼看著這條留言，沒想到有陌生人吐出更惡意的毒藥。

問題是，那是死者生前派的還是死後派的帽？

一看這女的臉就知道一定不止一頂帽。典型港女都這樣。

綠帽說，選我正解。

人們隨心所欲地留言。

再怎麼難聽的話，這一個月來都看過了。他們口裡的小鮮肉是中學同學，知道她要把家具和拍攝道具從工作室搬回家便仗義幫忙，她請對方吃晚飯當答謝，這有錯嗎？她到底還要當真凶的替死鬼多久？會忘的。麗娜深呼吸一口氣，對自己說。才一個月，人們很善忘，其他熱門新聞爆出來，這些人會攻擊新目標……咚一聲，手機突地發出收到社交平台訊息的聲音。

她點開訊息，訊息來自陌生帳戶。她曾想設成拒絕陌生人來訊，但怕擋到客戶，畢竟需要收入。

穿越娛樂：下週日遊戲展Show girl，要Cosplay，推廣我司新的武俠手遊。時薪三百，有興趣嗎？

自從沒有影片流量分紅，麗娜就捉襟見肘，這金額很吸引。但她最近學乖了，她學懂一個詞，叫「負面行銷」。

娜娜：要扮什麼角色？

穿越娛樂：古裝美女，服裝由我方提供。

娜娜：照片？

穿越娛樂：只是有一點點暴露而已，妳接不接？

娜娜：先給我照片看看。

再三要求後對方發來照片。麗娜心裡有數，查看遊戲官網，一比對人設就找到角色：藩金蓮。

她很惱火。

娜娜：你們是故意找我演這角色嗎？

穿越娛樂：不過是宣傳噱頭。那妳接不接？

噱你媽的頭啦！想打髒話，但強迫深呼吸才回應，順便附上虛偽的微笑圖示。

娜娜：不好意思，我當天有別的工作。

穿越娛樂：妳是看不開還是嫌金額不夠？我覺得啦，站在Marketing的角度，這對妳來說也是很好的宣傳機會。紅就是紅，妳管是什麼原因呢？妳肯配合，我保證當天一定上報。

娜娜：當天沒空，再見！

誰說她想紅了？麗娜含恨關掉訊息框，不顧手機再三震動了好一會才停下。她正鬆一口氣時又響起鈴聲。髒話正要脫口而出，但一看來電者「業主梁太」就縮起肩膀，不敢接起。上個月被催繳租金，業主就暗示她搬走。雖然語氣委婉，但還不是聽說了八卦。聽說她與命案有關的八卦。

最近租金上升很多。厚著臉皮搬回家嗎？她千萬個不願意。想起剛剛的工作邀請時居然產生片刻後悔的念頭。她不敢直接掛線，手機一直響，乘客都回頭來看。她尷尬地調成靜音，直到對方放棄。

她拿出手帕假裝抹拭頭臉，印乾眼角多餘的水分。在課堂上誕生的專業化妝師夢想又遙遠起來，也許她一輩子都甩不掉這個標籤——殺人疑犯。

巴士載她穿過五光十色的街道，香港夜晚十分熱鬧，她卻心頭空洞，被啃得乾淨，覺得像幽靈一樣漂浮在招牌的光芒中。巴士會把她載往哪裡，她至少知道，但人生接下來怎麼走卻沒把握，再沒有人替她出主意。

靠著當業餘化妝師和展場女郎的工作能支持多久？

手機又震動了。她整個人快要潰堤地將額頭擱在手機上。

拜託是正經的工作邀請，求你了。

點開手機，瞥見來訊者的暱稱，她頓時愣了一下，火冒三丈起來。

「鬼新娘」——發訊人的帳戶暱稱是這三個字。

鬼新娘是數月前流傳在網路上的都市傳說主角，這個傳說，正正就與男友阿聰的死亡有關。直到現在，仍有人說阿聰的死是鬼新娘的詛咒。用這種暱稱，一定是來尋她開心的白目。想摔手機，眼淚卻不她急忙擦去手機震動好幾次才靜了。

肯定是不知道哪裡來的鍵盤神探，他們自以為發現警方沒注意到的證據，劈頭一句

「我知道是妳做的」。不然就辱罵「婊子」、「賤女人」。有時她會覺得這些惡意比直接抓她去坐牢或殺了她更可怕。

麗娜強忍住哭出來的衝動，她要把這些當笑話。

對，是笑話，她不能就這麼被打敗。深呼吸好幾次後再次打開手機，點進對話框。

系統顯示「鬼新娘」已經下線。

不過，有一段留言。麗娜瞪著上頭的名字。

林麗娜，林麗娜，終於找到妳了，林麗娜。

妳被詛咒了，你們四人都被詛咒了。

龔霆聰，林麗娜，李一志，葉思婕，你們剛好湊成兩雙筷子呢。

第一個是龔霆聰，妳會是第二個或是第三個？

活到最後的人就是凶手，但那個不是妳。

猜猜看吧！誰在妳眼前殺了妳男友呢？

龔霆聰，林麗娜，李一志，葉思婕——工作室全員的名字都出現了。

他們借用舊式商廈的窄小辦公室充當工作室，經營直播，到解散都只有四人。直播個人脫口秀的「發條檸檬」龔霆聰、主持美妝頻道的「娜娜」林麗娜、遊戲直播主一志和幕後負責接洽廣告，打理粉絲頁的網路編輯Jessica葉思婕。

新聞中，他們的本名沒被完整報導，思婕更從未出現在大眾眼前。

「鬼新娘」為什麼知道他們四個人？

膠碗掉落地板的清脆聲音驟然在腦袋深處炸開，往日像手機相簿的照片般一幀幀滑過眼前，最後一

幀，一定停在滿臉紅腫、倒在錄影機前方的阿聰面容。

一張好像無法想像自己用這麼醜陋的方式收場，恐怖又含恨的臉。

之後，新聞短暫報導過這起事件，一句「案件正交由警方調查」作結，就被主流媒體遺忘，一切船過水無痕。一個月了，大眾只要沒看到警方抓到犯人的報導，根本不會記得也不關心有沒有結案。在意的網民，卻無視警方沒有拘捕麗娜的事實，擅自認定她是犯人。

對麗娜來講，船是走遠了，但她早失足掉海，被一群見獵心喜的鯊魚包圍。

現在又追加一條想來噬咬她血肉的食人魚了嗎。

麗娜手心冒汗地點進來訊者的帳戶，不意外是新建空白帳戶。頭像是一尾在黑暗中游泳的紅色小魚，魚尾如新娘紗裙飄逸。帳戶資訊空白，除了性別是女性外什麼都沒有。拿詛咒開她玩笑的人很多。咒罵她有報應的不少，但提到工作室人名的，是第一個。

不知道是不是淋了雨，車內冷氣太強，麗娜遍體發冷。

阿聰在救護車上痛苦地用力抓住她的手，痛苦的模樣閃現眼前，死亡那麼近，並非遙不可及。她一直努力擺脫這死亡陰影，放下對警方無力緝凶的憤怨，現在只想過自己的生活。

誰在妳眼前殺了妳男友……

她抬頭一看，雨水將車窗外的景色糊成一片迷離的陌生境界，如誤入異域。

原來她坐過站了。

「新娘潭的鬼新娘」是香港有名的鬼故事之一。

傳說中，一名年輕新娘在出嫁時經過水潭邊，不幸連人帶轎掉進水中溺斃。從此，當地就有鬼新娘陰魂不散的傳說，水潭也稱作新娘潭。旁邊的水潭叫照鏡潭，鬼新娘會在那裡照鏡梳妝。後來附近興建了以新娘潭爲名的公路，經常發生交通意外，人們說是鬼新娘作祟。

時移勢易，香港都市急速發展，「一條辮路」、「狐仙」等傳說都隨著相關地點和建築消失而淡出人們的記憶。但新娘潭位處郊野公園，逃過被開發的命運，傳說保留下來。只是在現代人心目中，早是遙遠的鬼故事，沒好玩的新元素了。

今年三月底開始，網路又流傳起鬼新娘的詛咒，大部分人都當內容農場，但發展超乎想像。「只要在新娘潭放置一碗白米，再插上一對寫上詛咒對象名字的筷子，鬼新娘就會把那人的魂魄拉到地府去吃她的喜酒」——類似的流言快速擴散，匿名故事言之鑿鑿，繪影繪聲。還有人拍到靈異照片，筷子碗後方有女人若隱若現。網路媒體也報導起來，人們在新娘潭郊野公園四處尋找「詛咒筷子碗」，拍照上傳社交平台，一時成熱門話題。

八字輕的人沒法回魂會一命嗚呼、陽氣重的人會做噩夢病倒、怕同名誤中副車的話可以在另一隻筷子寫上手機號碼、留下化妝品當供品效果會更好……說法越來越多。甚至有網民在住處附近見到穿著大紅裙褂又突然無影無蹤的女人。

一下子，鬼新娘從在郊野路邊作祟的女鬼，變成四處害人的厲鬼。許多網紅跟風談論，乘機炒作一波靈異題材，有人直播現場操作儀式，和網民嚇得吱吱叫。

麗娜的工作室主打節目——「發條檸檬」卻一反常態，兩個月內都沒提過隻字片語。直播主是她男友龔霆聰，他靠著便捷口才、磁性的嗓音、自信俊朗的外表及博學強記的能耐，輕易擠身知識型網紅。他的節目沒理會這條火熱起來的都市傳聞，直到五月底。

「發條檸檬」在節目中談到「鬼新娘」。

一開口就拋出一枚深水炸彈。

「從來沒有『鬼新娘』，我再說一次，沒有『鬼新娘的筷子咒』。假的，全是假的。」

直播中，阿聰上揚嘴角，露出麗娜最喜歡的自信笑容，引爆炸藥：

「因爲鬼新娘的都市傳說，就是我製造的。」

他詳細披露都市傳說的「製造過程」。如何拍攝第一批靈異照片、怎麼設計「筷子咒」的道具和儀式、利用新聞穿鑿附會的手段、散播虛假謠言的操作方法……

他得意洋洋，語帶諷刺，嘲笑隨波逐流的網民。

「我這麼做是爲了啓蒙你們明白理性思考的重要！」

他就是這樣理直氣壯。

那天後，節目火速獲得關注，他的名字成了熱門搜尋字。一個月，視頻追蹤人數翻了幾倍。支持者和批評者都一樣多。過去一年來，工作室陷入低潮，苦苦經營，靠著這一招才谷底反彈。一躍熱門頻道，業配聯絡馬上多起來，改善拮据的經濟狀況。

他們不用連冷氣都不敢開了。阿聰特地買了香檳，四只杯碰在一起發出清脆聲響，氣泡在金黃液體中上升，就如影片不斷蹦跳上升的收看次數一樣賞心悅目。

後來，憤怒謾罵和批評他們做法的留言越來越多，內容惡毒，不少人放話詛咒他們。麗娜害怕起來，勸說阿聰低調一點，但阿聰嗤之以鼻。麗娜只好拜託一志勸勸阿聰，他和阿聰是打從小學就認識的好兄弟。

「這就是成名的代價啊。」一志聳聳肩膀回答。「妳該不會眞的被那些寄來的東西嚇到吧？那只是無聊惡作劇。」

「業配確實是多了。」連當初不怎麼支持這計畫的思婕也這麼說。「他早就有心理預備要面對這點怨憤。」

麗娜用他們的說法來說服自己，假裝安心，雖然這樣很窩囊。畢竟當時他們都不覺得會有太嚴重的後果。網路罵戰持續整個月。六月底，阿聰再次在直播中正面回應。節目當日，背景是以黑白色設計的節目名稱，配搭冰冷的工業風桌椅，他大無畏地挺起胸膛面對觀眾。

「大家的回應我全都看過了。一如我所料，即使已經攞出了所有證據，證明都市傳聞百分百是假的，仍然有很多人堅持不承認自己迷信、容易被騙。我不是早就說過了嗎？這些正正就是不願意面對眞相的人。」他比一個手勢，引導大家目光轉向桌上蓋郵戳的信封，他撕開信封，倒出一對沒膠套的即棄筷子。「你們不肯承認錯誤判斷，惱羞成怒。各位，最近我收到幾雙這樣的筷子。這是今早寄來的，看，也是寫著我的名字和手機號碼。這算什麼？恐嚇嗎？」

他不屑地冷笑，晃著筷子。

不知第五還第六次，有人寄詛咒筷子來工作室，阿聰一見到筷子上刻著自己的名字，臉上僅僅閃現瞬間的不屑，便心平氣和地告訴一志直接扔掉，嘴角噙著來不及散去的冷笑。也許他早就有想和批評者對幹的念頭，這天早上，一志收信時摸到信封內的筷子形狀就想扔掉，阿聰卻一把抽走說直播要用。

「有我的手機號碼，但不敢打電話來跟我對質，用這種方式來恐嚇我。我說的懦夫正就是你這種人！事到如今該不會還以爲『鬼新娘』的神祕力量能報應我？」

他裝模作樣地托了托眼鏡，指著鏡頭，義正詞嚴地說：

「醒醒吧！明明動動腦筋就能看穿騙局。這世上沒有什麼鬼怪、幽靈和詛咒，有的只是你們這些迷信又不肯思考的人！」

視頻下方的留言被洗到來不及看。

上次還能看到支持者和被激怒的人隔空對罵，這次幾乎一面倒的批判。辱罵如洪水淹沒手機屏幕，麗娜雙手握緊，覺得每句針對男友的攻擊都像刺在她心上。

阿聰則瞥一眼桌上的平板，扭曲著嘴角：

「我內心害怕被詛咒才特別拿出來說嘴？笑話，不管寫上名字還是數字都只是一對用完即棄的筷子，只是用來吃東西的工具。不信現在就證明給大家看看。我剛好接了個食品廣告，既然有筷子用就用啊不浪費。大家稍等三分鐘，這期間我來從認知心理學談談迷信這回事。」

他向鏡頭外的伙伴打手勢。三人都有點驚訝，那原定是下週才拍的廣告。但麗娜見到阿聰不耐煩的眼神，便急忙拉著猶豫的思婕去預備食品——蝦子麵。接下來則是「發條檸檬」的招牌表演。口若懸河地談著理論和分析，完全不用草稿。但觀看直播的觀眾哪有心思，網路留言全在爭論「鬼新娘」事件。

阿聰情緒高漲，麗娜捧著煮好的麵放到他面前時，冷不妨就被得意忘形的阿聰拉住吻一下。麗娜往後一縮，他們在鏡頭前輕抱放閃過，卻沒試過親吻，但現在拒絕會很尷尬，只能遷就男友。

「各位，這是港記生產的蝦子麵。他們眞該感謝我呢，這肯定是我這個節目開台以來最高收視的置入行銷了。」

阿聰拿起寫自己名字的筷子，掰開插進麵條。麗娜心頭不安，阿聰因爲過敏體質，很介意食具清潔，用來歷不明的筷子眞的沒問題嗎？但她也很清楚阿聰不服輸的性格，爲了吵贏對方會意氣用事。

「看到沒有？讓你們怕得像什麼的詛咒筷子，我這就要用鮮甜的湯汁來汙染它囉。嗯，味道眞好！認眞的，不是廣告話，這可比我想得要好吃。」他吃了兩口麵條，還特地像表演般伸出舌頭舔一下筷子。「說到蝦子麵，正統的作法是在揉麵團的時候就加入蝦子。所以煮的時候即使什麼調味都不放，只放清水，味道也很好，完全原汁原味……」

這可能是節目開播以來頭一次，發條檸檬竟無法把一句話說完。

因爲阿聰臉色大變，劇烈咳嗽起來。

下一刻，他吐出麵條，整張臉腫起。

麗娜驚呼一聲跑上前。一志從拍攝鏡頭後面跑過來時撞到了鏡頭，畫面隨即翻側，桌上的湯麵被阿聰打翻，淋到麗娜身上，燙得她大腿事後紅腫一塊，但當下只能趕緊撥掉身上的麵條，扶住阿聰。

阿聰抓住喉嚨拚命想說什麼，鏡頭滿滿地都是雙眼瞪大的痛苦表情……

噠一聲。麗娜按停電腦中的影片，不想再看下去。

她記得，阿聰就算倒下，網路留言的冷嘲熱諷仍沒歇止，沒想到直到現在，刺骨的流言還滲透她的日常生活。阿聰剛離世的日子，麗娜睹物思人就忍不住哭，只能將合照和紀念品全部收進紙皮箱，卻捨不得丟。剛才「鬼新娘」送來的訊息，像把刑刀般劃破回憶的封口。

這一個月以來，麗娜都會收到惡質訊息，卻又著魔般忍不住把談論自己的網上言論都看遍。裡面從未有稱得上有根據的推論，僅會讓她後悔自己又吞食了陌生人的毒餌。然而鬼新娘知道的超過這些，麗娜剛剛再翻查了一次確認，工作室四人的全名的確從未出現在網路或新聞的訊息。

她很不安，整晚完全沒法做別的事，只能不斷重看影片。

影片接下來的內容，她記得清清楚楚。

她急著倒水給阿聰喝，但一志凶惡地要她找阿聰的「救命針」。他們替阿聰打針後一起上救護車，不料阿聰途中停止呼吸，搶救失敗，撒手塵寰。麗娜在醫院裡崩潰痛哭。

這是噩夢的開始。

事件發生時，一志夠冷靜中斷直播，但許多網民保留備份，無論平台刪除多少次，還是有新連結冒出。記錄事發過程的錄影，被人們稱為「死亡直播」，反覆討論。

這是鬼新娘所為、現場的人犯案，或是不幸的意外？

他們就像在舉辦推理嘉年華會。

不過，答案也許不重要，而是毫無負擔和罪惡感地一起討論案情的快樂。

一志的遊戲視頻沒存在感，追蹤人數少得可憐，還會被網民忘記是工作室一員；思婕是不露臉的幕後工作者；麗娜是網美，又和阿聰是情侶，最方便創作成桃色新聞。

麵是她端上來的，毒一定是她下的。她是死者女友，那麼一定是情殺。情殺嘛，一定是有第三者。有第三者，那不是死者出軌就肯定是她水性楊花……

網民盡情發揮想像力，卻如法官的槌子不斷敲打在她身上。

她是個模特兒呢，模特兒的圈子都很淫亂的。看看她這批照片的姿勢吧，就是叫男人上她啊。又有「好友」爆料，說她男女關係超級亂：別看她一臉清純無辜，所謂綠茶婊就是這種……

完全沒證據，只是信口開河，但有人信——不，或許談不上信與不信，而是有新料出現，討論起殺人事件更痛快、更過癮。怎麼反駁都沒用。多少夜晚，麗娜躲在家裡獨自望著電腦哭泣。想過自殺但怕死，幸好膽小到沒勇氣實行，厚著臉皮苟活。

「林麗娜，林麗娜，終於找到妳了，林麗娜。妳被詛咒了，你們四人都被詛咒了……是啊，我一定是被大家詛咒了吧。」

麗娜哀怨地哼唱出「鬼新娘」留下的訊息，沮喪地嘆息。

網民期待她是凶手，但這個案件目前仍是懸案，而且警方認爲寄來筷子的人更可疑。可惜，信封只有郵戳和地址，也沒有工作室以外的人指紋，警方沒法順利追查到寄件者。阿聰的家人不富裕，想懸紅緝凶也拿不出多少錢。指望有人能提供寄件者線索的可能性，大概跟凶手自己良心發現自首差不多。阿聰的叔叔也死於過敏，他的父母認命地接受兒子步上後塵。沒有寄信者的名字和模樣，再怎麼埋怨警方抓不到犯人，也改變不了這件事變成懸案的事實。

疑犯就是寄筷子來的人。

麗娜也這麼相信，或說——她想這麼相信，但是——

追根究柢起來，並不是毫無可疑之處。

警方在麵條、麵碗、湯和筷上都有驗出致敏原。

湯麵曾淋到麗娜身上，她也被測出微量反應。

但如何確定最初的汙染源頭就是筷子呢？

阿聰的花生過敏症嚴重，麗娜與他交往這兩年來，得配合他移除生活中所有含花生的食物。連吃過花生巧克力，都要漱口才能與阿聰見面。別說直接吃到花生，餐具曾經碰過花生，都可能讓阿聰的過敏發作。工作室自然不會有任何花生製品。案發那天，阿聰吃下蝦子麵，引發嚴重過敏。但蝦子麵本不應該有花生成分，他們三人身上和工作室也沒有任何地方藏有花生製品。

這也是為何網民會順水推舟地懷疑麗娜——當天只有麗娜碰過那碗麵。

但，她絕對不是凶手。

她也認為工作室的人不會是凶手……

麗娜呆對著電腦思前想後時，肚子叫起來。瞥向時鐘，已經過十點，她還沒吃晚餐。她嘆口氣在廚房櫃子撈出即食麵，又從冰箱的保鮮盒中取出午餐肉。都是昨天的剩食，但得省錢。

她打開煤氣爐燒水，回想起當天自己也做類似的事情。

工作室茶水間很窄，兩人就很擠了，甚至沒煮食爐，只有一台微波爐與電熱水壺。按阿聰的習慣，麗娜會在用食具前重新沖洗再用抹布抹乾，儘管當天阿聰在興頭上，態度很急，她還是照常料理。

她接下思婕遞來的廣告食品，拆開密封包裝拿出麵餅，放入碗中再注入電熱水壺裡的溫水，放入微波爐加熱便捧到阿聰面前。老實說，這樣只是煮熟不會好吃。若在家裡，她會多加兩片午餐肉、雞蛋蔥花來配麵，但工作室什麼都沒有。

警方當然也查過電熱水壺的水，一無所獲，那是早上煮的水，直接取自水龍頭的自來水。麗娜也記不起當天茶水間有什麼異常，流理台就跟平常一樣整潔。當然，在阿聰嚴厲要求下，三個人身上也不會帶花生製品。

如果是謀殺——

最可疑的，當然只有當日匿名寄來的筷子。

去年示範情人節的約會美妝時，麗娜不小心在節目提過男友有花生過敏。阿聰很不高興，兩口子爲此吵一架，後來還是麗娜認錯才和好。雖然兩個節目的受眾不同，但難保沒有阿聰的粉絲看到而知道阿聰對花生過敏。或許是黑粉在筷子沾上花生油當作惡作劇，也許這就是惡作劇導致的悲劇。

因爲，如果蓄意謀殺，凶手如何確保阿聰眞的用那雙筷子？這不是工作室第一次收到來路不明的筷子，以往即日就扔，阿聰當天留筷子吃蝦子麵，純粹是心血來潮。警方也有同樣想法，若是蓄意爲之，凶手仰賴的條件未免過多。因此，他們還調查了蝦子麵成分和工廠，尋找花生成分的可能來源。

麵餅的製造工場在港記麵館廚房後，廚房裡有花生油。會不會有員工手上沾到花生油又摸到麵餅？花生油不是毒藥，沾到花生油也不會有人在意。但警方抽查不到，還了麵店的清白，最後只能表示：「麵條是因爲沾有花生製品的筷子而被汙染，導致死者過敏。凶嫌是寄信者，警方會繼續注意，但抓到人的機會很渺茫」。

這個案子成爲懸案，不了了之。

麗娜、思婕和一志是事件的當事人，大致知曉調查過程，但其他人不是。只看網路流傳的影片，不會知道麵條怎麼煮，不會知道吃業配食物是心血來潮，也不會知道工作室的分工，猜測自然錯漏百出。

鬼新娘憑什麼說她知道犯人？

是唬嚇她吧，和其他網民一樣，但更可惡。

一定是這樣。自己想多了，居然因爲陌生人的話胡思亂想整天。趕快吃點東西就睡吧。她從插筒抽出筷子，筷子頭卻滴下紅色的液體……麗娜驚叫起來，往後一退撞在冰箱門上。

血？爲什麼有血？

不……她睜大眼，把插桶裡的餐具全取出，刀叉筷子全沾著，紅色液體從架子流到桌上。她驚恐地沿著血跡尋找根源，終於發現流出紅色液體的「東西」。她屏著氣顫抖拿起，是瓶子，放在桶裡的醋瓶滲漏，「血」聞起來是酸的，綳緊的感官一下恢復正常。

「一瓶醋而已，不要嚇自己了。」她發出乾澀笑聲，捧著煮好的晚餐回電腦前。

這時，音效一響，通訊軟體跳出了訊息。

又是「鬼新娘」。

別管，這只是惡作劇。

然而，電腦不斷發出音效，她氣呼呼地放下麵碗筷子，打開訊息框。

鬼新娘：晚安。

鬼新娘：眞不容易啊，終於找到妳了呢。

鬼新娘：妳看過影片了嗎？知道誰是凶手了嗎？

娜娜：我不知道妳是誰，但妳很無聊！妳只是想尋我開心吧？我會封鎖妳！不再見！

足足一分鐘，對方沉默著。她有點小勝利，這下對方知難而退吧。

正要把手伸向筷子，對方再次來訊，上面只有短短一句：害怕了？

「我……」怎麼可能會被嚇到——麗娜咬著牙，聲音還沒發出來，訊息就即時跳出，好像預先整篇打好貼上，不容麗娜插話。

鬼新娘：妳一定在想，我是瞎猜的吧？給妳一些只有我知道的小祕密，好好看清楚囉——我肯定麵條是妳用微波爐煮的，整個過程也沒有任何人碰過麵條。

又來了。麗娜起了雞皮疙瘩，爲什麼鬼新娘知道別人不知道的事？影片沒拍到茶水間，不可能拍到微波爐或煮麵過程，鏡頭一直固定在阿聰和面前的桌子。

鬼新娘的文字還沒有停止。

鬼新娘：這不是惡作劇，不是意外誤殺，眞凶不是連名字都不知道的陌生人——**是妳的拍檔之一所計畫的謀殺**。

見到打出來的文字時，麗娜頓時呼吸一滯。

鬼新娘：凶手藉由某種方式得手，只是妳想不通，警察沒注意到。此外，妳要想清楚自己現今的處境，大家都認爲是妳下手，只有我認爲眞凶在工作室內，眞的要逃避我嗎？妳不想知道這些事背後的原因嗎？妳不想知道誰殺死妳的戀人嗎？妳對他的心意就這樣嗎？不會不甘心？不會委屈？

麗娜快要忘記呼吸，她深吸一口氣，卻覺得長期壓抑的委屈和怨恨一湧而出。不想知道？她怎麼會不想知道！但她只是個普通人，警察都說抓不到人，還能怎樣？

可是，鬼新娘此時以「或者」作爲開頭將話鋒一轉，輕浮地丟出笑臉圖案。

鬼新娘：或者，妳覺得追查眞相甚至抓凶手，也沒法改變已經發生的事實？還是自己未來怎麼活下去比較重要吧。人都是自私的，所以就由他死不瞑目好了？

對方就像知道怎麼樣踩中她的傷口。好多個日子，螢幕另一端的陌生人都把她當成討論謀殺案時的一件道具，她都忍住了。這是頭一次，被陌生人的留言刨挖出她的苦毒不甘。

麗娜不由自主打起字來，阻止鬼新娘吐出更多話語。

娜娜：妳是記者嗎？

鬼新娘：不是。

鬼新娘：我是鬼新娘，你們做的好事我全都知道呢。

娜娜：妳是來尋我開心嗎？若知道凶手是誰就說啊，告訴我！告訴大家！何必在這邊裝神弄鬼，妳知不知道妳用這帳户名很無聊！

鬼新娘：哈哈。

鬼新娘：太好笑了，你們用我的名義來做壞事，現在居然好意思怪我？

娜娜：妳想說自己眞的是女鬼？地府什麼時候可以上網了？有精神病就去看醫生。

訊息框停頓許久。以爲對方要放棄時，屏幕跳出了文字。

鬼新娘：妳根本不會懂被困在一處哪裡都沒法去也沒法安息是什麼感覺。

鬼新娘：隨便借用我的名義，你們還眞的不怕會招我怨恨呢。

娜娜：如果妳眞是鬼，那就說出我如今在做什麼！

這種回應很幼稚，她按下送出就後悔了，還忍不住環顧房間，萬一對方答出她在家吃麵怎麼辦？但阿聰講過，這是機率，獨居女子晚餐吃即食麵根本不意外……

鬼新娘：不知道。

嗯，沒想到對方答得很乾脆。

鬼新娘：就說我沒法離開自己的所在之處，反正妳認爲我是什麼東西也不重要。

鬼新娘：本來我們就各不相干，是你們四個人招惹我在先，啊，雖然提出這個鬼主意的是阿聰，呵呵，擅自把我說成能隨便差遣的殺人惡鬼。我才沒有到處去害人呢。

不急著證明自己是不是幽靈，反而刻意提起內部人員才知道的消息。

娜娜：妳到底有什麼目的？

如果對方靠著玩弄她取樂，那成功了，已經夠了吧。
鬼新娘：一開始就說了。妳被詛咒了。中筷子咒的人會被鬼新娘找上，不就是你們決定的嗎？
娜娜：妳的意思是妳要充當鬼新娘對付我？
鬼新娘：怎麼會，那可不好玩了。
鬼新娘：眞正恐怖的不是我，是活人呀。獨居的妳的住址，兩位拍擋都知道哦？嗯，現在香港的治安越來越差了吧？
麗娜面色一僵。以前自己有阿聰陪伴，現在沒有了。
娜娜：別再賣關子了，如果知道什麼，不如直接告訴我！
游標在原地閃動，鬼新娘沒有回應。麗娜忐忑不安地等著。突然，訊息欄跳出一個笑臉圖示，一個接一個，成串笑臉接連出現，一瞬間就把視窗洗下去。
彷彿聽得見鬼新娘在幽暗的潭邊發出張狂的笑聲。
訊息需要按Enter才能送出，每按一次都會斷成新段落。爲什麼這些笑臉一個接一個像機槍子彈一樣跳出來？麗娜試著按Enter插話，但沒反應……程式錯誤？對方動了手腳？麗娜寒毛直豎，正要向電腦開關伸出手。
同一時間，笑臉圖示停下來了。
鬼新娘：不好意思，實在太好笑了，一時忍不住。爲什麼覺得我會幫妳？
鬼新娘：我都給妳那麼多提示了，還不想動腦筋？連跟自己性命有關的事都這麼輕率，被凶手殺死，或者被網民罵死，好像只能說活該囉？
鬼新娘：到底是妳先發現凶手，還是報應先找上妳？我現在只對這件事有興趣哦。
「鬼新娘」下線。

怔怔地望著對方幸災樂禍的文字，麗娜覺得有一隻冰涼的手輕柔撫過頸項，還帶著銀鈴般的笑聲，接著輕快遠去。鬼新娘從虛假的怪談化成了具體的威脅，入侵她的私生活。萬分不願意地，她強迫自己將游標移向影片重播鍵。

戀人死亡的影片再度動起來。

鬼新娘爲什麼會知道別人不知道的事？她真的是鬼嗎？

麗娜用力搖頭，聚精會神地盯著屏幕。

這時，手機猛地響起，她驚叫一聲，差點打翻晚餐。

好險，來電者是個貨眞價實的活人。

「一志？幹麼這麼晚打來……把我嚇一跳……」

「妳不方便？」

「沒、沒事。呃，有什麼事嗎？你最近還好嗎？」

阿聰喪禮後，這是他們首次聯絡。

「有件事想跟妳和思婕商量一下。妳明天下午有空嗎？」

「應該可以。不過工作室已經不能用了吧？那我們──」

「不是去工作室。我們明天中午十二點在新娘潭郊野公園等。」

「新娘潭？幹麼要去那裡？」麗娜愕然。

「到現場比較好說明。拜託妳明天就來一下吧。」

說完後，一志就掛線了。麗娜盯著手機螢幕發愣。不明來歷的「鬼新娘」剛留下惡毒的訊息，整個月沒見的一志就打電話來。

說巧合，也太令人不安。

＊

「就是這個！我們來創造一個都市傳說吧！」

阿聰沒頭沒腦這麼一句話，麗娜、思婕和一志一時三刻反應不過來。

三月初時，四人在工作室開會商量救亡對策。一志父親免費借給他們的工作室，交還期限快到，偏偏工作室發展不如預期，不足支撐營運。計算盈餘後，要是沒法在七月前增加訂閱人數和廣告收入，就只能把工作室結束了。

「創造都市傳說？」思婕不解，「你說把一志包裝成傳奇電競手之類嗎？」

思婕、一志和麗娜正討論如何改良一志的遊戲直播。阿聰在旁邊默不作聲地翻著一本封面寫著「秒懂大數據」的科普書，這刻才沒頭沒腦地插入一句話。

一志和阿聰相識十多年。阿聰能言善道，一志沉默寡言。別人遊戲直播都七情上面，一志卻像悶葫蘆。麗娜不是遊戲玩家，但覺得其他網紅的遊戲直播有趣多了，熱熱鬧鬧的。可是，要一志像阿聰一樣有表演欲是不可能的，也許可以改變他的外觀，減少宅味，換韓風髮型……

可是一志不願意。他也許不是悶葫蘆，而是隻呆頭鵝。

「不是他的節目啦，遊戲直播很難再搞出新意。我說我的『發條檸檬』！」阿聰指著思婕身邊的免費報紙，獨個兒興奮地說，「創造一個都市傳說，你們不覺得這點子超棒嗎？一定有話題。」

思婕一語不發，把報紙攤到桌子中間，新聞頭條是「新娘潭公路離奇車禍，鐵騎士成今年第二怨魂」，還用上血紅色的古印體，十分老派。不意外地，記者又提到新娘潭的猛鬼傳說。

「你不是最討厭這種鬼神之說嗎？」麗娜連看個星座都被阿聰罵她迷信。

「沒錯。這些鬼故事根本都是些不可能證實爲眞也無法證實爲假的說法，只是利用人們那種反正沒辦法證實，且信無妨的心理。所以不管再怎麼辯論他們都不會承認自己迷信，因爲他們會一直推說你沒有證據證明是假的。」

「你還想延續上個月的宗教專題？」思婕露出擔心的表情，「也許少點節目的火藥味比較好。」

「我這節目跟妳的不同啦。妳做網編只要取悅網民和案主就好，但我的節目是要引起爭議，那才是我節目的『燃料』。」阿聰反駁。

思婕是他們半年前在網路創業講座上認識後邀請加入的，合作時間短，還在適應阿聰行事作風。總是一臉素顏，樸實襯衣長褲的她跟麗娜不止外觀相反，有主見這點也跟麗娜很不同。麗娜其實認同思婕，阿聰的節目最近火藥味濃，但不敢公開質疑男友。

「『解剖外星人』……」一志喃喃自語。

「沒錯！不愧是我的好兄弟，一點就明！」

「什麼什麼？什麼外星人？」麗娜一頭霧水。

「香港曾經有一家電視台購入了一段聲稱是解剖外星人的影片，大肆報導整個星期，一時成爲了全城熱話。那是回歸前的事吧。不過影片製作人去年公開承認那是假的了。」

思婕只比麗娜大一歲，但什麼話題都能接上話，這就是網編的才能。

「咦，眞的嗎？現在還看得到嗎？」麗娜很好奇。

「就是那件事。當年人們還不是一窩蜂地去看去談。根本沒進化過，既然他們喜歡這種故事，那我們就如法炮製。」

「你的意思是你要在你的節目這麼搞？雖然電視台的收視率突然竄高，但是也有很多斥責和批評的聲音。」思婕不覺得這是個好主意。

「有人批評才好，有Noise就會吸引到人來想知道是怎麼一回事。我又不是要像他們那樣低級騙人。重點是，我要揭穿整個騙局！別的迷信很難證明是假的。但如果那是我虛構的，就可以百分之一百證明它是假的。那些相信的人，就不能再用任何藉口蒙混過去了。這叫震撼教育！」

思婕皺起眉頭想反駁，但一志開口支持。

「我覺得可以一試。但要創造一個可信性高的迷信故事，完全憑空虛構有點難？」

阿聰沉吟著，視線落在報紙頭條——結果他們用鬼新娘的故事作基礎，添加其他細節，創作出「鬼新娘的筷子咒」。

麗娜記得他們將各種流行一時的傳說和詛咒的資料鋪滿整張工作桌，從裡頭拉出細節，為「鬼新娘」重新畫一張臉。對，就像在化妝一樣，藏起容易被質疑被揭穿的弱點，凸出令人驚艷回頭的元素。這個傳說要容易複製，要有恐怖感，要有參與感，要有畫面。方便以影像形式在網路擴散——

現在，離他們散布謠言已經四個多月。

麗娜站在新娘潭橋邊，終於感受到所謂「有畫面」是什麼意思。

微風吹動墨綠色的野草叢，欲蓋彌彰地露出裡面各種顏色、材質的飯碗。碗內放滿白米。一雙一對的即棄筷子，線香般整整齊齊地插在碗裡。這邊幾個，那邊幾個。在新娘潭橋頭旁邊野草茂密的地方，一撥開，就看到這些插了筷子的碗，放眼看去二、三十個，如同微縮的墳場。

彷彿拜祭遊魂野鬼或進行神祕儀式，默默地在這片寧靜的郊野等待力量回應……

如今想來，當初他們設計時就參考臺灣的「腳尾飯」、日本「筷子大人」還有本地的神祕拜鬼集團等元素，說不定真的有什麼拜祭效果？

麗娜全身起了雞皮。

「鬼新娘」傳說正熱的期間，麗娜看過許多這幅景色的打卡照片，當時一點也不覺得可怕，還笑說「被寫上名字的人眞該反省一下自己怎麼對人呢」。如今站在這裡，親眼目睹一大堆「筷子咒」，她心口鬱悶，莫名心寒恐怖。每一個被寫上名字的人，都被人在背後怨恨。這裡每一對筷子，都代表著一個希望對方遭遇不測的惡毒詛咒。

爲什麼當時她會只覺得「好玩」？

「爲什麼還會有這麼多？不是早就清理了嗎？」

現在都八月了，阿聰在五月底揭露眞相後應該沒人再來放。而且，他們四人早就來清理過一遍。

「我昨天一時心血來潮來這裡走走，想看看還有沒有人放這種東西，沒想到就發現這些。」

一志無奈地聳聳肩。

「你叫我們來就是爲了看這個？」

思婕也被一志叫來了。她看見這堆東西便臭著臉。

「對啊，想問問妳們意見。怎麼處理它們才好？」

他們站在橋邊，這裡是被山林環繞的燒烤場地。今天不是假日，沒看到遊客，平均排列在公園裡的木桌椅和水泥燒烤爐都空著。

惡名遠播的新娘潭路就在公園旁。橫跨整個香港東北面的山區，將之左右切成兩個占地龐大的郊野公園，保留大自然的原始景色。東面整個山區是船灣郊野公園，新娘潭就在這一側靠近道路中段的位置。政府在此處路旁開闢了燒烤場還有小巴站。

因爲新娘潭路兩端都是人口稀少的地區，所以汽車流量少，成了深夜非法賽車的熱門賽道。狹窄多彎的錯誤設計考驗駕駛者技術，也是容易造成致命車禍的原因，跟什麼鬼都無關，但很適合孕育出鬼故事——阿聰這樣說過。

「還可以怎麼處理啊？當然都是丟了吧。」

「妳們先看清楚筷子上寫的名字。」

麗娜蹲下來，不情不願地伸手抽出其中一隻筷子。

「林麗娜」。

麗娜差點把筷子丟到地上。思婕接過來也神情愕然。

「這些全部都寫著我們四人的名字。」一志沉聲說。

「我們四個？」

麗娜駭然地環視這些碗筷，就連筷子咒最流行的時候，都沒有這麼多。

「誰這麼無聊做這種事啊！」

「眞的連我的名字都有……這是什麼時候出現的呢？」

思婕疑惑自語，面色冷靜。她撥開草叢又抽了幾雙碗筷檢查。

「不清楚，但看碗上的汙漬，我想應該有些日子了吧。」一志嘆氣。

「會不會就是那個寄筷子去工作室的人？」

麗娜彷彿看見一個陌生人的背影，擺放這些碗筷，詛咒他們四人，想他們死。

鬼新娘說他們四人被詛咒了，難道是指這些筷子？

妳被詛咒了，你們四人都被詛咒了……

「我記得阿聰過身之後，有網媒來拍照報導，當時都沒有這些東西。這些肯定是在那之後才出現的。」思婕說，「不管是誰，都是在知道阿聰已經不在之後，才放下這一堆碗筷。」

「我昨晚也翻查了當時的報導。這些是之後才放的。」一志點頭。

「如果是這樣的話，放下這些詛咒還有什麼意義？」麗娜聲音抖顫。

「會不會黑粉弄好玩的？」思婕說，「阿聰的節目當時惹毛了太多人，很多人一直都不喜歡他，也許是聽說了死訊後才來幸災樂禍。」

很有可能。網民們落井下石的手段，麗娜已經領教過了。

然而，一志不快地歪著嘴說：

「幸災樂禍的話，需要弄這麼多嗎？我們三人的名字就算了，思婕的名字還未曾在任何地方公開過吧。放在這裡是要給誰看？鬼新娘又不存在。」

「我們還是報警吧？」麗娜不安地提議。

「報警？」思婕拍了拍她的肩，「我明白妳的心情，但我們可以跟警察說什麼？說有人要下咒，還是投訴有人亂拋垃圾？」

「但可能就是這個人害死阿聰啊！說不定警方會找到新線索……」

「不會找到什麼有用的東西，這些碗筷都不知道放了多久。何況就算找到指紋，沒疑犯也配對不起來啊。單靠這些東西沒有用。」一志露出心有不甘的表情，聲音變得乾澀，「阿聰死了，害死他的人仍然躲在暗處。警察太無能了。」

要是警察抓到犯人，網民就不會狙擊至今。一志這句話挑起麗娜被當成真凶替死鬼的悲憤委屈，她開口時聲音有些沙啞，但已經來不及把情緒整理乾淨了：

「那個人可能還想要害我們，你們難道不怕嗎？」

思婕安慰她：

「冷靜一點。我想這只是惡作劇，未必跟阿聰的事有關，妳別想太多。」

「你們當然說得輕鬆！被網民當成凶手的又不是你們！」

麗娜甩開思婕搭肩的手，換來兩人有點尷尬又同情的目光，她閉嘴，腦海卻浮現鬼新娘暗示兩人是凶手的警告。

若放下這些碗筷的人是當天寄筷子的黑粉。那人對阿聰懷有惡意，也對他們三人懷有惡意。是那人用筷子殺了阿聰，那麼鬼新娘就是胡說八道的好事之徒，犯人眞的是陌生人。但如果鬼新娘說的是眞話呢？凶手是一志或思婕，那又是誰放下這些碗筷？是向麗娜發訊的「鬼新娘」嗎？那問題是，鬼新娘爲何嚇他們？目的是什麼？

麗娜越想心越亂。

但不管哪個假設，都沒法解釋爲何鬼新娘會知道工作室的事。

除非眼前兩人洩漏了出去……

「你們有把我們創作筷子咒的細節告訴別人嗎？」麗娜顫抖著嘴唇，「會不會是有人知道什麼，故意來嚇我們？」

思婕和一志瞪大眼，望著緊抱手臂的她，表情說不出苦澀還傻眼。

思婕率先打破靜默地搖搖頭。

「當初不是簽了保密協議嗎？我不喜歡『炎上商法』，我看到那些謾罵都頭痛了，沒法像阿聰一樣樂在其中。如果告訴別人我有分，流彈都要打到我身上了。」

「事情後，我爸把我罵慘，說死了人，工作室怎麼租出去。說出去只會讓他丟臉，敢再提起他會打死我。」一志乾巴巴地笑了幾聲，「知道詳情的人只有我們三個了，這些筷子的事只能跟你們商量。」

思婕捲起衣袖：「不管是不是黑粉，我都不想再看到這些鬼東西，就扔掉吧？」

只有我們三個了。一志的話語透出共同進退的情懷，但麗娜再次渾身不舒服。凶手可能在兩人中。但，鬼新娘也可能是他們假扮的。有沒有可能一個是凶手，另一人扮作鬼新娘想揭發眞相？

凶手到底是誰呢？耳邊彷彿傳來鬼新娘的耳語。

麗娜咬著唇掐緊手臂，該在這裡直接問才對，而不是旁敲側擊。但無論答案是肯定或是否定，她都不想承擔，就像不想面對阿聰的死亡是熟人所爲——

「麗娜、麗娜！」

麗娜猛地回過神，思婕輕輕拉起她的手。

她覺得思婕的手好暖，又或自己的手太冷。

「不要胡思亂想了，我們來清掉這些東西吧？這些討厭的惡作劇。」

「嗯。」想到筷子寫有自己的名字，麗娜也很不舒服。三人合力，很快把碗筷都蒐集起來。她每撿起一對筷子都會瞥一眼，果然都是他們四人的全名，讓她內心發毛。

「對了，水潭那裡會不會也有？」思婕細心地想到另一個地點。

「我昨天已經去看過了，就這裡而已。」

這條短短幾公尺的新娘潭橋是橫過從水潭流下來的水道，眞正的新娘潭和瀑布在更上游，需要從自然教育徑往上多走十幾分鐘。不過，這裡就在燒烤場旁邊很方便，「筷子咒」流行時，人們也在這裡放筷子碗，很少人特地走上水潭。

「等一下，瓷碗包一包再丟，不然碎了可能會扎傷清潔工人。」

思婕阻止一志直接把碗丟進垃圾箱。

「上次我們也是就這樣放垃圾箱。現在哪裡找東西來包？」

思婕從包裡拿出免費報紙，搶過一志手上的碗包起來。

「妳好像比以往更婆媽了。」

「這只是公德心好嗎？」她沒好氣地說。

麗娜幫忙丟棄碗筷。

以前四人快日落時跑來拍「靈異照片」，留下最初的詛咒筷子和飯碗，爲散布流言預備一切。當時多少帶惡作劇心態。麗娜一開始有點怕，但有阿聰那種天不怕地不怕的人在身邊，漸漸壯了膽，甚至有點好玩。合力編作的假故事在網上熱起來，分享數每分鐘都增加，他們興奮慶祝，享受成功的快感。

當時多火熱，現在就多心冷。

「我們是不是眞的做得太過火了呢？」麗娜忐忑不安地喃喃自語。

「又沒詐騙金錢，也沒有傷害人。很多電台電視台都做過類似的整人節目和眞人Show。如果會因爲這樣就仇恨製作人，那傢伙一定本身就精神有問題。」一志的回答很有阿聰風格，他淡然地繼續道：「當時還有很多網民跟著起鬨穿鑿附會，我們只是起了個頭，一大堆人跟著吠影吠聲附和二創。要追究責任的話所有參與過的人都有分。」

麗娜望向思婕，思婕苦笑。「該讓事情過去了，現在再想也沒什麼意思。」

兩人都對傳說中的女鬼沒什麼感覺。

這時，麗娜嚥下一口口水，打開帶來的紙袋，粗魯地把裡面東西全攤出來。

「妳是幹麼？」一志驚訝地看著麗娜拿出來的紙紮祭品，有些生氣地說：「阿聰說過了他不要這些東西！」

「我知道……但這不是給他的。」麗娜悶著頭，拿出化妝品和首飾的紙紮套裝。「你們應該知道我要給誰……」話一丟，她停手一會，抬起頭來緩慢確實地注視思婕和一志的表情才垂下頭項繼續。

「妳要拜鬼新娘？」思婕一臉詫異。

「不是吧，妳現在才相信有女鬼？」一志有點不快地咂嘴。

「你們就儘管笑我迷信吧，那時候扮女鬼拍照的又不是你們！」

麗娜固執地點起香燭，再把點燃的紙紮祭品丟進水泥燒烤爐。

「如果鬼新娘眞的存在，說不定會對我們的所作所爲很生氣。反正都來了，不如拜一拜也好。你們要不要也來拜一下？」

「阿聰和我們搞這件事，本來就是想要大家揚棄這種寧可信其有的想法。」一志搖頭拒絕，沒想到思婕與他作對，也接過祭品，合什拜了拜。「連妳也……唉。」

「沒所謂吧，如果麗娜覺得不安心的話。你就不能稍微配合一下嗎？即使沒有鬼，就當是拜祭這條路的意外死者好了。」

「免了，每個人都有自己的原則。這裡的交通意外跟我們又沒關係。」一志皺眉，「明明就是路有問題，不修整的話拜什麼都沒用。這條路今年已經害死四、五個人了吧？」

「那麼多！」麗娜有點驚訝，聽到一志補充「之前有宗私家車失事，死者好像是一家人」時更是苦澀，早知道就多買一點祭品。不過，一志嘴上說不拜，但沒有丟下她們自己先離開，站在旁邊看著兩人焚燒祭品。

火焰咬上艷麗的彩紙，留下黑色的齒痕，再化成灰燼。

「喪禮後，我們已經有整個月沒見了吧？你們最近怎麼了？」

麗娜添加祭品，若無其事地問起近況。

「我到老爸的公司上班了，現在只是普通的上班族。」

「你不是一直拒絕你爸的要求？」

一志沒回應麗娜，自嘲一般彎起嘴角。他今天穿著素色T恤長褲，至少不再是格子襯衣還包在褲頭裡。麗娜總覺得他少了「宅」味，話也變多，可能是被工作環境改變了吧。

「老闆就是父親不算普通好嗎？你還有個可愛的Cosplayer女友，根本人生勝利組。」

思婕揶揄起他來，她和麗娜都見過一志女友。新年時，他們一起吃自助餐，每人帶伴出席。一志帶來的女友居然是女高中生，讓麗娜和思婕都大叫不能相信。阿聰一直替他保守祕密就是爲了看兩人吃驚的反應……

那種愉快的回憶，永遠不再有了。麗娜想到就紅了眼。

一志苦笑不反駁，反問思婕：「妳呢？」

「我給自己放了一個長假去旅遊散心，才剛回香港不久。」

「去哪裡玩？我記得妳以前好像說過想帶妹妹去日本。」

「嗯，去關西玩了大半個月。麗娜妳呢？」

「我在上化妝課程，想要轉職當化妝師。」

「那樣也挺好嘛。」思婕遙望著飄上天空的一縷輕煙感嘆，「畢竟人總要生活下去。」

麗娜點頭，卻驀地想起鬼新娘的話。對，她想過新生活，難道有錯嗎？

「所以，妳有新男友了嗎？」思婕微笑問。

「沒有啦！」

「妳不用覺得不好意思。以我對阿聰的了解，他會覺得想著一個死人不Move on是很傻的事。」一志也這麼說。

麗娜微微嘟起嘴巴，內心卻很苦澀。拜外貌所賜，她從小很有異性緣，卻沒同性緣。女性朋友不是防著她搶男友，就是各種心機，後來她都疏遠了。認識阿聰後，她的世界就只有男友。於是大家也這麼認爲：她沒有男人照顧不行。

「那你就不會想他嗎？他是你的好兄弟啊。還是你仍爲那件事耿耿於懷……」麗娜輕輕地反擊。

「哪件？」一志皺眉。

「那次……討論工作室續租的時候，他當時當著你面前酸了你父母兩句。我記得那是我第一次看到你給他面色看。」

「那麼久的小事，妳居然還記得。那次我確實是有點惱，但他的嘴巴從十歲開始就那樣。妳都還沒眞的看過我倆吵架的樣子。」

「你們眞的會吵架啊？」

「小時候當然會。比起來，那次思婕和他吵架，只是小巫見大巫。」

「我？那只是討論公事吧？」

「妳當時氣得跑出去啊。麗娜也應該記得，出版社那個案子。當時是誰先拍桌來著？」

「他性格就這樣，每次開會都習慣了。後來我也學會不跟他硬碰硬了。」

要不是一志提起，麗娜都忘記這件事。思婕接到一個廣告，要發條檸檬推介科普書。阿聰看完卻在節目中批評書寫得爛的地方，讓思婕沒法跟客戶交代。他倆吵得蠻激烈，最後還是各退一步言和。

三人閒聊起往日趣事，麗娜莫名對鬼新娘生起氣。其中一人殺了阿聰，可能嗎？大家都是同甘共苦的創業伙伴，怎麼可能這麼做。朋友吵嘴，不可能到殺人的程度。

聊著聊著，祭品全燒完了。麗娜兩手都沾到灰。

「你們等我一下，我去洗手間洗手……」

「不用走那麼遠，來。」

思婕從背包拿出水瓶，朝燒完的紙灰倒下清水確保熄滅火舌，也讓麗娜順便洗了洗手。她還給麗娜遞上了紙巾。

「妳眞是太細心了。如果妳是阿聰的女友倒是剛剛好。」

麗娜由衷感嘆。阿聰是身體狀況不得已要維持潔癖，上餐廳時麗娜都要再三確認菜式有沒有花生，並主動洗抹男友的餐具以示貼心。但麗娜有時也會忍不住覺得很麻煩。她不像思婕天生就在意整齊整潔，連一塊橡皮擦都會在用完後立即放回固定位置。

結果不知不覺大家就慣性依賴思婕打掃和清潔工作室，她加入之後工作室才結束災難的混亂狀態。

「抱歉那傢伙完全在我的守備範圍外。如果他是我男友，我會叫他自己的東西自己洗。」思婕翻一下白眼。她和阿聰完全不過電。麗娜一早就以女性直覺排除感情糾紛。要不是各散東西，自己可能會跟思婕變成更好的朋友，她獨立自強的個性讓麗娜很自在。

「既然那些東西處理完了，妳們也拜完了，可以回去了吧。」一志指向燒烤場出口。

麗娜把抹手的紙巾扔入垃圾筒，跟著兩人離開。

忽然，她覺得剛剛的動作好像有什麼含義，卻說不上來。

乘車回到市區，換乘地鐵後麗娜在路上與兩人逐一分手，她獨自搭上觀塘線。麗娜心情很矛盾，跟大家見過面後，更不願相信害死阿聰的是自己人，犯人應該就是黑粉。鬼新娘的來訊和剛才看到的碗筷，都是那個人所爲吧。可是人都死了，還故弄玄虛是爲什麼？這一切串聯起來，讓她更痛恨那個連名字都不知道的凶手。

她走出車站，沿著平日回家的路急步走，正從行人天橋上下來時。

她突然發現自己飛在空中。

全身失去重心，雙腳離地，眼前是廿多階的階級高度。

爲何自己懸在半空？

腦子還沒順利運轉，下一秒，一陣天旋地轉，耳邊淨是路人驚呼，麗娜溺水般伸出雙手。當她驚魂甫定，已一手抓住扶手，以彆扭的姿勢半跌坐在階級上，驚險著陸，也不知道自己是怎麼辦到的。她大口喘息，叫也叫不出來。

一個恐怖的念頭擊中了她。

自己被撞下天橋？行人太多，不小心撞到？

她心臟狂跳，回想著剛才的碰撞，不禁回頭張望。現在不到下班時間，附近人流不多，而且背上留著手掌的觸感……

「是誰——」喉嚨很緊，她的聲音發不大出來。她再度轉向天橋上方，不見半個人。從心底滋生出來的恐懼爬上皮膚，冒出雞皮疙瘩，又化成洪水一般噴流出來的憤怒。

她撐起身，卻痛得發出慘叫跌坐下來。

「姊姊，妳還好嗎？」

迎面走上天橋的路人走近關切，是個穿著附近中學校服的女學生。麗娜不甘心地再次嘗試站起，可是腳踝的劇痛讓她流出淚。

她扭到腳，腫起來了。

「有沒有看到誰在上面？有沒有看到誰推我？幫我看看！誰在上面？」

她焦急地拉住女生的衣袖。女生被她的表情嚇到了，顫巍巍地掃視一下。

「沒看到有人啊……要不要替妳叫救護車？」

麗娜咬了咬牙，錯過抓住對方的機會了。其他路人都在低頭滑手機，更別指望有人看到誰推她。她婉拒學生的幫忙，撥電話叫救護車。坐在階級上等救援時，只能抱頭忍住不哭。如果不是前往新娘潭而改穿運動鞋，而是穿著平常的高跟鞋，她可能會一摔到底，去見阿聰了！

到底是妳先發現凶手，還是報應先找上妳？

如今獨居的妳的住址，妳兩位拍檔都知道哦？

麗娜像掉進寒冰湖底一樣發抖，鬼新娘的警告成真了。但她親眼見到一志和思婕登上方向不同的列車啊，凶手不可能是他們，對，鬼新娘的詛咒是假的，絕不會成真。一定是別人——不，不能這樣篤定，鬼新娘說中了不少事情，如果鬼新娘的話是真的該怎麼辦，如果兩人在下一站換乘計程車，說不定趕得上折返。但有什麼理由殺她？剛剛大家還在聊天……不，是自己胡思亂想，是她被跟蹤了，被那個在新娘潭放下碗筷的陌生人……

腦海混亂不已，手機伴著音樂震動起來，她被嚇得全身發抖。掏出手機見到來電者是思婕時，喘著氣按下接聽，沒聽清楚對方說什麼就帶著哭腔打斷對方：

「妳在哪裡？」

「我？麗娜妳怎麼了？妳的聲音聽起來——」

「妳先回答我！」

她沙啞的聲音嚇到途人側目。懷疑朋友讓她痛苦，但沒辦法控制自己。

「我剛剛到家。發生什麼事了？」

在家？真的？麗娜掩起耳朵細聽，電話另一端很安靜，似乎有室內回音。如果在附近的街道或商店一定會聽到車聲人聲。

不是思婕……麗娜總覺得釋懷了一點。

「我……我剛剛從樓梯上摔下……不，是、是被推——」

一說到「推」字，麗娜就說不下去，耳中傳來思婕的吸氣聲。

「妳還好嗎？有受傷嗎？」

「還活著但走不動了……唉，救護車來了。」

淚水模糊眼前，但救護車高亢的警笛聲還是清晰地傳入了耳中……

突然，一個念頭就跟這個聲音一樣蓋過內心所有紛亂的想法，清楚在腦內響起。

她試著抓住剛剛的想法，但腳踝的痛提醒她現在自身安危更迫切。

思婕緊張地在電話中說要到醫院找她，問她被送到哪家醫院，麗娜忐忑不安，又想有人陪伴，猶疑間來不及答覆就被救護員找到，飛快說了救護員要帶她前往的醫院名稱便匆匆掛線。

麗娜在急症室剛照完X光出來，思婕就趕到了，她一臉擔心。

「沒有斷骨，只是扭到。暫時不能穿高跟鞋了。」

待在安全的醫院等待治療時，麗娜終於漸漸冷靜，見到思婕時也不像在電話中那麼激動，僅僅苦澀地說出這句帶點玩笑意思的開場白。

「嚇死我了，沒事就好。」思婕鬆一口氣，隨即握著她的手低聲問，「妳真的覺得有人推妳？會不會只是被人撞到……」

「我肯定是有人推我。」

「有看到是誰嗎？」

麗娜看著思婕，想從她的臉上看出表情真假。

對方不施脂粉，但麗娜沒能力看穿皮膚下的人心。

「我沒看到。」

最後她如實回答。思婕再次嘆氣，她看起來真的很擔心自己。

「妳剛剛怎麼會打電話給我？」

「現在談不太適合……」

「狀況都變成這樣了，還有什麼不適合？」麗娜指指自己的腳。

思婕咬著嘴，眼神閃爍不定，彷彿在天人交戰。

「我在回家路上想到一件事，想找妳商量。」她停頓一會，懊惱地搖頭。「不，還是不要現在說這個。妳拿藥單了嗎？」

「護士說還要等醫生不能走。」她用力抓住思婕的手，希望她明白自己的決心。「思婕，妳想說什麼？我現在腳好痛，就當讓我轉移一下注意力吧。」

思婕沉吟半晌，終於艱難地開口：

「麗娜，我跟一志不熟，但妳認識他們比較久。妳覺得一志對阿聰如何？」

「一志對阿聰？」

「妳覺得他有沒有可能對阿聰心生不滿？」

麗娜狐疑地盯著思婕，不知道她葫蘆賣什麼藥。

「阿聰搶走大家的注意力，要每個人都聽他的，一志在他身邊像影子，現在阿聰不在，一志變得……怎麼說呢，比以往有活力？」

「我不清楚。但有活力有什麼不好？就算眞有不滿，那又……」

「我這樣說，妳可能很難相信，」思婕打斷麗娜，深呼吸一口氣。「今天早上的事情很奇怪，那些滿山滿谷的碗——」

「那當然很怪，事情過這麼久還會出現碗筷。可是這和他們——」

「不是這樣。是昨天下雨了啊。」

雨。

麗娜當然記得，自己從化妝教室出來趕到車上，短短幾分鐘路程，衣服已濕透的狼狽狀況。更不會忘記伴著車窗外雨聲重複細看鬼新娘留言的那股寒意。

昨晚下過雨，但今早的碗筷……麗娜的嘴微微張開，神情慢慢改變。

「我查過了，昨晚新界東也是大雨，」思婕繼續說，「大埔區下得比九龍還要大。奇怪的是，今早那些碗筷全是乾的，碗裡沒積水，沒米粒散落。連筷子都全部乖乖站好？多放幾天的話，總有些會被風雨打下或被野狗弄翻吧？」

筷子實在太整齊。

碗筷有泥巴，但可以是人爲抹上去的……

「除此之外——除了你們，還有誰知道我的本名？」思婕嚴肅地注視著麗娜的臉，說：「那些碗筷，是今早才弄出來的。那麼，到底是妳，還是一志做的？爲什麼要愚弄我？」

「我才沒有做那種事！」

思婕點點頭。

「嗯，我信妳，所以才打給妳的。不好意思，剛剛沒辦法馬上說出原因。回家路上，我就一直想，一志這樣做什麼用意？工作室結束了，我們拆夥了。犯人又沒抓到大家都難過，還搞這些小動作幹麼。然後，我想起一件事：平常都是誰去收信的？」

「阿聰和一志都有信箱鑰匙，但阿聰總是最晚回來，通常都是一志收信。」

思婕緊張地握住麗娜的手。

「沒錯，就是他，他就是把那對有毒筷子寄來工作室的人。」

「等等，這是什麼意思？雖然信箱是他打開的……但信封上的郵戳，大廈的保安鏡頭，都確實證明那封信是從外面寄來的啊。誰也可以寄來。」

而且那封信是阿聰在節目裡才親手撕開。他們已經收過幾次筷子，不用拆開，用摸的就知道裡面又是即棄筷子。

「沒錯，信封是外面寄來的，但筷子不一定啊。」思婕說明，「假如他利用『我們習慣有人寄黑函筷子給工作室』這個盲點呢？他可能連續數天都寄出沒封口的空信封，總有一封會在節目當天早上寄到。只要他比阿聰早回來，就能確保自己是第一個碰到信封的人，然後把有花生成分的筷子放進去封口，再交給阿聰。要不然筷子怎麼那麼剛好，在節目當天早上寄到？經郵局寄信，即使是本地也會有一兩天誤差。」

這確實是麗娜沒有想過的事。

放下碗筷的人，就是寄來筷子的人——今早自己也這麼想過。

如果是思婕提到的手法……

「說不定從一開始那些筷子就是他寄來的，就爲了讓我們相信是外人寄來。」

「妳、妳的意思是，妳覺得是一志設計害死阿聰？就算這樣，他怎麼知道阿聰當天會吃麵，又用到那雙筷子……」

「可能是激將法？當時刺激到阿聰那麼做的留言，會不會是他用什麼手段安排的？我就是想到這些可能性，才想跟妳討論。但一志的態度和之前不一樣了，一定有什麼原因。妳跟他們比較熟不是嗎？妳覺得有沒有可能？要不然他爲何把我們邀到新娘潭，又布置那些道具？」

麗娜一臉茫然。「我……我不知道。」

平時足不出戶的宅男特地跑去新娘潭然後發現碗筷？故意跟她們說「覺得碗筷放了些日子」，又拒絕報警。只是想讓她們看，拍照就行了，爲何要特地留著約大家過去。思婕問他要不要去水潭，他立即就說沒必要……

雖然還有疑點，但越想越覺得一志很不對勁。

若眞是他安排碗筷來嚇她們，會不會他跟「鬼新娘」是同黨……不對，說不定他根本就是鬼新娘？麗娜先入爲主覺得「鬼新娘」是女孩，但也許一志操弄印象，刻意爲之，如果全都是他所爲……

「妳最近……有沒有收過奇怪的訊息？」麗娜試探地詢問。

「訊息？關於一志的嗎？」思婕一愣。

「不……我只是想起網民傳來的咒罵。」

麗娜有點後悔問得太直接，急忙回到本來的話題，提出一個疑問：

「我記得警察說信封裡驗不出東西啊？有檢驗到的只有筷子、麵和碗。」還有她本人，不過影片可以證明她只是意外被湯麵燙到。

「我不知道這些檢驗多可靠，說不定只是剛好沒驗到而已。」

沒驗到？會嗎？警方明明說他們的器材很可靠。此外，當天回到工作室後，就沒有人外出過。直到事後一起送阿聰去醫院，三人都在一起，而且一到醫院就被警察問話了，沒有人有機會偷偷丟棄罪證。

「我很擔心。」

思婕低下頭，望著麗娜受傷的腳踝。

麗娜一直在忍耐痛楚，此刻卻覺得疼痛變得更劇烈了。

「他弄出那些碗筷然後約我們兩人過去。說不定是要試探我們。」

「試探？」

「電視不都這樣演？看看我們會不會發現了眞相，然後要將我們……」

兩人沉默著，麗娜知道思婕不想出口的話：推麗娜的人也許是一志。

「但是爲什麼現在才突然想試探我們——」

影片。麗娜說到一半自己愣住。她昨晚爲了重看阿聰的影片，登入工作室的雲端服務帳戶來重新抓取高清檔案。她記得雲端帳戶都是一志管理的，會不會被一志發現她突然去翻找影片所以惹起他疑心？才會突然打電話約她出來……

「妳要報警嗎？雖然沒有證據，但如果能夠說服警察，或者可以先備個案。」

思婕瞄向急症室的警崗，一名警察正在跟剛才打架送院的男人說話。

麗娜拿不定主意，最後還是搖頭。早上思婕就說過，沒證據，警方沒辦法做什麼。天橋也沒監視鏡頭，就算報警，警察只會備案叫她回去等消息，不會派人保護。她對警方的辦案態度早就心灰意冷。

「沒有用……我連該怎麼說明都不知道！」麗娜沮喪起來。

「畢竟我們沒有任何證據。」思婕苦笑一聲後嘆氣，「如果我們沒法報警，那就裝傻到底吧。」

「裝傻？」

「這是意外。不管是這次還阿聰的事都不再提，他動手是害怕我們得知眞相。如果我們沒打算找他麻煩，他可能會放棄，再動手，他也有風險。」

「妳覺得只要我們放棄追究阿聰的事，他就會放過我們？」

「要不是逼不得已，誰想殺人？」思婕低聲說。「何況就算追查下去，也沒法保證一定能找到殺人證據。我覺得……我們還是先避一下比較安全。」

「避？可以怎麼避？」

「我可能會去臺灣小住一陣，他總不會追到國外。如果妳有能力也搬走吧，拋下過去的事找個地方重新開始，或者等安全了再回來。」

拋開一切，重新開始。

自己本來就這樣打算。阿聰不會復活，追查也沒用。不如搬走，換個電話換掉工作，切斷所有舊聯繫，讓所有人和鬼新娘都找不到她，她也不用再在乎網民的流言蜚語。她只是個普通女人，逃避才是正常的反應。

「林麗娜，三號房。」護士站終於廣播。

思婕站起來，推著麗娜的輪椅進入會診室。等到麗娜完成治療，再送她回家。麗娜對思婕的關心感到一陣窩心，不然獨自撐著拐杖實在困難，但也感到強烈的無力感。她無法保護自己，或任何人。

「那我回去了，妳要小心。有什麼事記得打給我。」

「思婕……」思婕轉身走出家門時，麗娜叫住了她。「我覺得我好像真的被鬼新娘找上了。」

「笨蛋，妳想多了。光天化日怎麼會有鬼？何況，人比鬼可怕啊。」

關上家門，家裡只剩自己一人。

麗娜笨拙地走到臥室床邊，丟下拐杖埋在枕頭中，大哭起來。

妳會是第二個或是第三個。

鬼新娘的話言猶在耳。

她做錯了什麼，要承受這樣的災難？

以前有阿聰在身邊，阿聰會幫她解決問題。如今不知道可以相信誰，思婕也暫時離開，自己沒有可以安心商量的對象。面對網民千夫所指，麗娜還可以勉強自己堅強起來面對，至少關閉網路就看不到。但如今的局面，只能自己解決。她誰也不能相信。

好可怕。

這天起，麗娜拒絕思考一切。她帶一點日用品離開家，住進廉價旅館，也沒告訴任何人。她不敢跟一志對質。沒有證據，不管是不是他做的，他都一定會否定。三餐都暫時吃飯店的，她一度神經質地想一志會不會在食物下毒，但這幾天都沒事。

既然一志沒追蹤她，說不定思婕說對了。

沉默換平安。

鬼新娘說的是事實。要是沒有鬼新娘的出現，她原本也打算忘記一切。自私嗎？大概吧。但誰不自私？不是她不夠愛阿聰，但查案抓犯人是警方的責任。警方也無能爲力，憑她一介女流還能做什麼？不就只能苟且偷生嗎？

這樣想的話，不管犯人是那個寄筷子的人，還是工作室的同伴，其實對麗娜來說都沒分別。她連保護自己都無力，還說什麼爲男友討回公道。

鬼新娘是人是鬼？爲何知道工作室的內部運作？沾上花生製品的筷子眞的是一志帶來的嗎？殺人動機是什麼？推麗娜下樓梯的也是他嗎？鬼新娘跟這件事有什麼關係，又爲何可以預言事情還沒結束，殺害阿聰的凶手也想殺她？

這些爛事，她全都拋到腦後。思婕的推理，解釋了花生製品如何可能被帶進工作室，其他答案都在霧中。可是麗娜不想思考，現在只想逃得遠遠的。

沒錯，她該煩惱的是怎麼擠出足夠的錢來。

看了很多租房廣告和比價，她越來越灰心。香港租金突破天際。她開始把考慮範圍擴大到澳門和深圳，雖然萬分不願意離開香港，但確實可以斬斷一切重新開始。

她換電話號碼，狠心刪了手機的社交平台應用。工作不接就不接了。但化妝課還有兩堂就畢業，她無論如何都要拿到證書，再上兩堂課就好……

誰讓妳從頭開始啊？

耳邊傳來這樣的輕笑，濕淋淋的手抓住麗娜的小腿，把她拖進水底。她沒法呼吸，血管凍結，像失重一樣墜落，然後……全身濕透地醒來。

她又作噩夢了。

一直在作這樣的噩夢。

在旅館住了三天，就作三晚噩夢，中午補眠也一樣。

麗娜恍惚地爬起來，差不多該上化妝課。望著鏡子中臉色蒼白的自己，她匆忙畫妝再出門。但憔悴的臉容上粉也蓋不住，再多的胭脂也喚不回活力。夢境中被山林包圍的黑暗水潭一再閃現眼前……

她猛然回過神來，望著鏡子中的自己，嚇得大叫。

白得駭人的臉，過分鮮紅的胭脂和唇膏，她太重手，把自己弄得像紙紮祭品的童男童女一樣。差點把自己嚇哭，怎麼可以這麼蠢。麗娜氣憤自己心不在焉，把妝洗掉乾脆素顏出門。撐著拐杖趕到教室時，已經遲到了。

「今天我們來分組練習。請大家替對方上一個新娘妝，配搭中式裙褂的。記得不要太土氣哦。」

化妝師最大的客源就是新娘化妝，這是基本功。但麗娜望著組員的臉，一拿起化妝掃，手已顫抖。不行，她得在腦海裡想像幸福、快樂的新娘子造型……

新娘、新娘。她強迫自己打開胭紅色調的眼彩盒，眼前色彩卻糊成一片大紅。

穿著金銀刺繡的大紅裙褂，坐在喜宴主家席的新娘，紅唇露出雪白細齒，捻起筷子扒一口飯……然後她笑：來，筷子上有妳的名字林麗娜……

停！別再想了！現在上課！其他人都已經快畫完眼妝了，麗娜命令自己先替同學上粉，手一抖卻把化妝掃掉到地上，慌忙拾起。新娘妝怎麼畫？怎麼她看著同學的臉，想像的卻是女鬼的慘白容顏？對，因爲她扮作鬼新娘拍照時就畫過一次了，當時她還一邊畫一邊想像自己將來真的當新娘的日子……

她夢想過自己爲阿聰穿上嫁衣，但跟鬼新娘一樣，那是等不到的婚宴。

同學再三催促她，她的手卻停不了發抖。別說沒法畫眼線，她連底妝都沒法打完。完了，麗娜忽然頓悟，她這輩子都沒法替新娘上妝。原來她早已被詛咒。

導師和同學瞪眼看著麗娜無聲流下眼淚，她一語不發地放下化妝工具，默默把攤開的工具全部匆匆塞回皮包，低頭說句對不起就走出教室。

做不到。逃到哪都沒用。

麗娜承認自己自私，但正是爲了自己，更不能消極逃避。對阿聰的思念，對網民的憤恨，對朋友的懷疑，對鬼新娘的怨懟，以及對凶手的恐懼，只會將她困在視而不見聽而不聞的牢籠，還自欺欺人一切正常。就像把鬼新娘束縛在枉死處的執念一樣，明明死了還以爲自己活著。

鬼新娘的詛咒已經臨到她身上，從阿聰死去那天就開始了。

麗娜一拐一拐地回家，她沒回去旅館。她要回去曾經和阿聰一起居住的家。尋找眞相會帶來危險，也不一定能制裁犯人。但如果是阿聰，他一定會這麼做，冷靜地分析所有事情後找出眞相。只是如今，什麼眞相才能拯救自己呢？

她已經隱隱約約感覺到，前方等待她的，並不是會令人愉快的事情。

麗娜閉上被淚水濡濕的眼，數日前救護車的嗡嗡聲響幻聽般出現在耳中。

是的，就算看不到，她也聽得到，來自遠方的聲音……

麗娜到家打開電腦，擦去眼淚，找出阿聰常用的影片軟體。

以前麗娜把編輯影片的工作丟給阿聰，他總說自己隨便做也比麗娜專業。這是事實。麗娜覺得自己是電腦白痴。現在戴上耳機試著摸索時很挫折，怎也搞不懂，但當冒出放棄的念頭時，她就強迫自己記起網民的嘲弄，想起腳踝的疼痛——這點麻煩算什麼？

不能假手於人。

費上一番工夫弄懂音軌，實際操作也沒開始時困難。現在軟體介面很友善。按一下就能把人聲消去，像魔法。麗娜把背景聲音調到最大，一段一段審視直播影片，不可思議，居然連撕開麵條包裝袋的聲音都能聽到。

「幸好我們沒那麼多錢。」她忍不住喃喃自語。

他們合資布置拍攝直播的背景，因為阿聰覺得「視覺比較重要」，錢都花在背景上，收音麥只買便宜的二手貨。正因為質素不好，所以連背景雜音都收進來了。

影片繼續前進。她看到阿聰打完煮麵的手勢後，滔滔不絕地在鏡頭前講論……

此時，「叮」一道聲響進入耳裡。

「這什麼？」她拖曳時間軸，一手按著耳機，再三重複聽。

清晰的聲音，一次又一次，彷彿從身體深處播放出來。

麗娜脫下耳機，拱起的雙肩鬆懈下來。

原來這麼簡單。她近乎要微笑起來，原來是這個樣子！

剛剛的聲響來自**微波爐**。

只要有類似的技術，誰都可以找到這道聲音，包括鬼新娘。

被幽靈監視著的壓力和不安，煙霧一樣從心頭散失。

「……可惡，那傢伙居然扮鬼嚇我！」

她精神一振，再次戴上耳機往回翻看調整。說不定還有忽略的事。

阿聰拆信拿筷子的片段會不會還有什麼線索，可以指證一志……

如今回想思婕的推理，麗娜有點悔恨自己沒跟思婕一起討論下去。雖然信封的詭計可以解釋花生成分來源，但沒辦法解釋一志怎麼能預知阿聰會吃麵。而且，如果沾有花生成分，筷子在放進信封前究竟藏在哪？為何沒汙染到其他東西，讓警方在辦公室和一志身上都檢驗不到任何一絲痕跡？

還有好多疑點，好多可以思考的事。

麗娜不斷重看影片。再怎麼重看阿聰死亡的片段，都不再有感觸了。

看太多次了。

與其說是麻木，倒不如說終於意識到傷感的階段要結束了。

阿聰已經沒法再幫她，她要靠自己處理問題生活下去。

唰啦唰啦——

這是什麼聲音？

麗娜把麵碗端過去給阿聰又被他突如其來地親吻時，背景出現似是陌生又耳熟的聲音。過去都沒注意到，因爲被強吻的印象太深刻了。

倒回去再聽又出現一樣的聲響。

她歪著頭思索一會，辨認出是水聲。

水聲來源應該是茶水間，爲什麼那時會有水聲？直播期間不應該有多餘聲音。

她再度潛入記憶之海。

自己當時正從茶水間匆匆地將熱好的食物交給阿聰，流理台還放著麵條的包裝袋和抹布。繼續播放的影片畫面出現阿聰過敏發作、臉部扭曲的模樣。接著是操作鏡頭的一志衝上前的背影。後來麗娜拿著水杯從廚房衝出來時，思婕在打電話叫救護車。雖然人聲被軟體處理掉，聽不見，但她記得每個人說過的話。蠢材！不要水！去拿他的救命針！——一志當時這麼罵她。麗娜很委屈，她第一次目睹阿聰病發，慌起來根本忘記阿聰告訴她怎麼急救……

麗娜按停影片。迷思像汙濁的湖水般瞬間流走，露出沉在水底的答案。恍然大悟的一刻，反胃感卻猛地湧上了喉頭。

自己衝到廚房幫阿聰拿水杯時，見到了跟日常別無二致的流理台……

不，這只是一個可能性……她全身乏力，想拒絕相信。

叮。這時，耳機突然炸出從來沒聽過的聲響。是上線訊息，還有一則訊息框：嗨。

正是許久不見的訪客——鬼新娘。

忘記家中電腦會自動登入了。沒所謂了，麗娜自語，來的正是時候。

她拋下快哭出來的表情戴上面具，深呼吸一次。再怎麼激動也要冷靜。

來吧，我不再怕妳了。麗娜將雙手放在鍵盤上。

鬼新娘：可憐的娜娜，怎麼來過新娘潭之後就躲起來了？我還以爲妳被凶手幹掉了呢。

娜娜：別再裝神弄鬼了。我知道妳怎麼知道工作室的人才知道的事了，比如微波爐的事。

鬼新娘：如何？

娜娜：鏡頭沒拍到，但有收到聲音。只要調整音量，誰都能發現。

鬼新娘：確實還有這方法。

麗娜身體深處熱起來。

娜娜：妳還不肯表明身分嗎？妳是誰？網路上的好事之徒？窮追不捨的記者？來挑撥離間我與工作室的夥伴嗎？

鬼新娘：我只是說那也是個方法，可沒有說我是用那個方法得知哦。不過看在妳這麼努力的份上，就給努力尋找眞相的娜娜一點獎賞吧。

鬼新娘：我不是你們工作室的人，也不認識你們，我從沒跟你們四人見過面。而我從沒向妳說過半句謊言。

娜娜：妳不是凶手的共犯？

鬼新娘：如果我是，幹麼要和妳一起猜作案手法啊？這問題邏輯不及格，減分。

鬼新娘：如果妳還想問更多，就讓我看看妳有多努力想知道真相吧。

別開玩笑了，麗娜咬著牙。給妳一個下馬威。

娜娜：我已經知道動手腳的方法了。

鬼新娘沉默一會，螢幕上跳出「很好」兩字，或許是錯覺，但麗娜彷彿聽到主人鼓勵寵物的口吻，才升起一把火時，接下來的文字訊息就輕輕彈出訊息框：「那是如何下手呢？」

按照思婕的推測，一志帶著塗有花生成分的筷子去工作室，在收到空信封後才把筷子放進去，帶給阿聰。那麼，一志的衣服口袋應該會檢驗出花生致敏原，不然就是他把攜帶筷子的包裝物偷偷丟棄了。但依麗娜的記憶，一志沒有偷偷處理罪證的空檔。警方也沒在他身上驗出什麼來。

一志也許幸運逃過檢驗——這是思婕的假設。

但除了思婕的假設外，麗娜也有自己的假設。

她思前想後要打出答案時，希望鬼新娘告訴她「錯了」，但越想越清晰，內心洩氣心酸，指頭都抖了，但到按下Enter送出時又心念一轉。

娜娜：這樣有問題。說不定妳根本不知道，只是等我公布答案。

鬼新娘：我這邊也一樣。說不定妳只是想套我話當提示呢。

不好意思，這次換我吊妳胃口了。

麗娜雙手放在鍵盤上，沉住氣等著鬼新娘。

或許意識到自己刻意的反擊，鬼新娘徐徐回應起來。

文字一段一段跳出，速度和緩穩定，宛如早就心上反芻許久。

鬼新娘：影片透露的訊息，比大多數人想像得還多，但比起尋找真相，大家似乎更喜歡腥羶色的訊息、大快人心的簡單正義，訊息越好懂越好，看起來很過癮，而妳正是最適合當代罪羔羊的人，一個愛美的傻女生，因爲感情糾紛把自以爲是的男友幹掉。

鬼新娘：警方一直抓不到犯人對吧。他們最多只在麵條、麵碗、筷子和淋到妳身上的湯水找到花生成分對不對？從警方看來，那雙寄來的筷子太可疑了，所以就理所當然地假設寄筷子來的人就是凶手，我認爲太欠缺想像力，也太懶了。

鬼新娘：只要認眞將影片看過數次，思考直播工作室工作方式，應該會發現一件怪事。

麗娜屛息著注視鬼新娘打出她注意到的事。

鬼新娘：有個人做出一件多餘的事。因爲太多餘，反而很可疑，到底爲什麼要做這件事呢？想一想，可能性便呼之欲出。

跟著鬼新娘的字句，麗娜回想起當時：

阿聰進食前，除了麗娜，沒有任何人碰過食具和麵條。

自己第一次進廚房時，將麵碗沖水洗淨抹乾，再放入麵條加熱水煮麵；第二次進廚房是阿聰病發，她衝到流理台拿水杯，通常會將要給阿聰的水杯擦過一次，但事態緊急便直接倒水瓶的水。僅是電光火石間的取捨。當時廚房看起來一切如常。

一切如常。連麗娜在煮麵時用過的東西都各歸原位了。包裝袋已扔掉，抹布攤開掛起。這表示她煮完麵到拿水杯間，有人清理了茶水間，洗過抹布。

直播中收到的水聲，便來自於此。

洗抹布並不奇怪，但爲什麼在節目還在進行的時候洗？

他們工作室很窄，設備不理想，除了直播主，其他人最好保持安靜，避免雜音。

鬼新娘：我再問一次。

鬼新娘：花生成分，是怎麼進到那碗麵呢？

已經深印麗娜腦海的影像再次被喚起。視覺所見的、從影片鏡頭所見的，兩者都看到麻木。但意識到當時的事，仍然感到電流通過背脊般的戰慄。

麗娜放在鍵盤上的手顫抖起來。

「是我。」她痛苦低語。「是我將死神帶到阿聰面前。」

娜娜：凶手可能預先將有花生成分的東西，比如花生油，塗在抹布上。工作室的人都知道我習慣用抹布把杯碗抹一下才讓阿聰用。一切都是習慣，我不記得抹完後有無看清碗上是否沾到油跡或粉末。但不管怎樣，凶手在事後只要用清潔劑把抹布沖洗乾淨就好了，如此一來，警方自然檢查不到任何一丁點痕跡，僅能在阿聰用過的碗筷及麵湯中發現過敏原……還有我拿過抹布的手。

鬼新娘：意外簡單，對吧？凶手只要愛乾淨，記得洗抹布就好了。而且如果沒有那雙筷子，也沒有打翻湯麵的意外，妳已經被當成犯人了呢。

麗娜忍不住悲從中來。

是的，非常簡單。簡單到她被警察重複問話也完全想不起來。

換句話說，如果自己當時多注意一點……

娜娜：如果我心血來潮洗了抹布或發現碗內沾到異物，重新洗過，凶手不就失敗了嗎？阿聰有救命針，他不一定會死啊，爲什麼要選擇這麼拐彎抹角的方法？

鬼新娘：嘻嘻，沒錯，但是沒所謂啊。

鬼新娘：再來一次就好了嘛。

麗娜瞪眼看著屏幕。

鬼新娘：像妳說的，失敗了也不會有人發現，更不會懷疑是謀殺。等下次機會就好了。嗯，這就是推理小說說的機率殺人。

麗娜背脊發寒。在新娘潭看到的筷子、被人推下樓……

這些都是貨眞價實的殺意。不是一時衝動，而是處心積慮想殺死一個人。想到這裡，麗娜流下淚。別這麼軟弱，她斥責自己並抹掉淚，將被背叛的憤怒發洩在鍵盤上，打出質問。

娜娜：凶手爲什麼要這樣做，我們明明無怨無仇！

鬼新娘：呵呵。

麗娜悲憤交集，屏幕上突然跳出冰冷的「笑聲」，讓她不知所措。

鬼新娘：無仇無怨，妳肯定？

鬼新娘：你們四個都有罪！你們四個都該死！

突如其來的指控讓麗娜寒毛直豎。

夢中的新娘潭又再浮現眼前。沉在水底的少女身穿鮮紅嫁衣，紅得像用血染成。雙眼像死掉的魚一般乾瞪著水面上的麗娜，她嘴巴張大，無聲哭喊著，控訴自己年輕的生命就此消逝……

娜娜：我們何時得罪妳？只因爲虛構詛咒惡作劇這種原因？

鬼新娘：那當然，但還有一個原因，你們四個人奪去了我最寶貴的事物。奪去了……

阿聰發起的詛咒惡作劇，只是網路傳說，不過是嘩眾取寵的眞人秀，沒詐騙財物也沒做成破壞，沒理由遭人恨成這樣。

鬼新娘：要是妳像龔霆聰那樣，什麼也不知道就死去，多沒意思。沒有反省、內疚、恐懼，這死得太輕鬆了哦？我覺得，妳從今天起就應該提心吊膽地生活。食物飲料、化妝品、樓梯轉角處、車站月台……或者當妳轉身開門回家的瞬間，死亡就在那裡等著妳哦。

麗娜無從想像恨意的源頭。

像一口突然出現在乾裂大地的井，湧出來的卻是毒液……

娜娜：我到底做了什麼得被這樣仇恨？說出來啊，如果眞的是我錯了，我會想辦法彌補！

鬼新娘：妳沒辦法的。

娜娜：不說我又怎麼知道！

鬼新娘：妳想知道？

娜娜：告訴我！

訊息沉靜了好一陣子。麗娜不安地等著。

鬼新娘：我們的恨意與你們的所作所爲相等。恨到想一個人死的理由，當然也是因爲和死亡有關才合理。嗯，凶手和手法妳都找到了嘛，想知道最後的答案，就只能來找我囉？剛剛給了妳好多線索，全部都沒有騙人唷，但找到之後，妳會怎麼辦呢？妳是情願遭遇報應去死？還是背負罪孽活下去？

接著，鬼新娘留下「呵呵，眞令人期待呢」又下線了。

她就像在山林間以若隱若現的身姿，引誘旅人離開原路的幽魅。等她追著幻影進入不辨方向的深山，卻突然消失，留下空洞和嘲諷的笑聲，獨留茫然又無助的她。

這也許就是鬼新娘的目的，引誘她前進，引誘她思考，讓她發現原來工作室內有人會殺她，讓她活在恐懼中。

她盯著跳動的文字輸入游標，呆若木雞，累到想哭都哭不出來了。

但事情有進展，她知道從沒想過的事情。

麗娜強迫自己提起精神，隨手找來紙筆，試著把現在知道的事列出來。

鬼新娘是人是鬼？爲何知道工作室的內部運作？——無庸置疑是人，她或他是工作室外的人，靠影片推理出細節，沒跟大家見過面。

沾上花生製品的筷子，眞的是一志帶來的嗎？——源頭不是筷子，而是抹布。

阿聰的死亡是外人還是自己人所爲？——是工作室裡的人。

推麗娜下樓梯的是同一人嗎？——應該是。

那個人爲何如此仇恨他們？——不知道。

鬼新娘跟這件事有什麼關係？爲何預言殺害阿聰的凶手會想殺她？——鬼新娘仇恨工作室的人，而且知道眞凶的事，原因不明。

犯人的名字，麗娜已經心中有數，但動機一片空白。

你們四個奪去了我最寶貴的事物。

我們的恨意與你們的所作所爲相等。

恨到想一個人死的理由，當然也是因爲和死亡有關才合理。

幾句話在腦海中纏繞不去。鬼新娘想告訴她什麼呢？麗娜當然知道自己沒殺過人，也不信阿聰殺過人。鬼新娘既然以這個名字自稱，事情應該跟他們打造的都市傳聞有關。

她拿起手機，打開卡槽，將舊電話卡安裝回去。到這地步不能回頭，不能半途而廢。阿聰的死以及整件事的眞相，她一定要知道。

撥給一志的電話響了很久才有人接聽。

「怎麼現在才想到打給我？」電話另一端傳來一志的苦笑，「我還以爲妳人間蒸發了。」

原來一志曾經打過幾次電話給麗娜，但都沒有回音。

「你不在香港？」電話的聲音有點延遲。

「我們上次見面之後第二天，我就到廣州出差了，明天才回來。」

一志這幾天根本不在香港。麗娜對自己的推測又多了幾分把握。

她深呼吸一口氣，開門見山：

「你是不是也被鬼新娘找上了？」

電話另一端的沉默應該不止是跨網的延誤。

「原來如此……」

一志嘆了長長的氣，像顆鼓得飽飽的氣球洩了氣。

「原來是這樣，我知道了。妳也收到鬼新娘的訊息，以爲我是凶手，不敢接聽我的電話。」

麗娜停頓一會，去掉思婕的名字，將思婕的推理告訴一志，包括新娘潭的碗筷及信封的事。她接著冷冷地說：「你當然可能是凶手。」

電話中的一志哈哈大笑。

「這個可能性警方早就查過了。筷子沒有我的指紋，信封也沒有致敏原。我是清白的。何況我怎麼知道他會拿筷子吃麵？」

「指紋可以抹掉吧？電視劇都那麼演。還有，你聽過機率殺人嗎？只要持續寄來筷子……你還有其他證據證明你是清白的嗎？」

「那麼妳也可以在口紅中混入花生油之類，跟阿聰親嘴時故意讓他吃到啊。」

「我沒有，而且當時是他主動親我的啊！」麗娜激動反駁。

「妳能證明妳沒有嗎？說不定打了眼色讓他親妳。妳能證明嗎？」

麗娜有些氣結。但沒錯，她和一志一樣，無法證實可能性不存在。

就像無法證明鬼不存在。

「說我害死阿聰簡直荒謬。如果犯人不是寄筷子來的人而是自己人，不是妳就一定是思婕。收到鬼新娘的訊息後，我就在新娘潭設計試探妳們。不過見面後，我覺得她比較可疑。」

原來一志擺碗筷設計她們，只是因為跟麗娜一樣當晚收到鬼新娘訊息。麗娜疑神疑鬼以為一志熟識IT會看到她下載翻看影片，但原來雲端只有修改記錄沒有下載記錄。

「妳提議報警，她立即就否決了。而且她太過鎮定。何況妳本來就被網民當成兇手。」

「只因為這種原因？我還提議要燒紙錢呢。」

「我打算下週回來再調查啦，但妳忽然失去聯絡……我剛剛才買了明天的火車票提早回來。」

麗娜抓準時機，將她被推落樓梯受傷及抹布的事告訴一志。

一志沉思一陣子才回應。

「原來還有這樣的手段。但是，這個推理同樣沒有證據。是什麼讓妳選擇相信我？」

「筷子的方法需要假設警方的調查有疏漏，工作室或你身上有藏過筷子但沒探測出致敏原。可是抹布的方法警方真的找不到，源頭可能在一兩天前就帶離工作室了，甚至沒帶進工作室。最重要是，她那時候根本沒必要洗抹布。直播時不要製造不必要的聲音，大家都有共識。而且你剛才馬上就回答我，你知道鬼新娘的事。我在醫院的時候問過她，她根本不知道我在說什麼。」

鬼新娘說她想看麗娜害怕的樣子。要是鬼新娘同時找上兇手，可能導致對方不敢輕舉妄動，所以她應該尚未接觸兇手。此外，有一個麗娜不想說明的理由，鬼新娘認同抹布的推論，她總覺得鬼新娘因為某些理由確實知道真相，包括動機。

「殺害阿聰的犯人就是思婕。」

咬牙切齒說出名字時，麗娜抓緊手機。

思婕那天假好心到醫院陪她，態度親切關心，都只是想騙她信任！

讓她不敢找一志商量，放棄找出真相！

如今想來，思婕在醫院建議麗娜報警，更像擔心麗娜會報警而搶先提醒她若沒證據，報警沒有用。

「妳能相信我當然最好。那天離開新娘潭之後我陪女友去網聚，我應該有十幾個時間證人，不過都不重要了。」一志說，「她幹麼要這麼做？我們又沒做過對不起她的事，鬼新娘的事情她也有分。」

「我也搞不懂……而且我也搞不懂鬼新娘的動機。」

「她說她仇恨我們四人，就是說，思婕也是她憎恨的對象；她也說我們奪去她最寶貴的事物，這寶貴的事物總不可能是阿聰吧？我認爲，她希望我們發現思婕是犯人，想看我們自相殘殺。」

麗娜愣了一下，她還沒想到這一步。

但至少知道，鬼新娘跟一志說的訊息和自己獲得的一樣。

「果然還是跟我們弄出來的都市傳說有關吧。」

「我記得阿聰應該有把企畫的所有資料蒐集起來，妳有看過他的電腦嗎？」

一言驚醒，麗娜立即回到電腦前。不久，她就找到阿聰爲這次企畫做的資料夾。全部資料都分門別類整理得井井有條。

「妳發給我，我來研究看看。」

麗娜沒回答。她一個個資料夾打開，數量非常多。

「妳還沒完全相信我，對吧？」一志嘆息，「資料應該都是從網路蒐集，我只想省點時間。」

「我先看一下，你回港再說。」麗娜含糊回答，事實就是她不想沒看過就把資料複製給一志。

「好，反正我明天就會回來。到時妳再看看需不需要我幫手。」

正要掛線時，一志忽然說：

「我一直以爲妳是那種不用腦的女孩。看來，我錯了。阿聰喜歡妳眞是有原因的。」

放下手機，麗娜仍在回想這句話。她原以爲自己會淚腺失控地大哭，可是沒有。她感到釋然，彷彿聽到來自阿聰的最後道別。

麗娜徹夜不眠，翻查阿聰留下的資訊。

他們在三月底開始發布都市傳說，大約一個月後開始流行，五月時成爲熱門話題。在那段時間，很多關於筷子咒應驗和見到鬼新娘的傳聞。絕大部分都是跟風引人注意，穿鑿附會，或者明顯不過的釣魚文。在阿聰揭穿眞相後，很多惱羞的網民都刪掉發文了。但不管是網路留言還是新聞，阿聰都留下備分，而且按著時序和類型整理好。

麗娜點進五月的資料夾，裡面有「質疑」、「有相」、「惡搞」等等子資料夾……她點進了「應驗故事」。其中一篇節錄自匿名論壇。有人說用筷子咒讓仇人病倒，有人說詛咒的對象哭喊見到女鬼，又有人說成功讓討厭的上司割到手指……大都是類似的東西，難辨眞假。

有人說筷子咒靈驗了丈夫外遇的對象小產了。

麗娜讀到這段很不安。抑或巧合，或者吹噓，但字裡行間的苦毒令她很不舒服。

當時他們每天期待分享人數上升，故事被轉載到哪些大型平台或粉專去。有多少傻瓜上當跟著去放筷子碗，多少人煞有介事地跟著二創作弄別人……話題成功了，他們的工作室不用關門了……

麗娜現在才開始隱隱約約感到他們做了什麼不對勁的事。

擴散的平台非常多，恐怕還有更多私人留言看不到。但阿聰蒐集到的資訊量巨大到麗娜看不完。難怪他當時那麼忙碌。麗娜猜想他應該是抱著爲戰利品做拓樸的心態吧。

這樣茫無頭緒地找不是辦法。

鬼新娘提示她事情跟死亡有關。麗娜試著尋找跟殺人事件扯上關係的記錄和新聞。但是今年夏天香港沒發生過凶殺案。跟筷子咒相關的報導、二創和留言之中，直接提到死亡的也比想像中少。

四、五、六月之間，與死人有關……

麗娜驀地想起上次在新娘潭拜祭，一志說過的話——

這條路今年已經害死四、五個人了吧？

在他們商量設計筷子咒的時候，報紙提到新娘潭的車禍死者是今年第二人。也就是說，在這幾個月內又死了兩三個人。

麗娜急忙尋找新娘潭的車禍資料，阿聰的記錄和網上新聞完全一致。日期是今年的五月十二日，大約兩個半月前。一輛私家車在新娘潭路發生交通意外，兩死一重傷。死傷者是一家人。姓聶的夫婦當場死亡，十四歲的女兒重傷昏迷成了植物人。麗娜確定她不認識這家人。報導中提到的名字，她唯一認得的只有「聖嘉勒莎女書院」，傷者是名校的優等生。

發生在新娘潭的死亡交通意外，麗娜居然沒什麼印象。雖然她平時不愛看新聞，但阿聰怎麼沒有提起？工作室沒討論過嗎？

麗娜點開手機的照片簿，希望可以靠著生活照片喚回五月的回憶。順著每一格電子屏幕重組的人生片段回溯時間，她忽然記起了，思婕在五月底重感冒，整個星期沒來工作室，取消了兩次會議。

這兩件事，難道有什麼關係嗎？

四月初的照片記錄了他們預祝計畫成功的小型派對。再往前，原來在新娘潭拍照的搞笑NG照片還在，沒刪除。三月的照片大家臉上笑容很少，都在煩惱工作室去留。二月是忙碌的情人節特輯⋯⋯眼眶漸漸發紅濕潤。麗娜不止是哀悼失去的男友，也哀悼起失去的愉快時光。這種與伙伴一起打拚的機會可能以後都不會再有了吧。

新年自助餐。

麗娜的手指忽然定在那天的合照。出發去酒店餐廳前，大家在工作室集合。一志把他的高中生女友帶來了，思婕也帶了妹妹。麗娜看著照片中兩位特別年輕的少女，記起當時曾經有過的對話。

「咦，妳念聖嘉勒莎？那不是超難考進去的嗎！妳很厲害哦！」

「沒有，我是吊車尾進去的，還在適應和追趕同學的程度呢……」

麗娜突然像被雷打中，他們工作室和這宗車禍新聞，原來眞的有交會點。

那位少女在名校就讀。

那位車禍重傷者就讀同一所學校。

串聯這兩件事的假如不止是校名，還有筷子咒的話……不安的預感破殼而出，快速進化成隱約可見的猙獰形狀，緊緊咬住麗娜的心臟。她顫抖著輸入學校名稱當關鍵字搜尋，拚命祈求在那段時間內沒有其他新聞。

找到了。

車禍以外的另一則新聞。

妳是情願遭遇報應去死？還是背負罪孽活下去？

鬼新娘的提問在腦海迴響，麗娜終於明白這是什麼意思。

麗娜把拐杖放在身邊，坐在醫院大堂等待。雖然穿上毛衣仍感到刺骨冰冷，跟在夢裡掉進水底一樣。事實上，她如今也猶如在夢中，而且知道這個噩夢永遠不會消失。

一志首先出現，上下打量麗娜看她沒大礙，鬆一口氣。

「一回港就叫我來醫院，我還以爲妳發生什麼事了！」

他身後的大背包應該塞滿出差用的衣物，看來眞的是從車站一路趕來。

身爲共犯，麗娜不禁好奇等會兒他會有什麼反應。

「我不止叫了你，還有思婕。等她來了……」

麗娜話還沒說完，就看到思婕臉色蒼白地出現在一志背後。一志掩飾不住臉上的錯愕，用眼神抱怨麗娜爲什麼沒告訴他思婕會來。

「我明明聽說妳去了臺灣啊？」

思婕沒半點笑容，她沒有理會一志的嘲諷，開門見山質問麗娜，看來很緊張。

「妳怎麼知道這裡的？」

「我發訊問她，她就給我醫院名稱和床號。」麗娜直接回答。

思婕瞪大眼：「怎麼可能！」

「上一次我們在醫院——另一家醫院，妳陪著我等醫生，我當時非常徬徨，所以覺得很感動……」麗娜掐緊雙手直至感到痛才鬆開，「但其實推我下樓梯的人就是妳吧？」

思婕一瞇眼，發覺一志也冷眼回瞪著她。三人瞬間有了共識。

就像有陣寒風吹散了包圍在三人身邊的濃霧，終於將四周景象都看得清楚，卻發現原來他們臉上不是眞實的臉孔，而是一張人皮面具。

大家都知道了。

「我打電話給妳時已經到家。如果我在街上妳應該會聽到很吵的聲音。」

思婕語氣冷漠，完全沒有想要爭取兩人相信的熱度，只是單純辯解。

「我本來也信了，後來我發現天橋另一端的購物商場裡，有一個獨間的殘障洗手間。要是躲在裡面，應該可以隔絕大部分聲音。」

「可能吧，但你們沒證據。」

「爲什麼妳可以這麼冷血？妳幾乎殺了我，還可以若無其事地跟我聊天！我一直以爲我們就算不是閨密，至少也算是朋友……妳竟然……恨我到可以對我下手嗎……」

麗娜咬了咬唇沒再說下去。現在才剛開始而已，不能哭。

思婕鐵了心，冷眼看著他們沒有回話。卸下了友善的妝容，麗娜覺得那張臉容輪廓，陌生得像是第一次看見。

「害死阿聰的人也是妳吧！」一志語氣冷靜，但下垂的手用力握起拳頭，「妳在抹布上動了手腳！別以爲沒有證據就了不起。我遲早會找到辦法——」

「找辦法怎麼？對我報仇嗎？」

思婕冷笑打斷他，這根本是默認了。

一志漲紅了臉，激動起來伸手指著她。

「會讓妳罪有應得！」

「呵，罪有應得。」思婕嘲諷地重複，「對啊，我們都罪有應得。」

麗娜連忙抓住拐杖起身，擋住似乎想對思婕動粗的一志。

「別在這裡吵了，讓我們這些罪人去向鬼新娘當面問個明白吧。」

一志和思婕露出疑惑的表情。麗娜轉身朝升降機走。正踏出第一步，麻痺的痛楚就從受傷的腳踝沿著神經爬上脊椎。不能退縮。

事到如今，她須前赴「鬼新娘」的宴會。

醫院走道充滿消毒藥水味。現在是探病時間，她順利引著兩人找到病房。

「『鬼新娘』在嗎？」

「請進。」

一道頗爲輕盈的聲音回答，麗娜忐忑地推門進去。

獨立病房內，數台說不出名字的機器包圍病床，占據大部分空間。十來歲的少女半坐在床上，正在滑手機。她長相清秀，略顯稚氣，但蒼白瘦削，及肩黑髮在一床雪白被枕上格外明顯。

「我們終於見面了，娜娜，一志，還有，思婕姐姐。」

少女微微一笑，聲音就跟她的外表一樣虛弱，可是說話清晰。

思婕瞪大眼注視著她，像見到不應該存在世上的事物。

「我以爲妳還未……」

「『以爲』是不好的哦。沒有求證的事不要隨便相信，我想妳應該明白……」

病床上的少女幽幽地說。思婕受到責難般別過臉，一臉欲哭無淚。

「這到底是什麼狀況？妳就是那個對我們自稱『鬼新娘』的人？」一志問。

「什麼『自稱』，我就是『鬼新娘』啊。」

弱不禁風的少女笑著瞪一志一眼，眼神有股懾人的魅力，超越年齡的早熟感。

「妳是初中生吧？難道妳就是五月那宗車禍的傷者聶曉葵？」

少女點頭。

「妳是思婕的親戚？」

少女搖頭。

「妳倆到底是什麼關係？妳們爲什麼要害死阿聰？」

少女默默望向思婕，思婕失了魂似地一邊搖頭，一邊退後。她腳步虛晃，拒絕面對少女準備揭示的眞相，又像承受不住壓在肩頭上的眞相重量。

「那就請首先找到我的娜娜來說明吧。」

少女愉快的語氣讓麗娜感到違和，但她還是點了點頭。

「剛才上來前，思婕已經默認是她利用抹布，動手腳害死阿聰。後來在天橋上把我推下來弄傷的，也是她。」

床上的少女伸了伸脖子看麗娜的腳，幅度很小，彷彿那已經令她很吃力。

「眞的動手了哩。」她點點頭，語氣輕鬆得像說甜甜圈掉到地上了。

「思婕，妳說那天是一志設局約我們出來，妳說得對。但妳不知道的是，其實我和一志都分別收到來自鬼新娘的警告，說我們中有人殺了阿聰……」

思婕猛地回過神來，驚訝地望向少女。

「我和一志都很混亂，不知道鬼新娘是誰，爲什麼知道我們的事。但因爲妳的唆擺，我不敢找一志商量。不過最後還是在鬼新娘的引導下，找出妳的殺人手法。當時我眞的不敢相信——」

麗娜頓了頓，她的感受、她的難過、她的震驚，如今再說也沒意義。

「於是我鼓起勇氣跟一志對質，發現鬼新娘找過他。但是妳記得嗎？我在醫院提到鬼新娘時，妳根本不知道我在說什麼。我們鎖定了妳是犯人，而鬼新娘是知道內情的外人。於是剩下的只有兩個問題：兩個動機。妳爲何要殺人？鬼新娘是誰，爲何要向我和一志說這些事？」

麗娜回頭望向少女。

「鬼新娘說過，她恨著我們工作室的四人，我們四人奪去了她重要的東西，都該死。」

少女滿意地微笑點頭，一點都不像有恨意。

麗娜按捺著違和感繼續說。

「到底爲什麼？妳和鬼新娘爲何如此仇恨我們？直到我發現五月的車禍和我們工作室之間原來有一個共通點……聖嘉勒莎女書院。」

一志皺眉問：「共通點不是新娘潭嗎？」

「她們都念同一所學校，年紀也一樣。」

不等一志追問，麗娜就抖著手指向病床，再指向思婕。

「這位少女，還有……思婕的妹妹。即使不是同班同學，恐怕也是認識吧？」

光提到她妹妹，思婕就像失去支撐般跌坐在地。

「是同班同學哦。」少女馬上證實麗娜的猜測。

「思婕的妹妹？」一志眨了眨眼，「對了，新年的時候思婕帶來工作室的那個女生！原來如此，所以妳是從她那裡知道我們工作室的事！」

「小魚說跟網紅合照了，很開心地發給我看呢。你們的合照還在我的手機內。」

「小魚是──」

「我妹妹，葉思妤……」思婕臉色蒼白地接話。

提到這個名字，病房中三位女性都自然地沉默數秒。只有一志茫無頭緒。

「車禍傷者和思婕妹妹認識，這我了解了。但跟殺害阿聰有什麼關係？」

「你忘了嗎，最熱中這些詛咒玩意的群體，就是女中學生啊！」

聽了麗娜的提示，一志眉頭皺得比剛才更深。

他抱臂打量平靜的少女和似乎隨時爆發的思婕，摸著下巴喃喃自語：

「是這樣嗎？思婕的妹妹用筷子咒向妳下咒，然後妳剛好車禍了，所以妳認爲是筷子咒害妳的。於是妳想向下咒的人報復。但如果這樣……」

他沒說下去，這樣顯然說不通──因爲筷子咒是假的。

「車禍當然只是意外，我不相信我家的不幸跟筷子咒有什麼關係。」

少女垂下烏黑的大眼睛。

「既然妳也明白，那就沒必要仇恨任何人……」

「一志，」麗娜忍不住打斷他的話，「並不是這樣的。」

「什麼意思？」

「你和阿聰是同一類人，所以你們不明白。」麗娜咬了咬唇，「並不是所有人都像你們這樣只看事實思考！」

「別說得好像這樣不正常似的，基於事實思考有什麼問題？」

「一開始思婕就質疑過，假如有人上當，信以爲眞怎麼辦。但你們都說不會有問題，大不了只是在郊野公園堆積垃圾，我們自己負責清理就好。」

「沒錯，不管用刀叉還是筷子，寫一個或一萬個名字也不會有什麼作用。那詛咒是虛構的——」

一志的話突然被瘋狂的大笑聲打斷。思婕搖晃著站起來。

她就像麗娜想像中，在新娘潭邊又大笑又哭泣的鬼新娘。

「不會害人？不會害人！說得眞理直氣壯啊！那爲什麼妹妹死掉了？」她聲嘶力竭地大叫，「爲什麼妹妹因爲筷子咒而死？是我親眼看著她跳下去！她在我面前！說要去找鬼新娘，跳了下去！」

思婕每一句都像巴掌一樣打在麗娜臉上，雖然她讀過女學生跳樓自殺的新聞，有心理預備。但報導裡沒有提到親人在場。

思婕親眼看著妹妹跳樓自殺。

原來如此，難怪這股恨意……

麗娜注視著激動地瞪一志的思婕，她抛下壓抑的面具，現在才是眞面目，一張被憤怒和後悔糾纏的臉，雙頰泛紅，眼珠凸出。麗娜的內心湧出強烈的內疚和同情。

一志卻愣住，思緒轉不下去。他望著思婕，目光卻像穿透她投向遠方。

「慢、慢著……爲什麼……現在到底是誰下咒？有人向妳妹下咒，所以妳覺得是詛咒害死妳妹？」

一志猛地搖頭，「不對，這不可能。筷子咒是假的，怎麼可能眞的會讓人跳樓自殺？不可能……」
「你再說！」
思婕尖叫起來想攻擊一志。麗娜好不容易拉開她，向退後的一志說：
「不是被下咒的人死了，是下咒的人死了！你還不明白嗎？」
「筷子咒是眞的哦。」
突然，病床上的少女異常冷靜地插話。
她輕輕拉起衣袖，露出消瘦手臂上一大片形狀奇特的紅色疤痕。它活像一尾魚，游在少女雪白的肌膚上。三人一時看呆，連被麗娜抓住的思婕也跟著安靜下來。
「這個胎記很駭人吧？」她摸著胎記說，「但是因爲這個醜陋的胎記，讓我在升上中學後認識了最好的朋友。她覺得這個胎記是我們有緣的記號。雖然我不相信她說的緣分和命運，但我們感情很好。」
「但在暑假來臨前，我們發生了一點誤會。說實話，是她單方面誤會了。一直到很後來，我才知道她誤會了。」
少女按著胸口，深深地嘆了口氣。
「她誤以爲我在明知道的情況下和她的暗戀對象交往。但是她誤會兩點，第一我根本不知道她暗戀的就是那位老師，第二，我對師生戀完全沒興趣。但她大概是被愛情沖昏頭腦了，沒有跟我當面對質過就自己往牛角尖去鑽，認爲我口蜜腹劍背叛了她。」
「當我發現之後，立即找她解釋清楚。她哭著跟我坦白道歉，說向我下了詛咒，不知道怎麼辦……我聽了詳情覺得很好笑，她竟然會相信在筷子上寫個名字就能殺人。我叫她不要在意。但是翌日我和父母去參加親戚的婚宴，正巧要經過新娘潭路。而且在路上，我們發生了車禍。」
小魚看著噩夢一般的新聞，好友重傷昏迷父母死亡。

「對她來說，筷子咒成眞了。」

十來歲的少女怎麼承受這種內疚折磨？

這是麗娜在看了好多人的「筷子咒留言」才意識到的事。那些惡毒的詛咒萬一成眞，下咒的人難道不會良心不安嗎？要是後悔了怎麼辦？

車禍後一週，同校的學生自殺。

兩宗新聞拼在一起，麗娜隱約目睹名爲「愧疚」的隱形絲線。

思婕掙脫麗娜的手，但沒撲向一志，只是雙手抱頭放聲大哭。

「我一直遵守工作室的協定，沒把鬼新娘的事情告訴任何人。直到她死後我看到她留在手機的遺言，我才知道她以爲自己用筷子咒害死了好朋友一家。她以爲唯有向鬼新娘一命換一命，才能救到朋友，讓朋友醒過來。她不知道，那些詛咒、那些照片、那些故事……都是她姐姐和朋友創作的！是我有分做的！她不知道！她全都信以爲眞！」

麗娜不忍直視。發現妹妹自殺的原因居然跟自己有關，思婕當時多崩潰，多痛苦，麗娜不敢想像。

「當時妳爲什麼不說？」一志艱難地擠出問題。

「如果我早知道妹妹跟那宗車禍有關係，我就算用槍指著阿聰的頭，也要他立即公開鬼新娘詛咒的眞相，告訴大家這一切都是假的，而且承認起責任！但我發現的時候已經太遲了……」

「所以……妳就遷怒在阿聰身上？」一志難以置信地說。

「什麼叫遷怒？他就是罪魁禍首！如果不是他想的鬼主意，我妹妹就不會死！」

「那我和麗娜呢？」

「你們都是幫凶！我也是！」思婕悲慘地笑，「我本來想放過你們，但那天在新娘潭見面，我發覺麗娜多少有點悔疚，但你根本毫無悔意！所以我才想嚇退麗娜，再想辦法——殺掉你。」

「嚇退我？那個高度我還是有可能摔斷脖子！」麗娜駭然。

「那就是天意了。跟阿聰一樣，是報應。」

她答得毫不猶疑，麗娜感到心寒。但知曉一切，她實在沒法放手痛恨對方。

「那我剛好不在香港避了一劫，也算是天意？」

一志深呼吸一口氣，恢復鎮定，他語重心長地分別對思婕和少女說：

「妳妹妹的遭遇我深感同情。妳的車禍也是。但一切都是意外，不要扭曲事實。這只是可怕的巧合，這不是我們企畫的錯，沒理由要我們負上責任。」

麗娜瞪大雙眼注視冷靜的一志，想看穿那張理性面具下到底有什麼。宛如自己是眞理，永遠正確，和醫院的冷氣一樣充滿寒意。

也跟阿聰那麼相似。

「你一句巧合就打算推卸掉責任？」思婕以爲自己聽錯。

「阿聰沒殺死妳的妹妹。你妹妹是因爲迷信，才把車禍和自己的行爲不合理地連結起來，做出傻事。她本來就沒必要爲車禍負責，我們更沒必要對這些事負責……」

不等一志說完，思婕就衝上去，力道大到撞倒他。思婕揪住他的領子。

一志的力氣比思婕大，但思婕扭曲的神情和充血的雙眼令他不敢還手。

「我果然應該先殺了你！你這個冷血的殺人凶手！」

思婕騎在一志身上，像被厲鬼附身般掐住他脖子，全身輻射出怒氣和殺意。

「妳、妳才是……凶……凶手！」

一志緊緊抓住思婕的手，她的手和男性相比起來又冷又瘦小，卻無法被移動分毫。麗娜慌了，想分開他們，但無從入手。兩人的尖叫咒罵，被一道柔弱的聲音斷然中斷。

「思婕姐姐，小魚好好安葬了嗎？」

一聽到少女用溫柔的聲音提起妹妹，喪失理智的思婕洩氣一般地怔住。

一志乘機掙脫爬起來。

妹妹的名字如同咒語，讓著魔的思婕不再失控，她失神地頽坐在地，流淚哽咽。

「有，我帶著她的骨灰去了日本旅行，圓了她的心願了……」

麗娜蹲下抱住她，如此安慰想殺自己的人很怪，但承受不了思婕破碎的模樣。

「妳恨我們的原因我們都明白了。我知道沒辦法彌補，但妳失去了妹妹，我也失去了男友，都沒法挽回了，我們就這麼算了好嗎……」

思婕一語不發，只是帶著淚水重複妹妹的名字，哭聲靜靜地在病房響起。

一志欲言又止，但就算不說，麗娜也猜得到。他不會覺得可以扯平。他一定覺得對死人不公平太荒謬。可細心一想，兩人就算有證據也不能指控思婕，因爲那麼一來就需要把筷子咒導致中學生自殺的事說出來，四人都得揹上可怕的汙名。反之，思婕也不能對他們出手。只要其中一人遇害，另一人爲了保命只能公開一切。

「那麼……妳呢？『鬼新娘』？把我們三人引來，就是爲了讓我們知道自己的罪行？」

麗娜抱著思婕顫抖的肩膀，抬起頭來問少女。

「我……」少女低聲呢喃，「當我恢復意識後，我已經失去了父母，被關在這裡哪裡都沒法去。不止這樣，連最好的朋友都死了，只留下手機傳給我的道歉遺言。這是怎麼一回事呢？難道眞的有鬼新娘的詛咒嗎？」

少女輕撫著手上的魚形胎記，彷彿在跟它說話似的。麗娜有點毛。

「然後我發現已經有人公布了詛咒的眞相，原來只是宣傳把戲。這算什麼啊？小魚是爲了一個惡作劇送命嗎？」

沒有人敢吭聲。連一志也不敢回話。

「我厭惡你們這些大人不負責的行爲，但還沒馬上想到要報仇。而且，始作俑者已經在直播中死了，又抓不到犯人，這報應來得太理所當然，我實在很好奇。」少女視線飄到三人的身上，「接著我想起，小魚的姐姐帶她去過你們工作室的事，這樣疑犯和動機不是很明顯了嗎。我就那麼順藤摸瓜猜到了眞相，但始終還是想有人替我向思婕姊姊對質證明。如果眞是復仇，起了個頭卻半途而廢不是很可惜？還有你們這兩個漏網之魚呢？雖然，用殺人來復仇也很沒意思。」

麗娜驀地回心一想，忽然發現自己打從一開始就被操弄了。

「等一下，那妳說思婕想殺我和一志，只是騙我們？」

「只要你們一開始懷疑和調查，她感到不對勁就會重燃起殺意，我也是好心才同時警告你們哩。我眞的覺得讓你們活下去是更好的懲罰哦。」

也就是說思婕在阿聰死後可能已打消再復仇的念頭。鬼新娘不是爲了阻止他們被殺才警告他們，根本剛好相反，是故意用他們引誘思婕再行動！

「抱歉，這恐怕會令妳失望。」一志悻悻然地說，「我對妳們只有深深的同情，但不覺得應該要揹負罪疚感。我的好朋友死了，而且是爲了這種理由被殺害。我說什麼都不能接受！」

「因爲詛咒只是假的？」少女輕輕歪頭。

「我們沒教唆他人殺人，頂多是教唆他人在筷子上寫名字，這傷害不了任何人。之後所有事都只是巧合和一廂情願。」

事到如今還想撇清責任！

思婕低垂著頭，髮絲遮掩住她的神情。麗娜抱著思婕發抖的肩頭，希望她不要輕舉妄動，但總算看清一志爲人。如果是阿聰，會不會同樣無情和不負責任？別說思婕，連她都有幾分想給一志一巴掌。

少女眨了眨眼，不解地說：

「詛咒雖然是假的，但下咒者的惡意，卻是眞實的啊？」

一志啞口無言。

「沒什麼比人類的惡意更可怕了，呵呵。」少女瞳孔張大，聲音變得低沉空洞，像從水底下傳來的回音，「你們在設計詛咒的時候，就要知道自己在捅名叫『惡意』的蜂窩。之後不管多麼間接，惹來不好的東西，不也是理所當然的嗎？」

原本只存在夢中，那股窒息的沉重壓力突然來到現實，塡滿整間病房。

麗娜發現自己動彈不得，只能畏懼地將目光轉向可以通往出口的門把。

不能逃唷。幻聽一般的聲音，銀鈴般點在心上。

她渾身發冷，扭動脖子，再度將視線轉回到病床上的少女。

「今天我們談的事全都沒有實質證據。就跟你們內心的『罪惡感』一樣，是否存在只有你們自己知道……」

少女的陰沉表情無影無蹤，重新露出由衷地感到寬慰的笑容。

「我一直不明白爲什麼只有我被留在世上。現在懂了，從今以後，我會代替小魚一直看著你們呢。你們三人也要好好活下去，代替小魚來陪我哦。」

她天眞無邪的微笑，讓麗娜感到徹骨寒意。

走出病房後，三人仍舊沉默無語。

一志和思婕連看也不想看到對方的臉，麗娜自己也尙未平復。

如今他們三人……不，是四人，共同掩埋思婕妹妹和阿聰的死亡眞相。

他們會被這個祕密綑綁一輩子。

一志冷著臉準備離開，思婕強忍住淚水，麗娜唯有打破沉默。

「我會再來看她……」麗娜小聲地自言自語，「不知道她能吃正常的食物了嗎？我去問一下，你們先走吧。」

麗娜注意到，他們鬧得這麼大都沒護士來看一下，醫院管理眞差勁。她拐著腳走向護士站詢問少女身體狀況，沒想到護士一臉不解。

「那孩子？她怎可能進食什麼啦！那個可憐的孩子自從意外至今，一直都沒有醒過啊。」

「怎麼可能！我們剛剛才跟她談了很久——」

護士急忙丟下他們進病房確認。

三人乘機從門外窺看，護士正在檢查少女床邊的儀器，抱怨說不能拿這種事開玩笑。少女平躺在床上雙目緊閉，身上插著導管，絲毫未動。

她就像是沉睡了好久好久的睡公主。

麗娜手機震動，收到一則訊息。

不，不止她，三人的手機都震動了。

——鬼新娘：以後請多多指教。w。

鱷魚之夢

1

「我的家鄉被鱷魚吃掉了。」

女子咬著男子耳朵，聲音像螞蟻般鑽進外耳道，麻麻癢癢的，花蜜一樣的黏上鼓膜，發出只有最親近的人才能聽見的柔軟聲響。流淌進去的聲音被捲進深潭的漩渦，徘徊繚繞於內耳前庭，宛若跌進天地反轉的暈眩。

床上漫著明星花露水的味道。那是男人不熟悉的香氣，有種廉價化妝品般的單薄。欲振乏力、裸露著的燈泡，在視線裡搖搖晃晃，木板床發出「咿啞咿啞」的呻吟，讓人想到隨時要被海浪壓扁的簡陋船隻，或即將窒息的夢。

「臺灣有鱷魚嗎？」男子懶洋洋地問。他知道臺灣是亞熱帶國家，但鱷魚的落後形象，似乎很難與這個經濟起飛、城市快速發展的國家連在一起。

「不知道。但吃掉我家鄉的鱷魚不是普通的鱷魚。」女子撐起身子，手滑過男子身體，像鱷魚在擺動牠笨拙的四肢，「那條鱷魚比山還大，從碧綠的湖水浮起，動作比老頭子還慢，一口尖牙卻比什麼都鋒利，無論咬上什麼，那東西就只能融化、屈服。牠走上岸，也不怎麼費力，張開口，整個村子就被吞下肚了。」

眞是胡說八道，男子說：「這種鱷魚根本不存在。」

「眞的有啊！我的家鄉就是被這種鱷魚吃掉的。」

男子賊賊笑著，沒掩飾他的鄙夷：「那條鱷魚這麼厲害，怎麼沒吃掉臺北？這個城市一定比你的故鄉好吃。」

「牠吃飽了嘛，誰也不知道牠什麼時候餓。而且牠也有不能吃的東西。」女子沒理會他的取笑，自顧自地說，「有一條會發光、全身都是赤紅色的魚，大概有一個人的手臂大。這條魚，不管鱷魚嘴巴有多大都吃不掉。」

「爲什麼吃不掉？」

「因爲牠就是一條這樣的魚啊。」

女子理所當然地回應。

全都是胡說八道。男子躺在她身邊，頭埋在她大腿旁，遭廉價化妝品滅頂。那些味道跟女子的費洛蒙混在一起，有如怠惰麻木的酒精，攪著他的大腦。他覺得就算是這樣的胡說八道也很美。幼稚、愚蠢有時就是惹人憐愛。

「那條鱷魚有吃不掉的魚，」男子伸手摟住她的腰，「我卻沒有吃不掉的女人。」

女子咯咯地笑，撫摸他的臉：「我知道。你很厲害，也很偉大喔；願意聽我這樣的笨女人說故事，最喜歡你了。」

她手指沿著下巴，從鎖骨往下，靜悄悄地溜上男子的手臂，停在一個紅色胎記上。她背對燈泡，陰影如黑色的霧蒙在她臉上，表情沉在海平面下一萬公尺的深溝。

「我是看到這個胎記才想起來的。想起那條魚。」她聲音有些發顫。

「喔?這胎記是天生的,每次體育課要換衣服,我都會努力掩飾。不過這胎記並不像魚啊?」

「嗯,我知道。」女子彎下腰,臉龐越來越接近男子,直到他能看到她濕潤的眼眸,像海底的星星,就快要從眼窩裡掉出來了。她輕聲說:「吶,只是問問而已喔……你有見過手臂上有著紅色魚形胎記的人嗎?」

星星從眼裡掉出來,撕裂整個銀河,落進男子眼眶,帶著海水獨特的鹹。

2

「所以,各位覺得爲什麼是筷子呢?」

台下聽眾瞪著我,像戴著面具般毫無表情,也不知是專注還是恍神;直到現在,我還是害怕成爲視線的焦點。我自顧自說下去。

「筷子……是東亞地區最熟悉的食器,有很強的辨識性,可以說是我們的文化特徵。我聽說,有些西方人將『是否能用筷子』視爲是否融入亞洲文化的標準,也不知道是眞是假。但即使西方人用筷子,我們也未必將他當成自己人吧?充其量就是『友善的他人』。我講這件事,是因爲這就是筷子的第一重咒縛性——能區分『我們』與『他們』。我想請各位先將這事放心上,像是能辨識不同群體啦,規範出『關係』與『規則』啦,都是咒縛常見的特徵。」

我越說越不安,感覺自己好渺小,要靠打腫臉充胖子的穩健語調來壯膽。怎麼說呢,這些談論咒術的絮絮叨叨,聽來就像讓人昏昏欲睡的咒語,就算拿到社區大學都算生硬!更別說在一場大眾娛樂小說的發表會上。而且跟介紹自己作品不同,在這個場合,我不止代表自己,還代言了其他優秀的作者。

還是從頭說起吧。去年,我參加了一個跨國寫作企畫,出版社召集了臺灣、香港、日本三地作家,以「與筷子有關的怪談」為題，舉辦小說接龍，其中還有我崇拜已久的作家。身為小說接龍第四棒，我在出版社的安排下辦了幾場演講，這是第一場；討論題目時，我提到筷子確實有咒術性質，出版社編輯立刻說「請老師務必以這個主題辦演講！」，不顧我「沒問題嗎」、「讀者會不會感到無聊」的質疑，把我推到了這裡。出門前，我想著「要是聽眾以為這本書都跟我講的一樣無聊，害到其他作者怎麼辦」，忍不住開始胃痛，吞了好幾顆胃藥壓下去，希望它們還沒過期。

跟我合作的作家都是一時之選，眞怕拖累他們！事到如今，我只能信賴出版社幫我宣傳出來的「妖怪推理小說家」形象，盡可能往妖怪、民俗的方向靠攏。就算大家覺得無聊，至少也符合我的定位，不至於失望吧？

「跟筷子有關，又會讓人感到不吉利的事，當然不止『腳尾飯』，而且大部分都跟死亡有關。像中國江蘇寶應，吃飯的時候，會直接盛一碗飯擺在牌位前，筷子也擺旁邊。這時要注意筷子擺放位置是否跟死者的慣用手相同，因為我們不能用非慣用手吃飯嘛！右撇子用左手吃飯，不是很痛苦？像這樣供死者吃的飯，是充滿禁忌與規矩的。除了擺筷子的方式，從供桌撤下後，也不能直接擺到餐桌上，要先拿回廚房，把活人與死人的用膳給分開。

「剛剛說到的腳尾飯也有自己的禁忌。臺灣某些地方會要求腳尾飯不能在屋內煮，要在光天化日之下。日本也有類似腳尾飯的習俗，漢字寫成『一膳飯』，同樣也有各式各樣的作法、規矩。

「其實，這就是筷子的咒力來源──來自『規矩』。

「大家可能覺得亂七八糟，咒術與規矩有什麼關係？但請想像一下，要是我們用筷子的時候毫無規範──祭拜死者時，就像死者還活著，直接將碗筷擺在餐桌上，無論是腳尾飯或一膳飯，都沒有可供辨識的特殊之處；如果我們只把筷子當成純粹的食器，愛怎麼用就怎麼用，那我們還會感到『不該這麼做』、意識到『禁忌』嗎？答案是不會。要是沒有規矩，就不會有禁忌。

「我不知道大家有沒有這樣的經驗，我小時候把筷子插在白米飯上，就會被大人斥責，因爲這讓人聯想到腳尾飯、聯想到死亡。腳尾飯需要『規矩』，是爲了跟『活人的世界』切割開來，『禁忌』是建立在規矩之上的；其實與筷子有關的規範根本不限於死亡禮儀，即使在活人的世界中，筷子仍充滿禁忌。像是用筷子時把菜汁、湯汁滴到桌子上，被視爲不禮貌，同樣是禁止的。筷子不能交叉擺放。不能碰到其他正在挾菜的人的筷子。也不能直接當成牙籤插在肉上面。

「爲何有這麼多規矩？很簡單啊，這是我們每天都會用到的東西，要是沒規矩，不就沒了倫常？所謂規矩，就是用來界定人與人之間的關係，尤其是反映權力關係的某種構造；可以做什麼，不能做什麼，會隨著關係不同而改變。要是沒人在旁邊看，我們愛怎麼用筷子就怎麼用，所以筷子可說是一種隱喻，正因生活充滿規矩，處在最日常位置的筷子，才反映了生活的邏輯。

「從這點看，小說接龍選『筷子』當主題可說非常巧妙。筷子反映了被規矩填滿的生活，生活則形成了文化；還記得前面說的嗎？光是能不能使用筷子，就會被用來區分我們與他們。這就是因爲筷子反映了『文化圈』，如果小說接龍的主題是『車站』這種全球性的東西，就沒這麼強烈的文化特質了。

「規矩、禁忌、咒語這類東西，只能在文化中生效。而筷子就是被文化給附身的咒具。從這個角度看，筷子當然與咒術有關。這就是這次小說接龍裡，筷子會與種種怪事難分難解的緣故。」

接下來我又舉了幾個例子，逐步引導出結論，台下聽眾依然沉默到可怕，都讓我冒冷汗了。出版社編輯化身爲活潑的主持人出來總結，聽眾這才意識到演講結束，稀稀疏疏地鼓起掌。接著編輯問了老問題：有沒有聽眾朋友有問題要請教老師呢？

唉，每次聽到這問題，我都覺得毫無必要；要是台下沒有任何回饋，台上不也挺尷尬的？但我也沒勇氣建議出版社放棄這種套路。（說起來，就連文化人的演講也像工廠流水線有著固定規格，工匠時代還眞是不復返了。）

編輯宣布演講結束，到了簽書時間，幾個人拿著書來排隊，我簽了幾本，觀眾便陸陸續續散了。就在我打算起身時，一位看來六十歲前後、穿著體面、戴著粗框眼鏡的男子走過來。他頭髮半白，但白色夾雜在灰色間非常醒目，反而給他銳利的印象。他的聲音也像青壯年那般宏亮：「老師！可以與您私下聊聊嗎？」

我有些意外，因爲我的讀者通常是大學生或社會新鮮人，像他這樣年紀的很少見。他遞來名片，我一看，是J週刊的記者，名叫「張文勇」。我吸了口氣，看向編輯，編輯注意到我的視線。

「老師，今天很謝謝您。」編輯走過來說。

「不會啦，應該的。那個，詹小姐，你們先離開沒關係喔，這位讀者有事找我，我想不要耽誤你們的時間。」

「好啊，之後國際書展還有一場，到時再麻煩老師喔。」

出版社的人開始收拾，我忽然意識到不該繼續占用公眾空間，就說：「張先生，找個方便說話的地方？」

「好啊，看老師方便。」

到了沒什麼人的地方，我不禁責怪自己。居然迷迷糊糊就過來了！應該先問對方到底有什麼事才對啊；正不知如何開口時，張文勇說話了。

「眞是精采的演說。老師您認爲咒術只能在文化體系內運作，也就是說，您認爲咒術不是奠基於某種客觀的法則，對吧？」

「嗯，雖然只是我個人的觀點。就像一輩子沒聽過基督教的人，根本不可能去基督教的天堂嘛。天堂不是什麼客觀實存的地方。事實上，無論是東方跟西方，對天堂、地獄的描繪一直在隨時代改變，總不能說當代的地獄才正確，西元三世紀的地獄是錯的吧？」

「有道理，但我最好奇的是小說接龍的主題，也就是筷子怪談。老師您聽過日本的『筷子大人』嗎？日語唸作『おはしさま』。」

「筷子大人」？

這名稱我有印象，似乎曾在M老師的推特上看過；M老師是這次小說接龍的第一棒。與他合作前，我就已追蹤他的推特。說來也是機緣巧合，本來我是看到有人轉推一張滑稽可愛的貓照片，瞥向帳號，咦？不是我敬愛的恐怖推理小說家嗎！當下就追蹤了。後來M老師總是在推特貼貓照片，與其說是追蹤推理小說家，更像追蹤了貓咪愛好者社團。

我實話實說：「好像在M老師的推特上看過，記得是某個怪談會上，有人說了這故事，但推特有字數限制，M老師就沒詳述。我猜是某種都市傳說？這不是我擅長的領域，所以沒追究。」

我的專長是整理清領到戰前的文獻，並建立起文獻上的民俗學系譜，因此很少關心當代都市傳說。

張文勇說：「原來如此，所以老師您不清楚『筷子大人』的細節囉？」

「不清楚。」

「那麼老師一定會有興趣的。」張文勇篤定地說。他居然不等我回話，就滔滔講起「筷子大人」的傳說，我連說「沒興趣」的機會都沒有。

據他所說，所謂的「筷子大人」在日本各地都有流傳，雖然版本不同，形式卻大同小異；那是一個「祈禱願望實現」的儀式。許願的人，要在吃飯時將筷子插在飯裡，就像腳尾飯一樣，如此對著筷子大人默默許願八十四天。

如果儀式成功，就會出現徵兆；一個是許願的人手上會出現魚形的紅色胎記，另一個是開始作夢，所有人都夢到在學校醒來，變成小學五年級生。夢裡一定有九個學生，每次作這個夢，就會有一名學生死去，再也無法在夢裡醒來。如果能在夢裡活到最後，就會實現願望。

張文勇用手機給我看了日本的整理網站，有位叫「雨宮」的人蒐集了網路上所有關於「筷子大人」的傳說，也有網友在下面留言，像「我照辦了但根本沒出現徵兆啊，騙子」，或「我有朋友手上出現了魚形紅色胎記，沒過多久就出意外死了」，還有人宣稱自己眞的實現了願望，但魚形胎記再也沒有消失，造成很大的困擾云云。

我看著網站內容，像被電到般頭皮發麻；我滑著手機，網站裡充斥各種不知眞假的流言，要是他們沒說謊，就表示參與這個儀式的人，若沒有實現願望，即使沒死，也會落得種種不幸；輕則運氣變差，重則身體發生病變，像毫無原因的神經壞死、癌症，有些因意外變成植物人，當然也有死亡作結。

這是怎麼回事？我心思混亂，不知該怎麼想。我**知道**這儀式！雖然不叫「筷子大人」，但過程非常相似；不，說起來還是不同，我知道的儀式沒有八十四天的要求，也不會出現胎記。但那個夢……毫無疑問跟我知道的儀式相同。

「老師，妳看得懂日文嗎？」張文勇問。

「嗯……大概懂。先不說這個，這眞的是日本流傳的儀式？」

「不愧是妖怪推理小說家，很熟悉民俗方面的東西。確實，臺灣也流傳著類似的儀式，被稱爲『筷子仙』或『箸仙』。」

「等一下，這跟我知道的『筷子仙』不同。」

「咦？那老師知道的筷子仙是什麼？」

「有很多種。不止是臺灣，在漢文化圈，筷子有時會被用來降神，譬如，要是家裡有人生病，就可以將筷子立在水中，召喚鬼神，筷子倒下就表示沒成功，一直嘗試到筷子立起來，就表示讓人生病的鬼神降到了筷子上了。這時拿刀砍筷子，病人就會恢復。另外也有與碟仙類似的，把筷子擺成特定形狀，由兩個人拿著，沒多久就會開始動起來。也有所謂的『箸神』，是把筷子擺成T字形，即使沒人碰，橫放的筷子也會自己旋轉……」

中國歷史上還有用筷子占卜的傳說。據說唐朝李隆基要誅殺韋后，起兵前曾請人占卜，占卜時筷子自行抬起又落下，連續三次，被認爲是大吉之兆。其實這些例子都脫離筷子原先的功能，與其說用筷子降神，不如說是**筷子的形狀剛好適合**，才成爲降神的道具。

張文勇聽我列舉了種種類型，訥訥地說：「喔——您說的那些，可能是都用筷子，就撞名了吧？但臺灣確實有不同版本的『筷子大人』儀式，我給您看證據。」

他用手機滑了幾個網頁給我看。如他所說，這些人分享的經驗確實跟「筷子大人」差不多，只是沒經過系統性的整理。

我毛骨悚然。

如果這些都是事實，就表示這存在許久的儀式已奪走這麼多人的性命？不，也有不致死的情況，但活著面對病痛或各種意外，並不會比死亡好多少！可是……爲什麼？

恐懼中，我忍不住問：「張先生，爲何您要跟我說這些？」

「老師，難道您不感興趣嗎？」張文勇有些意外，彷彿我不該不感興趣，甚至不感興趣是一種罪惡。被他這麼看著，我有些困窘，忍不住撇開視線：「也不是說不感興趣……但我只是個小說家啊。」

「哈！抱歉，我也眞是的。」張文勇打斷我的話，興奮地操作手機，「居然忘了給老師看最重要的東西，難怪您沒興趣。請看！其實這個日本整理網站，根據曾參加『筷子大人』儀式的證言，重建了夢裡那個學校的平面圖。」

他滑出那張平面圖給我看。我還沒細看，他已自顧自說：「其實呢，這平面圖跟我的母校構造完全相同。也就是說，這是臺灣的某間學校！老師，您聽過B國小吧？」

我猛然吸了口氣。

「B國小……!?」

我震驚地摀住口，總算明白張先生找上我的原因；他笑著說：「老師這下有興趣了吧？之前您曾在訪談中說過想寫B國小的故事……不覺得這是個好機會嗎？『筷子仙』夢境裡的學校格局跟B國小一樣，不可能毫無理由！如果要寫B國小的故事，還有比這更好的材料嗎？」

我很熟悉B國小。

這座國小已經不在了——光這麼說，或許還不讓人稀奇。說起廢棄國小或消失的國小，在臺灣難道罕見嗎？但在這些失落的學校中，B國小也是最特別的。

因爲它位於碧綠的潭面底下三十公尺。整整十層樓的高度，就連光也透不過，從水面上看，只有濃濃的綠，大概很難想像那裡曾有座學校。

八〇年代，爲了供應整個大臺北地區漸長的用水需求，北勢溪上游建起了翡翠水庫。一九八五年，雖然水庫尚未建成，但已開始蓄水，於是本來臨近北勢溪的B國小就「噗通」一聲落入水中，被湖光輕柔包覆，時間也封進這蒼蔥色的琥珀，再也無法前進；對這樣的材料，有些人感到浪漫，有些人不，但不管別人怎麼想，我自有寫B國小的理由。所以從小說家的角度看，張文勇說的再合理不過。

但我提不起精神。我問：「張先生，您爲什麼要調查這件事？」

「爲了報導。」張文勇說，「我正在調查這個『筷子仙』儀式，最晚一個半月後要寫出來。您不覺得奇怪嗎？爲何這個儀式流傳這麼廣，居然日本跟臺灣都有！之前香港有個知名的都市傳說叫『筷子咒』，據說就有參考『筷子大人』，這可是連香港都知道的。現在，我們發現解開傳說眞相的鑰匙就在臺灣，怎麼能不興奮？」

「但您的調查不需要我吧？既然您是從B國小畢業的，那應該比我清楚……」

「那是很久以前的事了。而且我畢業後很快就搬家，也不知道學校後來發生了什麼事。老師您既然田野調查過，又是近幾年才進行的，自然比我清楚吧！所以我想邀您跟我一起調查，一起解開這個謎團。」

這番話實在沒什麼道理，我忍耐著沒說出口。看我猶豫的樣子，張文勇有些著急了：「老師，您沒興趣嗎？那也沒關係，但不知道您是否能接受我的採訪，把您知道與B國小有關的事全部告訴我？拜託了，這可是個重大的謎團啊！身為妖怪推理小說家，您也很好奇眞相吧！」

我最不擅長應付這種咄咄逼人的態度。張文勇臉越來越近，連口水都噴過來。我壓抑著反感，心裡掙扎片刻才嘆了口氣：「好吧，我加入你的調查計畫。要是你發現眞相，我卻裝成沒事站在一旁，我也難以接受。」

「太好了！謝謝老師。」張文勇大喜過望，我倒沒想到他會這麼開心。因為時間已晚，所以他跟我交換聯絡方式，說會再跟我聯絡。臨走前，他說：「對了，老師，我說過這篇稿離死線只有一個多月，所以這段期間我會非常積極，可以嗎？還請老師務必多多配合！」

這要求失禮至極，但我只是擠出笑臉，與他道別。看著張文勇遠去的身影，我心裡五味雜陳；要是別的情況，我一定會拒絕。不止會拒絕，還會勸對方別碰這個題材。但今天……

外面下起了雨。

我拿起他的名片。張文勇，J週刊。說來恐怖，我有一種被命運找上的感覺，根本沒拒絕餘地。

聽著雨聲越來越大，不知為何，我覺得那不是雨聲，而是淙淙的流水；本來在深淵底下，隨著B國小一同沉沒的時間，隨著這水聲，再度滾滾流動了。

「我殺了人。」

女子低低的聲音傳來。男子（不是之前那位。這位骨架較小，且不愛刮鬍子）沒料到會聽見這樣的告白，猛然緊張起來，肌肉的緊縮反映在油亮的皮膚弧線上，像遇到猛獸的草食動物，隨時準備逃跑。

看他的樣子，女子笑了，幾乎帶著諂媚。

「討厭啦，我又沒眞的下手！不然早被警察抓了吧？殺人這種事，不見得要親自動手的，要是祈禱對方消失，結果也眞的消失，那也算殺人吧！」

她是笑著說的，至少她自己這麼認爲。但那究竟是一副怎樣的表情？此時此刻，除了眼前的男人，誰也無法得知。男子放鬆下來，忽然覺得眼前的女人宛若親手殺死戀人的悲哀幽靈，某種混著驚駭的憐憫湧上，他說：「那就是沒殺人吧？誰都會有『啊，那個誰要是去死就好了』的想法。但只要沒動手就不算殺人。」

「眞的嗎？只要不是親自動手，就不算是殺人嗎？」

女子的聲音比秒針還輕。對男子來說理所當然的事，對女子來說似乎還雜揉著不解的謎；男子沒有積極證明自己主張，反而問：「爲何你會想殺人？有討厭的客人？」

「不是。」女子貼近他，懶洋洋地說，「殺過人後，再怎樣討厭的客人都能忍耐了。」

「那是爲什麼？」

「是很久以前的事。」女子似笑非笑，「你眞的要聽？你不是爲這種事來的吧。」

「有什麼關係，夜還很長……而且我又不是第一次來，每次都做一樣的事也很無聊吧，我想聽妳的故事。」

女子靠在他身上，發出低低的、很像笑的聲音。她說：「好啊，你想要停，隨時可以停，或許會讓你覺得無聊喔？我之所以想要殺人……是因爲有人殺掉了我的孩子。」

空氣冷到讓人連吞口水都難。

「……是誰？」

「說來話長。」女子在他肩上微微側過頭，「不知道你的國家有沒有這種事，但臺灣過去有種人叫『媳婦仔』，是說女孩子很小的時候，就已經嫁到夫家去。我曾經是『媳婦仔』，而我到夫家時，不過五歲。」

「五歲！那怎麼能結婚？而且這根本就不能……不能做……」

「當然不行！」女子笑著拍他，「這還不是最好笑的，我嫁到夫家時，連丈夫都還沒出生呢。」

「沒出生？那怎麼能結婚？」

「這是臺灣習俗啊，結婚根本不是重點。在以前，女孩子是『賠錢貨』，嫁女兒還要付一筆嫁妝。當成『媳婦仔』早早嫁出去，甚至可以賺一筆。用現代的說法，就是以婚姻爲名的人口買賣。」

「但要是一直沒生兒子呢？」

「大概會成爲養女吧。別人家我不知道，但我夫家是需要勞動力的，就算丈夫還沒出生，我也很好用。而且先將『媳婦仔』娶進門也算討個吉利，既然都有妻子在等，上天總不能讓女孩子苦等，所以下個孩子一定是男的。」

「眞是沒根據的迷信。」

「是啊。但我眞的很吉利，到新家不過一年，未來的丈夫就出生了。而且還是龍鳳胎，雙喜臨門，男的是我丈夫，女的是我小姑。我現在還記得自己是怎麼眼睜睜看著丈夫出生……」

女子坐起來，緩緩說起她的故事——如何一步一步走向「殺人」的故事。

你能想像從小未來就被注定是怎樣的感覺嗎？從有記憶以來，所有人都告訴妳妳將來會怎樣，而且沒有別的選擇。你能夠想像嗎？

我們很喜歡講「認命」。既然沒別的選擇，就只能認命；認命表示「這是沒辦法的事」。小時候我還沒感覺，親眼看著丈夫出生時，阿母……當時我被要求叫她阿母，她在我耳邊囑咐「這是妳丈夫，妳將來要照顧他」，我依然沒感覺。這就是我的身分，我的責任，就算給他把屎把尿，我也覺得是應該的。

對還是小孩的我來說，丈夫跟弟弟根本沒有差別。

但不能否認，比起丈夫，我更喜歡小姑。小姑眞是可愛極了，她性格倔強，老是不服輸，明明處在弱勢卻要嘴硬。阿母常罵她那種性格以後「嫁不出去」，我卻覺得沒關係，連再明顯不過的錯誤都能睜眼說瞎話，也算是種坦承吧？她只是不服輸，不是眞的想騙人。

我曾想過，要是我有孩子，能像小姑就好了。那時我也還是孩子，要是再大一點，我絕不會這麼想。我會想一定要生男孩，作爲女孩子降生到世界上，太不幸了……

你認爲我太自怨自艾？但請看看我，你認爲我幸福嗎？當然，我不能代表所有女性，就算眞要代表，也只能代表像我這樣的農家女……

命運是可以靠努力掙脫的？或許如此吧。但要看是怎樣的命運。我們臺灣過去會把女嬰溺死，因爲女孩子就是賠錢貨，如果你是那個女嬰，要怎麼抵抗？向剛出生的女嬰伸出的手——將女嬰埋進水裡淹死——對運氣不好的女人來說，命運的力量比這還大。

雖然現在這麼說……當時我卻沒反抗。我根本不知道是可以反抗的。丈夫是我們這一輩的第一個男孩，整個家族溺愛他；很快的，他跟小姑的差異就出現了。他無理取鬧，還會打我，甚至亂吐口水，阿母卻沒拿「討不到老婆」威脅他。我偷偷跟小姑聊他壞話，因為其他人都寵著他，只有小姑不會。

小時候打打鬧鬧，還能說可愛；但等丈夫到了七、八歲，居然還會打我，甚至指使我做這個做那個，我不由地開始害怕了；難道我要跟這種人生活一輩子？但要是不跟他，我有什麼選擇？

你瞭解嗎？那種沒有選擇的感覺。不管你再怎麼討厭，心裡都無法浮現其他可能的宿命感……那就是「認命」。

這樣的日子，居然迎來了變化。

有一年的八月，村子裡特別熱鬧，原來是有個年輕人考上大學。那時大學非常難考，更別說是出身農村；雖然，那個人從小就跟著父母搬到城市了，只有寒、暑假才會回村裡，或許他不認為自己是村裡人呢！

抱歉離題了。那位年輕人雖然每年都回來，我卻沒機會見到，直到那年，因為村裡到處在講他的事，我才注意到他。這樣的氣氛一直延續到農曆年，那年元宵——就是農曆元月十五——我們村子每到元宵都會敲鑼打鼓、燃放鞭炮，大批人潮拿著火把遊行，我就是在那天碰到那位年輕人，跟他聊起天，知道大城市的事。

那時我沒想到他會改變我的一生。那個人叫文勇。文化的文，勇敢的勇。至今我依然這麼想，說他有文化，誰也不會質疑；但要是他真如名字般勇敢，我的命運會不會完全不同呢……？

但我已經沒機會知道答案。

4

新書發表會當晚，我寫了封信給M老師。由於日文書面語能力不足，寫這封信真可說是煞費苦心；

除了請教「筷子大人」的細節，我也問M老師有沒有進一步調查「筷子大人」流傳的區域、版本差異、源頭等等。

唉，眞是忐忑不安。雖然合作過，但畢竟沒深交，寫這封信是不是太僭越了？但除了M老師，我也不知道能問誰，所以還是寄出了電子郵件。

隔天，我又聯絡了一個人，做了些安排後才寫信給張文勇。信裡是這樣寫的：

張先生，承蒙您看得起，邀請我一同調查「筷子仙」與「B國小」的關聯。事實上，聽了您告訴我的「筷子仙」傳說，我確實想到了一些線索。但具體細節，與其由我開口，不如由相關人物親口告訴您。我已經聯絡新北市石碇區Y國小的退休教師，他曾在B國小工作，雖然八十幾歲了，但還很健朗，您一定會想聽聽他當年遇上的怪事。

信末我指定了一個時間，請他在新店跟我會合。沒先問他有沒有空，似乎有點失禮，但張文勇也是硬要我配合他，算是禮尙往來。

兩天後下午，張文勇開車來到新店捷運站。這天又陰又悶，不知何時會下雨，衣服也因濕氣而笨重起來。我坐上副駕駛座。

「老師，謝謝您主動聯絡！我還擔心再度聯絡時您就反悔了。」張文勇笑著，興奮地有點不自然——不，與其說興奮，不如說有些緊繃，只是勉強打起精神。

「坦白說，我確實想過要反悔。」我有些無奈。但某種不得不然的直覺如幽靈般糾纏我，讓我無法抗拒這個誘惑。

「幸好您沒這麼做。相信我，這絕對是很棒的題材。」

張文勇驅車往前，沿著臺九線往石碇的方向前進。

新店溪從右方躍入眼內。或許是枯水期，裸露的河岸像被時間的炸彈轟炸過，徒留廢墟般的荒涼；溪水遠看著是綠的，但從前幾年的一場颱風開始，那綠就帶著混濁，像蒙塵的翡翠，從此喪失靈氣。

「老師您在信裡說想到了一些線索，可以先跟我透露一些嗎？」張文勇問。

「我也覺得應該在抵達前跟您前情提要一下。張先生，我可以問您是什麼時候從B國小畢業嗎？」

「嗯？我想想……」他算了算，「應該是……民國五十九年。」

「那就是一九七〇年。如果張先生您畢業後立刻離開B村，或許就不知道這件事。張先生，您知道嗎？B國小曾發生……一九七八年，B國小五年級的學生集體失蹤了，那時您還在B村嗎？」

「什麼？集體失蹤？有這回事？」他有些震驚。

「您不知道嗎？」

「那時我已經搬家了，根本沒聽過。怎麼回事？」

我在心中整理蒐集到的資料，屏除任何主觀，只專注在客觀情報上：「那是一九七八年三月的事。有一天放學，B國小五年級的學生說好到學校附近的九紀山玩，卻再也沒回來，除了一個孩子……只有一個學生從那座山倖存下來。可怕的是，那孩子只記得去山上玩，卻不記得在山上發生了什麼事……村裡的人都說，那些孩子是被魔神仔帶走了。」

要說臺灣最知名的精怪，大概就是「魔神仔」了。即使在科學至上的當代，只要山上發生怪事，多半還是被推到魔神仔頭上；據說魔神仔會把上山的人「牽走」，讓人迷失方向、看到幻覺，甚至請人在山上吃大餐。被牽走的人以為在吃雞腿，事實上卻在吃雜草、泥土、昆蟲，或動物糞便。

B國小與附近的B村都在石碇。本來石碇、平溪、南港、汐止一帶，就盛行山上有魔神仔的傳說，有這種流言並不奇怪。但也有人否定魔神仔之說；要是被魔神仔牽走，搜山時，就算沒發現喪失神智的孩子們，至少也該發現他們餓死的屍體，事實上卻毫無所獲。不過，孩子們的屍體也可能在無人能抵達的深山，這本就是魔神仔的強項。而且倖存的孩子對山上的事毫無記憶，也確實吻合某些被魔神仔牽走的案例。

「整個五年級只剩下一個人？那魔神仔到底牽走多少人啊！」張文勇嚷嚷著。

「這不奇怪啊，B國小是鄉下學校，每個年級人數都不多，那年五年級只有九人。張先生，您知道我為何跟您講這件事嗎？想想看，整個年級只有九個學生，八個失蹤了，最後一個人倖存。您有聯想到什麼嗎？」

張文勇想了想，猛然吸了口氣：「這……跟『筷子仙』的夢境一樣！夢裡的人也有九個五年級生，每次作夢都會死一個，直到剩一個人為止！」

「我也這麼猜。如果『筷子仙』夢裡的學校格局跟B國小一樣，人數也跟五年級失蹤事件相同，那或許真如您所說，『筷子仙』是跟『B國小』有某種聯繫。」

「可是失蹤了八個人，也很嚴重吧！怎麼我完全沒聽過，難道這件事沒上報嗎？」

「是沒上報，但原因不難想像吧？我還以為您應該明白。」我近乎冷血地說，「您也知道，那時還在戒嚴。而且為了興建翡翠水庫，淹沒區的居民要遷走，有補償問題，當時查估工作人員到農地評估，B村的農家一直覺得查估人員不用心，沒有好好地統計農地與作物價值，兩邊的關係有些緊張。在五年級學生失蹤後，當地還有另一種聲音，認為孩子們不是被魔神仔牽走，而是看到查估人員不可告人的祕密，像收取賄賂之類的，才被殺人滅口。如果消息見報，相關傳聞會越滾越大，因此在政府還能控制輿論時，自然希望能壓下這件事。」

「懷疑查估人員……這也太沒根據了吧？不管看到什麼，有嚴重到要殺死八個孩子嗎？」

「是沒有根據。但如果真有必要殺死孩子，就表示事情真的很嚴重。這樣激烈的行為，在白色恐怖裡並不罕見。像隔兩年的林宅血案，還有接下來的陳文成事件，這麼多眞相沒有大白的事，多死八個小學生算什麼？那個時代，是很殘酷、什麼都可能發生的。」

張文勇陷入沉默，像是不知該說什麼，片刻後才開口。

「……老師該不會眞的認為這跟白色恐怖有關吧？」

「我是不這麼想。只是那時的人這麼想，自然有他們的理由。我認為，如果這與白色恐怖有關，就不會有倖存者了。」

「你是說最後那個孩子？但他也可能是被威脅不能說出去吧？」

「一個五年級的孩子保證自己不會說，您會相信嗎？更別說犯人已經殺掉了八個孩子。」

張文勇又沉默了。車子徐徐向前，回過神來，荒涼已盤踞前方視線，有些房子還維持著幾十年前的樣式，有些根本沒人住；朝鄉野前進的同時，我們也像駛進亙古不變的時間荒原，在那裡，所謂的時代進步毫無意義。

「那，我們現在去見的那位退休老師……他也是失蹤事件的見證者？」張文勇問。

「嗯。」

「因為B國小沉到水底，他才到Y國小教書嗎？」

「應該是。其實從B國小到Y國小的老師不止一位。雖然B國小在名義上是廢校，但文件都轉到Y國小去了，有些老師也跟過去。要瞭解B國小，可以從Y國小著手，那裡保存著從日本時代開始的所有文件。」

「B國小在日本時代就有了？」張文勇大感意外。

「是啊，我也是重新調查才知道，B國小最早是石碇公學校的分離教室，雖然附屬於石碇公學校，但教室獨立在別的地方。」

「老師，那『筷子仙』的傳說同時流傳於日本，會不會與此有關？」張文勇聲音大了起來，讓我感到有些不舒服。我問：「您為何這麼想？」

「這只是我的胡思亂想，老師您聽看看。我在想，該不會『筷子大人』是日本的傳說，在日本時代流傳到臺灣來。一九七八年會發生失蹤事件，就是被『筷子大人』傳說給誘發的！」

「『誘發』這種說法……您有根據嗎？」

「我就說只是胡思亂想，但老師妳覺得不可能嗎？」

「我在文獻上的專業就是戰前。只能說，我從來沒在戰前文獻上看過『筷子大人』傳說，連類似的都沒有。」

「那戰後呢？如果是戰後才傳來的——」

「要是戰後才傳來，戰前是不是有B國小不就不重要了？而且『筷子大人』如果是從日本流傳過來，那您要怎麼解釋夢裡學校的格局跟B國小相同？」

「或許日本也有跟B國小一樣的學校啊！『筷子大人』跟那個學校有關，而且就是因為B國小格局跟那個學校一樣，才引發了失蹤事件。」

日本跟臺灣有兩間格局完全一樣的學校？我本能地覺得荒謬，就要反唇相譏；但轉念一想，他或許是說背後有某種黑幕，刻意在臺灣複製了某個日本學校的構造，並透過「筷子大人」傳說引發某種事件，最後才造成一九七八年的集體失蹤。

以小說來說，這種想法或許算是有趣，但本質上終究是陰謀論——為何年長男性都這麼愛陰謀論？我搖搖頭：「要是有人能在日本時代決定學校的構造，他當然也是遙遠的日本時代的人。如果他真有某種意圖，為何直到一九七八年才出事？話先說在前，一九七八年沒有任何特別的喔，譬如說，在那之前，B國小五年級也曾經只有九個學生，所以不可能是人數引發的。」

張文勇閉上嘴，看他沮喪的表情，我不禁有點後悔。畢竟我知道較多內情，像這樣喋喋不休地以他不知道的情報駁斥他，根本勝之不武。我說：「張先生，其實您剛剛提出的假設很有趣，但這個假設要成立，未免需要太多前提。就算眞相是那樣，我也不認爲您能在一個多月內查清楚。」

「對啦，現在就一步一腳印吧。」

「嗯。張先生，請在前面右轉，對，從警察局那邊進去。」因爲接近目的地了，我開始領路。不一會兒，我們就停在某戶人家前。張文勇似乎對停在別人門前有些抗拒，但我堅持已經知會過對方，不必擔心。

屋內走出一位婦女，是我們拜訪對象的小女兒，她早知我們會來，便招呼我們進屋。沒多久，我們的拜訪對象——林金鯉先生抱著一些文件來到客廳，看來精神抖擻，一坐下就叫小女兒倒茶。

「林伯伯，這是我跟您說過的朋友，張先生，就是他想瞭解當年那件事。」

「您好。」

「張先生好。老師你也不用客氣！之前就說過了，你想知道什麼，我知無不言！」林金鯉有些口齒不清，就這點來說還符合年齡的印象，但實在太有精神，怎麼看都不像是八十歲左右的人。

「林伯伯，我聽作家老師說了一九七八年的怪事，還說當時您在現場，是眞的嗎？」

「眞的啊！這件事我講了四十年了，唉！也不知道那些孩子怎麼了，他們的父母也多半過世了吧，心中就懷著這樣的一個謎團……眞是悲哀。」

「能跟我說說當年的事嗎？」

「沒問題。只要我記得，我什麼都說。」林金鯉精神抖擻，也不等我跟張文勇開口，就自顧自地說了。內容簡單整理如下：

民國六十七年，林金鯉是B國小的三年級導師。事發那天的放學時間，他在校門口與工友聊天，沒多久，有五年級學生的家人來學校，是來接學生回去的年輕女孩。工友說五年級學生都還沒回家，那個女孩就說自己去五年級教室找。

因爲學生少，B國小每個年級只有一個教室，應該不會花太多時間，當時林金鯉也沒放心上。但過了十五到二十分鐘，那個女孩子又回到校門，說五年級教室裡沒看見人，以防萬一，她把所有教室都找了一遍。工友說他眞的沒看到五年級的任何一個學生離開，這下林金鯉也感到奇怪，他們就到五年級教室去。

微暗的教室裡，沒半點生命的氣息。因爲教室布置，裡頭擺滿各種材料，本來應該在櫃子裡收好的東西也到處亂放，用來繪圖的幾張大面積紙張斜斜地靠在牆邊，但確實沒看見人；不知爲何，當時林金鯉就覺得有些不對勁。這個看似平凡至極、他也算是熟悉的五年級教室，竟隱隱令他毛骨悚然。勉強要解釋，就是有種「不協調感」，彷彿有東西沒被擺在正確的位置上……

「好像眞的沒人。」林金鯉說。

「其他教室也沒看到我家人。」那女孩子有些著急。

「離開教室居然沒鎖門，眞是的。」工友抱怨一聲，將五年級教室鎖上。三人快速將其他教室掃過一遍，有些教室裡還有學生沒離開——畢竟那時各班都忙於教室布置，但他們都說沒人過來。

誰也沒見到五年級學生的下落。

這是怎麼回事？三人討論片刻，很快得到結論：大概是五年級學生沒有從校門離開吧？這裡畢竟是鄉下學校，就連圍牆都是竹子編成的，要偷偷溜出去絲毫不難。

得到結論後，那女孩子只好先回家，工友說要等學生都離開再把門鎖好，林金鯉則先行回去。但他路上越想越覺得奇怪，就稍微繞了點遠路，拜訪五年級導師，問放學時學生是否有什麼異常。

「沒有啊，他們說要留下來布置教室。怎麼了？」

「也沒有，只是他們不在教室裡，但工友說沒看到他們離開校門。」

「不會吧……他也不可能一直看著，難道不是看漏了？」

「也不是沒有這種可能。」林金鯉雖這麼說，心裡卻有點猶豫。要是九個人一起離開，這麼多人，眞的會沒看到嗎？要是九個人各自離開，總會看到其中幾位吧……

「應該不用擔心啦！學校根本是那些學生的後院，大家熟悉得很。」五年級導師安撫林金鯉，送他到門口。道別前，他說：「不過你說異常……雖然不到異常的程度，但他們好像確實有什麼計畫。」

「計畫？」

「就是放學後有什麼活動的樣子，看起來很期待。」

後來想想，就是指放學後結伴到九紀山玩的事吧？但這也有些不可思議，畢竟那時是三月，放學後一個多小時天就黑了，就算是已經習慣在山上走夜路的孩子們，到底有什麼理由要在放學後跑到山上去？正因爲住在山上，才更知道山的危險，或許對小孩子來說，危險反而充滿魅力吧？

等大家意識到事情不對，已是兩小時後的事。

那個來接家人的女孩子回家後，發現學生沒回來，其他家人擔心地去其他同學家問，這才發現五年級學生全都沒回家；這消息在村裡一傳十，十傳百，到處都是騷動的耳語。天色很快就黑了，大家拿起火把、煤油燈、手電筒，朝B國小的方向過去。

林金鯉也聽到消息，拿起煤油燈就出門幫忙。路上他遇到五年級導師，對方臉色慘然，大概是預料到會被追究責任。就在接近B國小時，前方忽然有人大喊：「找到啦！找到啦！」

那時林金鯉還鬆了口氣，想說是虛驚一場，但他們趕到當地，發現只有一名少女，沒看見其他人。少女確實是B國小五年級的學生，她臉色發白，全身是汗，大家七嘴八舌地問其他人在哪裡，但她彷彿受了驚嚇，說不出話，最後只用手指了九紀山。

「你們上山了？」

少女沒回答，甚至連點頭都沒有，只是兩眼直勾勾地盯著往九紀山的道路。火光明明照在她臉上，她兩眼卻漆黑到像是不會反光。林金鯉感到有些可怕。

比較沒耐心的村人已朝九紀山跑去，少女的家人抱住她，問：「你哥哥呢？你哥哥在哪？」

但少女卻像是失去說話能力，不管別人怎麼問，都只是緊繃地沉默。看著她，林金鯉腦中不禁浮現了「魔神仔」三字；他聽說平溪那邊有個小孩曾被魔神仔抓走，回來後瘋瘋顛顛，再也無法說話。

一段時間後，九紀山那邊有人跑回來。

「我在山路上找到這個！你們看，這不是阿明的筆袋？」

「沒錯，這是他阿嬤給他縫的，我見過。」

「所以他們是去山上？這些死小鬼……！」

「去把他們抓回來啦！」

村民們湧向九紀山，場面像戰場一樣混亂，各種照明排成一條線，有如燃燒的火蛇；下午來接家人的女孩子也在裡面，她對家人說：「爸、媽，你們先帶淑蘭回去，我去找志雄。沒找到他我不回去。」

這場面多像生離死別啊！林金鯉想。雖然大家都擺出能把人找回來的態度，但不知為何，林金鯉心中已隱隱有些預感，覺得無法把孩子們找回來了；或許大家多多少少也這樣想，才在表面上逞強一下。

不過，即使他有這種不好的預感，也只是「有些人找不回來」，怎麼也想不到是全部失蹤！村人找了好幾天，不止九紀山，附近的山區也找了。

唯一回來的少女請了好幾天假，之後校方開了幾次會，檢討五年級導師的責任，其實也算不了了之。這段期間，村裡逐漸有了「或許是被魔神仔給牽走」的說法，於是家長們求神拜佛，到石碇街的廟宇請示，神明卻一直說找不到了。

少女隔天就能開口，她是唯一知道事情經過的，所有人都好奇她的回答！據她所說，他們說好放學後要去九紀山玩，但她只記得離開學校，卻怎麼也想不起在山上發生了什麼事。

爲何要去九紀山？她只說是「一時興起」，沒什麼特別的原因。至於他們是怎麼離開學校的，她說是九個人一起走出校門。那爲何工友沒看到？少女也不明白，她覺得離開學校時沒什麼特別的。

本來說好要布置教室，卻沒完成布置的工作，東西也沒收，九個人就這樣唐突地離開學校。不止如此，她甚至說不出特別去玩的理由。在這種情況下，還沒人注意到九人團體一同走出校門——這一連串不合理的情況，讓人懷疑這些孩子會不會是在教室裡就被魔神仔給迷住了。

沒錯，魔神仔就是想帶走這九個學生，所以迷住大家的心智，讓大家想往山上跑；還遮住其他人的視線，不讓別人注意到九個學生已經離開學校。只是不知出了什麼差錯，居然有個學生逃過一劫……

張文勇專注地聽著林金鯉的話，十分入迷，他身體前傾，甚至有些緊繃。林金鯉不愧是說了四十年的故事，聽眾喜歡聽哪個部分，他已十分清楚了。

「林伯伯，先前我託您借的那個……」我趁故事停頓的機會開口。林金鯉點頭，把文件交給我。我翻開文件閱讀，接著停在其中一頁，指給張文勇看。

「張先生，這是B國小歷年的畢業名冊，請看一九七九年，這年只有一個人畢業。高淑蘭……她就是消失的五年級中唯一的倖存者。」

張文勇臉色異常難看，深深吸了口氣，相當動搖；作爲一位局外人，他的反應也太大了。我心動一念，忽然想問這個問題：「張先生，怎麼了？你聽過這個名字嗎？」

張文勇沒回答，訥訥地問：「這個倖存者後來怎麼了？」

「沒怎樣，順利畢業了。但沒過幾年翡翠水庫就建起來，在那之前，大家都遷走了，我也搬到這裡來。他們家搬走後我也沒關心，不知後來怎麼樣了。」

張文勇陷入沉思，又問了幾個問題，我則乘機繼續翻閱B國小的畢業名冊。就在前幾頁，我得到了自己想要的答案。

果然如我所料。

告別林金鯉時，不管再怎麼客氣都無法拒絕他硬是要送我們的禮物，我們邊說客氣話邊回到張文勇車上，我也保證會再來探望林金鯉。車子發動，我們沿著來時路離開。

「怎麼樣，張先生，您覺得有幫助嗎？」我問。

「不知道……坦白說，完全聽不出跟『筷子仙』的關係，如果失蹤的八個人眞的是被魔神仔牽走……可惡，魔神仔難道跟筷子仙有關？不可能啊！兩者差太多了。」

「……其實沒什麼證據能證明八個人眞的是被魔神仔牽走。」

「但不是很像嗎？那些人在山上消失，再也沒回來，唯一可能知道情況的人卻沒有記憶！就算不是魔神仔，這個故事也沒半點跟筷子有關的元素啊！」

「只是林伯伯沒看到那些元素而已。您別忘了，我們會追查到這，是因爲『筷子仙』夢境裡出現跟B國小格局相同的學校；撇開『魔神仔』這種說法，我們只知道有八個人在九紀山上失蹤，但他們爲何上山……還有很多事可以澄清不是嗎？說不定跟『筷子仙』有關的事就藏在裡面。」

「但要怎麼知道他們上山的原因？找當時的導師嗎？」

「我早想過了。但很遺憾，他們導師早在十年前過世了，是車禍，聽說對面來車衝出來……」

「那不就無計可施了！」

「怪了，」我平靜地看著張文勇，「您怎麼沒想過要去問唯一的倖存者高淑蘭？明明她才是所有證人中最重要的吧。就算沒有山上的記憶，難道她對上山的原因眞的毫無線索？」

張文勇彷彿要說什麼，卻忍了下來，片刻後才說：「我本來想她沒有記憶，大概也問不出什麼。既然老師您想到了，難道您問過她了嗎？」

「很遺憾，高淑蘭在十八年前過世了。是癌症。」

「所以依舊毫無線索？」

「或許不能說眞的沒有，」我頓了頓，思考著該怎麼開口，「因爲我想張先生身上或許有線索。」

「我？」張文勇有些意外。

「因爲您說了謊。您並不是B國小畢業的吧？」

我脫口而出，接著馬上就後悔了。現在畢竟是他在開車，要是他惱羞我拆穿他，做出瘋狂舉動怎麼辦？張文勇沒立即回應，仍是看向前方道路，緩緩開口：「爲什麼妳這麼想？」

聽不出情緒，甚至沒有被揭穿的狼狽。

「眞要說的話有很多原因……但剛才很明顯，您聽林伯伯說話時太像外人了！要是您眞是從B國小畢業，好歹會像『那時我的老師是誰誰誰』這樣敘舊吧？林伯伯提起B國小景色，對您來說應該也是讓人懷念的事，但您毫無反應。」

「也許我只是不想打斷他。而且那是四十年前的事，我記不得也不奇怪吧？」

「我說過了，有很多原因。譬如，您說自己是一九七〇年畢業，剛剛我確認過畢業名冊，一九七〇年的畢業生中並沒有『張文勇』。爲了保險，我前後幾年也確認了。張先生，您不是B國小的畢業生。」

張文勇沒否認。我有些不安，但還是說了下去：「這讓我有些不解。既然您不是B國小的畢業生，怎麼會知道B國小這種鄉下學校的格局？而且爲何您要說謊？要是知道您說謊的理由，調查說不定會有很大的進展……我是這麼想的。」

車速稍稍加快了。

「我想，老師您可能要失望了。」張文勇苦笑，「我確實沒有坦白，但那理由很無聊，我不認爲對調查有幫助。不過，您居然能識破我的謊言，讓我安心了些……本來我很絕望，根本是無頭蒼蠅！但有您在，我不禁覺得或許我們眞的可以找出眞相，破解筷子仙的詛咒。」

「詛咒？筷子仙是詛咒？」我有些意外，筷子仙不是實現願望的儀式嗎？

「害死這麼多人的儀式，不是詛咒是什麼？九個人中可是有八個人受害耶！」張文勇惡狠狠地說。

我恍然大悟，同時也爲自己的駑鈍心驚；對啊，這儀式變成現在這樣，確實可說是詛咒了。

張文勇繼續說：「也許老師您覺得我很可疑，但那不是我的本意。我說要寫報導，是因爲覺得用記者的身分接近您，您比較不會拒絕。情況已經迫在眉睫了。我兒子也參加『筷子仙』的儀式，從第一天開始算，離第八十四天只剩不到一個半月了……我非得在那之前找到解除詛咒的方法不可！」

兒子？我抬起頭，張文勇的兒子被詛咒了？

我忽然意識到，或許我愚蠢地將自己推進了一件不是這麼容易脫身的事。

5

「我當媳婦仔前的事，已經沒什麼印象。總之不是什麼富貴人家。」

女子幽幽地說。故事是相同的，但聽的男人不同；這次的男人不喜歡刮鬍子，他喜歡用下巴蹭女子柔軟的手臂，感受帶著香氣的肌膚搔著每一根鬍子的根部。

「嫁去當媳婦仔後也是……我的人生淨是煮飯、殺雞、採茶、製茶、幫小孩洗澡換衣服，從沒離開過村子。你大概很難想像，我第一次看到文勇哥的心情。那時我想，啊，他跟我不是同一個世界的人。光看著就不一樣。他皮膚怎麼能這麼白？簡直比我小姑還白。他有一種與村裡男人截然不同的生命力，像是沒受到玷汙的光。」

男子有些猥褻地笑：「他是妳的第一個男人吧？他知道妳現在在這裡做些什麼嗎？」

「我想不知道。就算知道又如何呢？之前說過，要是文勇哥眞有勇氣，我人生就不會這樣了。」

「哼，眞奇怪。明明我就不是來聽故事的，但每次聽妳說起這些，我又忍不住聽下去。」男子摸著女子的胸脯，「對了，妳該不會跟那個一樣吧？就跟那個阿拉伯傳說……跟《天方夜譚》的作者一樣。」

「《天方夜譚》？」女子輕握男人放在自己胸脯上的手。她雖發問，卻不像眞的關心，這種疏離使她帶著點神祕。

「就是有個阿拉伯國王動不動就殺人，有個女人害怕被殺，就每天說故事，每次都在引起國王興趣後停下來。國王要知道後續發展，自然就不會殺她了；喂，你說這些故事該不會是想逃避做愛吧？」

女子「噗哧」笑了：「你不想聽，我就不說了。」

「算了，沒關係，我很好奇你那個文勇哥怎麼樣了。繼續說。」男子催促她。女子輕輕摸著男子的手，像能接受他的一切。她的聲音像流水，又像是霧，很快瀰漫這艷桃色的房間。

我跟文勇哥是在元宵節相遇。最初我對城市有興趣，所以才問他；對了，還有大學。到底大學是怎樣的地方？我好想知道。文勇哥說的大學簡直像電視裡的遠方國度，兩旁種著椰子樹的大道，男男女女手中拿著書，在高貴典雅的紅磚建築前聊天，暢談文學、科學。眞難想像臺灣有這麼美好的地方。

嗯……是啊，要是眞的看到大學，我或許會失望；但對從未離開村子的我來說，那是多好的地方啊？我那時才十七歲，不禁想著「我也能考大學嗎？」可是我沒讀高中，甚至沒讀國中。

文勇哥對我也很好奇。我說我沒辦法考大學，他問我爲什麼，我說因爲我是「媳婦仔」，不需要讀書……怎麼了，你也很意外嗎？不過阿爸阿母就是這麼對我說的，從小就這麼說。他聽了這話像被嚇到，問我難道沒有讀書？我說只有讀國小，沒讀國中。他像是在爲我生氣，說現在有九年國民義務教育，所有人都該讀國中。

那時我才知道，我少了什麼，被奪走了什麼。阿爸阿母大概是覺得，反正我長大只要操持家務就好，讀書有什麼用？可是……這是義務喔。每個人都該這麼做，這也是每個人的權利，不是嗎？

文勇哥對「媳婦仔」也很震驚，他說他還以爲這年代沒有這種東西了。我說自己是十幾年前當媳婦仔的，他更驚嚇了……那時他的表情實在有夠可愛，也讓我有些溫暖；他說那我不就是小孩子？我說是啊。那時我眞不懂這有什麼好奇怪。

說到底，那就是命，打從一開始就理所當然的。

文勇哥很氣憤，我都不知他在氣憤什麼。他說大學裡正沸沸揚揚地討論「女權」。你知道「女權」吧？當時我們臺灣有個叫呂秀蓮的人在推動，提出所謂的「新女性主義」，女人不是男人的附屬品。那時文勇哥引述了一句話，我印象很深：「人是先成爲人，才成爲男人或女人的」。

那時我才想，對啊，我是人。我不止是女人，還是人！你看，你笑了。但這麼理所當然的事，我是那時才知道的。有許多事，對你們來說很自然，我卻沒機會知道；文勇哥的話令我迷惘又暈眩，同時又有些歡喜……因爲文勇哥是第一個覺得「我並不止是媳婦仔」的人。

我第一次覺得作爲「人」被接受……

不要露出那種表情嘛！我是在講過去的事喔，就像夢一樣，等我講完就醒來了。

元宵節後沒多久，文勇哥就回城市了，他說他暑假會再來。我算了算，五個月。你能想像嗎？在這五個月裡，我沒有一天不想他。明明都有丈夫了，但我的丈夫才十歲，只是弟弟，還是很蠻橫、一點都不可愛的弟弟。我知道不該這麼想，但我就是無法克制地將文勇哥跟我丈夫比較……越是相比，就越覺得那個小孩面目可憎。

好不容易暑假了。文勇哥一回村裡，我就立刻去找他。他笑著問：「妳還記得我啊？我還以爲過了幾個月妳就忘了我呢。」

也許這只是他的無心之言，但我忍不住想，會不會他這幾個月都將我放在心上，才怕我忘了他？……是啊，我知道。對文勇哥來說，元宵節的記憶或許只是微不足道的同情。就像手中拿著食物，看到小動物，就情不自禁地分了一點給牠。就只是那樣的東西。但對我說，那就是光。是溫暖到可以直視，又讓黑暗變得毫不可怕的光。如果你在黑暗中，也會向有光的地方跑去吧？我也是那樣。

我們在一起的時候，文勇哥跟我分享了好多課堂的趣事，還有他學到的東西；像是一位英國女作家寫的故事，有個上流社會婦女早上出門買花，她準備辦一場派對，整個故事都發生在短短的一天之中，但那天就像她人生的縮影，回憶不斷闖進她的生命。最後在派對上，她聽說有個年輕人自殺，卻從素未謀面的年輕人之死中有所體悟……你聽過這故事嗎？沒有。沒關係。當時我根本不懂這故事。但懂不懂也無妨，重點是這故事是文勇哥說出來的，就像音樂一樣，他的喉結會隨著節奏高高低低。原本我沒學過幸福兩個字，我也不懂，現在想想，那時我心中升起的感覺，應該就是幸福。

深山與溪流將我困住了，但文勇哥帶著我的心到了前所未有的境地。

與此相對，在家的時候，我看著丈夫挑食、把飯吃到桌上，要去學校時，衣服也不穿好，我教他讀書，還會顧左右而言他，能逃就逃，狡猾到覺得全世界自己最聰明。他是把我綁在這裡的人。

我忍不住幻想要是將來跟文勇哥結婚……當然這不可能。但我忍不住想像。正因我想像了，才覺得將來和丈夫在一起的生活是場噩夢。光想像他要進入我的身體，我要爲他生個小孩，就覺得反胃。

不，別說話，你不用擔心。難道我還不習慣男人的身體嗎？我沒有感到你噁心過。

爲何家人沒發現我變心？好問題。我想可能是我眞的很小心，也有些小聰明。但最重要的是當時村子情況有些緊張。你知道翡翠水庫嗎？我們村子在深山裡，要是水庫建起來，就會將村子淹沒。對，你們國家也有這種事嘛。祖先的地要沒了、大家將來要何去何從、是否能順利收到補償、還要應付政府派來的查估人員，光這些事就夠那些長輩煩心了，至於我，只要家事都做完，其他時間我到哪裡去，對他們來說根本不重要。

但我並不是徹底保守祕密……在家裡，我有個共犯，就是我的小姑。最初我跟她說文勇哥的事，只是覺得這個人好有趣，還沒變心。但他畢竟是年輕男子，所以我只跟小姑聊。她聽了我的轉述，也覺得文勇哥是很好的人，要我每次跟文勇哥聊完，都把我們聊什麼告訴她。

畢竟她也好奇大城市吧？對我來說，也需要這麼一個能聊這些事的對象。後來發現自己的心情，我也沒隱瞞。你猜小姑聽我變心後怎麼說？

你猜錯了。她覺得我喜歡文勇哥是理所當然的事！因爲沒人會喜歡她那個哥哥。

當時連我也感到意外，她居然支持我，甚至幫我掩護！她雖不懂女權，卻也說「媳婦仔」這個身分對我太不公平了。我把文勇哥說的「先是人，才是男人、女人」告訴她，她大爲同意，說「對啊！對啊！明明我跟哥哥同時出生，他卻占去了所有好處！明明以後會帶著『王仙君』出嫁的是我！」

抱歉，這讓你有些困惑吧？

「王仙君」是我們家拜的神。不，不是祖先。我們臺灣人家裡有神明桌，有時是拜祖先，有時是拜自己信的神明。「王仙君」是後者，傳說祂寄宿在一雙珊瑚筷上面，所以我們家將珊瑚筷放在神明桌上，每天祭拜。

要是有女兒，這雙珊瑚筷就會作爲女兒的嫁妝之一送出去，沒有女兒才會傳兒子；所以這筷子是我阿母帶來的。對什麼事都想跟哥哥比較的小姑來說，這是唯一她有、而哥哥沒有的東西，所以她特別重視王仙君，總說祂被擺在神明桌上每天拜，是非常了不起的東西。

我嗎？

我根本不在乎那雙筷子。既然以後會嫁人的是小姑，那王仙君就跟我無關；對……至少當時我是這麼想的。

對不起，你對這些沒興趣吧？

我跟文勇哥能見面的時間，也就只有學校的寒、暑假。中間隔這麼久，連寫信都不行，這麼長的時間，不知多少男男女女直接忘記對方啊？但我沒有。

文勇哥教過我一段話：「金風玉露一相逢，勝卻人間無數」；用你的語言，就是「即使相會的時光這麼短，也已勝過世上多少生活在一起的愛侶」，這帶給我多大的力量！有生以來，我終於知道什麼叫愛情，也透過愛情認識到了現實是何等殘酷醜陋。

我不止一次想，要是能馬上死掉就好了。因爲愛著他太幸福了！誰知道將來會怎樣？能懷著這種心情而死，不是很美嗎？有一次，我也懷著「要是明天能死去就好了」的心情，跟文勇哥發生了關係……

你想知道是誰誘惑誰的？你猜猜看啊。

結束後，他對我非常溫柔，卻一句也不提我倆的未來。當然，我們沒有未來。就像飲鴆止渴，我只想知道這果實能甜美到什麼程度，就算被毒死也無妨。

那時我還不知道這毒有多可怕。

第二年暑假結束了，他回到大城市，回到他的大學生活。我感到自己的暑假也隨之結束了。跟他在一起，我總有自己也度過暑假的錯覺。等我發現自己「有」了，已是兩個多月後的事。

是他的孩子。

哈哈，當然不可能是那個被我當成弟弟的人，他才十歲呢！在知道自己懷孕的瞬間，我心裡確實這麼一下下感到喜悅；但就一下下。接著夢就醒了，恐懼淹了上來，就連蓄滿水、看不見盡頭的翡翠水庫，或許都沒有我當時的恐懼深遠。

我該怎麼辦？

該聯絡文勇哥嗎？但我也不知道怎麼聯絡。要問他的爺爺奶奶嗎？當時他們是還在村子裡沒錯，但我要用什麼理由聯絡？要是他們問我跟他的關係怎麼辦？

而且我有可能離開這個家嗎？當時我根本無法想像自己離開。我怎能離開？即使不愛丈夫，他們也是我的家人，是把我拉拔長大的。我對他們有感情，他們應該也是。

那麼，我有可能獲得他們原諒嗎？有機會生下這孩子嗎？

我夢想著最好的情況——家人發現我懷孕了，原諒我的行爲，並幫我跟文勇哥的家人說，最後讓我離開家，跟文勇哥一起住到城市裡……你別笑，我當然知道不可能。但當時要是不抱著這種不切實際的希望，根本活不下去。

不對，其實我根本不該活下去。要是當時果決一點，懷著無人知曉的祕密，讓我的死亡成爲意外就好了。

是啊，結果當然是這樣。紙是包不住火的。

我是怎麼被發現懷孕的，細節就不說了。總之那是非常羞辱人的。我當然知道事情不可能樂觀，卻也沒想到會被羞辱成那樣；總之，我被關進倉庫，好幾個小時後才被抓回房子裡，等著我的是家族會議的結論：他們要打掉我的小孩。

我抵死抵抗……你不懂爲何要抵抗？也對，就算生下來我也無力撫養。但我或許不是爲了孩子。

爲何這世界能從我身上奪走這麼多？爲何我不能選擇自己的未來？爲何……我沒有被當成一個「人」？我不是爲了愛反抗，在那裡，文勇哥不可能來救我，要是放棄、苟延殘喘地活下來，我跟文勇哥說不定還有希望；那時我是對整個世界都貪婪地想要從我身上奪走什麼而生氣。

家人找來產婆，她知道要怎麼墮掉孩子。產婆說才三個月，打肚子就可以打掉，但會傷身子，甚至可能死人；而我阿爸……我現在還是忘不了他當時的表情，他說：「打死也沒關係。」

這是家醜，不能外揚。除了丈夫跟小姑，全家人都來壓住我，並找了家裡最強壯的人來打。產婆指示他打哪裡，他就打哪裡。我真不知那產婆是不是恨我，她指的地方都好痛。真的好痛。就好像每個拳頭都打進我體內，抓住我的肌肉與神經，用力扭轉。

別露出這種表情嘛。剛剛就說了，故事講完，夢就會醒。這只是故事，很久很久以前的故事……結果？結果他們成功了。我的孩子被打出來，地上都是血；我痛到虛脫無力，真的是死了還比較痛快，但你猜我阿爸阿母怎麼說？

他們說：「把地上清乾淨。以後去見那個野男人就打死妳，明天早上沒看妳收拾好也打死妳。」

他們是對一個差點站不起來、還在冷汗直流的人說的喔？而且居然讓我自己「清掃」自己的孩子，很殘酷吧？但對他們來說，這只是「懲罰」，再合理不過。那才能給我教訓啊！所謂的「家族」就是這樣的東西，是家長握有生殺大權，能宰制所有晚輩的命運以至言行心理，並合理化這件事的「機構」。

我被一個人留在那，甚至沒人照顧。我想，或許他們隔天會發現孩子沒清理掉，還多了一具屍體；其實我這麼考慮過。事情要是變那樣，對他們來說也有點麻煩吧，這是我對他們的報復。

但我沒這麼做。

小姑瞞著所有家人偷偷過來。她已知道一切，帶著毛巾之類的東西來幫忙，並將衣服蓋在我身上。但那時我無法感謝她，我對這世界充滿恨——這世界才剛向我證明一切抵抗都是無效的，它能自由奪走任何東西。

小姑很小聲地說：「這不是妳的錯。妳什麼錯也沒有，愛上那麼優秀的人是當然的。」

你覺得很窩心吧？

但那時我不這麼想。我只覺得她站在這麼安全的地方，當然能說這種風涼話！她是那個家「眞正的女兒」，跟我不一樣！我很想把滿心憤怒吼出來，但要是太大聲，可能吵到其他家人，我怕他們揍我。所以我聲音也壓很低：「這就是我的錯。我不該覺得有機會，不該覺得我能選擇自己的命運！」

「怎麼會呢？妳當然能選擇……」

「覺得能選擇的結果就是這樣！」我將怨恨潑到她身上，「我早該認命，像我這種『媳婦仔』就該什麼都不想，長大乖乖讓丈夫幹，乖乖生小孩，一輩子做個不用思考的賢妻良母！」

回想起來，那時小姑幾乎要哭了。她說：「爲什麼妳要這麼說？妳不是也說過嗎？先是人，接著才是男人、女人。」

「我不是人！妳有看過人被這樣對待嗎？」我那時簡直是瘋了。我說，「我們女人都不是人！妳也是女人，不要覺得這種事不會發生在自己身上。等妳長大來個媒妁之命、父母之言，妳能反抗嗎？妳最好祈禱自己的丈夫夠好！」

那瞬間，小姑還帶著淚水的雙眼裡，所有光輝都消失了。無影無蹤，就像關燈一樣突兀。我隱約有些不安，但心裡更強的卻是報復的快感；啊，這下她明白了。我把她拉到了跟我一樣的位置。

那個夜晚，我獨自將孩子包在毛巾裡，迷迷糊糊地走到北勢溪旁邊。這天的月亮前所未有地皎潔，連最遠的山峰都看得見。那形狀眞是美極了，如果能跟文勇哥分享該有多好。

同時夜晚的寒風也冰冷刺骨，幾乎要將我身體撕裂。但這種痛苦多少降低了被毆打的疼痛，算是種救贖。我發著抖，雙腳踏進溪水之間，打開毛巾，想將孩子捨去前，清洗他的身體。

我無法只是將他丟掉。既然要丟掉，至少要乾乾淨淨、美好的。反正不會被祭祀，我也不打算埋到土裡。我想將他送到水中。

溪水的寒冷從兩踝上來，我忍不住越走越深，直到溪水淹沒我，蓋過我的胸口、鼻子、頭頂……

不，我當然還活著。

其實我沒有走太深。只是我站在那邊，卻覺得靈魂一直一直往前走。我感到靈魂想要被淹沒，想要永遠的平靜，想讓這身上的痛楚跟亂成一團的思緒永遠消失……我覺得，那天我確實死了，只是身體沒跟上而已。

毛巾裡曾經是生命的東西——本將會成爲生命的東西——就像還在動一樣。不過，那當然是錯覺。我把毛巾跟孩子一起放低到水面下，輕輕搓揉著他，覺得他好小，比我手掌還小，而且好脆弱、好軟。摸著這麼軟的東西，就覺得他好像還活著。

我捧起他。他在月光下好漂亮、好不可思議！他已經有人的樣子了，有頭，有鼻子和嘴，有四肢，還有表情，而且好清楚。他像是會閃閃發光，本來沾滿了血的東西，那時卻變得好像藝術品……

忽然，我發現他身上有個地方沒洗乾淨。明明大部分的血都被洗掉了，手臂上卻有一塊血跡洗不掉。我繼續用溪水沖，最後才發現那不是血，是本來就在皮膚上的東西。

它的手臂上，有塊紅色、像魚一樣的形狀。

我不知道那是什麼。對，那或許是胎記，但三個月的胎兒身上會有胎記嗎？當時我並不覺得那是胎記，只覺得是某種預兆、是有意義的，豁然開朗。

這就是你嗎？是你眞正的樣貌。我順著那預兆，在心裡給那孩子取了最適合他的名字：魚仔。

我死去的魚仔將要成爲魚，成爲這溪水的一部分；那個魚形的東西就像無聲的吶喊：把我丟進溪裡吧！這就是我的命運，是理所當然的！我手臂上的圖案就是證據！

某種蓬勃的生命隨著吶喊流洩出來，像是歌聲，整個山谷、溪流都在唱和，彷彿在見證某個儀式；這是葬禮，也是生之禮儀！我輕輕捧著魚仔，放進水裡，水面倒映的月光立刻吞沒了他，我什麼都看不到。水面的月光也像是有生命的，像在保護魚仔一樣。我鬆開手，永遠告別。

這時你猜怎麼了？

你一定不相信，但我親眼看見了：忽然一道赤紅色的光從溪底溜走。

儘管夜這麼黑，那道光卻清晰地驚人，讓我看得明明白白！那是一條紅色的、發著光的魚。就跟我剛剛放進溪水的魚仔一樣大。牠就是魚仔！就像恣意享受著剛剛才得到的生命，牠以不可思議的速度與動作，轉眼游到遠處去。

無法追上的我，就這樣被遺留下來。

那個晚上，我的孩子變成魚，在溪裡重生了。

6

回新店的路上，張文勇把車開到石碇公路旁的咖啡店，說要向我坦白一切。我們到咖啡店二樓坐下，張文勇從手機翻出一張照片，遞到我面前。

照片裡是二十歲左右的青年，頭髮及肩，看著鏡頭笑也不笑；他很英俊，但輪廓很尖銳，給人一種刻薄的感覺，要是笑起來，或許反而讓人覺得薄倖。青年捲起袖子，手臂上有個紅色的魚形胎記，跟「筷子大人」整理網站上貼的各種「徵兆照片」如出一轍。

「他就是我兒子。你看，手臂上已經出現胎記了。我問他何時開始的，算一算時間只剩一個多月。我希望能在那之前找到解除『筷子仙』詛咒的方法。」

我盯著照片，還在震驚著，一時說不出話。

「老師，妳怎麼了？」

「沒事，」我回過神，有點心虛與慌張，「只是想不到令郎這麼年輕。以您的年紀，我還以爲令郎已經是社會人士。」

「喔……因爲我大約四十歲才跟現在的妻子結婚，他是現任妻子的孩子。」

原來如此。我把手機還他。

「這胎記，眞的是詛咒造成的嗎？會不會有其他原因……」

張文勇打斷我的話：「您說的這些我都想過了。絕大部分的胎記都是出生時就有，要不然就是出生後幾個月內浮現，沒有像這樣成人後才出現的。當然，我也找過是不是什麼病變，但這些都排除了。這是某種不自然、超自然的東西。」

我啞口無言，有種被誤解的不滿，片刻後才說：「張先生，我理解您想要拯救兒子的心情，其實您一開始這麼說就行了。但我還是不懂，我是妖怪推理小說家，雖然不能說對詛咒之類的東西一無所知，但只限於研究與考察，如果您眞要解除詛咒，找道士不是更合理？」

「我當然找過。短短一個月內，我憑我所有的人脈，找了不下二十位『大師』，但每個說法都不一樣！那些傢伙都是神棍。」他一臉厭惡。

「也許您只是沒找到眞正的專家——」

「或許吧，但我連辨識對方是不是專家的能力都沒有，難道要把時間都花在這種虛無飄渺的事上嗎？就在感到失望時，我發現『筷子大人』的整理網站，還有夢裡那個學校的平面圖跟B國小一樣。我也問過我兒子，他夢裡的學校確實也是相同格局。」

「說到這點我也不懂。您是怎麼知道B國小格局的？您一定是早就知道，才能光看『筷子大人』整理網站的平面圖就發現。」

「說來有些不可思議……或許可說是奇蹟般的巧合。我前妻正好是B國小畢業的，她跟我提過那裡的格局。我光看『筷子大人』的整理網站，還只是有些疑心，後來實在忍不住，主動聯絡前妻父母，給他們看整理網站的平面圖，問他們是不是B國小，也得到他們的確認——沒錯，那確實是B國小。」

光是前妻在日常生活中偶然提到的格局，眞有可能記得這麼清楚，一看到平面圖就回想起來嗎？我知道張文勇還有些事沒交代，但也不打算拆穿。

「原來如此，那爲何您之前不說，還要假裝成B國小畢業生？」

張文勇沉默很久，臉色十分難看。

「坦白說，我跟前妻關係並不好。也許您不能理解，但比起提到前妻如何如何，我寧願假裝自己才是B國小的畢業生。我根本不想讓前妻的事被攪和到這件事來。」

「……我瞭解了。不過，即使道士幫不上您的忙，我也不覺得自己能爲您做些什麼。就像我一開始說的：我只是個小說家。」

「但妳是當代臺灣最知名的妖怪推理小說家，也是妖怪研究者！您有足夠的知識，也有足夠的理性，更重要的是，您曾經調查過B國小，或許您知道什麼我不知道的祕辛！事實上我也是對的，不是嗎？要不是您，我根本不可能知道報上沒登的五年級集體失蹤事件。」

「您說的是調查眞相的事，但調查眞相不一定能解除詛咒。《七夜怪談》不就是這樣？就算貞子入土爲安，詛咒還是沒有解除。」

「老師不愧是寫小說的，居然舉電影當例子；我是受現代科學教育出身的，根據我受的教育，要解決什麼問題，就得找出原因，這叫對症下藥。您說的沒錯，調查眞相不一定能解除詛咒，但我相信只有找到事情的癥結才能解決問題。在知道眞相前，不管找多少道士都是治標不治本！我也是考慮過的，找上您、希望透過您的專業，這可不是亂槍打鳥，而是在所有解決方法中，我認爲成效最高的。」

「承蒙您這麼看重，實在愧不敢當，但事關一條人命，我不確定自己是否承擔得起……」

「老師，您已經不得不承擔人命了。您知道這件事，也知道我們已經又接近眞相一步，這樣下去，是有可能找到眞相的。要是您抽身，不止是我兒子，其他參加『筷子仙』儀式的人也會死。您對他們有責任。當然，要是您積極調查，最後力有未逮，我絕對不會怪您的，反過來說，要是您明明有能力解決，卻決定收手，我才會怨恨您呢！」

我低著頭，斜眼看他，心想這人到底是多自戀啊！難道我會將他的怨恨放在心上嗎？但看他的笑臉，恐怕他很得意自己剛剛講出了這番漂亮的威脅。

坦白說，要拒絕他，方法多的是。我也能輕易打消他繼續調查B國小的念頭，說謊就行了。我不是對「筷子仙」的事沒興趣，但要調查筷子仙與B國小的關係，我大可獨自進行，有人在旁反而礙事。

但我猶豫著。

我是打從什麼時候開始想寫B國小的故事的？恐怕非常非常早吧。然而，我沒打算馬上寫出來，那是需要沉澱的故事，我甚至想用那個故事作爲職業生涯終點。

到目前爲止，我只能看到一種結局。對，故事只可能有一種發展，沒其他可能。但跟眼前這個人一起調查，有沒有可能讓我找到另一種結局？

若是如此，我跟他就是利益共同體。我們都能從這件事得到好處。

「好吧。」我輕輕嘆了口氣，假裝被他說服，「既然這樣，我建議實地調查一下B國小。」

「調查B國小？」張文勇有些意外，「B國小不是沉在翡翠水庫底下了，要怎麼調查？」

「平常是這樣，但枯水期的時候，翡翠水庫水位下降，B國小就有機會浮出水面。其實歷史上已幾次這樣的記錄了；隨著氣候變遷、全球暖化，本來沉沒的祕密，也有大白於天下的一天。」

「但就算B國小浮現，有這麼簡單走進水庫嗎？」

「張先生，水庫旁邊是山，山不是封閉的。當然，那地方是保護區，所以不能施工、牽電線、拉水管，造成居民很大不便。不過要走山路到B國小是做得到的，問題是水位夠不夠低。既然『筷子仙』夢境的學校可能是B國小，自然就有調查的價值。您覺得呢？」
張文勇沉默片刻：「……我當然沒理由拒絕。那我們什麼時候去？現在是枯水期嗎？」
「是，幸好枯水期在『筷子仙』結束前的八十四天以內。但就算是枯水期，水位也未必夠低。我可以打電話向翡翠水庫問B國小的現況，等確定情況再跟您聯絡，可以嗎？」
「那就麻煩老師您了。」
張文勇接著把我送到新店捷運站。一路上，他反覆說起對這個計畫的疑慮，像是B國小沉在水庫裡這麼久，真的能找到什麼線索嗎？或要是翡翠水庫水位不夠低該怎麼辦？
我跟他說，要是不喜歡這個計畫，隨時可以停止。但要是停止，最後沒解開詛咒，就跟我無關。說到底，他的質疑都不是問題。到底能不能在B國小找到什麼？找過就知道了。要是水位不夠低？他不會去找潛水裝備嗎！這是花錢就能解決的事。
不，是只要有決心就能做到。
回家後，我打電話給翡翠水庫管理局，一番好說歹說，總算讓負責人答應在B國小浮現時主動聯絡我；幸運的是，他說這段時間降雨量並不樂觀，其實已經能看到B國小的水塔了。
雖然「幸運」這種說法，是有點對不起大臺北地區廣大的用水民眾。
過了一週（這段期間我要張文勇好好準備前往B國小之所需，包括最壞情況下的潛水裝備），翡翠水庫負責人總算聯絡我，說已能看到B國小。他說，探訪B國小也沒不行，但他們希望能夠陪同。
說是陪同，其實就是監視吧？我了然於心，配合著對方問：「當然沒問題，但我這兩天有事，不知道在那之後何時比較方便？」
管理局的人說了個時間，我答應了。
接著我馬上聯絡張文勇，要求他明天出發，實際上就是要放管理局的人鴿子；調查時，我當然不希望管理局的人在場。雖然不能搭船到B國小是有點辛苦，但不是不可能的任務。具體計畫很快成形。明天早上八點，張文勇會到新店捷運站接我，這次我們不是往石碇，而是往烏來；這一週內，我也已做好萬全準備。

事到如今我反而緊張了。

到底故事會不會有另一個結局？這本該是鼓舞人心的事，我卻一點都不興奮，甚至有些恐懼；在新書發表會，張文勇來找我的時候，我就有預感，彷彿冥冥之中自有定數，而我就身處在那巨大的旋流中，難以脫身。

這個預感在昨天晚上得到了證實。

到底是多可怕的巧合啊？我不禁想。巧合到這程度，根本就只能說是宿命！或許哈姆雷特在知道叔叔殺死父親、而且只有自己聽見父親的幽靈申冤時，感到的就是這樣的宿命：只有我能將這個顛倒錯亂的世界糾正過來——不，是被迫去糾正。

我收到了M老師的回信，信裡詳細交代他調查「筷子大人」的過程與推論。不愧是M老師，調查能力非常驚人，推論也很有力道。

他從歷史的箱子翻出了最關鍵的拼圖。

7

又是不同的男人。他在床上看著女人的背影，蒼白著臉將吸到一半的菸捏熄。他不是聽到這種故事還能保持冷靜的人。雖然總是裝成硬漢，但他內心有柔軟的一面。

「然後呢？妳的小孩被打掉之後，大家就當作沒這回事了？」

「當然不可能。」女子用手指梳著頭髮。她沒什麼贅肉，美麗的背部在微光下閃著油亮的光。她說：「雖然除了我們家的人，沒人知道出軌的事。畢竟是家醜，從一開始就沒打算讓任何人知道，只有產婆收了錢——很多很多的錢。外人看來沒什麼變化，但在家裡，已經沒有我的位子了。」

在那之後，我連僕役都不如，不被允許同桌吃飯，丟給我的家事卻更多了。我沒有埋怨的資格。畢竟要是被趕出那個家，我大概也活不下來。雖然不聽家人的話，也可能被活活打死。

墮胎時的印象太深了，我透過自己的身體瞭解，「活活打死」確實是有可能的。就算不死，我也不想再經歷那些，所以我沒有勇氣去文勇哥的老家。要是被發現，後果眞的不堪設想。

我丈夫還小，不太明白發生了什麼事，但他倒是很快學會了其他人對我的輕蔑；本來他就對我指指點點，在那之後就更惡劣了，明明是阿爸阿母要我教他功課，他卻會直接說「妳沒資格教我」，讓我陷入兩難。其他家人知道了也只會看笑話，不會關心我的處境。這是當然的，我也認了。不過就連小姑都刻意避開我，不得不說很讓我受傷。

但我對她講了這麼過分的話，也是無可奈何。

過了幾個月，年關將至。

本來我們臺灣人過年，就是一年中最忙的時候，首先要送灶神回天上，讓灶神向玉皇大帝報告人間善惡，這時已經要準備種種祭品，接著要打掃房子、採買食材、準備年夜飯；光是吃的東西，就要從早忙到晚。

那也是我度過最痛苦的年節。過去年節雖然忙，好歹上下一心，人們彼此幫助，還算快樂；但那年，大家不對我伸出援手，卻不斷將工作丟給我，我每天都要過凌晨才能休息。守歲時我也被晾在一旁，大家圍在一起賭博，歡笑的聲音就從隔壁傳來，我卻只能忙著永遠做不完的家事。

但我心裡還帶著一絲希望；過年了，文勇哥就會回來。只要一個晚上就好了，我就逃跑這麼一個晚上，將自己的全部託付給他！要是他不接受，我就尋死。

但從年初一開始，我實在忙到沒半點自己的時間，好不容易忙完，我也沒力氣到文勇哥家去。我有些著急，雖然知道文勇哥不會這麼快離開老家，但就是怕錯過機會！初四那天，小姑忽然主動跟我說話：「阿嫂，我幫妳去文勇哥家裡跟他說情況好嗎？要是妳偷偷過去被發現，一定會被打死的。」

她的態度彷彿回到了從前，我當然說好！於是我告訴她文勇哥老家的位置，滿懷希望。但那天晚上，在我終於能休息的深夜，她帶來的消息卻將我推進了地獄。

原來文勇哥的家人已經知道我跟他的關係了，所以今年文勇哥跟他的雙親都沒回來。

被迫墮胎時，我死都不肯說出孩子的父親是誰，我跟小姑都以爲瞞住了，但我的家人似乎還是查了出來，並跟文勇哥的爺爺奶奶談妥了。對文勇哥來說，要是跟我這樣別人家的媳婦仔在一起也是醜聞，所以他們在文勇哥面前將我講得極爲難聽，說我在村子裡本就到處跟男人發生關係，給家人丟臉，我的家人是如何如何可憐，而我則是如何地道德敗壞、傷風敗俗。

那些話我就不轉述了，因爲眞的太難聽，但當時小姑可是全說了出來。她說她得知文勇哥不在，但對方反應有些奇怪，就假裝離開，躲到旁邊偷聽，聽到文勇哥的爺爺奶奶說「他們家的人還來幹麼，我們做的還不夠嗎？」，然後才從他們的對話整理出事情的眞相。

我當時眞是氣到說不出話來，一想到自己在文勇哥心中變成怎樣，眞是羞恥到恨不得死一萬次。小姑說完話，也不知道怎麼安慰我，只說「對不起，我不知道事情怎麼會變這樣。」

我說「這不是妳的錯。」

但我是徹底絕望了。不止是跟文勇哥的關係，而是我的家人居然能夠做到這種程度；我對未來已經沒半點期望，但也不甘就這樣死。眞的要死，我就要帶著大家一起死。

是的，就像我一開始說的。我下了詛咒，詛咒那些奪走我孩子的人……因爲他們奪走的不止是我的孩子，還有我身爲「人」的尊嚴，我的一切。

臺灣人的過年，至少會熱鬧到元宵節。我先前跟文勇哥在元宵節遇上，就是因爲有熱鬧的活動。但那年元宵節我被關在家裡，晚餐後，家裡就只剩下我。

雖然在那時候，被整個世界冷落是比較輕鬆的，但那同時也是憎恨與憤怒的搖籃，尤其回想起我跟文勇哥也是在元宵節相遇，更令我孤單到渾身發抖。爲何我會成爲媳婦仔？爲何我會被賣到這個家？才五歲的我，根本沒選擇權啊！

我不止恨那個家，也恨把我賣過來的親生父母。但經過神明桌時，我看到擺在祖先牌位前的「王仙君」，忽然想到小時候的事；元宵節的時候，我們會玩一種叫「箸神」的遊戲，就是以筷子爲媒介，請神到筷子上。來到那個家後，元宵節就不玩「箸神」了，取而代之的是「椅仔姑」，這是未婚少女玩的遊戲，準備好祭品，像是女孩子用的一些胭脂水粉，還有剪刀、尺、鏡子，兩個人唸著咒語，握著竹椅的腳，沒多久竹椅就會動起來，這時就可以問「椅仔姑」問題，占卜未來。

聽起來有點恐怖？但那時我們可是每個元宵節都會玩喔，有時中秋節也會。我也會玩，雖然是媳婦仔，但還沒洞房，也能參加這種儀式。在我被屏除在外的這個時刻，小姑或許正玩著「椅仔姑」，問著自己的未來吧？

那天晚上，或許就因爲我被屏除了，才會想到還在老家時學的「箸神」吧。就算不被當成自己人，我也有自己的遊戲。於是，我來到神明桌前，當著那個家列祖列宗的面，把「王仙君」給拿下來。

「箸神」的玩法，是拿一個米缸，先將一根筷子插進去，接著再將另一根筷子橫置在上面，變成T字形。對，就像小叮噹的竹蜻蜓。這時在米缸旁邊燒一枝香、唸咒語，要是上面的筷子轉動，就表示請到「箸神」了。

當天我就是這麼做。用「王仙君」也算是報復吧？你們這麼珍而藏之，每天放在神明桌上祭拜的珊瑚筷，現在不過是我玩「箸神」的道具……

那時我完全沒考慮已經寄宿著神明的筷子，要是被用來請神，到底會發生什麼事。我點了香，找了米缸，將筷子擺好，唸著咒語，呆呆地看著珊瑚筷。

咒語相當單調，因爲是祕密進行，聲音也很低，沒唸多久，我就有種恍惚的感覺。本來以爲失敗了，但在要停下時，筷子緩緩動起來，成功了。

就像回到了五歲以前。

但在爲「成功」感到欣慰的瞬間，我才發現，我根本不知道要問什麼；對，就像「椅仔姑」，「箸神」也可以拿來占卜，我應該要提問了。

但我能問什麼？

一個沒有未來的人，到底有什麼可以問的？我無言地盯著轉動的筷子，彷彿盯久了就會有答案。忽然，一個念頭閃過腦海；那眞的是天外飛來、毫無道理的念頭！但所謂的靈感就是這樣，總是伴隨著神不知鬼不覺的徵兆，在你還沒意會過來前就切進核心。

「……你是魚仔嗎？」

筷子忽然穩定地往右旋轉，那是「是」的意思。

對，是「魚仔」，是我那死去的孩子；他的靈魂被我呼喚到這雙珊瑚筷上了！說來有些好笑，我當場淚流不止……但我本來是不希望這樣的。我只是鬧脾氣，想要報復，所以才用「王仙君」玩「箸神」。既然一直忍著，就沒打算哭。可是，當你曾經用力懷抱的希望，以你未曾想過的方式出現在你面前，你還能忍嗎？

至少我忍不住。我流下淚，悲痛地對魚仔訴苦，把能說的、不能說的全說了。我告訴他自己是如何想把他生下來，還有自己多痛恨這個家，恨不得帶著大家一起死。魚仔只是靜靜地旋轉，像在認眞聽我說故事。

我知道，你覺得那只是物理現象吧？或許是點香造成的溫度差帶動氣流，這才讓筷子轉動。但那眞的是非常漫長、穩定的轉動喔，而且在我說話時，它的速度完全沒有改變，就像在讓我安心，讓我知道祂還在，沒有棄我而去。

我像是得到某種力量，嘴裡吐出的話越來越惡毒；其實當時我有辦法殺掉所有家人。只要有決心，我就能實行。

你不相信吧。

也難怪，我只是弱女子，根本不可能對這麼多人下手；但當時大部分家事都丟給我，包括煮飯，所以我多的是下毒的機會。至於要下什麼毒，我也知道。

我們村裡也有山地人，你知道山地人嗎？就是我們來到臺灣前，就已經住在這裡的族群，皮膚比我們黑一些，喜歡喝酒。我也不知爲何那些山地人會住在村裡……不，據說那裡本來就是泰雅族的獵場，我沒資格質疑他們的來歷。

我看過泰雅族獵人拿一種叫「魚藤」的植物，用石頭敲打，放進溪水中，讓「魚藤」的汁液流進水中，沒多久魚就會昏迷，用這種方式來捕魚。這在當地很多人知道，根本就不是祕密。

我曾問那位泰雅族伯伯毒魚的事，他就給我看魚藤，說這東西要小心，人要是不小心吃到只會不舒服，但也曾有笨蛋誤認成可以吃的東西，拿去煮湯，最後變得很難呼吸，也無法求救，就這樣死了。要拿到魚藤，一點都不難。

你……在害怕眼前的人是殺人犯嗎？如果我眞的是殺人犯，那你打算怎麼辦？

別擔心，我沒有殺人；我只是下了詛咒而已。我對魚仔訴說殺人計畫，最後卻哭到無法自制。下手當然不難，但我不想殺死小姑。她是無辜的，我怎能殺她？然而，我是不能上餐桌的，一旦下了毒，要是不在餐桌前，要怎麼保護小姑不被毒死？

要是家人都死了，只剩小姑活著，或許她會經歷比我更慘的事。她可是只有十歲、無依無靠的女孩子啊！所以我哭著向魚仔道歉。我無法幫他報仇。可以的話，我是眞的希望帶著小姑以外的家人一起死去——這時，我聽到外面傳來聲音，好像有人。

這有多可怕，你應該明白吧？剛剛那番話要是被誰聽到，我就死定了。本來我應該立刻衝出去，確定是不是有人聽見，但我太害怕，居然只是縮在原地，不敢動彈。

也不知過了多久，外面始終沒有其他聲響。或許是風，或許是動物，我這麼安慰自己，迅速把「王仙君」放回神明桌，米缸也歸回原位，結束這場自我安慰的儀式。

你問這就是我的詛咒？

是的。

我恨著這個家，希望他們都下地獄，也將這樣的願望告訴了魚仔；沒有比詛咒更眞實的事物，而那天晚上，我的話語、我的靈魂、我的痛恨全都是最純眞赤裸的。

至於我的詛咒有沒有實現……

最後以不同形式實現了。

我丈夫在山上失蹤，而且不止是他，與他同年級的同學也一起失蹤了，只有我小姑倖存下來。但失去了兒子，帶給阿爸阿母無比的疼痛，帶給那個家難以無視、無法密合、永遠沒有止盡的傷口。單就我的怨恨來說，是可以滿足了……

不，其實我感到後悔。

爲什麼？因爲我的詛咒將其他無辜的人捲進來了啊！

你說這不是詛咒？不，這就是。要是那天我沒有對著「王仙君」說這些話，這些事絕不會發生；對，即使無法證明，這也一定是我的詛咒。

你問那個家後來怎麼了……

沒多久我們就搬走了。畢竟翡翠水庫就要建成，而且早在建成前就開始蓄水，那裡很快就會再也無法住人；一段時間後，我丈夫失蹤時就讀的國小也沉入水中……他再也沒回來，誰也不知道他去了哪、最後發生了什麼事。

一切都沉入水中。孩子們失蹤的山也不例外，從此成了水中孤島，沒人上得去。

失去了丈夫，我沒有留在那個家的理由，阿爸阿母也沒逼我留下來的藉口。所以我離開了，來到了大城市，想在這裡活下去，但只有國小學歷的我，找工作也不容易，最後淪落到了這裡……

不，請別爲我難過。

我說這個故事不是要博取同情。故事就只是故事，不是嗎？你甚至無法證明這個故事是否眞實。

離開後，我就對那個家毫無興趣……除了一件事。我小姑結婚時，她寄了信給我，但不是請我參加婚禮；她在信裡說，她出社會後遇到文勇哥，也愛上他，最後跟他結了婚。雖然對不起我，但希望我不要去打擾他們。她希望我不要認爲她是橫刀奪愛，因爲是我讓她知道，有些事確實是要自己爭取的。

不，我不恨她。我疼愛著小姑，滿懷祝福。在那次詛咒後，我後悔萬分，已不再想著文勇哥的事。要是文勇哥能跟我小姑一起得到幸福，那是好事。

後來我小姑生孩子，寄了照片給我……等等，我拿給你看。來，照片上這個人就是我小姑，她懷裡抱的是她兒子。你問她脖子上掛著的是不是「王仙君」？沒錯，她後來將王仙君用鍊子串起來，隨身攜帶了。

但我要你看的不是這個。

看吧？小姑的孩子……他手上不是有著魚形的胎記？沒錯，就跟那個月夜，我在魚仔手上看到的紅色形狀相同。一模一樣，完全沒有差別。

所以我沒有恨。你看，這不是最完美的結局嗎？我的魚仔投胎轉世了，而且依然是文勇哥的孩子；沒有比這更好的結局了……

8

前往B國小的日子到了。這天還算晴朗，至少沒有下雨的跡象，或許是好兆頭吧。張文勇開車來新店站，車上不止他，還有他兒子；我說去B國小的路不好走，或許需要有體力的人在前面開路，他就說會帶兒子來幫忙。

「老師，很高興見到您！我讀過您的小說，想不到是在這樣的機會下見面，很榮幸有機會與您一同冒險。」

他落落大方的態度令我印象深刻；我坐上後座，張文勇說這孩子叫「張品辰」，品辰接受父親的介紹，轉頭問我：「老師，您吃早餐了嗎？」

「吃過了。路途很長，你們有準備吃的嗎？」

「有，在背包裡。」品辰拿起放在腳邊的背包，接著轉身從旁邊的塑膠袋裡拿出三明治，遞給張文勇，「爸，早餐。」

眞不可思議。

這趟旅程，姑且算是爲了拯救品辰，但待拯救的當事人渾身散發著冷靜的氣質，沒半點對死亡的恐懼，彷彿置身事外；我開口說：「品辰——我可以這麼叫你嗎？」

「當然。」品辰微笑。跟我想的一樣，他的笑容毫不溫和。我說：「謝謝。我想問你一個問題，你有考慮過停止『筷子仙』的儀式嗎？這樣的話，或許什麼都不做就能逃過一劫。」

其實這個問題，是未曾參加「筷子仙」的我最大的疑問。

不管是求取什麼，只要沒有在「筷子仙」的夢境中活下來，下場都會非常慘烈、甚至賠上整個人生，那爲何沒人中途停止？當然，也可能無法停止，只要徵兆出現，就必須對那個夢境奉陪到底，但我不相信沒人試圖停止過。

「老師，您沒有把日本『筷子大人』的整理網站看完吧？就算停止儀式，也還是會繼續作夢。」

果然如此。但我繼續追問：「但你不試看看嗎？說不定你跟別人不一樣，從此就不再作夢了，這樣一來，我們也不必特地跑這麼一趟……」

「沒有必要。老師，我是有想實現的願望才實行『筷子仙』的，事前就已經知道風險，也不打算放棄。事實上，我有在夢裡活到最後的把握，只是理解父親的擔憂，才陪你們走這一趟。」

他這番堪稱豁達的話令我意外，也引起我的興趣。張文勇無奈地說：「唉，眞不知道這孩子在想什麼，有次他去香港自助旅行，回來後就像換了個人；這件事也是，不管我怎麼問，他都不肯透漏非參加『筷子仙』不可的原因。」

「爸，我解釋過了，如果你只是想說服我放棄，那我說了也沒意義。我是不會放棄的。」

「不過，既然你有活到最後的把握，就表示每場夢境都有人替你死去。」我說，「爲了你的願望，有八個人將因此不幸，這也沒問題嗎？」

「是啊，老師說的沒錯！」張文勇附和我。

品辰看向窗外，悠悠地開口。

「老師，這問題未免太沒意思了。」

「品辰，你怎能這樣對老師講話！」張文勇斥責兒子，但我制止他：「沒關係，我懂他的意思。我也覺得這問題沒意思，難道他要回答『對不起，我不該犧牲其他人』嗎？既然他冒著風險實行儀式，其他人也是，我們也該尊重他們互相殘殺的決心。」

「可是，老師，人與人之間難道可以這樣自相殘殺嗎！」

「張先生，假設今天有一個按鈕，按下去可以實現願望，但有個您不認識的人會死，您會按嗎？」

「當然不會！」

「因爲您認爲這是『殺人』吧？就算是不認識的人，那也只是『隨機殺人』而已。那改一下題目，要是您與您認識的人也可能被殺呢？」

「那就更不會按啦！我才不會讓自己認識的人陷入危險呢。」

「有道理，但如果您認識的人絕對不會被殺呢？假設您不是賭上自己的親友，只賭上了自己……本來只有您不認識的人會死，您認爲這樣不道德吧？因爲您根本不用負擔任何風險。但如果您是賭上自己的性命按下按鈕呢？請注意，什麼願望都能實現喔！」

張文勇猶豫地發出「嘖嘖」聲，最後說：「……不，我不會按。這只不過是從隨機殺人變成有可能自殺而已。」

「如果按下按鈕就能拯救品辰，讓他活下來呢？」

「老師，這問題太卑鄙了喔？不過我還是不會按。如果是用我的命來換，當然沒問題，但我怎麼能用別人的命來換呢？就算有機率選中我也一樣，只有百分之百不會連累到其他人，那才能按吧？」

這回答符合道德倫常。且不論張文勇是否眞的如此道德，我點頭說：「也是，那再改一下題目吧。假設今天只有九個人擁有按鈕，每個人要不要按下按鈕，都是根據他們的自由意志。只要按下，就表示願意賭上自己的生命實現願望，反之，就是認爲生命比願望還寶貴。但您偶然得知了一件事，在這些人中，有一個人的願望是毀滅世界；所以越少人按下按鈕，世界被毀滅的機率就越大！要是世界毀滅了，不止是您，您所愛的人也會死去。但要是所有人都決定按下按鈕，降低世界毀滅的機率，雖然最後的死者會高達八人，世界卻有九分之八的機率完好無缺，那您會按嗎？」

張文勇吸了口氣，想要說話，卻又不知該怎麼說。一番掙扎後，他不甘地說：「老師，您說的這處境也太極端了吧！」

「是啊。但在這種情況下，互相殘殺在道德上就不是絕對錯誤的，我們也沒必要抓著這點指責他們。在我看來，如果所有人都像品辰那樣，認爲願望比自己的人生更有價值，並願意賠上自己的人生，那我們有什麼立場批判他們？」

張文勇啞口無言，品辰則是愉快地笑了。

「不愧是老師！我就想，您不像是會說出這麼無趣的話的人啊？說到底，這不是互相殘殺。不過是九個人透過自由意志，決定按下死亡率高達九分之八的按鈕，來換取那九分之一的幸運罷了。」

「如果這是純粹的數學問題……對，就像品辰說的。是那個擲骰子的命運之神殺了人，儀式的參與者不必負責。」我意有所指地看向品辰。

如果犧牲者眞的是丟骰子決定，我對品辰的話沒有異議。但他說自己有絕對活下來的自信，就另當別論了。

品辰來不及回答，張文勇已重重嘆了口氣：「唉，你們嘴巴眞利，說不過你們。別說這個了。老師，等一下去B國小，有什麼要注意的嗎？」

「該說的我都在電話裡說了，要是有什麼沒說，現在也來不及了。」

這趟旅程，是有風險的。

B國小在九紀山附近。在翡翠水庫建成前，九紀山並沒有這麼難前往，甚至就在熱門的登山路線旁；但翡翠水庫蓄水後，九紀山就成了水庫中的孤島，與陸地隔絕。

直到十幾年前，有登山客發現重新登上九紀山的方法；原來到了枯水期，九紀山就會重新與陸地相連，可是現在要去九紀山，必須經桂山發電廠附近的小路，通過四崁水，抵達火燒樟山的一條廢棄產業道路。那條路偶爾有登山客走，但難度不低，兩旁的草又密又高，沿途處處蛛網，還能聽到蛇在草叢間滑行而過的聲音。山勢高低起伏，加上人煙罕至，缺乏安全設備，對不熟悉「山」的人來說，已算是不可思議的魔境。

路況姑且不論，光要抵達B國小遺址，就要走將近三小時的山路！因為擔心B國小部分還沉在水中，我們帶了輕量的潛水裝備，將食物、飲水計算進去，等於是要揹著數公斤的行李走這三小時，還不包括回程。要是前一天沒有養精蓄銳、好好儲備體力，這趟路恐怕會讓人吃盡苦頭。

事實上，即使自認為充分休息過，我也還是受盡折磨。

進入產業道路的前一小時，我們還有說有笑，一小時後，我已氣喘吁吁，張文勇父子也不太說話了。尤其張文勇，他拿開山刀在前方開路時，簡直就像著魔一般，根本不會注意後方情況，我好幾次叫他別走這麼快，他才停下來等我。

為了減輕我的負擔，品辰幫我拿了一部分行李，並跟在我後面確認我沒有脫隊。讓他幫到這程度，我也有些不好意思。

「老師，」路途中，品辰忽然開口，「我很感謝您幫我爸這個忙。」

「別這麼客氣，我也有興趣啊……倒是你真的不擔心自己？你不是感謝我協助解除詛咒，而是感謝我協助令尊。」

「我說過，我沒有停止的打算。但看我爸這麼恐懼，我也於心不忍。」品辰說，「其實我爸這麼急著解除『筷子仙』的詛咒，原因沒有這麼單純。」

「喔？」

「我爸有個前妻……他們之所以離婚，是因爲他的前妻非常迷信。那時我爸有個小孩，說起來算我哥，我哥生來手臂上就有魚形胎記，聽說那位前妻把魚形胎記視爲神明留下的記號，我哥總有一天會被神明帶走，於是到處求神拜佛，讓我爸非常厭惡。老師，您猜看看，像這樣堅持科學理性的爸爸，發現我手臂上出現跟哥哥一樣的魚形胎記時，他會怎麼想？」

……想不到品辰竟跟我說這些，這已經算私事了吧？

不過我能想像張文勇的心情。這是科學無法解釋的事，不但如此，曾經擺脫的噩夢還再度復甦；要是否定眼前所見的怪現象，或許能爲過去否定迷信的自己保住面子，但在兒子可能遇害的恐懼中，他不止屈服了，還當眞一度求助於道士跟命理大師。

最後他找上我這位妖怪推理小說家，或許就是過去的他並未完全屈服吧？

「我明白，令尊應該很害怕吧？不止是魚形胎記，令尊前妻的母校甚至跟『筷子仙』夢境裡的格局相同……這眞的是巧合嗎？如果不是，難道這件事跟他前妻有關？甚至那不是迷信，果然有某種不可思議的東西纏上了他……就算令尊疑心到這種程度也不意外吧。」

「是啊，我爸覺得這是他的前妻陰魂不散；不止是要救我，他這麼急著破除『筷子仙』的詛咒，也是爲了擺脫對前妻的恐懼吧！看他那麼想不開，其實我很同情，要是老師不肯幫忙，現在他恐怕會徹底活在恐懼中。」

「我倒不覺得自己的影響力有這麼大。說起來……」我忽然抓住品辰的手臂，搓揉那魚形胎記：「看來不能抹掉呢。不過品辰啊，這有沒有可能是刺青一類的東西？」

「老師，」品辰嚇了一跳，瞪大眼，哭笑不得，「您覺得我在騙人？」

「別怪我，既然有『筷子大人』的整理網站，要模仿那個胎記也不是不可能。你可以說我小心謹慎。不過，就算你身上的事是騙局，『筷子大人』網站上的學校格局跟B國小相同都是事實，所以我也不是說這趟旅程毫無價值。」

「眞服了您啊！」品辰笑起來，似乎相當滿足，「放心吧，我確實有所隱瞞，但沒說謊。」

「既然你這麼說，我就信了。」我微笑。他確實有讓人感到舒爽的氣質。

抵達B國小已是中午的事。我上次來B國小已是很久以前，久到快沒印象了，現在重新看到B國小，不禁大吃一驚。

豔麗的陽光照在水面上，像金色的花田隨風舞動；B國小就佇立在水中，大概還有二十公分在水面下，仔細看還有魚群穿梭其間。但讓我意外的是，我本來以爲B國小的建築被打掉了，只剩地基——當年迫遷時，有很多房子被拆掉，我以爲B國小也難逃這樣的命運。

來此的路上，我們也看到好幾棟沉入水底的廢棄房屋，即使沒被拆掉，也大半被水底的暗流給推倒，而B國小竟完好無缺！就算表面覆蓋一層泥，在陽光曝曬下變成乾燥的泥土黃，也沒有任何建築傾頽，連升旗台都還在。

跟當年一致到這種程度，實在令人毛骨悚然。

「這就是B國小……我還以爲會更像廢墟。」張文勇也是感慨萬分，畢竟他花了這麼多力氣才抵達這裡。品辰也瞪大眼，興奮地說：「不會錯的！這就是『筷子仙』夢境裡的學校，格局完全一樣！」

他加快速度，穿著雨鞋踏進學校。

「我們每次從夢裡醒來的大通鋪就在這裡！還有這，我們每次都會把屍體運到這個食材倉庫。」

「喂，把屍體運到食材倉庫，太過分了吧！」張文勇嚷嚷著。

「放心吧，那裡過去不是食材倉庫，就只是普通的倉庫。」我表面平淡，其實只是壓抑內心的激動；B國小究竟在封閉隔絕的水潭中等了多久啊？這完整的樣貌，難道不是因爲被鎖在眞相未解的夢魘中，連鬆一口氣也不可得？要是眞相沒有大白，它是不是會千千萬萬年地痴等下去？

品辰用手撈起一瓢水，潑灑到校舍牆上，像是要洗掉塵埃，遠遠看就像玩水的小孩子。

「張先生，」我放下行李，重新整理心情，「來到這裡，您覺得對破除『筷子仙』的詛咒有沒有幫助？」

「嗯……現在還不知道啊。」忽然切入重點，張文勇臉上彷彿罩了一層烏雲；畢竟抵達B國小根本稱不上終點，不如說，只是來摸摸看有沒有鑰匙孔罷了。他指著教室說：「我們先把所有教室、建築物檢查一遍吧！要是沒收穫，我還想去九紀山看看。」

「您確定？搜查九紀山是很大的工程，太陽下山前……不，就算到隔天都不見得能結束。」

「總比坐以待斃好。」張文勇說，他轉向品辰大聲問，「品辰！怎麼樣？有跟夢裡不同的地方嗎？」

「說不同的話，其實也蠻多的。」品辰從教室出來，「夢裡睡通鋪的地方是木地板，這裡不是。」

「那房間就是五年級教室。」我大聲說。

「什麼？」張文勇臉色微變，「也就是說，夢境的起點就是在五年級教室……老師，我們也過去吧！先調查這些教室，之後再決定下一步。這對老師來說也是很好的取材吧？」

他說著朝學校踏前一步。

「請等一下，」我阻止他，「張先生，我有事想先問您。」

「什麼事？」他轉頭問我。不知爲何，他這麼無憂無慮的樣子讓我有些惱怒。我吸了口氣，這才緩緩開口。

「明人不說暗話，有件事我就直接跟您確認吧。張先生，您的前妻就是高淑蘭，也就是B國小五年級集體失蹤事件的唯一倖存者，是不是？」

或許是我這問題太突然，張文勇大吃一驚，嚇到嘴巴合不攏：「……妳、妳怎麼會——」

「剛剛在路上，令郎跟我提了您前妻的事，也說了他哥哥手臂上有魚形胎記。」我心裡有太多情緒，這讓我疲於解釋，但我還是打起精神，「您前妻的身分多少澄清了一個問題。之前我就想，就算您前妻說過B國小的格局，考慮到品辰的年齡，也至少是二十年以前的事，我不認為您會記得這麼清楚。您不是從格局意識到B國小，而是因為魚形胎記，才意識到高淑蘭在這件事中的位置吧？您是先射箭再畫靶，因為懷疑高淑蘭跟『筷子仙』有關，才會看著『筷子大人』網站的平面圖，慢慢想起她曾提到的B國小格局。即使如此，您還是對B國小不熟，所以才去問高淑蘭的父母，我說的對嗎？」

張文勇臉色越來越難看，他本來不想回答，但還是勉強點頭：「對。想不到品辰都說了。」

「我提起五年級集體失蹤事件時，您一定很驚訝吧？更別說高淑蘭是唯一的倖存者。既然如此，為何您要隱瞞高淑蘭是自己前妻？您沒想過隱藏線索可能造成推理漏洞嗎？」

他啞口無言，有氣無力地坐倒，緩緩靠在自己行李上。但我對他毫無同情，只是冷冷地看著他。片刻後，他不敵我的目光，總算開口：「這很難解釋。品辰有說過我前妻迷信的事嗎？那時我真的是深痛惡絕，甚至想殺掉她！但品辰手上出現胎記後，我不禁想，難道那不是迷信？您也許不知道，我前妻相信有個叫『王仙君』的神明，而『王仙君』就寄宿在一雙珊瑚筷上。看，又是筷子！現在想想，『筷子仙』難道不是『王仙君』的詛咒嗎！但我那時完全不信，唾棄她所作所為，甚至遺棄自己兒子……」

「您覺得自己過去錯了，所以才不想提？」我打斷他的話。

張文勇迴避我的視線，緩緩點頭。

「張先生，您找我來，是希望透過真相找到解除詛咒的方法。我本來以為我們是共同朝著真相前進，但現在看來，您只是打算利用我。」

「我沒那麼想！」張文勇連忙說。

「不，就是這樣。您藏著只有您知道的資訊，還是跟筷子仙有關、這麼重要的事！您沒想過這可能讓我判斷錯誤？還是說，您打算嘲笑我的錯，忍著笑把我的線索跟推理偷走，自己偷偷前往眞相？」

「我沒——」

「就算退一步，」我嚴正地說，「您眞的只是恥於說出往事好了，那也表示您缺乏知道眞相的覺悟。對您來說，您的面子比兒子的生命更重要。」

對我如此猛烈的批評，張文勇漲紅了臉。但他並不是反省自己的所做所爲，而是站起來說：「老師，我尊重您是個文化人，但您沒資格這樣批評我！」

其實我也不是眞的生氣，只是不滿他否定前妻到這種地步。要是他坦然承認就算了，但他反而生氣，我只好以冷笑回應。這時品辰聲音傳來：「爸，老師，請你們過來！」

張文勇聽到兒子的聲音，瞪了我一眼，無言地轉身朝品辰的方向走去。他走入水中，雨鞋在水面劃出重重的波紋。品辰站在倉庫前，也就是夢境中他們放置屍體的地方。

我把心中所有的情緒都忍住，緩緩走過去。

「爸，老師，我發現了這個。」

品辰上半身已經濕了。他拿著一個書包，書包也是濕淋淋的，顯然剛從水裡拿出來。張文勇意外地說：「這是什麼？以前學生留在這裡的？」

「把書包留在倉庫裡，很不尋常吧？」我不友善地說，「品辰，你在哪裡發現的？」

「在倉庫的地板底下，有個空間。那邊以前似乎有蓋子之類的構造，我猜是在水中腐朽了。裡面蠻深的，我用手電筒照，才在眾多東西中發現這個。」

「不過有書包也不奇怪吧，既然是倉庫，也可能用來擺沒人用的書包。」

「我也不確定有沒有關係，不過……」品辰掂了掂書包的重量，「這裡面不是空的。而且，在那個空間裡，總共有八個書包。」

他嚴肅地看著我們。

「八個書包？」張文勇一時不明白，但隨即瞪大眼，「等等，五年級失蹤者也是八個，難不成……」

「把剩下的書包也拿出來吧。」我建議。於是張家父子兩人鑽進倉庫，將七個書包一一拿出來。品辰負責從水底空間撈出來，張文勇則接力，將書包擺到乾燥的地方。不一會，他們就渾身濕漉漉了。這些被鎖在潭底三十幾年的書包，總算重見天日，一個個整齊地排列在地上。

正午的陽光壓下來，彷彿正用力將籠罩於此的不祥之感驅散；這些書包淌著水，表面發出斑駁美麗的閃光，猛一看確實沒有神祕之處，但瀰漫著的陰森與畏懼卻驅之不去。張文勇緊張地問：「老師，您怎麼看？這會是那些失蹤者的嗎？」

「剛剛品辰說裡面不是空的，打開來看看吧。」

「交給我吧。」品辰打開其中一個，拿出首先摸到的東西。他揚起眉，對手上的東西感到意外。

「衣服……？」

那是白色的衣服，上面已經長了水草，有些黑黑的。他展開來，顯然是小學男生的學校制服，只聽「啪」的一聲，有東西從打開的制服裡掉出來。張文勇走過去攤開，發現是男孩子的內衣褲。

「這是什麼啊！」張文勇從書包裡抓出下一件東西，這次卻是男生的制服褲子。

他們面面相覷，爲何書包裡裝著衣服？

張家父子檢查所有書包，每個書包都放了國小制服，有男有女，他們的內衣褲也在裡面。制服上面沒有繡姓名或任何訊息。除此之外，書包裡還有各種雜物，多半因長年浸水而變質腐壞，尤其是紙類，全都糊在一起了，有些東西是鐵製的，當然生鏽了。品辰將這些東西拿出來，一個一個放在太陽下晾。

艷陽下，這片土黃色的沙丘卻散發著凍人的寒氣；如果這些書包眞的屬於失蹤者，那任何人都能做出一個簡單的推論——他們很可能是在全裸狀態下失蹤的。

很難想像吧，爲何失蹤者最後會全裸？張家父子面面相覷，品辰的表情尤其凝重。

「看到這些，我有個想法。」品辰低聲說，「我想……那些失蹤者或許是被謀殺的。」

我笑了，不愧是品辰，何其合理的推論！張文勇顯然在想同樣的事。當年村民認爲這些失蹤者被「魔神仔」帶走，但魔神仔有可能在帶走他們後，把衣服剝光塞到書包裡，再把書包藏在倉庫裡嗎？當然不可能。所以他們一定是遇到了別的什麼。

「淑蘭說他們到了山上，難道她在說謊？」張文勇額頭浮現冷汗，臉色鐵青，「難道是她殺了同學，再把同學的書包、衣物放到這裡？」

「我不這麼想。一個小學五年級女生在殺害八個同學後還要處理他們的屍體，太困難了。」我說，「請注意，倉庫裡沒有屍體，所以屍體一定是另外處理了；從放學開始到高淑蘭被村人發現，頂多才兩個小時，其他班級還有留下來布置教室的人，不可能避開他們耳目處理屍體。假設其他年級的學生留校半個小時，也只剩一個半小時。這段期間，我不認爲高淑蘭能處理所有後續。」

「那她爲何要睜眼說瞎話！總不可能他們眞的上山了，還有人特別把那些人的衣服裝在書包裡帶回來啊！還是說，眞的跟傳聞一樣，是政府官員殺人滅口？」

「我也說過，如果事情是那樣，高淑蘭也沒道理活著。」

「啊，我知道了！」張文勇拍自己的手，「有沒有可能林金鯉也是共犯？譬如說，他講的全是謊言，是學校發生什麼意外，八個人死了，只有淑蘭活著，整個學校的人一起隱瞞了事情眞相。如果全校教職員都一起來處理屍體，那就不難了吧！」

「要是捲入這件事的人這麼多，那書包就不會在倉庫裡了。」

「什麼意思？」

「八個書包未免太多了。這些東西一直沒被發現，只是運氣好。書包放在倉庫裡，表示犯人沒有藏這些東西的地方。如果這件事的共犯夠多，這些東西大可分散開來，由共犯分別藏到不同地方。」

張文勇皺起眉，顯然在思考別的可能。我忍不住出言提醒。

「有兩件事，我想跟兩位提醒一下。第一是，失蹤者很可能已經遇害，這確實是大發現，但別忘了我們的目的是尋找跟『筷子仙』有關的線索。第二，由於失蹤者的書包沒被找到過，而我們發現了八個書包，這確實很可能屬於他們。但邏輯上，這也可能是完全無關的事件。」

「你是說，這跟五年級集體失蹤事件無關？不可能！我們好不容易找到這個！」張文勇大聲說，「而且我們還是在倉庫找到的。在『筷子仙』的夢裡，最後屍體不是也被放到這裡？這不就是提示？兩者一定有關聯！」

「我不是否定兩者可能有關，只是說需要證據。」

沒錯，這國小曾發生過某件事。要是當時鑑識技術完備，而且警方介入，嚴肅看待這件事情，眞相或許已經明朗了。但在種種陰錯陽差下，那件事沒被正視，反而因翡翠水庫蓄水而成爲永遠的祕密……

離揭開那個祕密就差一步了，但還不夠；如果八個失蹤者眞的遇害，他們的冤魂一定在深淵裡吶喊吧！要是沒有他們確實已經遇害的證據，就算後人擅自認定他們遇害，他們也一定不爽快。因爲無法證明就是留有謎團，謎團讓他們眞正的遭遇變得曖昧，而沒人希望自己被誤解。

眞相需要大白於天下！讓來自地獄的告白得以成立，推理的價值就是如此。所以這件事不能馬虎，不能僅是「想當然爾」就接受。

「老師，」品辰忽然開口，「您知道失蹤者們的名字嗎？」

「我知道。」我吸了口氣，「你有發現任何名字嗎？」

「雖然紙類幾乎都糊在一起了，但請看這個。」品辰蹲在地上，小心翼翼地把一件制服攤平，「這應該是作業簿……因為制服被塞進書包，壓在作業簿上，作業簿封面在水中脫離原本的紙質，但因為書包太緊，被制服緊緊壓住，反而像拓印一樣印到衣服上了。請看，這個作業簿的主人是……」

他將名字指給我看，那字體又歪又醜，還因為轉印而顛倒，但仍是驚人地清晰──「高志雄」。

我倒吸一口涼氣，想不到最先被揭露的是這個名字！我幾乎站不穩腳步，品辰看我臉色大變，連忙從旁扶住我。

「老師，他果然是八個失蹤者之一？」品辰問。

「對。」我像遭到打擊，老了十幾歲，「沒錯。而且他就是高淑蘭的孿生哥哥；這下就證明了，本以為失蹤的人，身上的東西卻沒有跟著失蹤，而是保存在某處；明明大家都在找，卻有人保守著這個祕密……沒錯，他們已經遇害了，而守著祕密的就是犯人。」

「妳說淑蘭有哥哥？」張文勇有些意外，「我怎麼沒聽她說過？」

「因為她討厭他。」我苦笑，「在高志雄失蹤後，她就當作這個哥哥從未存在過。但完全沒提他，也算是讓我意外了。」

品辰忽然放開手。

我望著他，他一臉驚訝，同時帶著些警戒。

「……老師，您怎麼知道高淑蘭跟她家人的關係？您不是這幾年才開始調查B國小的事嗎？據我所知，高淑蘭在十八年前就過世了，要不是在那之前就接觸高淑蘭，您不可能知道才對啊。」

張文勇顯然不懂品辰為何忽然改變態度。他說：「你在說什麼？為什麼不可能？老師可以問淑蘭的父母啊。」

「我不認為有任何父母會用『因為妹妹討厭哥哥』這麼強烈的說法，通常會提出雖然失貞，但至少讓場面沒這麼難看的藉口，像『因爲想起哥哥會難過所以才不提』之類的。老師也不可能是從別人那裡知道，連曾經跟高淑蘭結婚的爸爸都不知道她有哥哥，其他人更不可能。」

一切正如品辰所說。但看張文勇的表情，他還是不明白這有何重要；我嘆口氣，露出苦笑：「我待會就回答你吧。但首先，有件事要確認，雖然我已經知道答案了……張先生，您是臺灣大學畢業吧？」

「是啊，您是調查過嗎？」

我搖搖頭：「您叫張文勇，沒改過姓吧？」

「當然沒有，爲何我要改姓？」

「以前這村子有個『莊文勇』，考上臺灣大學，成了村子裡的風雲人物。您不是那個人吧？」

「當然不是啊！我又不是這個村子裡出身的。」張文勇滿臉莫名其妙，但他的答案都在我的意料之中。我算是滿足了。

「我總算明白了。」我感慨地說，「『筷子仙』這個儀式，或許是犯人罪惡感的變形吧？雖然，事情到底是怎麼變成這樣，恐怕犯人也不清楚；不過今天這裡發生的事，就是『筷子仙』所期望的結果。也就是，總算有不相關的人抵達這裡，知道當年他們不是在山上失蹤，而是被殺了。」

張家父子露出懵懂的表情，接著品辰先會意過來。

「老師，您的意思是……『筷子仙』之所以讓參與者夢到B國小，就是爲了揭穿當年B國小的集體失蹤不是單純的失蹤？」

「可能也沒這麼單純，但大方向沒錯。品辰，你作了那些夢，在那些夢裡，難道沒有暗示人們陸續死去是被謀殺的情節嗎？這就是『夢境』要傳達的訊息：九個人中只有一個人倖存，剩下的八個不是遭逢意外，而是被謀殺的。」

「等、等一下！」張文勇大爲震驚，「妳是說，這個儀式害了這麼多人，不過是想告發當年的殺人事件？那爲何流傳到日本去！」

「關於這點，有人考察出來了。」我拿出手機，打開M老師回給我的信，「你們看得懂日文嗎？」

張文勇沒回應，品辰說：「看得懂一點，但沒把握。」

「那我翻譯給你們聽，比較保險。」

我將M老師的回信翻譯如下：

收到您的來信，我曾猶豫該怎麼回……請別誤會，我不是沒有回信的意願，而是您寫信給我時，正好我的調查有了重大突破，但該如何看待這個突破，才是我猶豫的原因。這點，或許等我向您報告完，您就會明瞭了。總之，我將以最謹愼的態度回應您的提問。

關於您詢問的「筷子大人」儀式，正好數個月前，我在一場怪談會聽過。因爲講述者說那是遙遠過去的事，所以我以爲當代並未流傳，甚至以爲跟蠱毒有關。但意外的是，現在不止仍在流傳，還有網站整理了各種親身體驗；嚴格說來，這種帶著風險、用以滿足願望的儀式並不罕見，但「筷子大人」遠比我想像的風行，因此讓我對其源流產生興趣，並開始調查。以下簡述我的調查經過與結論。

目前我能找到最早的文獻，是八〇年代末的地方報紙。當時有一欄刊載了作者在臺灣聽聞的奇怪儀式，那便是「筷子大人」；不過，當時沒有用「筷子大人」這個稱呼，只說是「奇怪的儀式」。

要是只有這則記載，我不認爲「筷子大人」的儀式眞的能流傳開來，因此這想必不是源頭。之後我又陸陸續續找到各種記錄，包括報紙、雜誌、期刊論文等等。有趣的是，在九〇年代初期，「這是從臺灣聽到的儀式」這類敘述仍不少，到了九〇下半，就只剩儀式本身的記錄了，而且不乏「我的朋友做過這個儀式，結果如何如何」的敘事，算是典型的都市傳說型態。

爲何「筷子大人」流傳這麼廣？我認爲有一個原因，就是有「可徵驗性」。雖然不是沒有同類型的儀式，但「筷子大人」的一個特色是「皮膚上會出現紅色魚形的痕跡」，某種意義上，這比儀式本身更具有話題性，也不用多少人進行儀式，光是幾個人貼出「皮膚上的紅色魚形照片」，就足以讓這個儀式廣爲人知了。

那「筷子大人」的源頭究竟是什麼？爲何在八〇年代末到九〇年代初，有這麼多人在日本不同地方宣稱從臺灣聽過這個儀式？巧的是，在這些發表者中，正好有一位之前工作上有交集的文字工作者，所以我就找了些藉口見面，並乘機打聽是在臺灣哪裡聽到「筷子大人」的傳說。

而考察的結果，就是讓我感到必須嚴肅回應您的原因。

先說結論，「筷子大人」的儀式主要流傳在臺灣的風化場所之間。除了那位文字工作者，我設法找到其他發表者，即使是從不同場合聽到，也多半與風化場所脫不了關係。在八〇年代，日本到臺灣觀光的旅客，以男性壓倒性居多，其中不少藉工作之便在臺灣買春，當然也有在旅遊途中去風化場所的。

向您報告這事，實在是有些不知該如何啓齒，只能盡可能以學術性的態度來表述。據我推測，「筷子大人」的儀式最早流傳於臺灣的風化場所間，或許太過盛行，因此連買春的日本客人都聽過，並輾轉傳到日本來，接著因爲其話題性開始在日本流傳。

當然這其中不是沒有未解之謎。譬如，要是這儀式眞的在臺灣的風化場所間流傳，以「筷子大人」這種會帶來大量死亡或不幸的性質，眞的可能流傳這麼廣嗎？就像致死性高的病毒，反而會因爲宿主太容易死掉而難以流傳，要是人人都知道會死，應該沒什麼人進行儀式才對。但我又想到一個悲劇性的解釋：如果臺灣的風化場所並不安全，意外、死亡等壞事見怪不怪，那就算「筷子大人」引起了諸多不幸，也不見得會引起注意。況且對從事特種行業的女性來說，恐怕會想盡辦法遮掩身上的魚形痕跡，因此始終沒人發現「筷子大人」引起的不幸。事實上，早期在日本流傳的傳說中，也都沒提到「魚形胎記」、「會帶來不幸」等說法，我覺得原因很簡單，因爲當時資訊流通沒有這麼快速，現在網路使用者之所以能注意到「魚形胎記」，甚至比對夢境的平面圖，是因為與事件相關的人能以最快的速度進行資訊整理與比較。

我的意思是，早期「筷子大人」的傳聞沒有不幸的要素，並不是因為不會帶來不幸，僅僅只是沒有意識到這些不幸與「筷子大人」有關罷了。即使是在成員關係相對緊密的風化場所，也因種種不幸的理由，讓「筷子大人」的危險性沒有被披露出來，以上是我的推論。

值得一提，雖然沒提到「筷子大人」儀式，但我採訪到的人裡頭，有人曾在臺灣的性工作者口中聽過「魚形胎記」。那位性工作者說了極為悲壯慘烈的故事，但這個故事中，居然一度提到了「筷子」。

這位女性曾失去孩子，那個孩子手上就有「魚形胎記」；後來，她透過臺灣的某種降神儀式（您一定比我清楚），將孩子的靈魂召喚到一雙「筷子」上，並詛咒傷害她孩子的人。但之後她聽到聲音，害怕被人發現，就迅速將筷子放回原位。這個故事中同時出現「魚形胎記」跟「筷子」，會是巧合嗎？如果不是，這位性工作者會不會就是解開「筷子大人」謎團的關鍵人物……？

如果那位性工作者的故事是真的，即使她是「筷子大人」的關鍵人物，也很難想像她是蓄意創造這樣恐怖的儀式，因此我有以下推測：在日本，也有「狐狗狸」一類的降靈遊戲，跟西方的靈應板一樣，透過某種媒介請來了鬼神，都必須將鬼神給送走，據說臺灣的「碟仙」也是如此。那麼，這位女性在透過筷子降靈的時候，因為聽見聲音，快速將筷子歸位，自然也沒有時間將請來的鬼神給送走。如果她請來的鬼神生前有著「紅色魚形胎記」，那在未送走鬼神的情況下，是否鬼神還一直在筷子上面，並衍生出「筷子大人」？所以「筷子大人」才會以「魚形胎記」作為徵兆。

也就是說，只要找到那雙筷子，並請那位女性完成整個儀式，將鬼神送還，就能終止「筷子大人」造成的種種不幸了吧？但事到如今，要找到那雙筷子大概很困難了。

最後也想跟您報告一件事。雖然跟「筷子大人」無關，卻是我在整個採訪過程中印象最深刻的事：

前面說過，有篇報導的作者曾聽過「魚形胎記」的傳說，我問他有沒有從臺灣的風化場所聽到更多傳聞，他說他已經不去風化場所了，不止是臺灣，連日本的也不去。

我問，是因爲有穩定交往的對象嗎？他說不是，而是那位女性的故事讓他害怕；不是因爲恐怖的降靈儀式，而是他直到那時才意識到性工作者也是人。

當時他是這麼說的：「也許你會覺得這什麼廢話，不是理所當然嗎？但我花錢買女人時，根本不把對方當人，只是當成發洩性慾的工具而已。雖然這就是她的工作，但工作這種理由能剝奪她作爲『人』的資格嗎？我聽了她的故事，才發現她有自己的過去，也會痛苦，也懷抱希望，崇尚幸福，跟所有正常人一樣。對我來說只是興之所至，對她來說卻可能成爲噩夢……在那之後，我就無法只把女人當成性慾的工具。」

這段話一直在我腦中抹滅不去。就在這時，我收到了您寫來的信。「筷子大人」流傳到日本的過程，涉及了八〇、九〇年代臺灣與日本複雜的關係，因此我在思考該怎麼告訴您時，總是不自覺地有些尷尬。但聽了那位採訪者的話，我相信這段關係不僅有一個面向，所以將這件事轉述給您。

要是有什麼想法，還請不吝討論。

「張先生，」念完信件後，我直直看向張文勇，沒給他深入思考的時間。

「您的目的是解除『筷子仙』的詛咒吧？根據M老師的推論，方法很明確，要先找回筷子才能救你兒子。所以我想問，當年您用詭計從高淑蘭身邊偷到的『王仙君』一部分，您還保留著嗎？」

「我……」張文勇臉色大變：「妳……妳怎麼知道!?」

「這不難推測。『王仙君』部分消失……在那個時間點，只有您能得到好處。您有動機，也有機會。」

「不是！我是問妳怎麼知道當年的情況，當年……那個場合應該……只有我們幾個知道……還是妳問了淑蘭的父母？」

看他驚恐到有些滑稽的樣子，我不禁笑了出來，但那是帶著些苦澀的。我說：「我怎麼會不知道？高淑蘭是我小姑，是我丈夫的妹妹，我當然會關心她的婚姻；只是她不希望我見你，我才沒在你面前露過臉罷了……」

9

元宵節過沒幾天，我心慌意亂，因爲我藏起來的魚藤消失無蹤，哪裡都找不到。

剛發現時，我眞是魂飛天外，腦中淨是不祥的幻想；魚藤被家人發現了嗎？要是他們問我爲何需要魚藤怎麼辦？一定會被打死！我戰戰兢兢，每一刻都怕阿爸阿母忽然拿出藤條要我跪下，但過了幾天沒人追究，我才小心翼翼地鬆了口氣。

可是疑問沒有消失，爲何魚藤會不見？這個問題，我在幾天後得到了答案。

那時我正在打掃，意外發現小姑桌子腳邊有魚藤的葉子——是小姑拿走魚藤的？可是……爲什麼？同時我也發現一些讓人不安的徵兆，像是小姑偷用廚具的痕跡，爲何她要避開我使用鍋爐？

我越想越不安，實在是無法等到小姑回來再問她，於是我以最快的速度把家事做完，跟阿母說放學時我想去接丈夫回家。那時他們還沒給我好臉色看，挑剔我有這些事沒做、那些事沒做，我哪有時間耗在這上面？於是我務求一次到位，拚了命把他們挑剔的事做好。

從家裡到學校要半小時。等我忙完出門，已接近放學時間，這樣的話，或許會在途中遇到小姑和丈夫吧？我一邊擔心錯過，一邊朝學校走去。

一路上沒遇見認識的人，我在校門口問工友，他說五年級的學生都還沒離開，這才放心了。太好了，沒在路上錯過。但到了五年級教室，眼前的景象卻讓我一輩子都忘不掉。地上到處擺著布置教室的材料，亂成一團，而八個孩子倒在地上，一動也不動。我的小姑——高淑蘭面無表情地坐在教室中間，彷彿其他孩子五體投地向她臣服，而她理所當然地接受這些臣子的大禮。

「淑蘭？這是怎麼了？」

我記得那時講話還有些顫抖，淑蘭看著我，明快開朗地笑了：「太好了，阿嫂。這下妳就能從我家解放出來了。」

她用腳輕輕踢了哥哥的頭。我六神無主地過去，將十歲孩子的頭給捧起來，他那時還是溫的，但已沒了呼吸，也沒有脈搏；要是我早點離開家，是不是就能趕上？我也沒把握。

「……爲什麼？」我喘著氣，雙唇發著抖，跪著抬頭看她。

「什麼爲什麼？」小姑有些不解。

「妳爲什麼連自己哥哥都殺？」

「不是妳想殺的嗎？」

我一時不明白，但她下句話讓我如遭重擊：「那晚，妳跟『王仙君』說的話，我都聽到了。」

我彷彿連血液都要凍結；原來她聽到了！她聽到我的殺意、我的殺人動機！然後她拿走了魚藤，將魚藤熬煮成毒茶，殺了人。難怪她說是要將我解放出來。

「本來哥哥的存在就很奇怪，阿嫂也這麼想吧？明明阿嫂比他大，他卻沒大沒小的。憑什麼？因爲他是『丈夫』？明明同時出生，他卻比我還受重視，好東西都給他，爲什麼？因爲他是男生？那我們要被男生擺布到什麼時候？從今天開始，是我們在做選擇，是我們選擇要過怎樣的生活，誰都不能搶走屬於我們的東西！」

她也沒特別大聲說話，但她的話卻如雷聲般穿進我耳中，在我的胸膛爆炸，我幾乎要流下悲痛的眼淚；啊，無論是她或是我丈夫，都是我從小帶大的啊！而如今，她竟殺了他。不，是我殺了他，因爲我想殺他、準備了魚藤、說出了殺人計畫……！

我怎麼也想不到最後殺人的是小姑，她還只是十歲的孩子！都是我的錯，因爲我透過「王仙君」向魚仔說出了詛咒……小姑不過是繼承我的殺意。我阻止了自己，但詛咒還是生效了。

都是我的錯。

「那爲何妳要殺其他人？他們有什麼錯？」

「沒辦法，我無法只讓哥哥喝下毒藥。我說是老師拿給我，很難得、很稀有的飲料，對身體很好。以哥哥任性的程度，不說是那樣好的東西，他才不會喝呢！我在魚藤茶裡加了很多很多糖，也是怕哥哥不喝。但話說到這份上，其他人也想喝，我沒道理阻止吧？」

就因爲這樣？

只是因爲小孩子禁不起誘惑，他們就走上了死路？怎麼會這樣，小姑在做這些事時，難道沒有半點猶豫嗎？這可是……殺人！

「那妳打算怎麼辦？」我忍不住問，「妳殺死了他們，很快就會被發現，妳會被警察抓走的！」

「別擔心。」小姑緩緩從書包拿出一雙筷子，居然是「王仙君」；她說，「這些都是王仙君要我做的。王仙君也會保護我的。所以我不會有事的喔。」

我有些暈眩。

她怎會講出這種話？可是，她是認眞的。她眞的相信筷子上有神，也把我的詛咒當眞；而且她笑吟吟的，看不出半點後悔，她眞心相信她所說的一切。

但王仙君才不會保護她。要是放著不管，小姑就會被警察抓走，雖然不知道會不會槍斃，但我怎能讓小姑進監獄？今天這件事，我才是「主謀」！要是沒有我，事情根本不會發生，我必須負起責任！

我緩緩站起來。

「我知道了。淑蘭，其實王仙君也有給我指示。照我的話做，妳就不會被警察抓走。」

「眞的嗎？」小姑高興地說，「太好了！我就知道阿嫂妳也能聽到王仙君的聲音。」

我勉強微笑，其實心裡根本沒有底。我眞的能保住小姑嗎？我們站在同一艘船上——雖然我可以選擇不站上來，但我不會這麼做的。我不能讓小姑來贖我的罪。

「首先我們先把大家藏好，讓外面的人看不出教室裡有人。」

於是我們善用了教室所有死角。櫃子裡有些東西，沒關係，先拿出來，反正地上這麼亂。我們把人塞進空櫃子。有些藏在靠牆放的大面積紙材底下。有些藏在講桌底下。好不容易把所有人都藏了起來。

「淑蘭，妳也藏好。絕對不要出來。大概一小時後，等確定學校完全沒人了，妳再離開教室，記得不要鎖門。妳就坐在校門前等，等別人發現妳，問妳其他同學在哪裡，妳就指著九紀山，記住不要回答任何問題，也不要說話。今天一整天，妳就當一個啞巴。」

小姑天眞地看向我：「王仙君是這麼說的？」

「對，王仙君要讓他們在九紀山失蹤。放心吧，等到明天，妳同學的身體就會消失了，那是王仙君用神奇的法力做的。」

「我知道了。」小姑笑著躲進講桌底下。

我離開五年級教室，快速掃過其他教室的情況，接著走到校門，跟工友與學校老師說教室裡沒人。我們三個人一起到五年級教室。我緊張極了，要是他們走進去檢查，一切就完了！小姑會坐牢，我可能也有罪。

我只能祈禱世上眞有王仙君能幫我們度過這一劫。

結果工友沒進去，就把教室門關好、上鎖。我鬆了口氣，這樣一來，就有人能證明「五年級的學生不知何時離開學校」。

我假裝要回家，其實是立刻趕到九紀山，將剛剛從一位學生書包裡摸出的東西丟到明顯的地方。接著我裝作沒事回家，還說在學校沒看到人，以爲丈夫跟小姑已經回來了，之所以這麼晚回來，是因爲我在外面多找了一下。

阿爸阿母擔心孩子，就到其他五年級學生家裡問，結果那些孩子也還沒回來。家長們都擔心著。對不起。我心裡彷彿淌著血。他們已經不會回來了。剛剛，我把他們藏好，雖然身體還是暖的，但已沒了心跳。

接著果然引起騷動，我跟著人群朝學校前進，大家在校門前發現小姑，阿爸阿母以爲她是劫後餘生，激動地抱住她，並問哥哥到哪裡去了；她沒回答。有人問其他人在哪，小姑就指著九紀山。

不久，有人在九紀山發現我丟在那裡誤導用的線索，於是人們都往九紀山去。我要阿爸阿母先帶小姑回家，並說「我去找志雄。沒找到他我不回去。」

但事實上，我假裝上山，卻偷偷溜進學校；那時天已經黑了，小姑從教室出來後，門鎖已被打開，我能輕而易舉進去。我悄悄將屍體搬到水邊——每個孩子大約二十幾公斤，對專門做家事的我來說並不困難。我將八個孩子排成一列。

問題是接下來該怎麼辦？光是推入水中，沒幾天就會被發現，因爲屍體會浮上來。我曾見過上游漂來的屍體，那慘烈的樣子，讓人不敢直視。要是屍體被發現，小姑下毒的事會不會被發現？

我不知道。但不讓人發現屍體絕對比較安全。到底怎樣才不會讓屍體浮上來？在身上綁石頭嗎？要是繩子在水裡被沖斷怎麼辦？畢竟，繩子的一端往上浮，一端往下沉，怎麼想都有斷掉的一天。不，也可能是綁住的地方斷掉，像綁住手，或許在水底腐爛，手就斷掉了，屍體依然浮起來。

我祈禱般地拚命想著，有沒有什麼增加重量、卻又不會讓繩子彼此拉扯的方法？那時我靈光一現，想到一個童話：狼與七隻小羊。在童話中，羊媽媽跟小羊們最後在大野狼肚子裡塞滿石頭，讓大野狼被淹死。

我也是這個國小的畢業生。知道學校哪裡有刀子、有針線；只要把孩子們帶到比較淺的溪邊開腸剖腹，鮮血也不會亂濺。事實上，根據我多次殺雞、殺豬的經驗，這時就算切開，血也已經不太會流了。

但屍體沉下去後，有沒有可能衣服在水中破碎，浮上來成爲線索？我連這種可能都要根絕。所以我把每個人的衣服脫掉，放進書包。爲了避免衣服濺到血，我把自己身上的衣服也脫掉，放在溪邊。

那天晚上，所有人的注意力都放在九紀山，沒人會到這個溪邊的學校來。

我跟死者們都赤身裸體。月光溫柔地照在溪谷間，就跟我將魚仔送走那天同樣美麗，但我冷到牙齒發顫。用刀子剖開肚子就跟殺豬一樣，雖然困難，卻可以用技巧彌補，只是切割跟我有著相同外形的生物，難免讓我抗拒。

我已沒有退路。

將肚子裡的內臟拿出來沉入溪裡，我想會被水裡的生物吃掉吧？這樣就不會被發現。溪裡的石頭，要多少有多少。我把石頭裝滿一個少女的肚子，縫起來，這樣就完成第一份工作了。

熟悉流程後，我的速度越來越快。即使如此，當我縫完七具身軀的肚子，也已經凌晨了。眞不可思議，都這個時候，九紀山上還有火把的光，他們還在找這些孩子。

我只能在心中不斷道歉。

最後的孩子是高志雄。我摸著他的臉時，他已冷透，溪水從他身上流過，讓我想起小時候爲他洗澡的時候。他確實是討人厭的孩子，但不知爲何，我情不自禁地淚流滿面。

就像過去的自己徹底死透了，我正在爲自己哀悼。

我把孩子們拖到水深的地方，看著他們一個個下沉。所有人的表情都很平靜。在處理屍體時，我盡力撫平了他們臉上所有的痛苦。這時，一條發著光的魚忽然現身了，也不知牠從哪裡冒出來的，但牠發出的紅光極爲溫柔，像是沉入水中的冰冷火星，將最深的潭也照成了紅色。

牠舒緩地游著，像在守護這些下沉的孩子。沒多久，紅色的光輝消失了，孩子們也不見蹤影。

不知爲何，我有種直覺，再也不會有人找到這些孩子了。

我把孩子們的書包藏到倉庫的地下空間；那邊本來是放食物的，後來不知爲何閒置下來，就放了平常不太會用的東西。

要是有人發現這些書包，我也只能認命；但家裡沒有藏這些東西的空間。不管怎麼丟都可能被發現，我在家裡又不夠自由，所以我只有今晚。我只能藏在幾乎不會有人翻動的地下倉庫。

將五年級教室反鎖後，我在深夜回家，悄悄叫醒小姑，問她今天大人問了哪些問題，並指導她如何回答大人們的提問。

我把一切都指向九紀山，沒留下半點給學校。

接下來的一切正如我所期待，甚至順利到讓我懷疑王仙君是否眞的存在；大人開始相信孩子們是被「魔神仔」牽走，沒人懷疑我跟小姑，隨著翡翠水庫逐漸完成，迫遷壓力越來越大，村人也沒餘力一直將心思放在失蹤的孩子身上，只將痛楚留給失去孩子的父母。

但有一件事，我眞心感到可怕。

在那之後小姑也變了。她聲稱能聽到王仙君的聲音，本來大人覺得她在說笑，但她預言了家裡的一些變化，精準到讓人發寒，大人終於不得不信；於是她要大人把珊瑚筷裝上鍊條，讓她掛在身上，並說家裡從此不能祭拜祖先，因爲王仙君會不高興。

這樣大逆不道的事，大人們居然也答應了；小姑以小小年紀，隱然成這個家眞正的主人。我不由地疏遠她，她不尋常的樣子讓我避之唯恐不及。久而久之，小姑也不再對我露出笑容。

翡翠水庫建好了，家鄉沉沒了，我也離開了那個家。翡翠水庫蓄水後，山與溪流的形狀就變了，過去我住的地方，因爲遠遠看像是鱷魚，被稱爲「鱷魚島」。在那之後，我一直作著家鄉被鱷魚吃掉的夢；鱷魚不止吃掉了家，也吃掉了祕密，所有應該揭發的眞相，全都被封在水面底下。

但夢裡有一條魚，就算家鄉被吃掉了，那條魚也在鱷魚前方游著，一點都沒有被吃掉的跡象。那是我的罪惡感，也是我的希望。

多年之後，我窮途潦倒，不得不賣笑維生。爲了接待日本客人，我甚至學了流利的日本語。我的人生像是壞掉的錄音帶，每天都只是重複著昨日，看不到未來的希望。

那段期間，我偶然遇上了故人，他是其中一個失蹤孩子的父親。從他口中，我才知道他相信孩子還活著，至今仍在尋找著；我忽然意識到，或許不止一位父母這樣想。他們沒見到孩子的屍體，是不會放棄希望的。

因此也不會把孩子當成死者來祭拜。

那些孩子已經死了，靈魂已經在陰曹地府，卻沒有人祭祀他們；而且依照在臺灣的傳統習俗，未婚女性是不會被祭拜的，所以才有冥婚。女性必須嫁人才會被祭祀。但那些死去的女孩子，連冥婚的機會也沒有。

他們都成了孤魂野鬼。

這也是沒辦法的。是我藏起了屍體，而且隨著水庫完成，大概永遠沒有發現屍體的一日；那麼，我該做些什麼？我能做些什麼？葬送了那些孩子的「死」，迫使他們徘徊在陰陽兩界之間，生亦不得死亦不能的我，能爲他們做什麼？

至少要祭拜他們。

但我有祭拜他們的資格嗎？我祭拜的東西，他們會吃嗎？不，主要還是資格吧！做這種事，就期待能得到他們的諒解？連我都不會原諒自己！

我突發奇想：要是虛構一個儀式，並透過這個偷偷儀式祭拜他們呢？也就是，讓其他人代替我祭拜。這樣的飯，他們總會吃吧？

這不能是用來祭祀的儀式。非其鬼而祭之，要不是眞有靈驗，人們是不可能照辦的。所以這必須是一種完全不同的儀式。對了，就讓它是個能夠實現願望的儀式好了；想實現願望的人這麼多，尤其我們這些娼妓，生活裡有這麼多不幸，一定有很多想實現的願望。願望能讓儀式流傳下去。

儀式的主要內容就用腳尾飯吧。腳尾飯就是用來憑弔死者的。但要怎樣才能祭祀到他們？不會有別的鬼來搶嗎？至少儀式的內容，一定要連結到那件事吧？對了，九個人裡有八個人死去的夢……這樣如何呢？只要說，要是作了這個夢，就表示儀式成功了。至少在作這樣的夢之前，想實現願望的人會一直進行這個儀式，代替我祭祀那些死者……

10

以上就是我來自地獄的告白。

聽完我的故事，張家父子意外到說不出半點話。我緩緩開口：「其實『筷子仙』什麼的，一開始只是自我安慰，從民俗的角度看沒什麼道理。我也是後來接觸體系化的民俗理論才知道的。但很不可思議，冥冥中也許眞有什麼不可思議的力量，人們竟眞的作起那個夢，還浮現了魚形胎記；或許就跟M老師講的一樣，是請神之後沒有送神。雖然『箸神』本來沒有這種危險性，因爲『箸神』召喚的是『箸神』，就像『椅仔姑』召喚的是『椅仔姑』，明明如此，我卻問『是魚仔嗎』？在那瞬間，這個降靈儀式就變調，不是『箸神』的儀式了。」

「妳就是……」張文勇幾乎說不出話，「妳就是M老師的信裡提到的那個妓女……？可是，妳不是作家嗎？妳現在是作家啊！」

這算什麼問題？我笑了出來：「幸虧我運氣好成了作家，不然連為自己發聲都辦不到；陳水扁廢公娼後，我也沒了工作，幸好那段期間努力學的日語還能派上用場。雖然學歷不足，但我說故事的能力向來很好，文勇哥——我不是說你——他也是這麼說的。後來我更認真學日文，從事翻譯，甚至開始閱讀沒進臺灣的日文推理小說，終於寫了第一部作品……沒錯，我真的非常、非常幸運。」

「但我不明白。」品辰說，「如果『筷子仙』的緣由是老師您創造的，最後為何會變成這樣的儀式？為何九個參與者一定會有八人受害？為何夢境要用這麼迂迴的方式揭發過去的殺人慘案？又為何要進行八十四天？」

「坦白說，我自己也不曉得啊。」我平靜地說，「但這一點都不奇怪，人類的世界就是這樣。大多數人類創造的事物，最後都脫開人類手中的韁繩，成為怪獸，甚至會否定人類的幸福；你問的這些問題，只有為什麼是八十四天，我有自己的想法。」

「為什麼？」

「八十四天，是那孩子從受胎到被打掉的天數。」我說。對，這是能計算出來的。我跟文勇哥發生關係的那天，到我失去魚仔的日子，不多不少剛好是八十四天。

這麼說，或許有人以為「魚仔」化身而成的「筷子仙」是嬰靈之類的存在，但不是的。嬰靈是很晚近的觀念，幾乎是在優生保健法施行後才出現的。保守的人們厭惡墮胎合法化，因此創造出威嚇婦女不准墮胎的「靈」，換言之，就是「社會的惡意」；我失去魚仔，是在優生保健法開始施行前的事。

但這或許就是「筷子仙」與「嬰靈」的相似之處。「嬰靈」是社會的惡意，「筷子仙」則是社會規範的負面連鎖形成的詛咒，最後衍生出殺人事件，再透過祭祀亡者的儀式借屍還魂。

「不，這不重要！」張文勇忽然高聲說，「老師，這麼說來，只要將『王仙君』給您，品辰就能得救了？」

「我不能跟你保證。但要是M老師推測正確，就會是那樣。張先生，『王仙君』的另一半在您長子那裡吧？」

「妳怎麼知道？」

「高淑蘭死後，『王仙君』只能由她兒子繼承。要是『王仙君』不在他手中，我也束手無策了；解鈴還需繫鈴人，但要是找不到鈴，繫鈴人也無可奈何。」

「請等一下。老師，爸，我有個提案。」品辰忽然開口，「送神的事可以暫緩嗎？我說過，我有想達成的願望。在最後的夢境前，我不想中止『筷子仙』的儀式。」

「混帳東西！」張文勇想不到兒子會這麼說，氣得大罵，「你敢拿自己生命開玩笑？你是我養大的耶！你要我白養嗎？」

眞受不了，我忍不住想。

眞虧品辰能長成這樣健全的孩子，想必是來自母親的教養吧？不是說養育之恩不重要，但用養育之恩去要脅孩子，孩子就只會是父母的傀儡，不會有自我了。我平靜地勸他：「別急，張先生。本來送神就不太可能在品辰的最後一場夢之前完成。」

「爲什麼？」張文勇詫異地轉向我。

「這類降神遊戲，通常都是在元宵節或中秋節進行。現在還沒過年，而元宵在正月十五，算起來，大概無法趕在八十四天結束之前。」

「……那我做的都是白費工夫？」

「我倒想勸您多相信自己兒子。品辰說，他有在夢裡活下來的把握，不是嗎？還是說，要是來不及救品辰，您就不願交出『王仙君』？別忘了，『王仙君』被您扣在手上二十年，您認為這是『王仙君』應該在的位置？錯誤的位置會產生新的詛咒，您有自信這絕對不會發生？」

張文勇露出苦笑。

「看來這趟旅程，我收穫最多的就是說教了。將『王仙君』湊齊交給妳就可以了嗎？」

「不止。送神那天你也要來。」

「為什麼？」張文勇很吃驚，看來他真的以為自己已經從這個故事退場了。我揚起嘴角。

「因為你被詛咒了。」

「誰？誰詛咒我？」

「被我。」我說。

11

元宵節，可說是傳統年節最熱鬧的一天。但二十一世紀後，過年的熱鬧感逐漸消失，取而代之的是跨年——對年輕人來說，全球性的活動更讓他們產生認同。

社會確實是有些改變。

當晚，張文勇同樣開車來接我，這次我們是往石碇。車上除了他還有另一個人。坐上車，我劈頭就問：「品辰還好吧？」

「還活著。」

八十四天過去了，品辰依然活著，表示他是能實現願望的瘋狂儀式最後的倖存者。雖然他實現了願望，但沒人爲此欣喜，畢竟這表示一定有人付出了代價。

「妳好。」車上另一個人說。他坐在副駕駛座，微微轉頭看我。我對上他的視線，緩緩地、深深地吸了口氣。

他是三十多歲的青年，看來睡眠不足。我知道他，他就是魚道士，高淑蘭跟張文勇的兒子；我本來以爲他是魚仔的轉世，但要是那樣，「筷子仙」應該不會到現在依然運作，只能想像他手上的胎記，是高淑蘭透過「王仙君」下了什麼詛咒的代價。

但這麼多年，我確實暗自將他視爲我兒子，即使我從來沒在他面前出現過。

「這個男人說，」魚道士指著張文勇，「妳主張我母親殺了人。但那只是妳的一面之詞，殺人的也可能是妳。」

想不到他一上來便這麼說。我忍不住苦笑，但這不算什麼。

「我的話雖然是一面之詞，但其他證詞也不少喔。至少失蹤的孩子直到放學時還活著，所以我能下手的時間，就只有抵達學校後的半個小時。考慮到令慈活到最後，她就算不是主犯，也會是我的共犯；讓令慈從主犯變共犯，你就滿足了？」

魚道士沒說話。

「沒關係，就把我當成犯人吧。這麼多年來，我也一直認爲自己是犯人。」我說。

魚道士哼了一聲：「什麼嘛，那不就無敵了？」

「要是眞能無敵就好了。」

魚道士沉默片刻。

「妳跟我母親到底是什麼關係？」他問。我微微恍神，心中千頭萬緒，彷彿這五十幾年的記憶同時湧上。這太難解釋了。

「或許……我們眞的是主犯與共犯的關係。但在我看來，我們都是巨大詛咒的犧牲品。最後由我們實行了詛咒，不過是整個詛咒的必然結果罷了。」

「這樣啊，那就沒辦法了。」他說。

連我也不懂這句話是在說什麼。

「說到詛咒，」張文勇說，「爲何老師您說我被您給詛咒了？」

「詛咒的種類很多，您聽過日本會在丑時三刻釘草人詛咒另一個人吧？憎恨某個人，直接殺了他就好，爲什麼要釘草人？那是因爲做不到。恨到想殺人，卻殺不了，所以才是詛咒。詛咒就是沒有出口的感情，而這些情感最終會找到替代物，像是草人；張先生，你就是我的詛咒的替代物。」

「什麼意思？」

「過去我……曾喜歡上一個人，」我對著張文勇，同時又像是對著不在場的某人告白，「他跟您一樣是臺大的學生，熱情而友好，對我這樣的鄉村農婦來說，他太耀眼了，所以我把他當成美好的典範，並把這樣的形象轉告給淑蘭；那時我沒發現，每當我滿懷喜悅講自己的戀人，淑蘭眼中的光輝並不止是爲我喜悅，她也將我的戀人當成理想男性的典型。那個男人叫『莊文勇』。我都叫他『文勇哥』，所以淑蘭不知道他的全名。後來，淑蘭說跟『文勇哥』結婚了，也就是您。但您不是他。爲什麼會有這樣的誤會？我也不知道，但結果就是您在不知不覺中成了『文勇哥』的代替品。也就是說，我那沒有出口的感情，以某種形式轉移到了淑蘭身上，並找到了替代物……」

張文勇臉色僵硬。對面車道的車燈照在他臉上，讓他臉色更加難看。他說：「如果這是眞的，那還眞是可怕的詛咒。跟淑蘭的婚姻就像一場噩夢……抱歉，之前我跟你說過了。」

他轉向魚道士。

「算了吧，事到如今我也不會跟你要求父親的義務。」

「抱歉。呃，總之，如果這場噩夢是老師您造成的……現在說要申請理賠會太遲嗎？」

我笑了出來。或許是確定兒子得救，他總算有了幽默感。

「二十年多前的事，恐怕遲了。總之，今天的送神，其實是完成當年沒完成的事，也就是把錯置了的事物，擺回正確的地方。你也在錯誤的位置上，所以你必須來。」

我們的目的地是石碇某座山的觀景台。由於附近是茶園，有不少茶農住家，晚上也不至於全暗；在那邊，可以直面那條吞掉我家鄉的巨大鱸魚。牠在月光下搖擺尾巴，眞是惡形惡狀，但三十幾年過去，牠似乎也累了。

魚道士拿出一隻珊瑚筷。

「『王仙君』在這。它有很長一段時間不在我這邊，正好前陣子有人還給我……當時她問，這上面還有沒有鬼？我說沒有——但那不是實話。推理作家，今天我就把這個交給妳了。」

他把珊瑚筷給我。

「還有這個。」張文勇遞給我另一隻珊瑚筷。

在我手中，「王仙君」再度齊全了！本來，筷子作爲女子出嫁時的嫁妝，既有「早生貴子」，也有「成雙成對」的意義。如今它們終於再度聚首，重新成爲永不分離、繁衍後代的象徵——這既是吉祥話，也是噩夢般的束縛；好與壞始終是一體兩面的。

「既然您說今天需要我，那我該怎麼做？」張文勇問。

「什麼都不必做。您只要在這裡就好。對了，還有不要說謊。不管我問你什麼，您都說實話就可以了。」我笑著說，並把事前準備好的米缸與香拿出來。

月色之下，我將一隻筷子插在米缸內，另一隻疊在上面，形成T字形。我跪坐在米缸旁，點起一枝香，香頭微紅有如螢火，裊裊香氣吹入風中。張文勇跟魚道士在旁看著，我將香插進土壤。

然後念起咒語。

上次念這個咒語是四十年前，但我的心情與那時完全不同。即使如此，我仍感到年輕時的影子逐漸與自己重疊。啊，原來那時我這麼悲傷、這麼痛恨啊？我幾乎能感到自己的淚水在風中冰冰冷冷，那心如死灰的愛，還有澆熄了愛的恨。

筷子動了起來。

「它動了！」張文勇緊張地說。

「箸神啊箸神，你是魚仔嗎？」我忍著淚水，輕聲問。筷子搖搖晃晃地，彷彿在猶豫，但它隨即穩定地往右轉，認同了我的說法。

「你知道我是誰嗎？」

肯定。

「知道啊……那你恨我嗎？」

否定。

「那你恨你爸嗎？」我緩緩指向張文勇。張文勇大吃一驚。

「什麼!?」

「別緊張，說真話就好。」

「我不是你爸！」張文勇著急地說。

我有些痛快地笑了：「是啊，他只是與這件事徹底無關的路人。」

「不對，我是被某個混帳小說家詛咒的衰小路人。」

「你居然這樣說，那時我還不是小說家好嗎？」

我們就這樣閒話家常了起來。

魚仔穩定地轉動，像在聽我們說話；有時它會快一點，像是有什麼情緒，這時我就停下來跟它溝通。魚道士也加入我們，我跟他提起淑蘭年輕時候的事，許多張文勇也不知道，他也會聽。我也得知了魚道士這幾年的近況。

魚道士不愧是專家，馬上瞭解我的用意。這個降靈儀式雖然喚來了魚仔，但目的並不是占卜，我們要做的就只是傾訴而已。對，我做的事跟四十年前並沒有太大不同，但要讓錯位的事物回歸原位，需要的不過就是這樣沒有立場、沒有怨恨、地位對等，再平凡不過的閒話家常而已。

我也是花了很多時間才察覺這件事。

晚風中，我們笑得很開心，而魚仔參與了我們的對話；後來張文勇也能讀懂了，他會說「妳看，這速度是開心嗎？」。這場送神儀式沒有誇張的特效，沒有精采的鬥法，沒有勾心鬥角、鬥智鬥力，也沒有咒語召喚的奇蹟，沒有號令。

就只是笑著而已。

「魚仔啊魚仔，你要離開了嗎？」最後我這麼問。魚仔左右擺動，猶豫不決，但我沒有催他，我們都沒有催。沒多久，魚仔給了肯定的回覆。

「好吧。再見了，魚仔，謝謝你。」我說。

「啪」的一聲，放在頂端的筷子掉了下來，像蟬蛻下了殼。

「結束了嗎？」張文勇問，竟有些落寞；魚道士拿起珊瑚筷，緩緩閉上眼：「……結束了。現在這筷子裡，什麼神啊鬼的都沒了。」

他把珊瑚筷收起來。當然，這本來就是他母親的遺物。

我回頭看了一眼鱷魚。在我的想像中，那條鱷魚始終有吃不下去的東西，那是一條紅色的魚；不管政府的權力再大，蓄水區積起的水有多狂暴，都有著無法消滅的東西。

無論那東西是好是壞。

回程時，我坐在車裡品味一切的終結。

這就是故事的終點嗎？以小說爲例，落下句點的位置總令人吟味再三；就像黃澄澄的路燈旁，天上飄雨落成縷縷金絲，群群的飛蛾圍繞，翅膀翻飛光被切爲不連續的片段，最後散作潭面粼粼波光所生的那分沉寂——句點就沉在裡面。這確實是我沒料到的結局。

但這是我期望的結局嗎？

不，要是眞有我期望的結局，或許有生之年都無法實現吧？看著車窗外的夜色，我忽然感到懸浮著虛無的淒涼，就像沒有邊際的荒原，連怨恨都沒有回聲；我對開車的張文勇說：「張先生，你還記得新書發表會的時候，我問『爲什麼是筷子』嗎？」

「嗯？喔喔……記得啊。」

「其實當時我沒有把整個答案說完。」我低低地，悠悠地吐訴，像要宣洩自己的情緒，「先前我提到詛咒，但詛咒到底是什麼？是誰對誰的恨，還是超自然神靈對觸犯禁忌者的懲罰？這些說法雖然沒錯，卻沒觸碰到詛咒的本質……詛咒不是『個人』的，而是系統性的東西。你要是不在系統裡就不會被詛咒，就像我們亞洲人把筷子插進飯裡會覺得觸霉頭，西方人卻不會受影響。

「所以這個社會本身就是個巨大的詛咒裝置。你或許知道，臺灣傳統裡有很多禁忌是針對女性、孕婦的，要是觸犯禁忌就會被厭惡，但這是女性的問題嗎？在不同的文化體系下，同樣的行爲，女性不一定被指責，所以禁忌是屬於社會的，而不是性別。可以說，臺灣傳統社會本就有針對女性的詛咒。

「那我們要怎麼解開詛咒……？老實說，我覺得沒辦法，只能離開那個體系。但沒辦法離開社會體系的人呢？部分的泰雅族有『魔鳥』的魔咒傳說……被懷疑養魔鳥的人，全家都會被殺掉，但這種懷疑不需要證據，只要『不合社會規範』就夠了。當年的我也是。傳統社會不需要自主的女性。女性產生自我，主動愛上他人，對社會來說是異質的。所以詛咒發動了。」

我不止一次幻想，要是當初事情不是這麼發展，我會過著怎樣的人生？但我越想就越不明白爲何我們非得受這樣的壓迫。我確實有機會做出不同選擇——符合社會期待的選擇——但爲何只有那樣才能好好活下去？我們出於天性的愛與喜悅，爲何是一種罪？

如果有我期望的結局，那一定通俗的大團圓結局：一個女性不必再受這種折磨的結局。

「要是我離開那個家，到大城市裡找我的戀人，事情會有不同嗎？我不知道。但我天眞地冀希能被社會接受，並留在系統裡，結果就是承受了詛咒，並生出新的詛咒；對，接下來發生的全都是詛咒。詛咒帶給我的痛苦，讓我悄悄蒐集魚藤。詛咒讓淑蘭累積不滿，變得什麼事都想握在手中，甚至想透過王仙君控制那個家……所謂的詛咒，就是社會的無能爲力。」

那份傷痛最後成了一條魚。

張文勇沉默地開車，或許是不懂爲何我突然滔滔不絕吧？其實我也沒有具體的理由，只是有某種預感。片刻後，他猶豫著說：「不過您現在功成名就了。雖然經歷過那樣的不幸，您還是成功了。這個社會沒有對妳這麼不公平。」

他的反應，或許是應驗了我的預感吧？我微微苦笑：「什麼是公平，什麼是不公平？其實這不是公不公平的問題，而是我們根本不應受那樣的苦；因爲是女性所以理所當然、因爲是媳婦所以理所當然、因爲是娼妓所以理所當然，這裡頭只有身分，沒有人，也沒有關於人類幸福的視野。」

「您覺得這是社會的錯？」

「我不會這麼說。急著說誰對誰錯，只是將事情簡單化。好與壞是一體兩面的，要是沒有社會，人就無法生存，這是事實；但要是不認清社會有其陰暗面，詛咒就不會停止。」

所以我不後悔……不後悔「成爲人」。

我被詛咒摧殘，最後離開那個體系，到了詛咒很難傷到我的地方。但我很難不後悔那個晚上，我成了詛咒的實行者、詛咒的共犯——在那個堪稱光風霽月的晚上。

因爲那一晚，我曾認爲自己沒有得到幸福的資格。訪談中，我說要寫B國小的故事，也是因爲我年紀已長，覺得該清算自己的人生了；在藏匿的同時，我揭露的渴望也越來越強。在拼湊成我人生的零碎時光中，那天晚上總是突然閃現，我感到自己仍浸在冰冷的溪水裡，用針線縫起瘦小纖細的皮囊，那些被送入黑暗的少年少女，彷彿就要睜開雙眼！我總得在死前把這一切糾正。

所以我決心透過小說自白。小說中，身爲性工作者的「我」向不同男人述說自己的故事——雖然大多是虛構的，公娼的工作時間是一節十五分鐘，根本說不了完整的故事，大部分恩客也沒興趣。但在以十五分鐘爲單位的輪迴中，確實有些零碎而誠摯的生命剖白，也確實有過吉光片羽的善意，我有在小說中編造的權利。我打算以這段自白化爲神的雷霆，將我藏匿屍體的虛飾盡數焚燬，撥開醜陋的灰燼，露出炭化的動機。但就算如此，我還是沒挽回任何事，只是遂行了自我滿足的正義——這是當時我唯一想到的結局。

要是我這麼做，詛咒會再度降臨吧？即使我不是爲了讓誰來懲罰自己（至少不是這個社會），媒體與群眾也會熱切挖掘我的過去，舔舐單薄片面的羶腥，把眞實的我丟在一旁。只因我是女性，是媳婦仔，是性工作者。我幾乎已能聽到獵奇的耳語。

但這結局被「筷子仙」改寫了。

因爲，這下事情眞的結束了，不是嗎？長達三十年的詛咒塵埃落定，魚仔被解放，珊瑚筷物歸原主，一切都在正確的位置上；這雖不是大團圓結局，卻是「正確」的結局。雷霆並沒有白費，至少我獲得了滿足，復仇女神涅墨西斯打算擲出懲戒的長矛，卻發現手上什麼都沒握——不過如此。

我的作家生涯還沒到頭呢。

細小的引擎聲中，夜平等無私地潛進所有人心房。我猛然想起文勇哥的臉，彷彿砸破了名為時光的窗，青春的光影竟奔流而來；文勇哥在茶樹邊問我怎麼製茶，我將茶葉摘下，揉出香氣說「這就是茶的味道」，他乘機握著我的手，笑容何等閃耀，幾乎將泛黃的回憶給照亮，讓散落的時光熠熠生輝，變成一朵滑落的淚……

多可愛啊。

對，他未必是負責的男人，但我不後悔遇見他；因爲愛情最大的意義不在愛情本身，而是愛情使我們成爲怎樣的人。

我因爲他成爲了自己。

從今天起，我想我不會再作鱷魚之夢了。

追記：故事中的B國小確實存在，但平面圖等細節，僅是我爲了故事而虛構或揣測，沒有根據。又，「箸神」確實是元宵節、中秋節玩的遊戲，但沒有文獻證據指出其有占卜的功能，只是許多降神遊戲有占卜之用，是以我爲創作之便，任意挪用、想像了占卜細節。

亥豕魯魚

0

那物體漸漸逼近，和我的距離不到兩公尺。

牠雖然具備人形，我卻確知那是人外之物。牠身上披著沾滿泥巴、像是以茅草秸稈結成的簑衣，頭顱頂著一頂以竹編成的破舊斗笠，然而我無法看到牠的臉孔——斗笠之下一片黝黑，彷彿是一個通往異界的無底洞。簑衣和斗笠不過是用來掩飾牠那異形的本質、依附在牠身上的偽裝。

——噗滋滋、噗滋、噗滋。

那簑衣抖動著，混濁的泥水從秸稈滴下，在牠身後的地上拖出一道不規則的灰黑軌跡。我不是不想逃離牠的威脅，只是，我根本無處可逃。

而牠已來到我的面前。

牠從簑衣下伸出像是手臂的肢體，以兩根筆直細長、滿布黑色網狀脈絡的手指抵住我的衣襟，緩緩刺進我的胸口——

在我驚懼的目光之中，我發現那兩根數十公分長的手指，宛如一雙帶節的竹筷。

而我，正是牠的盤上之飧……

1

我揹著背包，急步從香港機場的入境大廳往四號停車場走去。爲了省卻等待托運行李的時間，這次我只帶一個背包上機，選了一個靠近出入口的座位，卻沒料到遇上來自另一航班的大型旅行團，害我在入境檢查關卡足足等候了四十五分鐘。好不容易通過後，大概因爲我行色匆匆，引起海關人員注意，他們仔細檢查我的手提行李，差不多半小時後才放行。

「品辰，這叫『因快得慢』……呵，這粵語你聽不懂？換成國語就是『欲速則不達』。」在電梯裡，阿文瞧著氣急敗壞的我，搓著下巴上的鬍碴嬉皮笑臉地說道。「既然你能沉住氣熬過八十四天，還加上我指示你多等的兩週，區區兩三個鐘頭算得上什麼？」

「就是等得太久，我才不願意在終點前被拖慢。」我白了阿文一眼。「你們的海關是不是歧視臺灣人啊？假如我是香港人才不會被諸多留難吧？」

「別問我，我又不是香港人——我是九龍人。」阿文擠眉弄眼，裝出一副滑稽模樣。

我沒理會這傢伙的冷笑話，電梯門一打開便衝出去。

一如姚學長所言，他的藍色本田Jazz就停在四樓近電梯出口，不費勁便找到。我用他昨天在台北給我的遙控車匙打開車門，確認沒弄錯車子後，便和阿文坐上去。

「香港是右駕的，你習慣嗎？」阿文對坐在駕駛席上、顯得有點手忙腳亂的我笑道。

「難道要讓你這個沒有駕照的傢伙來開車嗎？」我吐槽道。「而且好歹我也拿到了國際駕照。」

不過老實說，在臺灣以外的地方開車眞是頭一遭，我也不禁有點擔心起來。或者阿文說得對，欲速則不達，這時候我必須保持冷靜。

我不斷說服自己，既然我在「筷子仙」儀式中倖存下來，願望便一定已實現，假若我在跟她重逢前再次遇上車禍，那就蠢斃了。爸老是質問我爲什麼堅持玩這種詛咒遊戲，爲了逼我放棄差點連「脫離父子關係」這種話也要說上了，但我可不願意告訴他背後的原因。

要救一命，自然要賭上一命。

去年一月初，我參加了大學的交流團，到香港逗留三週。交流團的行程排得很鬆散，自由時間相當充裕，校方美其名爲「讓同學們發掘自我，跟外地人作更深入的文化交流」，實質上只是老師們自己想偷懶，騰出空檔在香港吃喝玩樂。本來我也沒有什麼特定的安排，打算隨便觀光遊覽，出發前在Line上碰巧跟姚學長提起，他便請纓擔當我所有空閒時間的導遊。

姚學長比我大七歲，是個香港帥哥，曾在臺灣念高中和大學，跟我家是鄰居，他在臺灣居住時已很照顧我，時常陪我一起玩。他大學畢業後回到香港當老師，偶然來台我們仍會敘舊——縱使我倆年紀有差，姚學長從不擺架子，就像同輩的好友，我教他說台語，他教我說廣東話，結果數年後他已能輕鬆看懂歌仔戲，我的粵語卻只有「半桶水」。因爲仰慕他，我高中畢業後也選了T大的歷史系，正式成爲他的學弟。

離開臺灣時我料到他會安排豐富有趣的行程，然而我沒想到，因爲他的關係我會陷入莫大的煩惱。

戀愛的煩惱。

由於我對日本中古歷史深感興趣，姚學長說H大美術博物館剛好有「日本藝術中的傳統宗教」展覽，我們便相約在某週六參觀。他說他的一個學生亦有興趣，希望同行，我自然不會拒絕，只是我在H大公車站跟遲到的姚學長碰面時，才曉得一直站在不遠處、低頭讀著森鷗外《舞姬》的清秀女生便是他口中的學生。我已經不大記得當時如何跟對方打招呼，皆因我心裡慌得很，擔心她發現我在等姚學長時不斷偷瞄她——天地良心，我最初純粹想知道她在讀什麼作品，只是她的氣質讓我的注意力慢慢從她手上的書本移到她身上。

「她叫聶曉葵，我們都叫她小葵。」姚學長如是說。

即使是週末，H大美術博物館客人很少，我們可以舒適地參觀展覽。姚學長和我對不少展品的歷史背景有著不同見解，令我意外的是小葵也能加入討論，尤其是神道教與佛教在日本合一的歷史她知道得比我還要清楚。然而在博物館的三個鐘頭裡，我最記得的一幕，是小葵欣賞一幅神社鳥居的巨型油畫時的背影——當天她穿了白衣紅裙，恍若一位脫俗高雅的巫女站在鳥居之下，侍奉神明。

「怎麼了？」那時候她回頭以烏溜溜的大眼睛瞧著我，向渾然入迷的我問道。

「沒、沒什麼，很美……啊、我說這照片拍得很美。」

「這是油畫。」她嫣然一笑。

直到那一刻之前，我仍認爲「一見鍾情」是鬼話。

我們在下午兩點吃過午飯後，小葵因爲約了同學所以先離開，我心裡雖然極其失落，但在姚學長面前總得掩飾一下。他之後帶我到山頂觀光，晚飯閒談之間，他無心的一句話卻讓我心情掉至谷底。

「小葵她品學兼優，有這種學生可眞是老師的福氣。談吐得體，處事成熟，任誰也看不出她只有十四歲吧。」

十、四、歲？

老天，她是國中生？

我再三向姚學長確認，他還在手機上給我看他學校歷史學會的活動照片。姚學長擔任高年級的班導，所以我以爲小葵該念高二或高三，沒想到小葵不是他班上的學生，而是他指導的社團成員。香港的中學行六年制，國中與高中同校。

那頓晚飯我食不知味，內心陷入天人交戰。就像老電影《心靈捕手》裡的心理學教授所說，在遇上眞命天女的那一刻你會願意放棄你人生的一切，只求跟對方多相處片刻，可是理智上我知道這是不可踰越的禁忌——對方只有十四歲啊？

我沒想到我會陷進納博柯夫《蘿莉塔》主角的困境——好吧，或許沒有那麼糟，但十二歲跟十四歲在世人眼中相差不大。

爲了撲熄那無望的情感火苗，在港期間我努力轉移注意力，好讓自己忘掉那動人的身影，但老天似乎要跟我作對，在我離港前一天，姚學長跟我餞別，居然跟小葵在餐廳遇上了——而且她還跟父母一起。小葵的雙親十分好客，因爲他們跟姚學長相識，他們又從小葵口中聽說過我——幸好看展覽那天我沒幹什麼壞事——於是那頓飯便成了五人飯局，他們硬要請客。

飯後分手之際，小葵主動問我聯絡方式，說有一些在臺灣升學的問題想請教。我們當著她雙親面前交換了Line，當時我還手忙腳亂，把手機背後的鏡頭當成指紋鎖，慌張地嚷著「咦怎麼我的手機沒反應了」，逗得小葵父母噴笑。說來汗顏，他們可不知道當時我緊張的原因——我口袋裡有一張在洗手間偷偷寫上電郵信箱的餐巾紙，前一刻仍在煩惱如何瞞著他們塞給小葵。

回到臺灣後，我和小葵保持通信，雖然不算頻繁但每隔數天也聊上幾句，有時更會聊上一整個晚上。我們沒有談太多切身的話題，但感覺上我們漸漸認識彼此，比如我知道她喜愛的食物、鍾愛哪一位作家、和哪位同學相熟；我也告訴她我和家人的關係、在課業上的煩惱、將來的夢想等等。一如和她本人相處，透過文字訊息我完全無法感到對方是一位比我小六、七歲的國中女生，我甚至覺得她比我一些學長學姊更靠譜。

姚學長很快看穿我們的關係——說實在，我們也沒有什麼「關係」，不過是「曾碰面的海外網友」而已，倒是學長似乎摸清我心底的想法，畢竟他跟我情同手足。出奇的是，他不但沒有勸止或警告我，反而鼓勵我繼續和小葵交往。「那孩子一向沒幾個朋友。」學長在Line上告訴我。「而且比起那些圍在女生身旁、心懷不軌的男生，身在臺灣的你不是更令人安心嗎？哈哈哈。」

三月某天，姚學長寄來一盒小餅乾，我將它放在客廳，晚上才知道原來是小葵託他寄給我的「手工曲奇」。我連忙衝出房間，喝止已把餅乾放到嘴邊的饞嘴老爸，一片不留連盒子全收回去。冒失的我沒留意盒子裡有小葵的字條，說是家中買了新烤箱，這是實驗成果。我其實不特別喜歡吃小餅乾，但我敢說那是我自出娘胎吃過最美味的甜點。作爲回禮，我也在寄給姚學長的包裹中，放上好幾本小葵喜歡的絕版小說和一頂在松菸文創園區買的帽子，請學長轉交。說起來，那個郵包裡送小葵的東西比給學長的還要重。

那三個月我過得十分愉快。然後我遇上天大的好運，卻同時迎來最大的噩運。

大學附近的商店舉辦推廣活動，我居然抽中三獎，獎品是往香港的來回機票。由於機票有時效，我便打鐵趁熱，選擇在五月中到香港來個四天三夜的自助小旅行。我戰戰兢兢地在網路跟小葵說這消息，希望約她去參觀另一所博物館，她不用三秒便爽快答應，並且說會好好安排一天的行程。

本來我該十分高興的，可是小葵的迅速回答讓我感到不是味兒。也許在她心裡，我只是她老師的一個學弟，就像一位普通的海外旅客吧？她的熱情只是出於主人家對客人的心態嗎……

對了，帽子。

假如她在約會當天戴上我送她的帽子，那我應該可以視之爲一個對我有好感的象徵吧？

可是，我的期望落空了。

那天小葵穿著一襲紫色的連身裙，看起來成熟迷人，可是她頭上空空如也。

縱使我送的淡紫色帽子明明跟她的洋裝匹配，她也沒帶出來。或者她根本是不喜歡戴帽的女生？對了，網路上不是有說，送女生服飾有很多禁忌嗎？可是她收到禮物後，道謝的訊息寫得很長啊？那是客套話嗎？

我的心情就如同當天的天氣一樣，時晴時雨，忽明忽暗。

話雖如此，能和她碰面已叫我樂以忘憂。就像久違的朋友，我們無所不談，小葵也偶然展現她活潑的一面，笑容比我們之前兩次碰面要多，提起某些小說她更無所顧忌地吐槽——說來有趣，原來她討厭《舞姬》這個故事，覺得主人翁太優悠寡斷，參觀H大博物館當天早上因此悶悶不樂，幸好展覽有趣，我和學長的討論亦很有意思，心情才好過來。她也訴說一些煩惱，說她好友近來跟她疏遠，她卻不知道自己犯了什麼錯。我不是懂得安慰女孩子的體貼男生，只好給些籠統的意見，像「直接問清楚便好了」、「眞正的友情才不會被區區小事破壞」之類。事後回想，我當時九成耍帥耍過頭，樣子蠢死了。

爲了不辜負學長對我的信任，晚飯後不到八點我便送小葵回家，在她家門前她還反過來向我道謝，笑說翌日看看會不會偶然碰上。

「明天我跟爸媽到烏蛟騰村吃喜酒呢。」晚飯時小葵告訴我。

「烏蛟騰村？」

「嗯，我家有親戚是其中一條村的村長，在村裡設婚宴。」

「是新界的鄉村嗎？我沒想到香港也有這種宴會。」當時我心思一轉，問道：「烏蛟騰村在哪兒？」

「在船灣郊野公園旁邊……近新娘潭啦。你知道新娘潭嗎？」

「知、知道！我明天就是打算去新娘潭觀光，拍些照片啦……」事實上我完全沒概念，只隱約記得香港有這地名。

「哈，那說不定會巧合遇見呢。」

回到旅店後我立即上網調查往新娘潭和烏蛟騰村的路線，翌日一早便搭車往新界。換乘了幾次公車和小巴，終於來到新娘潭，然而抵達目的地後，我卻驚覺自己思慮不周——我不可能跑進人家的村子假裝跟小葵遇上，因爲這和變態跟蹤狂無異，然而小葵一家是要進村吃喜酒，他們只會坐車經過新娘潭，不可能中途下車。那我跑到新娘潭幹啥？

察覺到自己的愚昧後，我只好整理心情，將謊言當成事實，沿著新娘潭自然教育徑蹓躂觀光，拍一些照片。這天天氣好，瀑布和風景也滿漂亮，只是我不理解爲什麼沿途不時看到路邊放著一碗碗插著筷子的腳尾飯，也許是爲了祭祀某些鬼神？距離農曆七月還有三個月喔？

大約下午兩點，我坐上一輛綠色小巴離開新娘潭，畢竟我來時匆匆，背包裡只有一瓶礦泉水，不得不找間餐廳祭五臟廟。開車的司機大哥是個胖漢，小巴在彎彎曲曲的狹窄的山路上疾馳而進，讓我有點小擔心。小巴在一個彎角旁突然停下，引擎熄滅，司機大哥試過好幾次仍無法發動。

「拋錨啦。」司機大哥對我們幾個乘客說。

他說已用電話求助，不久便會有另一輛小巴前來，可是我實在太餓，使用手機調查一下，只要走十數分鐘便會到有餐廳經營的汀角路，於是我告訴司機我用走的便可以。

還好天氣不太熱，這段路也不難走。

「辰哥！」

沿著馬路走了五分鐘，身後突然傳來一聲呼喚。我回頭一看，竟然看到那張我朝思暮想的臉蛋——小葵從一輛停在路邊的汽車車窗探頭向我揮手。

這是上天的恩賜吧——當時我是如此想的。

方才在我身邊迎面駛過的紅色私家車，原來就是小葵父親的車子。小葵眼尖，看到我走在路邊，連忙叫住父親停車。我向他們說出小巴故障的遭遇，亦告訴他們我餓得只好步行找餐廳，小葵父親卻笑著提出令我大喜過望的邀請。

「不如你跟我們一起參加婚宴吧？男家主人是我的表舅，而且新娘也是臺灣人，他們一定不介意有一位臺灣朋友加入的。」

我擔心這樣跟去太白目，可是小葵臉上沒有反對，我心想這是難得的機會，於是欲望戰勝理智，答應上車。小葵一家都穿得整齊得體，我卻一副寒酸的爬山裝，還要兩手空空的來赴宴，實在丟了臺灣人的面子，倒是小葵母親笑著說不用在意。小葵心情似乎很不錯，我問她原因，她說昨晚回家後聽從我的勸說，跟好朋友之間的誤會解開了，二人和好如初，並且相約下週末一起逛街。太好了。

我以為這是我最完美、最幸運的一天，沒想到，這一切是不幸的開端。

「我想問一下，新娘潭是不是香港的傳統祭祀勝地？」車子駛過新娘潭後，我隨口問道。

「不是啊，為什麼你這樣問？」坐在副駕座的小葵母親回頭反問。

「我剛才閒逛，發現無論近瀑布還是燒烤場，路旁不時看到一碗碗腳尾飯。」

「什麼是腳尾飯？」小葵問。

「香港不是叫『腳尾飯』嗎？就是在飯碗裡垂直插上一雙筷子，用來祭祀先人的那種貢品——我剛才就在那邊見到——」

我往左方指了指，小葵父親也朝左方扭一下頭，然而接下來車子突然失控，猛然撞向欄杆。我不知道失控前是車子撞上什麼，還是什麼撞上車子，我只感到一陣強烈的衝擊，然後天旋地轉，眼前一黑。我上車後沒有繫安全帶，身子好像被拋出車外，滾下山坡。

我好不容易才從昏迷中甦醒過來，事後發現，原來我掉落到距離意外地點相當遠的山下，要不是被剛好路過的阿文發現，早就失救致死。

阿文是個奇怪的傢伙，他個頭很高，身形瘦削，外表看起來像二十出頭不到三十，實際年齡卻不止於此。他老穿著一件破舊的棕色風衣，總是留著滿臉鬍碴——他說這種裝扮才配合他的身分。他自稱九龍第一名偵探、這城市的地下守護者，主張以科學破除迷信，專門研究不可思議的現象，替人消災解厄。那天他身處新娘潭，就是爲了調查涉及那些神祕腳尾飯的都市傳說。

這也是我和這個名字跟我老爸有點相似的傢伙結下不解之緣的契機。

記得當我回復意識之際，我毫不在乎自身傷勢，心裡只關心一件事——小葵在哪兒？她怎麼了？她安好嗎？

我就說，上天是公平的，祂賜予我幸運之後，便給我同等的不幸。甚至讓我的不幸波及無辜的人們了。

小葵受了重傷，雖然救回一命，但昏迷不醒，而她父母則因爲車子起火，慘死當場。根據警方的調查，車子似乎撞上一頭突然從路邊躍出的山豬，小葵父親因而嚇一跳令車子失控。警察也不明白爲什麼車速不高卻釀成如此嚴重的意外，但結果就是如此，而最諷刺的是被撞的山豬據說存活下來。

知道這事實後，我幾乎崩潰了，在醫院看到身上包滿繃帶、插著導管的小葵，不由得哭成淚人。假如我沒有自作主張，前往新娘潭，小葵父親便不會停車接我，沒有耽擱那幾分鐘、在車上談什麼腳尾飯令他分神，他的車子亦不會撞上那頭山豬，小葵也不會受傷，親切的伯父伯母更不會罹難。是我害的。

一切都是我害的。

我更改了機票，在香港多待了一個星期，最後還是察覺到自己對小葵的情況無能爲力，只能像喪家犬般回到臺灣。姚學長因爲小葵的意外十分難過，但我沒告訴他當時我也在場，畢竟說出來對小葵毫無幫助。就在我回台的那天，本來說來送機的學長臨時失約，之後聽說他任教的學校有學生跳樓自殺，他忙於善後應付家長和照顧學生。

「自殺的女生是小葵的好友，唉……我應該看緊一點……」學長在長途網路電話中嘆道。

我想起車禍前小葵提起跟好朋友和好時的笑靨，腦袋頓時變得一片空白。

縱使我撿回一命，我接下來數個月也失魂落魄，期末考考得一塌糊塗，暑假也只乏力地呆在家，不想見任何人。雖然我的積蓄足夠應付我再往香港的旅費，可是，我實在沒有顏面待在沉睡中的小葵床前。我每天也被臽悔煎熬，自責因爲一己私利，害喜歡的女孩子遭上家破人亡的不幸。

我無法彌補我的過錯。

「有方法喔，」去年十月中，阿文如此跟我說，「而且這方法十分方便，你不用到香港也能實行，只是風險有點高。」

「風險？」

「一個賭命的遊戲，勝率只有九分之一。」

阿文告訴我，在研究「新娘潭筷子咒」——就是我在香港看到那些怪異的腳尾飯——的過程當中，他發現背後有十分複雜的遠因。「筷子咒」是香港某直播主弄出來的虛構傳說，理論上沒有任何詛咒力量，卻隱然產生效果，被下咒的人的確發生了不同程度的不幸。

「你不是說過那些玩意都只是迷信嗎？」我問。

「『相信被下咒者會遭逢不幸』是迷信，但下咒的人對目標的惡意卻確切存在。這個世界存在因果法則，就像蝴蝶效應，因果是在我們看不到的現實背後運行，假如有某人或某股力量介入這背後的運行法則，就有可能產生傾斜的因果，令原本無法連上的因果線互相被牽動。聽過『Karma』這個詞語嗎？一般人將它譯作『報應』，但這顯然是誤譯，因爲『報應』只會想到善惡。我比較贊同『業』這個中性譯法，人類所做的每一個決定、每一個行爲也是組成『業』的一部分，而我估計『筷子咒』背後就有一股干擾『業』的力量存在。」每次談到這種話題，阿文就會長篇大論說個不停。

「這是僞科學吧？」我反駁道。

「一百年前量子力學也是僞科學，五百年前太陽還是繞著地球旋轉，三千年前地球更是平的哩。」

阿文說，香港的「筷子咒」和日本一個叫作「筷子大人」的許願儀式有關，僞造傳說的直播主便是以該儀式作爲藍本改編，而「筷子大人」和在臺灣流傳的傳說「筷子仙」作法幾近相同，所以他估計「筷子咒」背後的那股力量和「筷子大人」或「筷子仙」攸關。根據他調查所得，的確有人成功利用「筷子仙」達成願望，但相對地也有不少人在持續那八十四天的儀式中離奇失蹤或意外身亡，流言指每九個祈願者只有一人能獲得「筷子仙」眷顧，其餘皆要付上生命。

「我正想找個人來實驗一下。你有百分之十一的機率能夠讓你的小小女友康復，風險是百分之八十九在睡夢中猝死，賭還是不賭？」

我完全沒有猶豫，立即答應。只要能讓小葵甦醒，我甘願押上性命。

當我初次夢見自己身處那座詭異的國小校舍，我便知道這是「筷子仙」承認我資格的通知了。我不知道的是，原來阿文瞞著我準備好破解法，確保我不會喪命。

「這叫Hack the system，任何系統也有漏洞。」他告訴我。「你肯定能存活下來。」

「可是……這對其餘賭命的八人不是很不公平嗎？」

「你根本不曉得每次作夢遇見的八人都是相同的八人啊？你以爲這是九人連線的PvP大逃殺遊戲，但也許其實是MMORPG，每次打副本的九個相同角色都是由不同玩家操縱的呢？」

阿文的想法就是如此獨特，偏偏我找不到反駁的理由。

爲了瞞住家人進行一天一次的儀式，我都在大學削竹筷、將筷子插進飯碗許願。老實說，這儀式有夠折騰人的，這年頭找野生竹子已不容易，我又不敢在食堂大模廝樣吃腳尾飯，只能買便當再自備飯碗，找個僻靜的地點偷偷將米飯盛過去再行事。同學們奇怪我碗筷隨身，我只好謊稱支持環保，可是每天也躲起來吃飯就越來越令人起疑。紙終究包不住火，十二月某天中午，在我不知情下有人用手機拍下我祈願的經過，對方沒有將影片放上網，反倒告知我老爸——那位同學的父親跟老爸是舊識，亦因此擔心友人的兒子是不是幹了什麼壞事，每天不得不拜祭死者的鬼魂以求寬恕。

老爸拿著播放著影片的手機跟我對質，我只好坦白說是某種許願遊戲，可是他又從網路找到資料，知道「筷子大人」賭命的說法，便抓著我四處求助，拜會了二十多個「大師」。出乎意料的是，他最後找上的不是道士和尚，而是一位有名的作家女士。她的小說我滿喜歡的，只是我沒想到她便是「筷子仙」儀式的始作俑者，是事件的關鍵人物。我們在B國小遺址聽過她的告白，不由得爲上天安排的巧合感到戰慄。

「就連我也推理不出來，謎底居然是這樣。」阿文知悉眞相後，難得露出訝異的表情。「這趟來臺灣來得眞合時，一口氣掌握了如此多的線索……這東西我尋覓多年，想不到得來全不費工夫。」

「這東西？」

「那雙珊瑚筷。」

阿文指他處理過的所有案子都脫離不了三個元素——人、事、物。「人」是指令事件發生的人物，在「筷子仙」事件中自然是作家老師和我爸的前妻；「事」是指事件背後的原因、被掩藏的故事，即是作家老師年輕時用「箸神」招魂問卜和B國小發生的失蹤事件；「物」便是導致事件發生的關鍵器物，像鬧鬼事件中的被詛咒人偶、殺人事件中的凶器之類。那雙號稱「王仙君」寄宿的珊瑚筷便是整起事件的關鍵器物。

「試想想，單純的思念有可能引發如此龐大的事件嗎？可能牽動現實背後那張如宇宙般浩瀚的『因果之網』嗎？」阿文舉起指頭，姿態像是學者發表論文。「No、No、No。那被打掉的胎兒又不是孫悟空或三太子托世，單單人類的惡意和怨念不可能讓這三、四十年間進行儀式的一般人作相同的夢，更遑論令人猝死。令怨念無限放大、干擾因果法則運作的便是那雙特殊的筷子，就像4G訊號塔，將原來區域性的訊號廣泛地散發出去……」

阿文之後還長篇大論地以「竹筷」比喻爲智慧型手機，解釋儀式如何將「用戶」串連起來，一同「登入」B國小這個「線上伺服器」，雖然他說的每句話我都懂，加起來卻像電腦語言般令人摸不著頭腦。

按照作家老師的計畫，她會在元宵節「送神」，反正時間在我祈願完成之後，我對此也沒有異議，但我和阿文私下跟我那個同父異母的道士兄長見面後，才發現老師的計畫有嚴重漏洞。

「我不久前從舊友手上取回筷子，但那隻不是原來的珊瑚筷，而是我母親的遺骨。」兄長拿出一隻血紅色的筷子，放在我們面前。他說十五年前曾決意反抗命運，在其中一隻筷子——他母親的遺骨——神祕消失後，將餘下的那隻珊瑚筷投進大海。

阿文本來的如意算盤，是等「送神」儀式完結、作家老師將從老爸手上得到的珊瑚筷歸還給兄長後，直接請兄長讓渡給他，可是如今只能拿到一半，更麻煩的是，作家老師根本不曉得她無法集齊當年她「請神」時的筷子，那「送神」不一定能成功。

「不，只有一隻也可能ＯＫ。」阿文對我和兄長說。「道士先生，你只要確保『送神』時放在上面的那一隻不是令堂的遺骨筷就好。」

「這樣便可以？」我插嘴問道。

「『箸神』儀式是將一隻筷子當成支點、插進米缸，再將另一隻架在支點上當成神明指示，所以真正施力的只有其中一隻。我說過這事件中那雙珊瑚筷是『增幅器』，什麼『神明寄宿』、『陰魂不散』都是屁話，只要作家女士沒有半分懷疑，她的思念便能透過筷子連結到她那夭折的孩子身上，完成送神儀式。理論上就是如此，實際上嘛，我都不能確定，現在只能死馬當活馬醫，Cross your fingers期望一切順利。」

我完成八十四天的祈願後，一如阿文所說倖存下來，可是我向姚學長打探卻沒收到好消息，小葵依然在醫院中昏迷不醒。我不知道是我的「筷子仙」儀式有什麼出錯，還是因阿文「Hack the system」的作弊手法被「筷子大人」識破令許願無效，抑或跟我們之前到B國小調查有關，但阿文一再叫我安心。

「多等兩週，待『送神』完成，我拿到筷子後再和你一起回香港確認。」

即使我心焦如焚，也無可奈何接受。畢竟在這事上，我沒有其他選擇。

元宵節後我們再訪兄長，據他說「送神」十分順利，兩隻筷子亦順利取回。他照之前的承諾將屬於「王仙君」的那一隻交給阿文，只保留屬於他母親的遺骨筷。

兩天後，我和阿文已身在飛往香港的飛機上。姚學長碰巧帶學生來台參加活動，他知道我準備往香港，便將他的藍色本田Jazz停在香港機場，在台北給我鑰匙讓我取用。他更借我他獨居的住所，好讓我節省旅店住宿費。

「今天天氣挺不錯嘛。」當車子駛在香港八號幹線上，阿文遙望著前方的青空。「事件也該邁向尾聲了……」

我踏著油門，依照手機導航直奔小葵所在的醫院。我才不管什麼筷子神筷子仙，只要小葵能夠復原，要我殺神請鬼賭命闖地府也在所不惜。

阿文得到半邊珊瑚筷當天晚上，他對我說：「萬事俱備，我們去將事情了結吧。」

「是要救醒小葵嗎？」我不知道他有何盤算。

「那是其中一項。」阿文露出神祕的笑容。

2

我將車子停在醫院停車場，循著大半年前的記憶往小葵所在的那一棟走過去。

「你先等一下。」在走進大樓前，阿文丟下一句，逕自消失於大樓入口。兩分鐘後回來，再說：

「可以了。」

我不知道他爲什麼要我稍等，但我心裡沒餘暇問他，因爲我擔心著「筷子仙」失靈，沒有讓小葵甦醒，甚至有更可怕的想法，不知道小葵會不會因爲我執行儀式，被捲進這些靈異現象之內，「筷子仙」要她付出生命作爲我作弊的代價……

拖著沉重的腳步離開電梯，走進獨立病房，我再次看到小葵清秀的臉。儀器顯示她仍活著，算是令我稍稍安心，可是她一如我的記憶，宛如沉睡般閉目躺在病床，身上插著導管，這模樣就讓我心痛。

「好了，來進行喚醒她的最後儀式吧。」阿文說道。

「你果然留有一手！是要用那隻筷子做些什麼吧？」

「不，不是我，」阿文兩手插進褲袋，坐在窗邊的一張椅子上，翹起二郎腿，「要做些什麼的，是你。」

「我？」

「要喚醒公主，靠的當然是王子的吻啊。」阿文嘴角上揚，不懷好意地說。

「這時候別開玩笑啦。」我有點惱火。

「誰跟你開玩笑？根據我的判斷，我肯定你的願望已經達成，她至今仍未醒過來只有一個原因，就是她自己不願意甦醒。換成是你，父母雙亡、好友自殺，你還有什麼理由重回這個狗屎般的現實世界受罪？讓她知道有人在乎她、疼愛她，令她對現世有所留戀，就是喚醒她的最佳手段。」

「但也不用吻她吧？」

「你沒看白雪公主、睡美人和灰姑娘嗎？」

「灰姑娘可沒有被王子吻醒！」

「好好好，我說錯了。既然你硬要問，好吧，我就直接告訴你，人的呼吸並不是氧氣和二氧化碳交換這麼單純，在化學與生物學之外，『氣』在其他範疇有不同的意義。」阿文再次開啓他的說教模式：「假如你的道士哥哥在場也會支持我，道家有所謂『內丹術』，就是指藉由呼吸調和體內陰陽、修煉得道，『煉精化氣、煉氣化神』是每個道家信徒都知道的基本知識，春秋戰國流傳《行氣銘》，『行氣，呑則蓄，蓄則伸，伸則下，下則定，定則固，固則明，明則長，長則退，退則天，天兀舂在上，地兀舂在下，順則生，逆則死』，『氣息』就是生命之源。『筷子仙』既然跟道術有關，那我們用道家之法來完成祈願豈無道理？」

「可、可是……小葵她只有十四歲啊！」我情急之下，將心裡最不願意說的那一句話吐了出來。

「呵，原來你是指這個嗎？」阿文露齒而笑。「不啦，她已過生日，該十五歲了。」

「十五歲跟十四歲還不是一樣！也是未成年啊！」

「即是說，假如她成年的話你便敢啾下去？嘖嘖，你這僞君子。」

「不、不是啦！我是不願意乘人之危……」

「你不想救她嗎？你願意付出性命，卻拘泥於世俗觀念？」阿文收起笑容，淡然地說。「說到底，你其實是怕事後被她發現，害怕她討厭你吧？」

阿文的話猶如銅鑼把我震醒。我不願意占喜歡的女孩的便宜，覺得這樣做會傷害她，但理智上我知道這更出自自私的心情，我更在乎自己。假如我沒有非分之想，又爲何這麼在乎？我不是一直在說，只要小葵能康復，我願意付出任何代價嗎？我是不是在意自己在小葵心中的形象，遠大於她的幸福快樂？如果能讓她醒過來，就算要承受「變態」的罵言，我也得默默接受吧？因爲那天的車禍，我得負上責任……

我踏前一步，站在小葵床邊。

「先抽出插在鼻孔的鼻胃管吧，插著那種鬼東西，換我也不想醒來啊。」阿文回復輕佻的語氣。

我依照阿文指示，將小葵左邊鼻孔的鼻胃管拔出，同時心疼她昏迷之中只能以這根管子進食流質食物。湊近一看，我才留意到小葵消瘦了不少，想起跟她吃飯時她大快朵頤的樣子，不由得更覺難過。

不管了，吻就吻吧，阿文雖然行事胡鬧，在關鍵處卻從沒騙我。

他可是我的救命恩人啊。

我右手扶著床邊，彎腰將嘴巴湊近小葵臉孔，心臟跳得比跑一百公尺時還要快。我嗅到從小葵身上散發的少女氣息，只要我頭顱再低一點，便能跟那粉色的櫻唇……

「辰……哥？」

我整個人嚇得往後跳起，就在嘴唇差點碰上之際，小葵突然睜開眼，含糊地吐出我的名字。

「不，不，別誤會，我、我才沒有……我不是……」我一邊強烈地爲自己辯解，一邊回頭瞄向阿文，只見他抱著肚子大笑。

這混蛋。

「辰哥？他是誰？」小葵轉頭望向阿文，問道。

「他？小、小葵妳……」我還未從剛才的衝擊回復過來，完全無法理解眼前的狀況——剛甦醒的她沒有問「這是什麼地方」、「爸媽在哪裡」、「我發生了什麼事」等等，也沒有追究「你剛才想對我做什麼」，卻提出「他是誰」這個反常的問題。

「我叫阿文，妳可以叫我文哥，小葵妹妹。」阿文從椅子站起，從容地說：「品辰和我是秤不離砣的好兄弟。抱歉用這方法叫醒妳啦，不下點工夫，就連『筷子仙』也喚不醒妳嘛，『鬼新娘』小姐。」

鬼新娘？什麼意思？我正想問小葵，卻看到她表情凍結，臉上露出一副我沒見過的惱怒之色。

「你到底是什麼人？」小葵以冰冷的語氣向阿文問道。「你從何得知鬼新娘的事？」

「我是個偵探，專門調查不可思議的神祕事件。」阿文保持輕鬆的語調說。「我很清楚那起直播案件的眞相，也從一些門路知道那三個罪有應得的傢伙手機收過什麼神祕訊息。靈異事件是我的專長，只要消除所有錯誤的答案，便能推敲出離奇但眞實的謎底。不過我必須強調我無意干涉，立場上我甚至贊同妳的做法。」

「你們到底在說什麼？什麼直播案件、罪有應得的傢伙？阿文，爲什麼小葵她……」

「沒什麼，只是小葵妹妹在昏睡中所作的夢而已。」阿文向小葵打了個毫無掩飾的眼色。出乎意料，小葵收起怒意，像是接受了阿文的說法。

「小葵，伯父伯母他們……」我決定不深究我無法理解的事，吐出我原來準備好的懺悔詞，告知她這件沉重的事實。

「我已經知道了……」

「咦？」

「爸爸媽媽在意外中死了，而且小魚跳樓自殺了……」

她如何知道的？她在昏迷間也能聽到其他人的對話嗎？我幾乎想追問，但小葵眼神流露出來的哀痛令我知道這不是個問問題的好時機。

「對了，小葵妳終於甦醒，要叫醫生來檢查……」爲了讓她暫時忘掉雙親和好友的慘劇，我改變話題，伸手按召喚鈴。

「等一下。」阿文制止我的動作。「先問問小葵妹妹的意見。」

「啥？」我訝異地問。

「小葵妹妹，現在妳面前有兩個選擇。」阿文沒理會我，站在小葵身邊豎起兩根指頭。「正常的選擇是讓醫生來檢查，好好的做復健，不久妳便能再次上學，回復一般人的生活。不過，妳夢裡的那三個傢伙有可能知悉妳的狀況，妳在昏睡時他們對妳沒轍，但妳醒過來的話，他們跟妳的博奕便變得平等，妳的懲罰不見得繼續有效。另一個選擇比較瘋狂，我和品辰接下來要調查一宗案子，找尋一件東西，跟發生在妳身上的禍事有一點點關係，既然妳被牽涉其中，妳喜歡的話可以跟我們一起來。」

「阿文你胡扯什麼？小葵跟『筷子仙』怎麼有關？她還足足昏迷了九個月，當然得在醫院休養——」

「什麼跟我有關係？」小葵搶白問道。

「『鬼新娘筷子咒』全是那些傢伙虛構的，但他們參考了某個咒術儀式，我認爲他們弄假成眞了。」

「你是說，我遇上意外的原因是眞的受詛咒？」小葵狠狠瞪著阿文，像是不接受對方的說法。

「不，我不是說發生在你們身上的災禍是因爲『某人』的詛咒所致。」阿文搖搖頭。「我說的是，因爲某股人爲的力量介入，令惡意以不尋常的方式在因果律中流竄，製造悲劇。網上那些聲稱『筷子咒』成功令仇人遭遇噩運的故事，不一定全是巧合。」

「阿文你別——」

「我要跟你們一起去調查。」小葵沒半分猶豫，打斷我的話。她邊說邊嘗試用手撐起上半身，可是她沒有成功。

「小葵！妳身體要緊……」

「辰哥，假如文哥說的是事實，我要知道眞相。」小葵認眞地瞧著我的雙眼。「即使無法爲爸媽和小魚討回公道，我也要了解爲什麼我們會遇上這種不幸。」

假如我那天不是別有用心，故意去新娘潭，妳便不用遭遇這不幸啊——我好想說出這句話，可是我缺乏勇氣。

「好，那事不宜遲，我們快溜吧。」阿文走到病房門前，探頭往走廊左右張望。

「溜？」

「我負責把風，你用那張輪椅運送小葵妹妹。」阿文指了指架在房門旁一張摺起來的輪椅。

「等等！我們要偷偷摸摸的……」

「你以為院方會讓她出院嗎？你也懂說她未成年，出不出院可不由她作主嘛。天曉得她現在的法定監護人是哪一位親戚還是政府某個福利部門。」

「這樣——這樣我們不就是誘拐未成年少女嗎？」我差點想大嚷，然後驚覺引起房間外看護們的注意會更麻煩，趕緊壓下聲音。

「肉票如此積極，我們這些綁匪不好好配合可不行啊。」阿文用下巴努了努，笑著說。我回頭一看，小葵正嘗試將插在右臂的點滴拔出，可是她左手手指施不上力，無法撕開膠布，抓住針頭。

我有點錯愕，但小葵的表情讓我知道她心意已決——既然阻止不了她，那就幫忙幫到底吧。我上前協助小葵，可是我的指頭也一樣笨拙，於是將輪椅打開放在床邊，乾脆將掛在床頭的輪液包拆下，再對小葵說句「失禮了」，將她整個人抱起放進輪椅。我發現床尾還有另一包連接到小葵身上的輸液袋，連忙一同拆下，可是我將它放到她大腿上卻看到她眉頭稍皺、漲紅了臉。我從病床拿過被子，蓋在她身上，連人帶輪椅推往房門前，才赫然察覺小葵發窘的原因，為自己的愚鈍感到尷尬——她昏迷了九個月，床尾那一包當然不是輸液，而是連接著尿管的尿袋。

在阿文指示下，我們沒有遇上任何阻礙來到停車場。我將小葵抱上後座讓她半躺在座椅，再和阿文趕緊上車，迅速逃離醫院。

然而車子剛駛上高速公路，我便後悔起來。

「我們這樣子『劫走』病人，護士一發現，肯定會驚動警察吧……」我此時才想到可怕後果。

「不會的。」阿文坐上副駕座後，神態依舊輕鬆。「你以為你走進醫院前我讓你等的兩分鐘是為了什麼？」

我赫然轉頭瞪了阿文一眼，但因爲在駕駛，爲免悲劇重演我只好繼續專注於前方的路上。

「我僞造了轉院記錄，當值護士和醫生可能覺得事有蹊蹺，但電腦注明小葵妹妹今早已轉到另一間私家醫院，香港今天醫護人手短缺得猶如火星上的生物，他們才沒空追查細節。」阿文輕描淡寫地說。

「你在電腦動了手腳？」我詫異地問。

「嗯，我連走廊、電梯、停車場的監視器也關掉，就算有看護事後察覺異樣，也無法調查下去。」

這臭傢伙。他在我們進入大樓前已做好部署，即是說，他早準備實行這個「誘拐小葵」的選項，猜想小葵會接受，並且料到我會配合。

我從後視鏡瞄了瞄小葵，她蓋著被子，屈膝躺在座位上，目光碰巧跟我對上。我讀不懂她的表情，不知道她是爲了自己的處境感到哀傷，還是正因爲跟我們逃跑這個魯莽的決定而後悔著。

而我心裡還有大量疑問。剛才阿文跟她說的是什麼意思？什麼「罪有應得的傢伙」？什麼「詛咒」？有人下咒要對付小葵嗎？而且爲什麼她好像很清楚自己昏迷後的外界狀況？爲什麼她能夠……

「品辰，別老是色瞇瞇地盯住人家啦。」阿文笑著吐槽。

「我沒有！」我慌忙移開視線。

「小葵妹妹，」阿文轉身面向後方，右手架在椅背上，油腔滑調地說：「妳的辰哥常將心事寫在臉上，現在他就很在意爲什麼妳昏迷中仍能知道身邊事。爲了節省說明時間，可以讓他看看妳的那個嘛？」

後方傳來一記發自喉頭的吐氣聲，我再度瞄向後視鏡，只見小葵一臉錯愕，直瞪著阿文。「那個」是什麼？我沒看到阿文剛才伸手指向何處，不知道這會不會又是他們才懂的暗語。

「你爲什麼知道？」小葵聲線微抖。

「我剛才在病房無意間看到了，不過我本來就猜妳是其一，方才只是證實自己的推論沒錯。」

「你們到底在談什麼啊？」對於一直被當成局外人，我有點惱怒。

「品辰，先捲起你的袖子給她看看吧，這樣子會易於說明。」

雖然我不明白阿文什麼葫蘆賣什麼藥，但提到袖子自然是指我的「左手」。我換左手握方向盤，以右手捲起袖子，再向後舉起。

「啊呀！」

我就知道手臂上那怪異的紅色魚紋印記會嚇怕小葵。

然而小葵的反應不如我所料，她驚訝的表情轉瞬變成疑惑，然後從被子下伸出左手，緩緩拉起病人服的衣袖。

那是跟我一樣的魚紋。

「咦？咦？」我驚愕得幾乎踏下剎車，勉強穩住心情後，說道：「小葵妳也向『筷子仙』許過願？還是妳稱祂做『筷子大人』？」

「『筷子大人』？」小葵側著頭反問道。

「成雙成對，不是很好嘛？」阿文繼續不正經地說：「不過品辰，你跟她是不一樣的，人家是藍血貴族，你的爵位只是買回來的吧。」

「你可不可以別用這種難明的比喻啊？」

「真是沒幽默感咧。品辰你的魚紋是後天的，小葵妹妹的是先天的，就是這樣子。」

「對，辰哥，我記得上次見你時，你手臂上才沒有這印記……」小葵仍緊盯住我的手臂，害我不好意思收回來抓方向盤。

「小葵妹妹，讓我跟妳說明吧。」阿文語氣稍微變得認真。「妳可能以為妳手臂上的只是個難看的胎記，但其實它大有來頭，它證明妳是『天擇之人』——請容我借用嚴復為湯瑪斯・赫胥黎翻譯《天演論》中『天擇』一詞，雖然我的意思跟它的原意並不一樣。胎記在人類歷史上一向有著特殊意義，古時蒙古人認定長胎記的人有當上巫醫的資格，衣索比亞東正教則流傳著『胎記是聖母瑪利亞留下的吻痕』的民間傳說。這世上有很多身懷異能的人，身上往往有著不尋常的印記，而這個魚紋便是其一。品辰同父異母的哥哥跟妳一樣，也是天生左腕上有這個魚紋胎記，他現在是一位擅長除靈治鬼的道士，你們都是『天擇之人』。」

「所以我在昏迷時也能……」

「對。用另一個說法就是『靈魂出竅』現象，日本人稱之爲『生靈』，倒是妳的能力不止於此，生靈能發手機訊息，簡直和怨靈匹敵了。」

原來小葵跟兄長一樣，這就能解釋很多事情了。雖然他們不是電影中那些上天入地的超能力者，但與眾不同這一點卻無庸置疑。我記得阿文和兄長見面時，二人談過什麼「心眼」、什麼「五感之外的特殊知覺」之類，這套用在小葵身上的話，我便能理解剛才她甦醒後的反應了。

「至於品辰嘛，」阿文拍了拍我的手臂，「這魚紋是後天而來的，因爲他參加了那個『筷子仙』的儀式，那儀式會令參與者獲得印記，成爲人工的『天擇之人』。他不像天生的你們擁有異能，只是那股神祕力量在背後作祟所導致，就像參加派對被蓋手印一樣。」

「『筷子仙』儀式到底是什麼？」

我向阿文瞟了一眼，以防他透露太多。我不想讓小葵知道我爲了她參與這種賭命咒術。

「這個說來有點長……」阿文一向口若懸河，幸好他亦知分寸：「我們留待回去後再詳細說明吧，這跟我們接下來的調查也有莫大關係。」

數分鐘後，我們來到姚學長位於九龍灣的家。雖然小葵說她能步行，但因爲我們逃離醫院時太匆忙，她連鞋子也沒穿，我可不能讓她赤腳走路，於是揹她上樓。幸好學長居住的大型屋苑停車場有電梯直達各層，否則如何瞞過管理員可是一大難題。

學長家足有十四坪，以香港來說獨居的住所有這面積實在很不錯。過去我曾數次作客，所以對環境尚算熟悉，只是不知道學長他日知道我拐帶他的學生、用他的家當成巢穴後會有什麼感想。

「辰哥，我想喝水。」我讓小葵躺在學長的睡床後，她對我說道。我不知對剛甦醒的昏迷病人有什麼治療程序，只好當成普通的病患，給她拿來一杯溫水和一瓶運動飲料，再到廚房煮稀粥。考慮到營養，我加了點蛋花，灑點鹽，這樣子味道大概會變好一點。

不知道是不是吃過東西，小葵臉色添上幾分血色，她也能撐起上半身倚在床頭，自己拿杯喝水。

「對了，我是不是該到妳家替妳拿一些換洗的衣服？」我突然想起，問道。

「我沒有門匙啊。」小葵苦笑一下。

「啊呀！我剛才忘記替妳拿病房裡的私人物品……」

「品辰你別發傻了，」坐在客廳沙發上看書的阿文插嘴說：「她的錢包、證件和門匙之類怎可能放在病房？她是昏迷病人，那些東西都在監護人手上啦。」

「啊，那我替妳買些衣物，這兒樓下便是商場。」雖然有點遲，這刻我才察覺我和阿文一直瞧著只穿著單薄病人服的小葵可能會讓她感到很不舒服。

「小葵妹妹，這小子毫無衣著品味，我勸妳還是自己選較好。」阿文走進睡房，將我的手機遞給小葵。「妳用他的手機上網選購，商場那間連鎖服裝店有店鋪取貨服務，妳選店內有庫存的，在手機結帳，品辰待會就能一整袋拿回來。」

「喂，我的品味不見得那麼差吧。」我又想起送小葵的帽子。難道在女生眼中那帽子非常土氣？

「辰哥……我將來再還你錢。」小葵對我尷尬地微笑一下，接過手機，同意阿文的建議。

啪嚓——我感到我的自信心應聲碎裂。

「品辰，你要多了解一下女孩子的心理嘛。」我和阿文離開房間，他坐回沙發，拿起那本他從姚學長書架上取下的歷史小說繼續讀。

半個鐘頭後，我到那連鎖店出示訂單編號取貨。那袋子比我想像中小，爲了了解一下自己的品味到底有何缺失，我剛離開店鋪便打開來看她買了什麼——然後我才明白阿文那句話是什麼意思。

小葵只買了兩件長袖T恤、一件保暖外套、一條裙子、一件家居服、兩雙襪子和一雙布鞋，全部都是素色的設計，沒有什麼特別。問題在T恤和裙子之下，我瞥見一些內衣褲。

我眞是個笨蛋，小葵怎麼好意思告訴我尺碼，要我買貼身衣物？阿文他笑我品味差，就是讓小葵免除尷尬的下台階啊。

我決定假裝不知情——事實上我眞的沒細看，一看到那件紫色的運動胸罩便立即合上袋子——重新貼好袋口的貼紙，回到學長的家。小葵接過購物袋後再三道謝，我爲免露餡也沒說太多，說她體力許可的話可以換衣服，有事可以叫在客廳的我們，再輕輕關上房門。我發現垃圾桶裡有那個輸液包和尿袋，小葵應該是趁我離家時，將身上那些導管都拔掉。

入夜後，小葵居然能夠下床走動，縱使她腳步蹣跚，就像剛出生的小鹿，但在我和阿文攙扶下能順利來回睡房和客廳。我不知道她復原得這麼快是因爲她是「天擇之人」還是「筷子大人」的功勞，但總之能看到她平安健康便足夠了。

「所以文哥你說，這珊瑚筷便是元凶？」晚飯後——當然小葵仍吃稀粥——阿文拿出那一隻珊瑚筷，向小葵說明他一直以來追查的成果和理論，以及B國小事件的來龍去脈。他隱瞞了我參與「筷子仙」的理由，只胡扯我的家族跟「王仙君」有千絲萬縷的關係，我在他幫助下確保沒有性命之虞親身試驗，令老爸不得不面對逃避多年的往事，讓這隻珊瑚筷重見天日。這說法不是全錯，只是有點倒果爲因而已。

「我不會說是『元凶』，但這是關鍵的器物，『元凶』是在背後利用這東西的人。」

「利用？你是指那位作家老師嗎？但她也是無心之失——」小葵問道。

「不，我說的是另一件事。我先問你們，你們知道在賭場賭博的必勝法嗎？」

「賭博哪有必勝法？你是說賭二十一點利用數學數牌的技術嗎？」我不知道阿文岔開話題的用意，不過姑且回應一下。

「不，不是那種，現在所有賭場都禁止數牌，一旦發現便會請客人離開。」阿文狡詐地笑了一下。「我說的是眞正的必勝法。」

「才沒有吧。」

「啊！」小葵突然喊道。「的確有！」

「有？」

「開賭場的莊家就是必勝啊。」小葵說。「賭客找到方法擊破二十一點，賭場便立即禁止，這不就是必勝法嗎？」

「答對。」阿文點點頭。「賭客有輸有贏，但賭場東主只有長勝不敗。剛才我說過，『筷子仙』或『筷子大人』的對局是一對八，贏家只有一人，輸家卻有八個，這比例比任何一間賭場的任何賭局來得不公平，損失和得益並不對等，所以我認爲有『莊家』在背後謀取暴利。」

「不過，根據我哥的說法，『王仙君』一直在老爸的前妻手上，假如她是『莊家』，就不會患病早逝吧？」

「我說的不是那段時間。」阿文撿起珊瑚筷，像拿著教學棒在空中揮舞。「我們知道，『筷子仙』和『筷子大人』本來是作家老師用來祭祀亡者的手段，二、三十年前有著一些相關的傳說，但也只限於『我從同學的同學那邊聽說』的程度，簡單來說就是沒有實證的傳言，是典型都市傳說的構成模式。可是，近十年左右我們看到網路上有大量研究網站，當中有很多涉及人命的個案，我查探過後，發現大部分是事實。那些個案中的傷亡不少是意外、疾病所導致，乍看是巧合，但考慮到參與『筷子仙』儀式的人數與一般意外及疾病的案例，這個巧合在統計學上明顯異於尋常。珊瑚筷的其中一隻一直在品辰父親手上，根據我的觀察他沒有可疑，問題是另一隻在十五年前已遺失於海中，下落不明——那一隻就可能被『莊家』利用。」

「假如這是事實，那莊家『謀取』的『暴利』又是什麼？」我問。

「天知道，但品辰你很清楚『筷子仙』的威力，就像漫畫裡的七龍珠，要權力、財富甚至長生不老也不無可能。」阿文再度舉出這種不倫不類的比喻。

「這說法會不會太跳躍了？」我反駁道。「你意思是說，那一隻筷子被某人撿獲，他又碰巧知道它具備神奇的力量，於是『搭便車』利用它依附的詛咒，令參與儀式的人吃虧，無風險地滿足私欲？我老爸和我哥持有筷子這麼多年，都沒有因爲它而得到好處啊？它又不像阿拉丁神燈，擦一下便跑出精靈來達成願望。」

「這中間我也只是猜測，但假如說『知道筷子具備神力』，那不一定是『碰巧』。」阿文將手中的珊瑚筷放在桌上。「你們試試定睛瞧著這筷子。」

我和小葵依阿文指示，凝視桌上的紅色筷子——一開始我不明白這有什麼意義，但十秒後漸漸看到異象，筷子透出紅光，身上漩渦般的紋路似乎在蠕動。我愣了一愣，視線稍稍移開，那紅光便消失了。

「它好像發出……」

「紅色的光芒？」小葵把話接下去。她大概跟我看到相同的景象。

阿文指了指我們的手臂。「不管是先天後天，魚紋的擁有者跟這珊瑚筷就是能彼此呼應。假如某個『天擇之人』發現那下落不明的珊瑚筷，看到異象，他很可能會調查這東西的來由，從而找到『成爲莊家』的竅門。品辰，我說過任何超自然案子總脫不了『人、事、物』三大元素吧，我說的『莊家』便是那個『人』——你們看看這個。」

阿文從口袋掏出一頁報紙。那是一份報章的副刊，日期是兩年前，整版是一篇人物專訪，文章標題是「香港資深古玩專家縱橫業界四十年　明察秋毫辨眞僞」，標題下方的照片中有一個國字臉型、一頭灰髮的年長者捧著一個陶瓷花瓶微笑著。

「這位老先生姓林名淵，是中區荷李活道古玩店『淵泉堂』的老闆。」阿文說。

「這訪問有什麼特別嗎？」

「訪問沒有，但照片有。」阿文指著近頁底的一張照片。那照片中的林老闆看來較年輕，頭髮稍黑，身旁站著幾個年齡相若、西裝筆挺的西方人，照片說明文字是「林淵（左二）與英國倫敦哈蒙德拍賣行有固定合作關係，在香港古玩業界罕見（照片由受訪者提供）」。

「這拍賣行有什麼可疑嗎？」

「不是那些老外啦，是背景，背景。」

「啊呀！」小葵稍稍發出呼聲，然後指著照片中左方的桌子——桌子上放了好些古玩文物，而放在最前排的，有一隻以黑絨布墊底的紅色筷子，筷子頭尾都鑲銀，和我們眼前的那一隻一模一樣。

「我上個月無意間看到這舊訪問。」阿文苦笑道：「眞是踏破鐵鞋無覓處，得來全不費工夫，我追查多時苦無線索，卻竟然在報紙上看到這隻筷子。我有想過物有相似的可能，可是這邊廂我剛知道品辰你哥十多年前將其中一隻丟進大海，你父親手上只有其一，那這照片上的就很可能是你哥失去的那一隻。這林老闆是個明眼人，他應該能一眼看穿這珊瑚筷年代已久、價值不菲，所以即使只有一隻也放在店面展示招客。專訪內容說他十數年前曾在臺灣居住，時間上也吻合。」

「啊！那你有沒有聯絡他，問他筷子賣出了沒有？」我緊張地問。

「這張照片的拍攝日期也是十年前啦，我不急於一時，先從你哥哥手上確切拿到一隻，再來處理這邊。」阿文將面前的珊瑚筷收起。「這就是我回港要了結的事情。」

「這個林淵會不會就是『莊家』？」小葵問道。

「不知道，但明天見過面便會知曉。」阿文聳聳肩。「『淵泉堂』仍在營業中，品辰和我明天會去探個究竟。」

「我也要去。」小葵說。

「小葵，妳還未痊癒，明天還是留在這兒休息——」

「我昏迷了快十個月，不想繼續困在房間裡。」小葵堅定地說：「而且我要知道這姓林的是不是幕後黑手。」

「可是……」

「品辰，你說服不了她啦，小葵妹妹比你還要堅強啊。」阿文笑道。「今晚我們好好休息，明天中午便出發吧。小葵妹妹妳睡房間，我睡沙發，品辰睡地板就行。」

「喂！阿文你明明就不用留在這兒嘛！」

「唏，我怎放心你這騷悶色胚跟小葵妹妹共處一室？當然要好好監視你啊。萬一你半夜打算繼續在病房未完成的事，那可是犯罪喔。」阿文挑起一邊眉毛，滿臉鄙夷之色。

「我、我才沒有這打算！而且那是你叫我——」

「辰哥、文哥，我先回房間了。」

小葵扶著牆壁，消失於房門後。我本來打算趨前扶她，但她婉拒，而且我看到她滿臉通紅。

「阿文！你這傢伙——」

「不用感謝我。」

「我要感謝你什麼啊？」

「感謝我沒讓你有機會說什麼『是我害死你父母』的蠢話。」阿文輕聲說罷，躺在沙發上，自顧自的繼續看書。

我默然呆立著。對，假如阿文沒有插科打諢，我應該會向小葵謝罪，而在他吵吵鬧鬧說著屁話之間，我完全忘記了我要向小葵懺悔。

「你啊，眞的要好好學習女孩子的心理嘛。」阿文沒瞧向我，只吐出這一句。

「你……是想勸告我別提起小葵的傷心事、二度傷害她嗎？」我坐在地板上，抬頭向阿文問道。

「一半是吧。」阿文斜視我一眼，再次露出不懷好意的笑容。「另一半是我想看笑話。」

我拿這傢伙沒轍。讓阿文跟小葵見面大概是一個錯誤吧？雖然這也不是我的原意就是了，唉。

3

翌日下午一點半，我們來到荷李活道古玩店「淵泉堂」門外。小葵身子仍虛弱，但已不用我們攙扶亦能行走，而我依照阿文吩咐，換上姚學長的一套西裝，讓自己看起來更成熟。

「因爲我們不知道這林老闆有什麼底蘊、會不會就是利用『王仙君』圖利的人，所以我們要注意別透露太多。」出發前阿文對我們說。「不過，高明的騙術就是說話九分眞、一分假，我們只要適當地說明事實，即使對方追查也不會露餡。品辰你打扮成熟一點，跟對方說從臺灣來港是想知道那隻珊瑚筷的事。你可以說那是家族的物品，十多年前遺失一隻，遍尋不獲，父親偶然看到訪問注意到照片，但行動不便，所以讓身爲兒子的你前來查探。除非對方出示筷子，否則你別讓對方知道我們手上有另一隻。」

「爲什麼文哥你要讓辰哥跟對方交涉？你是偵探，明明你的話術更好。」

哎，我似乎在小葵心目中的評價大幅滑落了……

「品辰是臺灣人，古玩店老闆對外地遊客的防備心當然比對本地人低，這樣子事半功倍。」阿文拍了拍我的肩膀。小葵聞言點頭，我卻心想這不過是他隨口胡扯，只是難得有機會在小葵面前展現自己可靠的一面，我自然樂於擔當這差事。

我換過西裝，結上領帶，看起來就像年長了五、六歲，再整理一下髮型，感覺上就像一個在大企業工作的雅痞。阿文笑說幸好我來港前稍稍剪短了頭髮，不然那個及肩的髮型怎打扮也洗脫不了那股大學生的稚氣——小葵這時才注意到，問我怎麼剪髮了，我便推說「只是從《東京鐵塔》的小田切讓風換成《重版出來》的小田切讓風」。我實在說不出口，我換髮型除了是想轉換心情外，更因為上次跟她見面時，她說比起古早的台劇《流星花園》她更喜歡日版續篇《流星花園Ｃ５》，我不知道她是不是暗示我的髮型過時了。

我推開淵泉堂的店門，門板上的銅鈴隨即發出清脆的「叮咚」聲。店內面積不大，但各式陶瓷器皿、木雕銅像、錦盒玉佛之類整齊羅列在左右兩邊的木架上，牆上掛著十數幅我不懂來頭的字畫和水墨畫。店舖盡頭有一個充當櫃檯、高度及腰的玻璃櫥櫃，櫥櫃後一個六十多歲老翁坐著，正用筆型毛刷清潔一尊約五十公分高的陶瓷觀音像。他抬頭瞧向我們，並用粵語說了一句「歡迎光臨」，雖然他鼻梁上架著半月型的老花眼鏡，但的確是專訪裡那個林淵沒錯。

「請問是林淵先生嗎？」我以國語問道，阿文和小葵一左一右站在我身邊。

「閣下是？」林淵除下眼鏡，從座椅站起來。

「敝姓張。」我伸手跟對方握手。「我在臺灣看到林先生的報導，剛好有事來港，特意拜訪。」

「啊，謝謝。」林淵聞言似乎很高興。「兩位也是臺灣人嗎？」

「不，只有我。」我微笑道。我稍稍瞄向小葵，看到她眼神有一絲不悅，畢竟林淵這問題就像斷定她不像阿文或我是付得起錢的顧客，忽視她的存在。

「我是九龍——」

我輕輕踢了阿文小腿一下，不讓他再說冷笑話。

「張先生對什麼有興趣？我們淵泉堂有各式古董文玩，您說得出來的我們也不缺。」

我掏出那頁報紙，放在櫥櫃上打開。

林淵從口袋掏出老花鏡，一看到報紙，露出燦爛的笑容。「啊，這不是兩年前的訪問嗎？我不知道原來有轉載到臺灣的報章哩……哈哈，好懷念。張先生是看到什麼想買的東西嗎？」

我指著頁底那張照片，問：「不知道這隻珊瑚筷子賣出了沒有？」

「這個……啊，那隻珊瑚筷！先生您真有眼光啊！當年我就直覺它有來頭，但行家們都說不值錢，尤其它只有一隻，筷子不成對就賣不出。」

「所以你還保留著？」我喜出望外。

「唉，雖然沒賣出，但我遺失了。」

「遺失了？」

「嗯，張先生您對筷子有興趣，我還有好幾雙明朝的美品玉筷，讓我拿給您看看……」

「不，我只想買這隻珊瑚筷。」我打斷對方，說明那個半虛半實的理由。「這珊瑚筷其實是我家的家傳之物，十多年前丟失了一隻，家父一直耿耿於懷，碰巧知道你的店子有一隻類似的，便著我來港時確認一下。」

「原來是這樣啊……也是啦，那筷子的確是我從臺灣一個市集購入，說來很可能就是令尊翁所持有的。能完璧歸趙我自然不會開天殺價，只是如今筷子不在我手，也是空談而已。」

「請問是如何遺失的？」

「這個啊……」林淵除下眼鏡，若有所思地說：「與其說是『遺失』，不如說是『消失』吧。」

「消失？」我想起兄長提過的往事。

「應該差不多十年前吧，某天我整理貨品才發現筷子消失了。老實說我也不曉得何時不見了。」

「被人順手牽羊偷走了？」

「不，不，不可能被偷。」林淵指了指櫃檯後收銀機旁一塊約三十公分長、五十公分寬的灰色墊板。「我有熟客經營防盜用品，我很多年前已聽他勸告，爲所有貨品貼上或扣上防盜標籤。」

林淵拿起櫃檯上一個小小的木雕佛像，底座上扣著一個大約硬幣大小的塑膠片。

「那筷子細長，沒法貼上標籤，我便像這樣子用束帶將標籤扣上筷子頭銀帽的圓洞。假如沒有放上那墊板消磁，標籤經過店門時警鈴會響。」

我們三人不約而同回頭望向店門，發覺門口兩邊都有跟人身高差不多的防盜板。

「拿剪刀剪掉標籤的束帶不就可以嗎？」我問。

「這樣的話，小偷會留下束帶被剪斷的標籤吧？我從沒在店裡發現過。」

阿文走到店門旁，檢查防盜板與店門之間，似乎是想看看有沒有空隙漏洞。

「我想，或者可能是我不小心將筷子放到店裡另一處，畢竟那幾天我剛進了一批古董文玩，盤點整理貨架，店裡有夠混亂的。可是之後我就沒有再見過那隻珊瑚筷了。」

「想不到節外生枝，居然要調查失竊案了。」阿文回到我們身旁，輕聲笑道。「那筷子才不會憑空消失。」

「你記不記得筷子是何時不見的？」我問。

「十年前的事，誰會記得哩。」林淵苦笑道。

「林先生，請你細心想一下，家父眞的很在意。他年事已高，我希望能在他有生之年看到筷子失而復得，了卻心事。」我裝出一副困惑的樣子。不知道老爸這時候有沒有在打噴嚏。

「這個啊，即使細想也……嗯……」林淵頓了一頓，說：「啊，您提起我才想起，對，我察覺筷子不見了的前一天，正好是那場世界盃足球賽舉行的日子呢。」

「哪一場？」

「南非世界盃德國對阿根廷的八強賽啊，德國大勝四比〇，翌日我還跟客人談賽事呢！我記得那客人來之前，我才發現筷子不知所終，就是有顧客光臨我才放棄沒繼續找。」

看來林淵是個足球迷。

「你確定比賽那天筷子仍在店裡嗎？」

「對，對，剛才我說那陣子進了一批貨品吧？當中有好些很精美的鼻煙壺，碰巧我有三位熟客是收藏家，當天我就提早打烊，約他們來欣賞，優先給他們選購。因爲那隻筷子一直乏人問津，我也幾乎忘掉它的存在了，只是爲了騰出空間放新進的商品，我才碰巧將它從架子上拿了下來。客人之中好像有誰問及那孤零零的珊瑚筷，我幾乎想半賣半送將它脫手，但他們最後都只買了鼻煙壺。」

「可以透露一下他們的名字嗎？」

「不好意思，張先生，顧客個人隱私我不能透露啊。」林淵微笑地搖搖頭。「您不是懷疑他們偷了筷子吧？他們都是社會上有名望的人士，我以人格擔保他們不會幹這種偷雞摸狗的壞事。」

我回頭瞧了阿文一眼，看看他有沒有什麼想法，只見他搓著下巴的鬍碴，似乎在思考一些事情。

「張先生，或者我今天再仔細找一下，說不定那筷子一直在店裡，只是我一時不慎，放在某個不起眼的角落。您可以留下聯絡方式嗎？我找到再通知您。」

我寫下手機號碼，交給對方。林淵繼續向我推銷其他古玩時，阿文指了指門口，示意是時候撤退。

我們跟林淵告辭，離開淵泉堂走不了數步，阿文突然停下腳步。

「你們先回車子，我再到店裡跟那姓林的聊幾句。」

我和小葵依阿文所說回停在不遠處的車子，等約五分鐘，只見阿文施施然緩步而至，坐進車廂後座。

「開車吧。」阿文說。

「文哥你這麼快回來，查出了什麼嗎？」車子剛駛離荷李活道，小葵便轉頭問道。

「沒查出什麼，只是『臨淵』羨魚不如退而結網。」阿文一邊笑著說雙關語冷笑話，一邊從懷裡掏出一本A5大小的紅邊黑皮筆記本。「現在便看看能查出什麼。」

「那是……」我有不祥預感。

「淵泉堂的帳簿。我實在愛死一絲不苟的店主了，林老闆他都將帳冊按年分排好，要『借閱』十分方便。」

「你這小偷！」我罵道。「偵探」們是不是都是如此行事的？

「我只是借來一用，之後會還啦。」

「文哥你如何『借』來這帳簿的？」小葵一臉好奇。

「我精通妙手空空之術，只要聲東擊西，轉移林老闆視線，別說帳簿，就連店裡那些兩米高的銅像都有方法偷……呃、『借』出來。」

「你認爲筷子是被人偷走的？」

「我『肯定』是被人偷走的。」阿文邊翻帳簿邊說：「我說過，『筷子仙』儀式近十年的統計數據很不正常，即是說有人在背後操縱，『透支』他人的『Karma』以利己，那肯定落入某人之手。」

「那店主不是嫌犯嗎？他可能僞稱筷子不見了，實際上就是元凶。」小葵問。

「不，假如他是犯人，剛才他就會反過來向品辰追問並提出收購餘下的筷子。幕後黑手很清楚珊瑚筷的力量，假如妳是他，會不會想『我只有一隻筷子已拿到這麼多好處，假如集齊一雙，豈不是如虎添翼』？」

阿文說得有道理。

「小葵妹妹，麻煩妳用品辰的手機查一下二〇一〇年南非世界盃德國對阿根廷的日期。」阿文低頭翻閱帳簿，像上司發號施令，小葵倒沒異議，反而好像對能幫上忙有點高興。

「嗯……應該是七月三號，賽事在香港時間晚上十點開始。」

「找到了，七月三號。」阿文翻開帳簿其中一頁。「晚清瑪瑙巧雕龍紋鼻煙壺、翡翠綠玻璃磨花鼻煙壺……是這些了。總共賣了十多個，最貴的賣港幣兩萬塊，最便宜的也賣四千，嘿，這些熟客眞的大手筆耶。」

「有買家名字嗎？」我問。

「有。」

「竟然有？」小葵有點意外。

「林老闆是業界老手，對古玩收藏家而言，收藏品也是一項投資，比如當年眞的有人買了那隻珊瑚筷的話，今天品辰前往查問，他便能充當掮客聯絡擁有者，開一個賣家有賺頭、他亦能抽成的好價錢。除非是生客，否則他這種老江湖自然會記下貨品賣給了誰。」

「可是光有名字也很難查下去？」小葵再問。

「這就得看點運氣，不過成功機率很高。」阿文再翻了翻帳簿前後。「假如是尺寸大的古玩，林老闆有記下送貨地址和電話，考慮到他說三個客人都是熟客，他們很可能另外有買要送貨的東西。」

「就怕當中有人只收藏鼻煙壺。」

「那也不打緊，因爲只要找到其中一人，我們就能查下去——剛才我說，不少收藏家喜歡買賣，如果他們都是淵泉堂的熟客，彼此認識的機會很高，尤其他們有共通的興趣。」

阿文說得頭頭是道，乍聽之下的確沒找到什麼犯駁之處。

「帳簿上那三人叫什麼名字？」我頭也不回，一邊開車一邊問。

「余慶汎、魯江和海德仁，他們分別買了三個、五個和八個鼻煙壺。似乎這姓海的是個有錢人呢，買的都是單價一萬五千以上的高價貨……」

「等等，你說『余慶汎』？那個『汎』字是不是三點水加上『平凡』的『凡』的那個『汎』？」我插嘴問道。

「對。品辰你知道他？」

「他是H大的歷史系教授，我去年來港參加交流團就有聽過他的課！」

「哦？歷史系教授和古玩，H大又近荷李活道，的確很可能是同一人……那好辦，品辰你是歷史系學生，待會聯絡他，找藉口約個時間見面，我們再看看筷子是不是在他手上。」

我們決定從長計議，加上小葵體力仍未完全恢復，於是先回學長的家，阿文繼續檢查帳簿，看看有沒有更多線索。結果比想中還要順利，三人都有姓名以外的資料。魯江是位中醫師，他在二〇一〇年四月十八號買了兩個黑釉花瓶，送貨地址便是他的診所，我們用網路調查，證實魯醫師仍在同址開業應診。海德仁的送貨地址有兩個，其中一個是位於九龍塘達之路的「藍鯨科技公司」，我們同樣用網路搜查，確認他是這公司的董事長，大抵另一個位於大埔三門仔的豪宅地址是他的住所。他出手明顯比其他人闊綽，每個月都有光顧，除了鼻煙壺也有買畫、陶瓷、玉器、佛像觀音像之類，根據帳簿記錄他大手筆買下八個鼻煙壺後，不到幾天又再買了兩幅字畫。余慶汎全年大約光顧了五次，主要買鼻煙壺，另外也買了幾件古錢、銅飾、玉石擺設之類的小玩意，沒有送貨記錄，不過在某一筆交易旁寫上了電話，我核對後確認那號碼和H大歷史系辦公室的相同。

「除了這三個人外，有沒有其他可疑者？」小葵問道。

「他們是當天最後的一組顧客，林老闆更說他閉門招待，所以還是他們嫌疑最大。」

「會不會晚上有人闖空門？」我問。

「不能排除這可能，但既然店主沒察覺門鎖有異、店內有其他物品失竊，我還是認爲小偷就在這一群人當中。」阿文又在搓著鬍碴思考。

我依照阿文指示，打電話給余教授，託詞對去年的交流講課有事請教，希望會面。對方十分爽快，說翌日早上有空，約我早上十一點H大辦公室相見。

「文哥，其實你一早已鎖定目標，到那古玩店是爲了偷帳簿吧？」在我和阿文檢查著帳簿其他資料、用網路核對有沒有其他可疑人士之際，小葵突然問道。

「爲什麼妳這樣說？」阿文停下手上的工作，好奇地轉身瞧著小葵。

「就像你之前所說，假如林淵是犯人，他聽到辰哥提及筷子便會主動提問，這一點一試便知曉。然而，考慮到你昨天告訴我們說『天擇之人』能看到珊瑚筷上的異象，那麼，這十多年間碰巧有『天擇之人』逛進店內，發現只有自己看到筷子發亮，暗中買下的機會應該不少，換言之你一開始已預計到筷子不在店裡，只是你沒料到筷子不是被賣掉而是被偷掉。你讓辰哥主力跟老闆談話也是故意的，因爲這樣子你才有機可乘，可以找機會偷顧客記錄——你說過你擅長聲東擊西，辰哥也是你轉移視線的手段之一。」

「嘿！品辰，小葵妹妹比你還要精明數倍喔。」阿文大笑道。

「對啦，我就是天生愚笨，老是被你利用。」我對阿文嘛嘛嘴。其實我不覺得不快，小葵本來就是個很聰明的女孩子，我完全同意她比我有頭腦。

「那麼，接下來只要使用很簡單的方法便能找出犯人了。」小葵微微一笑，像是胸有成竹。

「簡單的方法？」我問。

「找機會看看那三個人的左臂上有沒有魚紋斑便成。」

對，有這一招啊。

「不，」沒想到阿文搖搖頭。「找到固然最好，但沒有魚紋也不代表清白。」

「爲什麼？」

「一、我們不曉得『天擇之人』的魚紋胎記是否一定在左臂，假如是在屁股上，那我們大抵很難看到；二、我們不知道犯人會不會利用那股力量改變魚紋，既然我們有『後天長出魚紋』的情況，反過來有『後天移除魚紋』亦不屬意外；三、我認爲那三個人身上沒有魚紋的機會大概是七至八成。」

「咦？沒有？即是他們不是犯人嗎？」我訝異地問。

「不知道，我只是說有這個可能。一天沒見過面，以上說的都只是忖測，或許就像小葵妹妹說的，明天『咻』的一聲捲起余教授的衣袖看到魚紋，我們便找到犯人了。」阿文笑著對小葵說：「妳有沒有興趣當我徒弟？我想妳很有潛質當一個偵探。」

「喂，阿文你別危害她的前途嘛。」我可不想看到小葵被這傢伙帶壞。

「我……現在也看不到前路啊。」小葵慨嘆道。

小葵的這句話，令我察覺她內心的惘然。即使她努力裝堅強，也改變不了她失去一切的事實，她原來的人生在車禍當天驟然劃上句號。她放棄了重回正軌、留在醫院的選項，只爲了尋找那亡羊補牢的眞相，跟著我們行動。

她的這句話亦令我憶起我的責任，即使於事無補，我也得向她道歉。

「小葵，我……」

我瞥見阿文斜視著我，嘴巴做著「別說」的口形，勸我不要在這時提起那件事。

爲什麼他一再阻止我？我一天不道歉，良心也會不安……

啊。

我猛然醒覺阿文或許是對的。我急於道歉，爲的其實是自己，期求得到小葵的原諒，讓自己安心。這時候她一心一意協助我們找出珊瑚筷的下落，也許除了想知悉眞相外，亦是整理心情的一個過程，我一意孤行的話，不過是自我感覺良好。我暗自決定，解決了這邊的事情，她正視父母離世的現實時，我才向她說明我的責任，爲的不是尋求原諒，而是希望我的懺悔能成爲她向前走的動力之一。

「辰哥，你想說什麼？」小葵問。

「啊、啊，我想說……所以，爲什麼是筷子？」我想不到該說什麼，隨口胡謅問道。

「什麼『爲什麼是筷子』？」

「阿文說珊瑚筷是令作家老師和那死去的八個孩子的怨念化成詛咒的關鍵器物，爲什麼咒術會跟筷子扯上關係？」我說。這不是我眞正在意的問題，不過也是心裡一個小小的疑問。

「品辰，你知道筷子這個詞語的由來嗎？」阿文放下手上的帳簿，反問道。我搖搖頭。

「古時沒有『筷子』這個詞語，只有『箸』這個字，就像我們今天仍會用『下箸』，跟『起筷』這詞相映成趣。另外，日文中仍保留『箸』這漢字，不過唸作『Hashi』。」阿文用手指在空氣中模擬寫起字來。「『箸』這個字是典型的象形文字，古時『者』和『煮食』的『煮』相通，就是熟食的意思，在熟食上插上兩根竹，就是用來夾食物的筷子。從遠古開始華夏民族就有將筷子插在已烹調的牲口上供奉神明的習俗，這亦是『箸』這個字的象形意思，筷子本來就兼備祭祀器物的特性。腳尾飯的由來沿革，甚至可以追索至數千年前。」

「有這麼遙遠？」

「當然我不是說數千年前人們也在米飯插上一雙筷子加熟鴨蛋，當中有不少變化，但這些改變亦有其脈絡，就像『箸』變成『筷』一樣。」

「『箸』如何變成『筷』？」小葵問道。

「說法有幾個，但最可信的是古時船家對跟『住』同音的『箸』有所忌諱，就像香港人不說『空屋』改說『吉屋』，船家不想船隻『停住』，所以改稱『快』，於是後來加上竹字頭，代替原來的『箸』。這亦是英文字Chopsticks的由來。」

「英文也有關係？」

「英文裡Chop就是用刀斧快速的一擊，在十八、九世紀西方人跟廣東人通商，苦力和船夫常常說『快快』，外國水手們便衍生出『Chop-chop』這個俚語，意即叫人做事爽快一點。於是『筷子』便取其意譯，成為『Chopsticks』了。」

「文哥你對這些典故很熟啊。」小葵似乎很讚嘆。「我只聽過誰發明筷子的典故。」

「是姜子牙那個嗎？」阿文問。

「姜子牙？直鉤釣魚的那個姜太公？周朝的開國軍師？他發明筷子？」我只約略知道封神榜的故事，可記不得當中有跟筷子相關的情節。

「傳說姜子牙老婆想毒殺親夫——」阿文頓了頓，不知為何對小葵露出意味深長的笑容，再繼續說：「姜子牙伸手想拿食物，卻有一隻小鳥飛來阻撓，他便追著鳥兒走進竹林。竹林裡鳥兒告訴姜子牙夾肉要用牠爪下的竹子，他便依言折了兩根細竹，回家用來夾肉，不料竹一碰到肉便冒煙。妻子知道事敗，往後不敢再下毒，但姜子牙繼續用竹來吃飯，其他人有樣學樣，筷子的用法便廣泛流傳。」

「啊啊！」我對這傳說嘖嘖稱奇。

「不，這傳說有誤。」小葵道。「我記得戰國時期有古籍寫道『昔者紂為象箸而箕子怖』，商紂王使用象牙筷子令箕子擔憂起來，形容箕子見微知著、有遠見，同時說明在姜太公前已有筷子這器具了。」

「那小葵妹妹妳聽過的筷子典故是什麼？」

「我讀過的書說筷子是大禹發明的。大禹被帝舜命令治水，因為處理河道工作繁複，無暇休息，就連吃飯也匆匆忙忙的，爲了節省時間，他用樹枝、細竹將滾燙湯鍋中的肉夾起進食，旁人就學起來了。」

「噢！是這樣嗎？」我說。我望向阿文，卻見他笑不攏嘴，不住搖頭。

「哈，這傳說未免太無稽了。治水再忙，也不會忙得連吃飯時間也要省下。」

「但至少比鳥兒說話、竹枝遇毒冒煙合理吧？這種生活化的典故更貼近現實啊。」小葵反擊道。

「夏禹治水的傳說故事有很多，但跟夏朝的其他神話傳說一樣，淨是亂七八糟的鬼扯。《漢書．武帝紀》顏師古註釋引《淮南子》，說禹爲了治水變身成一頭大熊挖石，他懷孕的妻子送飯目睹受驚，嚇得變成石頭，最後禹的兒子啓是從石頭裡爆出來的。這不是很荒誕嗎？『貼近現實』去想，治水是大型水利工程，可不是獨力一人能處理的，禹是企畫主管，他『親自去挖河道』和『沒空吃飯』一樣不合理，假如有一個領袖每天忙得廢寢忘食、親手處理細部工作，那不代表他盡責，只是代表他龜毛、不信任下屬、做事沒有效率，不配當領袖。」

「文哥，古人應該沒有這種思維吧？那個時代應該很單純，不是說帝堯因爲欣賞舜而禪讓，舜因爲賞識禹而傳位嗎？將現代人的複雜性套用在古代社會，是一種謬誤吧。」

「現代人複雜、古代人單純？別高估文明發展，人類幾千年來其實沒怎麼進步過。」阿文嗤笑一聲。「什麼禪讓之說，有學者就直指那全是勝利者的謊言，一切不過是政治操作。」

「政治操作？」我問。

「小葵妹妹，妳先說說妳所知道的堯舜禹事蹟吧。」阿文沒回答我，卻向小葵說道。

「嗯，帝堯獲兄長禪讓帝位，萬民擁戴，他晚年找鯀治洪水，同時物色接班人，因爲知道虞舜以孝道聞名就加以重用，並且許配娥皇和女英兩個女兒給他，再傳帝位。鯀治水九年失敗收場，舜將他處決後，起用鯀的兒子禹繼續治水。跟父親使用的障水法不同，禹採用疏水法，結果成功治水，帝舜讓位給禹。舜死後，他的兩個妻子投湘江殉死，成爲湘水之神……啊，那是神話了。」

「『貼近現實』的話，即使不談妳最後提的那兩個女神，前面的也未免太反常。你的前任上司委任官員弄防洪工程，最後失敗問責，你這個繼任人居然殺了他，試問何以服眾？就算退一萬步，假設對方貪贓枉法、假公濟私，依法處決他，你竟然找他的兒子接手，這又是什麼道理？老爸沒能完成的任務兒子能成功嗎？你到底想事情辦好還是辦壞？不管是哪年代，任誰也會看出這是權力鬥爭，堯被舜奪位，舜便找藉口幹掉能威脅自己的對手鯀，再將那個氏族的繼任者禹踢去幹苦差，令他遠離權力核心，不料最後禹反客爲主，以彼之道還施彼身，奪回領袖之位。歷史由勝利者撰寫，而越久遠的歷史越容易被傳譯者改變……就像那雙珊瑚筷，品辰父親的前妻一直深信『王仙君』寄宿其中，但歷史裡唐代根本沒有一個叫『王宗千』的駙馬，假如今天爆發第三次世界大戰，記錄歷史的文本大量被破壞，那搞不好數十代之後，有人會因爲口耳相傳，認定唐朝眞的有一位姓王的駙馬，甚至誤將跟他無關的事件連結到這個『歷史人物』身上。」

「所以？」我不曉得阿文長篇大論說這些有什麼意思。

「所以，『姜子牙發明筷子』的故事也不一定是假的。」

這傢伙繞一個大彎，就是爲了說明自己不一定有錯？眞是個死不認輸的話癆啊……

不過話說回來，到底「王仙君」這名字從何而來？純粹是高淑蘭家族的妄想嗎？

4

「余教授您好，我是昨天打電話給您的那個張品辰。」在H大歷史系大樓五樓，五十三歲的余慶汎教授在他的辦公室內跟我們見面。他外表跟我去年聽他講課時沒有什麼變化，同樣穿著一件藍色襯衫、黑色長褲，胸前口袋插著兩枝原子筆，一派學者模樣。

「啊，我認得你，張同學。你應該是臺灣T大麥教授的學生對吧？」余教授邊說邊請我們坐下。他的辦公室裡有一張沙發，他自己拉過椅子，跟我們對坐。

「對，麥老師經常提起教授您的研究。」這倒不是謊話。「謝謝教授今天撥冗接待我們，我有一事困惑多時，想起余教授對這方面甚有研究，所以跟朋友一起前來叨擾。」

「不打緊，我正好有空……」

阿文對余教授點頭示意，但對方沒回應，視線瞄向另一邊的小葵，似乎對她的身分感到疑惑。小葵看起來頂多像個高中女生，這天又不是假期，余教授大抵心想我這位「朋友」為什麼會沒上學，反而跟我這個海外大學生跑到H大找他。

「請您先看看這報紙。」為免他追問，我拿出林淵的訪問文章。

「哦？是淵泉堂？我跟林兄很熟……咦，張同學你不是說有學術問題問我嗎？」

「其實是私人問題，不過跟學術有關。」昨晚我們已擬定策略試探這幾位目標，現在只能祈求過關。

「怎說？」

「余教授對唐代宮廷研究有深入了解吧，我家有一家傳之物，據說就是和唐代宗室有關，但我無法核證，所以只好向您求助。」

「家傳之物？」

「這個。」我指著報章照片上的那隻筷子。

余教授定睛看了數秒，突然掛上一副驚訝的樣子，再露出笑容。

「啊！原來有照片！林兄多年前說筷子不見了，又沒有記錄，原來有一張照片留下嘛！這太好了。」余教授抬頭望向我，再說：「等等，你說這筷子是你家傳之物？」

我們不曉得他為什麼如此興奮，不過對他的疑問我早有準備。我祭出一個半真半假的故事——珊瑚筷是我家傳家寶，祖上都說是唐代駙馬之物，是皇帝賞賜的嫁妝，駙馬王宗千過世後化成王仙君，成爲庇佑姻緣的神明。十多年前因故失去其中一隻，近日發現可能流落香港，所以父親囑咐我來港時查訪。

「我到過淵泉堂，老闆說筷子不見了，只怕我得空手而回。其實我一直懷疑那筷子的故事是虛構的，因爲我找不到唐代有叫『王宗千』的駙馬存在，若然能證明『王仙君』只是傳說，那我父親也不會繼續執迷要找這隻筷子。」

「你有另一隻筷子？」余教授緊張地說。看到他的反應，我不由得猜想他便是那個偷盜筷子的幕後黑手了。

「有，不過當然沒帶來香港。傳家寶嘛。」

余教授露出失望的樣子。

「唉，我本來以爲可以給史博士一個驚喜呢。」他嘆道。

「史博士？」

「跟我同系的史清瀚博士，她是個古物研究專家，更是一位有名的鑑定師。」余教授指了指門外。「不過不要緊，雖然這照片有點模糊，也可以讓她評估一下……」

余教授從案頭取過一個放大鏡，聚精會神地檢查報紙上拍到珊瑚筷的那張照片。阿文用手肘碰碰我，瞄了我手上的手機一眼，示意我可以執行計畫中的第二選項。

「教授，我沒帶筷子來，但我有拍照。」我邊說邊開手機，亮出數幅以不同角度拍攝的珊瑚筷相片。它們都是昨晚拍的，因爲我們知道不能隨便拿出實物，拍照便能證明另一隻筷子在我們手上。

余教授激動地接過手機，用手指放大畫面，看來幾乎高興得掉淚。我實在不曉得有什麼値得如此高興——除非他就是犯人，知道筷子湊齊一雙可以獲得更大的魔力……

「張、張同學，你不介意我們現在一起去找史博士談談？你的疑問我未必能解答，但我們或者能告訴你一些關於這雙筷子的其他事情。」

我沒有拒絕的理由，於是我們跟他離開辦公室，沿樓梯往上走一層，來到六樓。

「欸，慶汎，想找我吃午飯嗎？我剛沏好一壺龍井，要喝嗎？」

史博士雖然有一個男性化的名字，外表卻叫我頗意外，雖然從眼角淺淺的魚尾紋看得出她已年過四十，但她的美貌大概可跟明星或模特兒相提並論，五官均稱，風韻猶存。

「我找到了！終於證明我沒胡說了！」余教授甫進入史博士的房間，便像個小孩般興奮大嚷。

「什麼找到了？他們是？」史博士瞧向站在余教授身後的我們。

「這是T大麥教授的學生張同學，他有很重要的照片給妳看……」余教授轉身向我伸手，我便將手機遞過去。史博士接過手機，起初有點困惑，但不一會表情便亮起來。

「啊！是這個——珊瑚，的確是珊瑚！」

「這回我沉冤得雪了吧。」余教授露齒而笑。我覺得他幾乎雀躍得想一把抱起史博士，可是又不好意思，雙手在空中可笑地擺動著。

「抱歉，可不可以告訴我們發生什麼事？」我稍稍舉手，像個學生般發問。這時候兩位德高望重的學者才收斂起來，請我們坐下。

史博士從架上取過三隻小巧的青瓷茶杯，替我們斟茶。余教授笑道史博士是泡茶專家，茶葉都是珍品，不過我對茶實在不講究，喝了一口，談不上這茶到底好在何處。反倒那個茶杯，看起來十分名貴。

「史博士是古物鑑定專家，也是我們H大美術博物館的顧問之一。」余教授向史博士出示林淵那篇訪問，以及複述我們那個「七分真三分假」的故事和來意之後，對我們說明道：「大約十年前，有考古學家在屯門掃管笏發掘出多個朝代的遺跡與古物，遠至新石器時代、近至清末都有。當中有晚漢至魏晉南北朝的墓葬，我們發現不少有趣的陪葬品。」

「在二十餘件陪葬品裡，我們找到八雙筷子。」史博士從書架取下一個文件夾，抽出幾張照片放在茶几上。我一看不由得稍微怔住——照片中的筷子，形狀、長度都和珊瑚筷幾近一樣，同樣是頭尾粗細接近、比一般筷子略短，甚至刻上類同的旋渦般的紋理，而且其中一端包了像銀的金屬，只是銀箔被歲月磨蝕，變得長短不一。然而，這些筷子都不是紅色的，看來像以玉石雕琢製成，有著綠玉的天然石紋。

「一模一樣，只是材質不同。」阿文邊搓著鬍碴邊說道。

「的確和我家的珊瑚筷好像……」我說。「教授，您想告訴我珊瑚筷其實是唐朝以前的設計，比我們所知道的有更久遠歷史？」

「不，不單單是設計。」史博士插嘴說。「你家的筷子很可能是這些玉筷的原型。」

「只是相似，不一定有關係吧？」我搞不懂史博士為什麼有這麼跳躍的想法。

「我們還在墓葬遺址挖掘出一塊刻有文字的方形石刻。大半文字已被磨光，但最後一段卻清楚可以讀到。」

史博士再從文件夾取出一張照片，相中的是一塊灰黑色的岩石，右半頗為光滑，左邊卻看到刻紋，最左端更見到一行文字，說明這石頭表面曾有過一篇文章，只是敵不過時間的洗禮，僅留下部分。雖然字體古老，我仍能看出內容——

子授珊瑚箸予公箸螺紋色赭公啜血而仙君至遂願

「珊瑚箸？」我對文中這三個字感到驚訝，阿文亦伸長脖子湊過來看照片，反而小葵不動如山，只捧著茶杯喝茶。

「魏晉時期禁止立碑，一般人將逝者生平以石刻墓誌形式埋進墓穴裡，加上這隸書跟我們找到魏晉時期的文物吻合，從位置和字形可以推論為該時期的物品。」史博士指著文字，唸道：「『子授珊瑚箸予公，箸螺紋色赭，公唼血而仙君至，遂願』。從陪葬品的規模，我們猜墓穴主人是個有社會地位、甚至是官員的人物，刻文指這個人獲贈一對珊瑚筷，筷子有著螺旋紋、赤紅色，這位先生在筷子上唼血召來『仙君』，達成願望。」

「啊，仙君！」我這時才留意到這兩個字的意義。

「對，就像你家流傳下來的故事『王仙君』。」余教授啜一口茶，再道：「我認為你查找不到唐代有駙馬叫『王宗千』是合理的，因為這雙筷子根本不是那時代的文物，唐代從公元七世紀初開國，十世紀滅亡，但魏晉國祚是自三世紀至五世紀，兩者相隔了近兩百年。家傳物由來往往是口耳相傳，比如說，對明朝人而言，晉和唐都是八百至一千年前的世代，假如有人加油添醬，為祖先掙一個美名，假借皇帝賞賜之類誇大其詞實在不難理解，而從一般現代人的角度來看，唐宋或明清都一樣是『古時』，錯誤的說法更容易以訛傳訛地流傳下去。」

「所以『珊瑚筷寄宿著神仙』的說法並非空穴來風？」我問。

「我認為是其來有自，但不代表眞的有鬼神依附在筷子上。」史博士道：「古時人們以為一種叫『蜃』的大蛤蜊能吐出幻化成城鎮的氣息，所以才有『海市蜃樓』這名詞，但我們都知道這只是一種誤解，那不過是光線折射的物理現象，和傳說中的生物無關。只要這珊瑚筷的主人認為『仙君』被筷子召喚而來，故事便能傳承。根據張同學你家的故事，我想這筷子被那墓穴的主人一代一代傳遞下去，不過他顯然很喜歡這筷子，於是他或他的後人請工匠雕琢同款的玉筷來陪葬。」

「剛才教授您這麼興奮，就是因為發覺我家筷子和史博士的發現吻合嗎？」我向余教授問道。

兩位學者面面相覷，余教授擠出一個苦笑，說：「雖然是小事，但我足足抱屈了差不多十年。」

「別說『抱屈』那麼難聽吧，我一向很敬重慶汎你啊。」史博士笑得有點靦腆。

「當年她發表這些文物的研究，我赫然發現那些玉筷跟我之前在淵泉堂見過的那一隻很相像，而且更重要的是它的外表、色澤跟墓誌所述完全吻合。我高興地向史博士說這個消息，她也滿心期待，怎料我去問林兄，林兄卻說筷子不見了，害我好像撒謊哄騙史博士，令她空歡喜一場。」

「教授您有去問過林淵先生？」我有點意外。

「嗯……我記得第一次看到筷子是跟兩位朋友一起去看鼻煙壺的時候，本來我也沒注意到它，但同行有人問及，林兄開價兩千塊問我們有沒有興趣買，我便戲言筷子不成雙也拿出來推銷，林老闆未免斂財斂得有點過分。結果我一個月後去問，筷子已沒有了，他更說不曉得如何弄丟。早知道我便花錢買下，後來史博士總是質疑我記憶有誤，將無關的筷子當成她在研究的，我只是事後發現淵泉堂那隻珊瑚筷跟目標不吻合，於是和林兄串通一氣訛稱筷子憑空消失，好留住自己的面子。」

「現在證明你沒看錯，我向你賠罪就是了。」

「哎喲，史博士妳又不用說賠罪那麼嚴重……請我到教職員餐廳吃一頓晚飯就好。」

「哈，這麼便宜我？不是法國菜嗎？」

「請問，」小葵打斷他們的閒聊，問道：「這個『子』是誰？」

她指著刻文上的第一個字。

「總之不會是孔子孟子吧。」阿文插科打諢道。

「不知道。」史博士搖搖頭。「我們不知道這個字之前接什麼詞，就算是單一個『子』字也無法確認身分，因爲大可能是指那個時代某位有學識的人物。」

「既然現在證明了珊瑚筷眞的存在，那搞不好魯醫師的說法也有幾分可靠啦。」余教授突然說道。

「魯醫師？魯江醫師嗎？」

「咦，張同學你認識他嗎？」

不好，一個不小心說溜了嘴。

「不，不認識，但讓我父親看到報章上林淵先生訪問的長輩也是個古玩迷，他提過香港有一位同樣喜歡收藏古董、叫魯江的中醫師。我不知道那位長輩跟魯醫師相識還是有共同的友人，我碰巧記得這個名字罷了。」我急中生智，胡扯了這個藉口。我不能指望阿文或小葵替我解圍，幸好我想這說法應該不算太突兀。

「你的長輩是臺灣人嗎？還是香港人？也是淵泉堂的客戶嗎？也許我們也認識哩？」

「他住在臺灣啦……」爲免余教授追問，我趕緊將話題拉回來。「魯醫師的說法是什麼？」

「啊，他說那個『子』可能是『抱朴子』。」

「是葛洪嘛……」阿文插嘴說。

「葛洪？」我不自覺地反問道。

「對，抱朴子葛洪，人稱葛仙翁，『抱朴子』是他的號。」余教授像講課似的對我們說：「他是晉朝道家名人，二十多歲開始隱居於廣東羅浮山，亦即是今天惠州市附近。考慮到時代吻合，地點亦算接近，墓穴的主人跟葛洪認識也不無可能，畢竟葛仙翁是當時名仕，曾被東晉權臣王導招攬，只是他醉心道術與煉丹，官做到一半又跑回羅浮山隱居修道了。」

「雖然不能排除『子』便是葛洪的可能，但我們沒有證據去證明，學術界甚至對葛洪的生平都不了解，他的生卒年分至今仍未確定。我們研究歷史，可以從現實角度去探討巫蠱祝詛，但把怪力亂神之說當成眞實，那未免違反宗旨。」史博士說。

「魯醫師說了什麼怪力亂神的說法？」我問。「假如單純估計墓穴的主人見過葛洪，應該沒有什麼問題吧？」

「史博士跟魯醫師對墓誌的最後兩個字有不同的解讀。」余教授解釋道：「史博士認爲墓誌的主人翁是個沉迷道術的仕紳，他一直期望遇見神仙，他向傳授他道術的老師求教，對方給他一雙筷子，塗血後他產生幻覺，看到仙人降臨，達成心願，無憾地離世。」

「『唼血』與『歃血為盟』的『歃血』同義，就是以血塗嘴邊的儀式，我猜那筷子上可能被塗上某些藥物，那人用筷子沾血塗口，自然會吸入，從而看到幻覺。」史博士續道。「道家煉丹多用水銀和鉛，重金屬中毒亦會令人神志不清。」

「然而，魯醫師有不同的見解。我在某次聚會時提起石刻和筷子的事，他認為『唼血』只是詞義上的借用，那仕紳用自己的血塗上筷子，召來神仙，而神仙達成了那人的某個願望。」

「這簡直就像西洋的召喚惡魔儀式嘛。」史博士吐槽道。「魯醫師本來就是道家弟子，他對神仙的想法是完全偏向信仰的，我們是研究者，凡事得看實證。」

我偷瞄了阿文一眼，雖然他臉上沒有變化，但我知道我們在想相同的事——縱使好像很荒謬，魯醫師的說法更貼近事實，畢竟我們知道「筷子大人」那個賭命許願的儀式的確存在，就算「仙君」是謊言也好，「遂願」卻是板上釘釘。

「我想，或者我去拜會魯醫師，問問他的看法？」我順水推舟地說。

「我不反對，」史博士微微一笑，「不過張同學，你是歷史系學生吧？請你記得我們研究歷史的目的，是為了找尋過去的眞實，理解人類的精神文明，必須嚴謹、客觀去對待。過去是未來的行事依據，『以古為鑑，可知興替』，若然歷史被掩埋、被修改，人類只會重蹈覆轍，繼續犯過去犯過的錯誤。」

我們告別余教授和史博士時，他們一再強調希望我能說服父親借出那隻珊瑚筷給他們研究，當下我只能唯諾稱好，縱使事實是那隻筷子就在阿文身上。余教授說我們可以以他的名義找魯醫師洽談，這正好為我們省下一些不太可信的藉口。

「筷子應該不是教授偷的吧？」在車上我問阿文。「雖然他的反應奇特，但理由很充分。」

「我也認爲他沒有可疑。」坐在後座的阿文笑說。「假如他能借用珊瑚筷的力量祈願，他應該早跟史博士共諧連理。」

「他們是那種關係嗎？」小葵聞言回頭向阿文問道，她似乎沒看出來。

「兩人都沒戴婚戒，女的在言談舉止態度親暱，反倒是男的只以姓氏職銜稱呼對方，保持距離，可是余教授卻十分在意自己在對方心裡的形象，爲能解開十年前的小誤會而如此雀躍，足見他如何重視和史博士的關係。當然，也許他只是一個龜毛的歷史宅男，不過假如他眞的是這種人的話，就更不可能使用筷子『召喚仙君』，換取世俗的利益。他追求的不止於此。」

「對了，那個塗血召喚神仙的說法會是事實嗎？」我問。

「可能。我也不知道有這招……不過若是事實我亦不會太驚訝，畢竟每片拼圖都指向這答案。」

「什麼拼圖？」

「例如『筷子不能沾葷腥』的規矩，很可能是『沾血會喚來仙君，所以要小心不要隨便讓它碰到血』的說法變化而成；我亦說過鬼神並非寄宿於珊瑚筷內，它是一個連結器，就像那位作家女士用來接觸死去的孩子，這和召喚仙君的概念有異曲同工之妙；另外犯人如何得悉使用筷子祈願、獲得好處的方法，既然『仙君』親自降臨，那就更不成問題。說起來眞給品辰你說中了，筷子就像阿拉丁神燈啊。」

「我只是隨口說說，拿中東的故事來做比喻有夠好笑的。」

「中東？阿拉丁神燈是在中國發生的故事嘛。」

「中國？」小葵和我不約而同地喊道。

「對，中國。」

「阿拉丁的故事不是出自《一千零一夜》嗎？」我奇道。

「是，但不是原始的《一千零一夜》。」阿文攤攤手，就像個喜劇演員般裝出一個趣怪的表情。

「《阿拉丁與神燈》是十八世紀一個法國佬編寫給歐洲人讀的版本裡加上的，即使角色們都有阿拉伯的名字、信奉伊斯蘭，故事裡只有『蘇丹』而沒有『皇帝』之類，文章一開始卻明寫著『在中國的某城鎮有一個貧窮的裁縫，他有一個兒子叫阿拉丁』。那年頭的歐洲人對東方的概念模糊，會弄錯也不出奇，但到底『從器物喚出實現凡人願望的精靈』的民間傳說源頭爲何，實在沒有定論。」

「這個魯醫師會不會就是偷筷子的犯人？」小葵拉回話題問道。「史博士說他有道教背景，本來就有請神煉仙之類的知識，他的嫌疑是不是最大？」

她說得對。

「他有嫌疑，但一天未找到證據我們就不要妄下定論。品辰的哥哥也是道士，他卻從來沒意圖用筷子作惡。」

阿文的話亦有道理。哎，眞令人搞不懂。

「對了，香港古時原來有鄉鎮嗎？我沒想到有晉朝的墓穴。」我想起這事，脫口問道。

「上世紀五十年代發現的李鄭屋古墓是更早的漢代墓室耶。」阿文笑道。「只是這城市變化太快，二十年光景已足以讓這兒人事全非，更遑論是二千年了……」

魯江醫師的診所位於灣仔一棟商業大廈十二樓。我以前在港劇港片中看過的中醫師都是在中藥行駐診，所以看到這樣一間西式的診所，不禁感到意外。候診室裡除了裝潢的中式古玩稍多外和醫院的輪候室差不多，而我在登記窗口旁看到兩個約高一米的黑色大花瓶，也許正是淵泉堂帳簿上的那一對。

我跟登記處的小姐道明來意後，她消失於窗口，不用半分鐘便回來請我們進入診療室。診療室比外面有更多古董和擺設，不過布置得井井有條，不像淵泉堂那麼讓人眼花繚亂。

「余教授剛才打電話給我，你是張同學吧？剛好沒病人掛號，我們有半個鐘頭的空檔。請坐。」我還沒自我介紹，坐在辦公桌後的魯江醫師說道。他的外表讓我更感驚訝，因爲他穿著一件剪裁時尙的黑色西裝外套、粉紫色襯衫配藍色斜紋領帶，雖然頂上牛山濯濯，仍流露出一股紳士氣派，難以想像他是一位中醫師，更遑論是一位道門中人。他年紀看來比余教授略大，不過也許是頭髮稀疏的關係，我才有這種錯覺。

我約略說明虛假的來龍去脈，說想知道他對珊瑚筷的看法後，他卻一語說出我沒想過的事。

「你……不是普通人。」他對我說，然後再望向小葵，「妳也是。」

「魯醫師，您是什麼意思？」我不由得瞄了自己的左臂一眼，確認袖子下的魚紋沒有在袖口露出。

「你們的『氣場』和平常人不一樣。」魯醫師稍微停頓，再正色地說：「我對求診的病人不會談這些，免得他們誤會我迷信，但我自小便能感應到他人的『氣場』。這亦是我對道術產生興趣的原因。」

那他會不會像我們一樣，能看到珊瑚筷發光？

我偷瞄了阿文一眼，他面無表情地打量著魯醫師。

「魯醫師您也見過我家的那隻筷子嗎？」我試探性地問道。

「應該有，但實在沒什麼印象，要不是余教授在某次聚會時提起，我也忘記那一隻淵泉堂的珊瑚筷。」魯醫師嘆口氣。「若我知道筷子大有來頭，我當下便出錢買了。果然溜走的魚永遠是最大尾的。」

「您對我家的筷子也有興趣嗎？」

「當然，石刻證明了那是葛仙翁之物，別說兩千，兩萬我都願意付。」

「您這麼肯定刻文中的『子』就是『抱朴子』嗎？」

「張同學，你要明白葛仙翁的那個時代，廣州不像洛陽、長安，沒有繁華的城鎮，更不是什麼文化中心，就是仙翁率先在羅浮山創建道觀，才成爲道教聖地。北宋蘇東坡被貶惠州，傳聞他到步後沒到衙門履新，卻先跑到羅浮山葛仙翁的煉丹洗藥遺址參拜，抱朴子地位崇高，當時在廣東一帶能稱得上『子』的恐怕只有他一人，更何況石刻內容跟道家有關，那自然不作他人之選。」

「所以您認爲他就是筷子的原有者？」

「我猜筷子是他造的。」魯醫師輕描淡寫地說。

「他造的？」

「你們知道葛仙翁的職業嗎？」

「他不就是一個修道的道士？」我邊問邊瞥向阿文。我知道他一定懂答案，可是這時候讓魯醫師說更重要——我們或者能從他的話判斷他是不是犯人。

「他是一位化學家、生物學家、醫師。」魯醫師說：「他更被朝廷封爲將軍，曾經當過軍隊的參謀，只是他志不在官場，寧願隱居潛修，探求事物眞理。張同學，你認爲道士是幹什麼的？」

「導人向善、驅邪治鬼的宗教祭司之類？」

「不，道教雖然有著濟世救人的信仰本質，但根源卻是以探究萬物之本原爲宗旨，『道』這個字便是指天地運行演化的機制。上古的道士都是科學家、醫生、學者，葛仙翁的著作之中，就有《肘後救卒方》這本急救手冊，讓百姓急病時可以簡單找到療法和便宜的草藥。道士煉丹也是化學實驗的雛形，就像西方的煉金術，是拓展知識的研究。」

魯醫師站起，從書架上取過一本地圖集，打開繼續說：「羅浮山位於今天的惠州與東莞之間，向東南走數十公里便到海邊，跟內陸的崇山峻嶺不同，珊瑚是唾手可得之物，更何況葛仙翁隱居之時有不少門生，若說沿岸有門人帶珊瑚給他，讓他當成煉丹材料並不稀奇。我不會說他一定是那珊瑚筷的製造者，但他有能力和條件去製造出來。」

「葛洪有很多弟子嗎？」

「很多，傳說有三百個。」魯醫師頓了頓，沉默數秒後再說：「……剛才你說你家流傳著『王仙君』的傳說吧？」

「對，怎麼了？」

「我可能知道這『王仙君』是指哪一位了。」

「咦？」

「粵語裡，『黃』與『王』同音，假如你某一代先祖誤傳，那可能原本是『黃仙君』——傳說葛仙翁的弟子中就有一位得道成仙的名人，至今仍被供奉，他的名字叫『黃初平』，人稱『赤松黃大仙』。」

「香、香港的那個黃大仙？地鐵站的那個？」我大感詫異。縱使我所知不多，好歹知道有這個地名。

「正是。當然，我不是說筷子召來的仙君就是黃大仙，我是說當初那墓誌的主人召來別的仙人，後人記得『仙君』二字，隔數代後將祂跟『黃大仙』弄混了，以為保佑家族的是『黃仙君』，後來因為遷徙或方言問題，誤傳成『王仙君』，再加上附會了駙馬的故事，才變成你所說的最終版本。」

「可是，」小葵插嘴說：「葛先生能造出珊瑚筷子也好，『用血塗上筷子，召喚仙君達成願望』又是怎麼一回事呢？」

「這對我而言亦無從稽考。」魯醫師搖搖頭道。「可是，道家有『方仙道』這一派別，『形解銷化，依於鬼神之事』，古早有很多凡人與神仙接觸的傳說。或許以現代人的角度來看，仙人之說很可笑，但正如我能看到人的氣場一樣，現實不是只有一個我們五感能觸碰的層面，在其上其下甚至其中，有凡人看不到、搆不著的異界，我相信那便是神鬼棲身之所。」

「您的意思是，葛洪……先生找到召喚鬼神的方法，並製造出一件能實際應用的神器？然後那墓穴的主人用這方法請神，神仙達成他願望？」我問道。魯醫師一直對葛洪畢恭畢敬，害我不好意思再直呼其名，偷偷加上「先生」二字了。

「我認為是。」

「我想問，爲什麼葛洪先生會將這樣的神物送給那個墓穴主人呢？這就像將阿拉丁神燈送給對方，不怕對方拿來做壞事嗎？」我不自覺地用上我們剛才在車上談的例子，話說完才覺得好像有點幼稚。

「我不知道緣由，但我相信葛仙翁這樣做一定有原因。『道生之，德畜之，物形之，勢成之，是以萬物莫不尊道而貴德』，老子《道德經》如是說。道與德本是一體，如果那墓誌的主人失德、走歪道，他用筷子做壞事，終究也會自食其果。」魯醫師微微一笑。

我想，假如他說的是事實的話，葛洪大概也沒想到筷子會落在那個狠心辣手奪去八條人命的高淑蘭之手……不過如果說「自食其果」，她的確逃不出悲劇結局，無論她以爲「王仙君」答允了她多少個願望，最終還是在苦痛煩憂中離世。

「魯醫師，您說您後悔當天沒買下筷子，是想用它來召喚仙君嗎？」小葵突然單刀直入問道。

「不，」魯醫師笑著搖頭，「正如我所說，道德本爲一體，若然心存歪念，請仙君達成奢望，只會帶來報應。我想買，只是因爲那很可能是仙翁之物……老實說，我雖然學道，但始終是一介凡夫俗子，你們看我這個放滿古玩的房間，就知道我還是戒不掉世俗的興趣。不過我知足常樂，假如我那天買下筷子，今天反過來要吃虧了。」

「吃虧了？」我問。

「筷子是你家的傳家物，恐怕你就是仙翁弟子的後人，你要討回失物我自然不能拒絕，那我豈不是白賠兩千塊？」魯醫師露齒而笑。他誠懇的樣子讓我不好意思，畢竟我不是筷子眞正的繼承者，論血緣的話，我哥才有這個資格。

因爲登記處的小姐說預約的病人早到，我們只好結束談話，而且我直覺上這魯醫師不像是犯人。當他和我寒暄作結，說將來有機會到臺灣希望能一睹我家餘下那一隻珊瑚筷的眞貌時，我察覺阿文站在放古玩的架子旁，凝視著掛在牆上的一些鏡架和照片。

「這個。」阿文以下巴努了努，輕聲地對我說。我循他所指，看到一張在露天茶座拍攝的照片，三個男人坐在餐桌旁，沒刻意擺姿勢，卻一同向鏡頭展現笑顏。坐在左邊的是魯醫師，右邊還拿著咖啡杯的是余教授，二人的樣子都比較年輕，魯醫師頂上青絲亦較今天濃密。

「這是余教授？」我問。

「啊，對。我們這些古玩愛好者每隔數月便會碰頭，說起來，余教授就是在我們這些茶敘飯局上告訴我古墓石刻之事。」魯醫師凝視著照片，似乎在緬懷過去。

「中間這一位是？」我指著中間那個年紀明顯比他和余教授大的男人。其實我已知道他是誰，但我想聽魯醫師親自說一次。

「海老闆，他也是淵泉堂的顧客，我們認識快二十年了……」魯醫師若有所思似的頓了頓，再說：「可是近年他都很少赴約，連帶我和余教授都少了碰面。也許工作太忙吧，畢竟他的『藍鯨科技』近年賺大錢，業務擴張，由原來的本地公司變成跨國企業了。」

離開診所，我們回到停車場的車子上，盤算下一步。

「魯醫師應該不是犯人吧？」我說。

「他不是。」坐在後座的阿文斬釘截鐵地說。「不過他犯了一些根源性的錯誤。」

「錯誤？」

「筷子不是葛洪製作的。」

「你怎知道？」小葵問。

「廣東沿岸沒有紅珊瑚棲息啊。」阿文笑道：「紅珊瑚生長於攝氏十度左右的低溫水區，廣東一帶太熱了，除非潛至水底一百五十米左右的深度才可能找到，但那時代沒有這麼先進的潛水技術吧。另外，古時紅珊瑚是比黃金更珍貴的寶石，葛洪的弟子再虔誠，也很難想像會將如此名貴的珍品送給葛洪，而葛洪又會不拿來煉丹，反而當作材料弄出一雙可以召喚鬼神的筷子——須知道，道士本來就有很多請神的手段，像畫符、扶乩等等，犯不著弄出這種像西方黑巫術的鬼東西。」

「所以什麼『唼血請神』是假的？」我問。

「那又恰恰相反，根據目前已知的資訊，我認為這是眞實的。我們只能猜，假如那個『子』眞的就是抱朴子的話，他可能意外獲得這雙筷子，再發現它有『召喚仙君』的力量，畢竟他是個實驗狂……剛才魯醫師提起《肘後救卒方》這本書吧，葛洪在裡面有寫過治療狂犬病的方法，就是殺掉咬人的狗，將牠的腦髓敷在感染者的傷口上。」

「這麼詭異的方法！」我喊道。「眞的能治好嗎？」

「也算是合理的，因為一千五百年後，法國微生學家巴斯德成功研發狂犬病的疫苗，就是用被感染動物的腦組織去培植。」

我搞不懂這個葛仙翁到底是何方神聖，聽起來好像眞的是個超厲害的人物。

「那魯醫師會不會也是『天擇之人』？」小葵問。「他說能看穿我和辰哥的『氣場』……」

「那個是假的啦……」阿文說。「不過說假也不大正確，總之他自以為是眞的，但看到氣場云云只是他的錯覺。」

「你肯定？」

「我百分百肯定。」阿文將頭湊到我和小葵之間，說：「因為我看不到他身上有『氣場』。」

「咦！文哥你也——」

「阿文你別戲弄小葵吧。」

阿文嘴角微揚，躺回後座椅背上。

「接下來要找那個海老闆嗎？」我問。

「嗯。」阿文點點頭，「按計畫進行吧。」

我們之前做好決定，先從最易接觸的余教授開始調查，假如確認犯人，那我們便不用找餘下的嫌犯。海德仁是上市公司的董事長，不易拜訪，但如今發現余教授和魯醫師都不像盜取筷子的人，那我們就要動用最後的計策。

昨天利用網路調查三人背景時，我們已查出一些關於海德仁的資料——他今年六十八歲，三十多年前創辦藍鯨科技，一開始從事研發和生產電路板，後來將業務重心放在電子保安防盜之上，我相信那個勸林淵使用磁力防盜標籤的熟客便是海老闆。近六、七年藍鯨的生意越做越大，先在香港的股票市場上市，再在美國和日本開設分公司，本地員工亦有上百人。我們一度爲如何找上海德仁見面而頭痛，但阿文幸運地看到一則三年前的新聞，說海德仁曾捐款給T大修葺校舍，我們認爲這便是切入點。

我們回家後，我打電話到藍鯨科技，訛稱自己是T大某學生報的記者，想跟海董事長這位善長仁翁做一場個人專訪。對方請我留下手機號碼，說有消息會通知我，而我一再強調我在香港逗留時間不長，希望對方盡快回覆。我們預計要等一天才有回覆，出乎意料地，三個鐘頭後對方回電給我，說可以在翌日黃昏五點半到他們公司訪問。

「到底這個『仙君』是什麼？」確認翌日的行程後，坐在沙發上休息的小葵問道。

「妳又認爲是什麼呢，小葵妹妹？」阿文反問道。這個問題我還是留給「專業人士」作答吧。

「能強大到實現願望，是神仙之類？或者就像辰哥說的，類似神燈精靈的東西？」

「一般人其實一直混淆了兩個概念，『神』和『仙』是不同的——『神』本來就是『神』，但『仙』是由『人』變成。古時沒有『仙』這個字，用的是『僊』。」阿文拿過一張紙，在上面寫字。「人『遷』入山中，不老不死，便成爲『僊』。這是原意，後來漢字簡化了，人們用『仙』來取代。」

「等等，古時不就有人變成神的例子嗎？例如昨天你提起的姜子牙，就有『封神榜』的事蹟……」

我說。

「《封神演義》是小說啦，而且更是二千五百年後明朝的作品，封神什麼的當然是穿鑿附會的啊，就像你現在可以寫一個說秦始皇其實是現代人穿越到過去冒名頂替的故事一樣。」阿文笑道。「我談的是『神仙』原來的概念，在春秋戰國，中原人進入了哲學與宗教的思想啓蒙時代，『神仙』就被賦予社會學與人類學的意義，人被『封神』、死者『成仙』就被衍生出來。你們想想，『仙人』本來就是『不老不死』才可以叫做『仙』，高淑蘭家傳的珊瑚筷故事卻說駙馬爺死後成爲王仙君，那不是天大的矛盾嗎？『成仙』這兩個字之前接的是『得道』，才不是『逝世』嘛。」

「那麼，文哥你說偷取筷子的犯人，召喚的那個『仙君』是神還是仙？」

「是異界之物。」阿文收起笑容，一臉認眞地瞧著小葵。

「異界之物？」

「我不想用『生物』這個字，畢竟『生物』只是人類定義出來的……或者可以說是某種來自異次元的『意識體』吧。用人的角度去理解這『東西』是不可能的，這就像讓『小說角色』去理解『讀者』、『作家』和『編輯』的存在一樣荒謬，但我們可以知道，這異界之物能夠干擾人間的因果律，改變『Karma』的流動，而且它正被那個元凶利用著。」

「你怎麼說得好像恐怖片似的啊。」爲了緩和氣氛，我打趣說道。

「對啊，這世界就是一部恐怖片。無知的人類被未知所包圍，生活在一個漂浮於虛空中的藍色球狀物的表面，既不知道那片虛空之外有著什麼，更不知道這個球狀物內裡有什麼。即使建立了文明，人的內心卻依然脆弱不堪，經歷幾千幾萬年仍被生物本能所支配，屈從於個人欲望，持續令這個小小的世界充滿混亂與矛盾，更不曉得自己不過是次元間一顆顆微不足道的塵埃，被異界的某種存在睥睨著、操弄著。就像小孩玩弄螞蟻，高興的話可以撒下一撮砂糖，不高興的話可以往蟻穴灌水，改變螞蟻的命運，對『異界之物』來說，人類世界的因果業報跟螞蟻的行為模式一樣渺小無意義。」

「但『元凶』控制得了這『異界之物』？」我問。「這不是很可笑嗎？像螞蟻支配人類似的。」

「狂犬病病毒也可以支配被感染的宿主，令人身不由己。」阿文抹去冰冷的表情，微微一笑。「有足夠的條件便可以做到了。不過，不論那東西叫『王仙君』、『筷子大人』、『筷子仙』、『異界之物』還是什麼名字，我只能說它在那元凶之手便會帶來永久的麻煩，釀成災難，奪回筷子是遏止對方的唯一手段。明天要加油啦。」

不知道是「筷子大人」的力量還是外出活動一下的關係，小葵今天的精神比昨天好多了，晚上再見食慾，即使是附近茶餐廳的便當也吃得津津有味。飯後我們為了放鬆一下連日緊繃的心情，特意在網路找了一部好萊塢電影一起觀賞，三人擠在沙發上，跟螢幕裡的超級英雄一起經歷冒險。看到小葵偶然露出的笑容，令我有點感觸——能跟小葵生活在同一屋簷下是我一年前的奢望，只是我當時沒想過，一年後這願望實現的代價卻如此沉重。我們都很清楚發生在小葵身上的悲劇無法逆轉，而這刻她執意跟我們一起調查，不過是一種心靈上的鎮痛劑。

我不禁想，假如我們無法找到阿文口中的那個「元凶」，不知道珊瑚筷的下落，我和小葵是不是可以一直閉起雙眼、掩住耳朵，無止境地追尋所謂的眞相，麻醉自己去忘掉種種不幸呢？

我知道這只是逃避現實，但我實在不忍心叫小葵正視她那殘酷的命運。縱使我願意陪伴她、支持她，但我也不敢去想像她的將來。

換成是你，父母雙亡、好友自殺，你還有什麼理由重回這個狗屎般的現實世界受罪？

我想起阿文那句話。

我開始懷疑自己向「筷子大人」許願令小葵甦醒，到底有沒有做錯。

5

「您好，我姓張，約了海先生五點半……」

「是T大的張同學嗎？」

「嗯。」

「麻煩您們到會客室稍等。這邊，請。」

接待處的員工帶我們到一間配置了兩張長沙發的會客室後便關門離開。藍鯨科技的辦公室位於九龍塘一棟商業大廈的二十八樓和二十九樓，據知這兒是總部，在尖沙咀還有分公司處理不同的業務。這會客室和接待處一樣，裝潢經過精心設計，灰藍色的牆紙和充滿稜角的桌椅帶著強烈的科技感，但又不失典雅，加上牆角用作點綴的觀葉植物，客人應該會覺得環境舒適自然。

然而坐在沙發上的我卻忐忑不安。

出發之前，阿文告訴我們他昨晚通宵調查的結果。他發現藍鯨近年的迅促發展十分可疑。

「表面上，藍鯨科技每年賺錢盈利似乎沒什麼貓膩，公司不斷拓展，在於每年都獲得非常優沃的合作機會，六年前奪得政府某項工程的投標，翌年跟韓國一家手機生產商合作，再之後便是和美國一間著名雲端運算公司合營一套網路監察防盜系統……一般可以理解成『第一筆生意成功，打響名堂，吸引其他大企業合作』，但我花時間查閱跟藍鯨同類型的公司各年財務報告，卻發現一連串異常的巧合。」

阿文指，藍鯨能夠跟政府或大集團取得合約，往往都是競爭對手發生意外而導致。比如說有對手公司在競標期間遇上火災，無法做到投標書聲稱的規劃，於是藍鯨補上；又或者有同行的老闆因急病猝死，家族爭奪遺產令公司分裂，無法和藍鯨競爭。最誇張的一個例子，是某家大型投資公司一名員工居然能瞞過上司法眼，愚蠢地僞造業績，實質虧損的數目比公司總資產還要高，東窗事發後令公司即時倒閉，蒸發掉一堆客戶的大部分財產——這些客戶裡，就有三個跟藍鯨經營同類業務的企業老闆。縱使這不至於拖跨那些企業，但足以改變這些企業家大展拳腳的意欲，或是暫緩原來的發展計畫，讓藍鯨有機可乘。

「阿文，你的意思是那姓海的用筷子許願，削弱對手令藍鯨得益？」

「差不多。比起從天上掉下一大袋鈔票，這做法無疑更不易引起注意，而且說出來簡直是個人人稱羨的成功商業個案，當事人大概可以登上《富比士》雜誌封面耀武揚威。」

如此說來，我們今天很可能面對一個爲求目的不擇手段的老奸巨猾。

事實上，如今回顧三個嫌疑人，很明顯地海德仁是最有可能偷取筷子的傢伙。他是防盜技術公司的老闆，即使淵泉堂那些防盜標籤設備不是他提供，他也一定很清楚運作原理，只要他帶備手提式的消磁工具，就很容易瞞過林老闆將筷子帶出店門。

我綳著臉等候了五分鐘，「咔」的一聲，房間打開，然而進來的卻不是我預期中的人。

「是T大學生報的張同學嗎？」一個穿灰色西裝、中等身材、梳著八二分頭、年齡大約三十多的男人向我問道。

我點頭稱是，對方一邊向我遞過名片一邊亮出友善的笑容。「我姓嚴，請多多指教。」

名片上的名字是「嚴在山」，名字上方印著的職銜是「董事總經理」。

「請問海先生……」我試探性地問道。

「董事長臨時有事，無法接受訪問，讓三位白跑一趟，實在抱歉。」嚴先生向我們深深地鞠躬。

「不知道我適不適合，代董事長介紹一下敝公司？」

「呃、這個……不好意思，因爲是個人專訪，假如不是海先生的話，我要回去重寫訪綱……」我被這意外打亂陣腳，好不容易才從腦袋擠出這一套說詞。我們想從海德仁身上刺探的是筷子的事，公司業務什麼的八竿子打不著，更何況我沒有足夠準備去問相關問題，一個不小心便會露餡。

「如果是這樣的話，我可以請秘書安排另一個時間。」嚴先生依舊掛上業務用的笑容。「只是，張同學好像跟我的部下提過，在香港逗留的日子不長？」

「嗯，對。」我點點頭。當然這是謊言。「有沒有可能明天或者後天……」

「這個啊……請等一等。」

嚴先生拿起會客室角落一張桌子上的電話話筒，按了幾個按鈕，似乎致電董事長的助理約時間。談到一半換上恭敬的態度，似乎電話另一端換了人，我聽不清楚談話內容，但看到他的表情很認真。

「嗯，張同學，你今晚有沒有空？」嚴先生稍稍放下話筒，轉頭向我問道。「董事長今天晚上有一個鐘頭的空檔，假如你不嫌遠，他歡迎你到他的府邸進行訪問。」

「這可以嗎？我們今晚有空。」我想不到如此幸運有機會直搗黃龍。深入敵陣固然危險，但我亦明白不入虎穴，焉得虎子的道理。

嚴先生跟電話另一方再談幾句後便掛線。「我現在寫董事長府邸地址給你，他今晚八點至九點有空，你們亦可以先去，他家裡有傭人接待。」

「好的，謝謝。」

嚴先生在一張便條紙寫上那個我早在淵泉堂帳簿見過的大埔豪宅住址，再笑著遞給我。「張同學人生路不熟，知道搭哪一線公車嗎？」

「我有開車。」我接過紙條。「朋友借我的。」

「那就好。」他跟我握手，像是示意會面結束。

「謝謝您。嚴先生您是總經理，勞煩您處理這小事，打擾您的工作，不好意思。」我沒弄錯的話，董事總經理的地位大概僅次於董事長，即是藍鯨的第二把交椅。

「不，不，董事長吩咐要好好接待你們，他很重視T大，自然希望能盡力配合。」嚴先生笑道：「我自恃是公司老臣子，不自量力提出頂上受訪，讓你們見笑了。」

「嚴總經理您在貴公司工作很久了嗎？看樣子您很年輕啊。」阿文插嘴問道。

「哈哈，我只是長著一張娃娃臉而已。我入職時很年輕，在公司從低做起，一步一步才坐上這位子。當然一切全託董事長的福，假如沒有他領航，公司不會如此一帆風順，從只有十數人的小公司發展到今天的規模。」

「可以說一下對海德仁先生的看法嗎？」阿文從衣袋掏出一隻像錄音筆的東西，向嚴先生臉上湊過去，就像記者向受訪者錄音。「我們或者可以引用您的說法，當成專訪的花絮。」

「啊，當然無問題。」嚴先生稍稍站直身子，說：「董事長是一位才華橫溢的商業奇才，擁有獨到的眼光和洞察力，準確看到科技防盜和相關產業的潛力，令藍鯨成爲業界的領頭羊之一。他亦是一位善心的企業家，關心社會，尤其在教育方面更不遺餘力，設立基金向不同的院校捐款，作育英才。我十分尊敬他，我經常說能在他手下辦事是我幾輩子修來的福氣。」

「海先生私下是一個怎樣的人？有沒有什麼嗜好？比如在運動或藝術上的。」阿文問道。我聽得出他的弦外之音。

「他是一位十分親切的長者，無論對哪個社會階層的人士都一視同仁，我跟隨他十多年，從來沒見過他動怒。至於嗜好……他喜歡收藏古董和打高爾夫球，可是近年腰部有點毛病，減少了打球的次數……啊，這段請不要寫，事涉董事長的個人隱私。」

「明白了，當然不會提及。」我說。

「或者這方面你們親自問董事長就好？他很喜歡跟年輕人聊天，我保證你們能得到充分有趣的材料去完成這一篇專訪。」

我們跟嚴先生告別，到停車場取過車子，準備出發。

「大埔三門仔……這地址應該跟帳簿的一樣吧？阿文？」我按動手機地圖導航，輸入地址，然而阿文沒回答，只坐在後座掐著下巴上的鬍碴，神色凝重。

「阿文？」我和小葵回頭望向他。

「有點不對勁。」阿文抬頭說：「小葵妹妹，妳不如先回家，讓我和品辰去處理好不好？」

「咦，怎麼了？這海德仁有這麼危險嗎？」我訝異地問。

「品辰，你剛才沒聽清楚那姓嚴的傢伙的話嗎？」

「什麼？他說的……」

啊呀。我突然察覺阿文的意思。因為太理所當然，我完全忽略了。

「你們在說什麼？」小葵皺著眉問道。

「小葵，阿文說得對，我想妳先回家比較好。」我說。

「你們到底發現了什麼？」

「在這場調查中，嫌犯們都應該不知道我們存在，這是我們最大的優勢。」阿文說：「可是我現在懷疑犯人早知道我們的來意，一旦對方知道我們手上有另一隻筷子，更會不擇手段想奪取……我認為我的身分仍沒曝光，但品辰的『學生報記者』偽裝九成已被識破，對方可能將計就計，引我們掉進陷阱。」

「陷阱？有多危險？」小葵問。

「性命堪虞。」阿文似乎為了讓氣氛輕鬆一點，故意用這種文縐縐的說法，但我覺得適得其反。

「那萬一你們遇害，遺下我一個人，對方將來要斬草除根，我不是要面對更惡劣的情況嗎？」

我知道這是小葵以退為進的計策，這樣說我們便不得不帶上她，但她的確沒說錯。我和阿文互瞧一眼，知道這回只能共同進退。反正過去一年小葵和我都曾跟死神擦身而過，接下來的挑戰，也許沒想像中那麼糟糕。

我們經過獅子山隧道和沙田路後轉上大埔公路與吐露港公路，雖然天色漸沉，我按手機導航指示順利駛至大埔。新界的景色跟香港和九龍的市區面貌很不同，雖然道路比臺灣狹窄，但它讓我想起老家，房子不是摩天樓而是一棟棟的透天厝，樹木長滿山丘。一路上我們都保持沉默，畢竟我不曉得在目的地有什麼東西正等待著我們，那「元凶」又正在盤算著什麼，但我們只能一鼓作氣、義無反顧地往前走。

「繼續直走。」

手機導航傳來跟我內心呼應的指示。

「向右轉。」

我踏著油門一直往前，然而風景讓我有點疑惑——我們好像駛進郊區了？我記得海德仁的家在一座位於岸邊的大型豪宅屋苑，有十多棟大樓，可是眼前的道路好像往山上跑，完全不像住宅區。

「品辰，你好像開過頭了。」阿文傾前說道。

「導航說還有五公里啊？」我指了指手機。

「不，我肯定路線錯了。你剛才輸入了什麼地址？」

「就是你確認過的那個嘛？小葵，妳看看認不認得——」

我本來想請小葵看看路牌有沒有認得的地名，確認我們是不是迷路了，可是她臉色鐵青，直盯著擋風玻璃外的正前方，一副見鬼的模樣。

「小葵？妳還好嗎？怎麼了？」

「這、這兒是新娘潭路……」

我猛然瞄向道路兩旁，驚覺我的確對環境有印象——雖然我上次經過是白天，但我們的確錯過目的地，沿著汀角路經過新娘潭往北前進。

我們正前往小葵父母葬身之所。

「爲什麼會這樣？手機——」

我話沒說完，手機突然亮出「電量過低」的警告，再「嘟」的一聲自動關掉。

「品辰，調頭。」阿文說道。

「這兒不能調頭啦！前方應該有停車位，我們在那邊再調吧！」

「不，立即停車調頭。」阿文以近乎命令的語氣說。

「就說這兒調頭不但違反交通規例，而且很危險啊！」

「你不明白！」阿文大嚷道：「我們已掉進陷阱了！」

什麼？

我稍微回頭，嘗試望向阿文，可是一切來得太遲了。

就在我猶豫的一瞬間，車子不知道撞上什麼，或是被什麼撞到。

我用力抓住方向盤，可是車子仍然失控，往左方欄杆直衝過去。

不好，我要保護小葵——

在我失去意識前，我只記得這念頭。

跟九個月前我在同一地點發生意外當刻的想法一模一樣。

6

「……哥……辰哥……」

朦朧中，我彷彿聽到小葵的聲音。剎那間我回復意識，猛然張開雙眼，卻無法理解映進眼簾的影像。因爲四肢動彈不得，我本以爲被困車廂，可是眼前情景卻截然不同——我身處一間殘破的廢屋之內，空氣瀰漫著一股霉味，前方的水泥地上有一盞暗淡的露營燈，僅照亮我跟前數公尺，那範圍之外仍被黑暗籠罩。週遭一片寂靜，我記憶中數秒前的剎車聲、車身和欄杆碰撞發出的巨響猶如虛幻，在慘澹昏黑的前方，我隱約看到一塊類似黑板的東西掛在牆上，這房間就像是一間被廢棄的鄉村學校教室。

這異常的環境令我怔住，而接下來我注意到的第二個異常狀況更令我愕然——我雙臂雙腿無法移動，是因爲我被牛皮膠帶綑綁在一張椅子上，一圈圍著我的上半身和椅背，另一圈綁住我的小腿和椅腳。我感到左邊肩膀和顴骨灼痛，嘴角泛著一陣血腥味，不曉得是我撞破了嘴唇，還是臉頰受傷，鮮血流到唇邊。

「辰哥！」

我向右方轉頭，看到小葵和我一樣，被綁在一張陳舊的木椅上，和我距離不到兩公尺。在看到髮鬢凌亂、衣服沾滿泥汙的小葵之前，我一度以爲自己身處夢境，就像進行「筷子仙」祈願時掉進夢中那詭異的B國小一樣，可是聽到小葵的聲音、渾身傳來刺痛，我便確信這是現實。

「小葵，妳有沒有受傷？」我緊張地問道。

小葵搖搖頭。看樣子她也是剛甦醒，對情況一無所知，只是看到我在身邊於是呼喚我。

「我們在哪兒？」她問。

「我不知道……我只記得撞車的一刻……」我仍感到有點暈眩。

「我也是……」小葵邊說邊張望。「有人將我們抓到這地方？」

「阿文說得對，這的確是個陷阱……犯人九成向『仙君』許願令我們遇上意外，再將我們擄走……」

「文哥呢？」

我環顧四周，沒看到阿文。難道他在車禍中遇害了？還是被那犯人施毒手？

不——我將那些蠢念頭從混亂的思緒中驅除，阿文才不會被暗算，我肯定他現在正躲起來，部署著拯救我們的行動。

「他一定沒事。」我邊說邊扭動身體，嘗試掙脫綑綁。「趁那犯人不在，快看看地上有沒有可以用來切斷膠布的碎玻璃——」

「誰說我不在？」

一道冷冽的聲音從房間一角傳來。小葵和我頓時望向聲音來源的方向，可是那人隱身於黑暗之中，我們無法看清。小葵冷靜地瞪著那片漆黑，臉上沒有半分畏懼，眼神反而流露著一股寒氣。她眞是一個特別的女孩子，我想，任何人身處這環境也會驚惶失措，換成其他十五歲的少女，這一刻就算沒有號啕大哭，也肯定會牙關打顫吧。

「是誰？」我喊道。我悄悄傾前身體，看看能否向前仆倒，撲向那露營燈，將它打破。漆黑一片的話，我們能爭取多一點時間，甚至可能反過來制伏對方。

「別做傻事，就算你們令那燈熄滅，也不會有半點優勢的。」那人話畢，一道刺眼的光線從黑暗中直射在我們身上，那傢伙手上似乎有強力手電筒，他大概察覺到我的意圖。

「我本來想聽聽你們獨處時會不會透露什麼情報，不過我還是用直接一點的方法較好吧。」那人從陰影踏前數步，漸漸走進燈光處。隨著他的樣子曝光，我更確信我的判斷無誤——拿著電筒的，正是我們不久前見過的嚴在山總經理。

「你抓我們到這裡想幹什麼？」我喝道。

「不如先問一下你們本來想幹什麼？」嚴在山從容地從懷中掏出一物，我仔細一看，赫然便是我們在追尋中的珊瑚筷。

「那……那是什麼？」我假裝糊塗，小葵見狀也沒作聲。

「張品辰同學，你這時候別裝傻吧，這太羞辱人了。」嚴在山露出和之前會面時截然不同的神態，笑容中帶著幾分狂妄的氣焰。「早在你打電話到藍鯨要求『採訪』之前，我已盯上你了啊。」

「什麼？」

「這是天意吧，董事長在淵泉堂訂了一座觀音像，前天我代他聯絡林淵處理送貨事宜，對方隨口告訴我『某臺灣人尋找家傳的珊瑚筷』一事。」

我倏然想起剛到淵泉堂當天林老闆面前那尊陶瓷觀音像。

「我沒有跟林淵說過名字！他甚至不知道我是T大學生，你怎可能知道要求採訪的是……」

「哈哈，你忘記了嗎？」嚴在山大笑起來。「你留下了手機號碼嘛，蠢貨。」

我呆若木雞，此刻才驚覺自己犯了這樣的基本錯誤。對，我給了林淵我的手機號碼，又跟藍鯨的員工留下聯絡方法，嚴在山只要比對一下，便能確認我這個「學生報記者」便是「到淵泉堂尋覓家傳珊瑚筷的孝順兒子」。

「林老闆也真的太易被騙，你說替父親找傳家寶他便完全相信，不知道他怎麼能夠經營得風生水起。」嚴在山將筷子在我面前揚了揚，再收回外套的內袋。

「我才沒有說謊——」

啪——

迅雷不及掩耳地，嚴在山以電筒狠狠毆擊我的腮幫子，我左邊面一陣劇痛。

「別再侮辱我。」那傢伙的眼神猶如野獸，但轉瞬他又露出笑容。「我剛才已檢查過，很清楚你們是什麼——因爲我也是。」

嚴在山拉起襯衫的左邊衣袖，展現那紅色的魚紋斑。小葵見狀發出一記低沉的驚呼，我也不禁屏住呼吸，直瞪著那個我熟悉的印記。

「你們手臂上的斑紋正好證明了你們的動機——你們是想搶奪這隻筷子，攫取召喚那妖怪的力量吧？畢竟只有我們這些『高等人種』才能察覺這寶物的力量。」

「高等人種？」

「你還要裝無知嗎？我不知道你們從什麼途徑知道這珊瑚筷的事，但你們一定知道這斑紋代表了我們擁有和妖怪溝通的能力，可以藉著『法器』召喚牠們，差遣牠們。」嚴在山語氣有點不快，我幾乎以爲他又要揮動電筒毆打我。「說，你們從什麼地方知道這筷子的事？」

「我才不知道你在說什麼。」

啪——又是一記。這次他出手更狠，我感到嘴巴裡一陣血腥，不知道是不是有牙齒被打脫了。

「還嘴硬。」嚴在山突然轉向小葵，說：「或者我對她下手你才願意開口嗎？」

「你敢動她一根頭髮——」我憤怒地大喝道，然而小葵卻不爲所動，繼續怒目瞪著那姓嚴的混蛋。

「辰哥，別被這混蛋煽動。」小葵冷靜地說。「他殺了我們，吃虧的只會是他自己。」

「爲什麼我會吃虧？」嚴在山冷笑道。

「這樣你便得不到餘下的半邊筷子。」

小葵這句話明顯令對方動搖起來。

「你們不可能有另外的那一隻。」嚴在山收起笑容，雙眼瞇成一線，反覆打量我們。

「你說沒有便沒有吧。」

「妳一定是在吹牛！」嚴在山吼道。「假如你們擁有筷子，那自然可以召喚那妖怪，不會被我抓住……不……難道你們不知道方法？可是你們在追查筷子……還是說，這筷子成對的話，有我所不知道的力量？」

「任閣下想像。」小葵傲慢地笑道。她的氣勢壓過對方，簡直和目前的狀況相反，被綁住手腳的恍似是那姓嚴的男人。

「……和你們一起的那男人在哪兒？」沉默數秒後，嚴在山問道。

「天曉得。抓我們來的是你。」我說。很好，他抓我們時沒看到阿文，即是說我的預感沒錯。

「筷子……在他手上吧？」

靠，這男人的直覺好準。

「我不跟你這種小角色談。」我吐了口混著血的口水。「想知道筷子下落，叫姓海的親自來。」

嚴在山愣了愣，然後朗聲大笑。

「張同學，你是不是弄錯了什麼？爲什麼我要請董事長來？」

「你不過是個嘍囉，要談判當然要找你的老大——」

「你以爲我是聽海德仁吩咐辦事嗎？」嚴在山一臉輕蔑，直視著我雙眼說：「假如那老不死沒有利用價值，我早已送他一程，跟那些妨礙我的傢伙們一起上路了。」

「海德仁不是在淵泉堂偷竊筷子的犯人嗎？」我驚訝地問道。

「爲什麼你有這個愚蠢的想法？因爲他是『董事長』，我是『董事總經理』，所以認定我替他辦事嗎？眞可笑。我明白地跟你說，藍鯨之所以有今天的發展全是我的功勞——我之前說什麼『海德仁是個才華橫溢的商業奇才』都是廢話。」

「所以令敵對公司火災，讓競爭者急病猝死都是你的主意？」

嚴在山狠狠瞪了我一眼。

「你果然很清楚我的底蘊。對，那全是我對公司的貢獻，沒有我幹這些髒活，公司哪會如此風光？

所有員工都要答謝我！他們能養妻活兒、豐衣足食也全靠我！姓海的還跟我談什麼商業道義，我好不容易拖垮『樂活國際』和『普魯斯特』兩間對手企業，他卻要我放棄挖對方的客戶過來，說做人不能趕盡殺絕、落井下石……媽的，就是這些婦人之仁害他創業二十多年仍不上不下，爲了不讓他阻礙我，我便一步一步奪權，更令他『腰痛』，患上肝癌。」

「肝癌！」

「對，他命不久矣，只能買一堆神像佛像祈求上天延命，眞是蠢死了。」嚴在山大笑道：「而他爲了顧全大局，自然會將董事長之位『禪讓』予我，畢竟我是公司裡最有才幹、人脈最廣的幹部。藍鯨是我的踏腳石，它將會成爲我龐大科技王國的起步點，只要我一天擁有筷子，我就能鋪平前路，剷除一切敵手——沒有人敢再小看我、嘲笑我只是一個小企業老闆的跟班……」

「所以十年前你是海德仁的跟班，陪他一起到淵泉堂時看到發光的筷子，起貪念將它偷走。」我說。

「貪念？那才不是貪念！那是筷子在呼喚我！因爲我手臂上有印記，所以它呼喚我！余教授和魯醫師都看不到那些紅光，證明我是特別的！」嚴在山高呼道。

「你身上帶著手提的消磁器，就說明你一直想在那店裡偷東西。哼，即使你今天當上總經理，骨子裡還不過是一個鼠竊狗偷？」

「消磁器？呵呵，你只想到那方法嗎？張同學，這就是我和你的分別，不管有沒有筷子，我也比你聰明百倍。我偷那這筷子才不用什麼特殊工具。」

「你胡扯。」

「我就告訴你我那巧妙的方法吧？我做的事情很簡單，不過是趁其他人沒留意時，將筷子塞進身旁一個放書畫卷軸的錦盒夾層裡。那些盒子內襯都鋪墊著棉花和絨布，在絨布的接縫處將筷子塞進去，十分容易。我離開前故意令海德仁對某幾幅字畫留下印象，之後再慫恿他打電話給林淵保留，代他去付款取貨，我只要確保林淵將字畫連同錦盒一起放到消磁板上，就能神不知鬼不覺地偷走它。」

我想起帳簿上的記錄，海德仁在購買鼻煙壺數天後買下兩幅字畫，可是我沒想到他沒有親自到場，而這正是盲點，更諷刺的是筷子「消失」後其實仍在古玩店，只是林淵無法察覺。這麼說的話，嚴在山這個跟班大概一直在海德仁身旁打點，換言之余教授、魯醫師跟海德仁的聚會他亦在場，知道墓穴石刻的事。他一開始可能單純因為看到異象所以用計偷走筷子，後來聽到「啶血而仙君至」的祈願儀式，令他發現這寶物的特殊用途。

我實在糊塗，直至剛才我仍以為是海德仁偷取筷子，嚴在山只是協助他打天下做壞事的幫凶。

「談夠往事了。」嚴在山放下一直用來威脅我們的手電筒，再次掏出那隻珊瑚筷。「本來我對那妖怪的指示是『令你們撞車、將車上的人帶到這廢屋讓我審問』，好讓我摸清你們底細，以防有漏網之魚，將來壞我大事；但如果你們眞的有另外一隻筷子，那我就不再節省『能量』，讓妖怪直接控制你，變成我的傀儡，給我從那男人手上搶奪筷子。」

「控制？傀儡？」我沒料到那筷子能做到這地步。

「那妖怪可眞是萬能，只要我跟目標人物碰過面，牠便能改變對方的命運，無論是患病、意外還是死亡都能做到，可是殺人耗費很多『能量』，那妖怪說要『吃掉』更多參與什麼『筷子大人』遊戲的傢伙才能補充，所以我一向省著使用。」嚴在山獰笑一下，再說：「比起殺死一個人，令一個人失去意志、變成傀儡所需的能量更多，我過去也只用過兩次，但張品辰同學，你似乎有這個資格。」

「別小看我！我才不會被你控制心智……」

「我們走著瞧。」嚴在山轉頭瞄了瞄小葵，臉上露出得意的神色。「至於她，就按原來的計畫處置好了，反正沒用途，灌藥後丟進吐露港讓她變浮屍吧。」

「嚴在山！」我感到一陣熱血衝腦，用力想掙脫綑綁。「我發誓你對她——」

「張同學，省下那點氣力吧，待會我還要麻煩你替我搬運這位小姐呢。」

我驚懼地瞧向小葵，但她仍毫無畏色，反倒臉上蒙上一層冰霜，眼神中流露出一股怒火。

「筷子大人、筷子大人，請您現身。」嚴在山將筷子舉在眼前，隨著他的呼喚，珊瑚筷發出紅光，照亮了本來陰暗的房間。筷子上的螺旋紋緩緩蠕動，並且發出一陣像大提琴般的低沉響聲。

正當我以爲那筷子會再冒出什麼變化之際，詭異的情景卻在另一處發生——一絲棕色的煙從嚴在山的身上冒出，然後他胸前赫然長出一隻灰黑色的手掌，那手掌穿過他的衣服，就像是無形之物，在沒有撕破布料下慢慢連同手腕、手臂從胸口鑽出來。在胳膊快要鑽出來的時候，一大堆枯草似的東西從嚴在山身上各處刺出，那灰黑色的手臂被泥黃色的枯草所覆蓋，而草堆漸漸化作人形。一個圓盤似的異物從嚴在山肩上冒出，在我駭異的目光下，那東西漸漸形成一個邊沿破損的斗笠，正好蓋在那人形頭顱的位置上。

那「異界之物」抖動著，脫離嚴在山的身軀，站在我和小葵面前，距離不到幾公尺。嚴在山身上衣服沒有半點破損，他的軀幹就像一扇異界之門，讓那東西從中跑出來。

「筷子大人、筷子大人，請您奪去張品辰心智，令他服從我的一切命令。」

嚴在山以平靜的語氣說出這個邪惡的願望。

「……承……」

「筷子大人」以野獸低鳴般的聲音，發出像是話語的回應。那些枯草恍似一襲簑衣，牠搖晃著龐大的身子，一步一步逼近我，身後拖著不斷掉落的秸稈和泥水，發出「噗滋、噗滋」的怪聲。

我不斷掙扎，企圖從綑綁中脫身，小葵也一樣不住擺動身體，但她不是要逃離那怪物，反而想移到我身旁，跟我一起抵禦那異形的襲擊。

可是，這一切都是徒勞無功。

披簑衣的筷子大人緩緩伸出手臂，指向我——牠的兩根手指在我眼前詭異地成長，就像兩隻竹筷，直刺我的胸膛。

「不要！」小葵大嚷，但她無法阻止。那雙殊形怪狀的異物穿過我的衣服、透過我的肌膚，逐寸逐寸的深入我的身體……就像牠從嚴在山身上冒出時沒有弄破他的衣服，這一對鬼魅般的「筷子」也沒有撕破我的皮膚，恍若幻影直接刺進我的肋骨之間。我感到一陣灼熱，但那手指同時傳來寒慄，不管我如何抵抗，也無法擺脫——

不好，我的視界漸漸消失，聽覺也逐漸失去，小葵的呼喊聲好像愈飄愈遠……

「就等你這一著。」

在我快墜入無底的黑暗之際，阿文的聲音猛然將我喚回現實，我的視覺聽覺也恢復正常。嚴在山顯然也聽到阿文的話，他警惕著四周，而「筷子大人」的手指亦停下來，沒有繼續刺進我的身體。

「快出來！」嚴在山喝道。

「哈，不用你說。」阿文從容地回答。

「——嘎——」那異界之物突然發出詭異的叫聲，抽回插進我胸口的手指，然而牠的指頭卻被一隻手掌緊緊抓住。

一隻從我胸膛冒出來的手掌。

如我所料，阿文為了抓住制敵時機，一開始便躲藏起來——既然「筷子大人」能依附在嚴在山身上，那我的「仙君」自然也能躲進我的身體裡。

嚴在山看到穿棕色風衣、滿臉鬍碴的阿文從我的胸前躍出，露出一副瞠目結舌的模樣，小葵似乎也沒想到有此一幕，縱使她眼眶泛紅——大概是擔心我之前的處境——如今也亮出詫異的神色。

「你、你、你是什麼妖、妖、妖怪？」嚴在山一臉驚惶，舉著筷子，口齒不清地問。

「就是跟你的『筷子大人』同類的傢伙囉。」阿文持續用力抓住「筷子大人」的手指不放，神態卻依舊從容。「怎麼了，你以爲神仙們都是那副邋遢模樣嗎？既然你們人類會追求時尙，我跟隨潮流換裝也不用大驚小怪吧？」

我正想呼喚阿文，卻發現身上的牛皮膠帶已被切斷，似乎阿文箝制住筷子大人、從我身上撲出時，尙有餘力解開我的束縛，我連忙從椅子站起，衝向小葵替她鬆綁。

「辰、辰哥，文哥是……」小葵訝異地直盯著對峙中的阿文和筷子大人，我替她撕開上半身的膠布後，她仍愣住不動。

「我之後再解釋——總之，他不是人類。」我邊說邊撕掉綁著小葵雙腳的膠布。

小葵不知道的是，去年那場害她家破人亡的車禍中，我也幾乎喪命。

被拋出車外、滾到山坡下的我受了重傷，腹部被刺穿，意識逐漸遠離，恍惚中正往一團白色的光芒飄過去。然而在那條刺眼的光之隧道裡，我忽然被一道聲音喚回意識。

「你有什麼心願未了？」

那聲音問道。

「小葵……小葵在哪兒？請你救她……」

「誰？」

「小葵……跟我一起的女孩子……她在車子裡……」

「嗯……」那聲音頓了一頓，繼續說：「既然你們三人也有相同的心願，我保住她一命了。」

「謝謝……」我當時不理解「三人」是什麼意思，只感到意識再度遠離，那道白光再次變得強烈。

「你跟那女孩非親非故，爲什麼許這個願望，而不是求我救活你？」那聲音問道。

「她剛跟好朋友和好……」

「那又如何？」

「她們約了下星期去逛街……她很期待……」

那聲音沉默下來。

「你有這麼喜歡她嗎？」良久，那聲音再次問道。

「……是。」

「哈！寧願自己愛別離，不欲他人求不得，你這傢伙滿有意思。你我有緣，今天大贈送，給你半條命吧。」

那聲音換上輕佻的語氣，在我錯愕之際，眼前的白光倏地消失，渾身痛楚瞬間襲來。我痛得高呼一聲，從地上彈起，只見一個穿破舊風衣、滿臉鬍碴的男人站在我身旁。

當時我還以爲他是人類，直至他在我眼前展現力量，我才知道自己遇上了「神仙」——或是用他的說法，遇上了「異界之物」。

他讓我從死亡邊緣回到人世，不過，他其後告訴我讓我復生有其代價。

「爲了保住你那個小女友，我耗光力量，改變不了你的因果，所以只能用另一個方法來救活你。」

「什麼方法？」

「你有沒有看《超人力霸王》？」

阿文說，他將我的性命連結到他身上，既然他是不老不死的異界之物，我便能跟他共享生命，就像《超人力霸王》的主角一樣，以後必須和他共同進退、形影不離。我沒想過，「神仙」會用日本特撮片來向我解釋。

「我在人世間幾千年，活到老學到老，自然會知道現代的事嘛。」

後來我知道小葵昏迷不醒，他才告訴我「神仙才不是萬能」，力量不足的他僅能保住小葵性命，我只好無奈接受。

不過說到底，我和小葵如今仍能活著，也多虧阿文相助。

可是目前的環境有點糟糕。阿文他似乎在力量上跟筷子大人不相伯仲，臉上不再有片刻前的餘裕，他仍單手抓住對方那雙像竹筷的手指，恍如摔角手在比拚氣力。

「嗨，大個子，幾百年沒見，精力還是那麼充沛啊。」阿文面有難色，但語氣仍一如以往。筷子大人沒有回應，雙方只繼續僵持。

「筷子大人！您在幹什麼，快解決那、那傢伙！」嚴在山緊張地呼喝道。

「嚴總經理，我勸你別慫恿他，」阿文稍稍轉向對方，說：「我們一旦動真格打起來，惹出來的災禍可不是你們這些凡人能承受的。」

「我不管！筷子大人、筷子大人，我命令您消滅眼前這男人！」

「……否……彼身不滅……余毋滅彼之力……」低沉的聲音從筷子大人的斗笠中傳出。

「那您便給我跟他同歸於盡！」嚴在山瘋子似的舉起筷子，指向我和小葵。「還有這兩個！一併殺掉就成！這些危險的傢伙一個都不能留！這兩個……」

「筷子大人」的斗笠稍動，似乎要轉向我們，可是阿文沒放手，二人仍站在原處。在露營燈的昏暗光線下，嚴在山臉容扭曲，歇斯底里地以筷子指著我，喊叫著「給我去死」之類的話，還邊叫嚷著邊走近，就像《哈利波特》電影中的佛地魔，以充當魔法杖的珊瑚筷向我攻擊。

啊，對了，怎麼我這麼笨？

「給我去——」

——啪。

我一個突刺步往前搶一個身位，眼明手快地伸長右腕抓住那隻在我面前晃來晃去的筷子，一把將它搶奪過來。

「啊！」嚴在山顯然沒料到我有此一著，空無一物的右手仍懸在空中，一臉懵然。「你、你、你……你搶去也沒用！就算筷子在你手，筷子大人依舊聽我命——」

「我知道。」

我用左手食指蘸了嘴角的血，抹在珊瑚筷上——筷子一沾血，再度發出紅光，而且還發出震耳欲聾的轟鳴聲，我就像抓著一副發動中的機車引擎。

「筷子大人、筷子大人，我跟您喢血為盟，請您屈駕為我達成願望！」

伴隨著我的叫嚷，珊瑚筷回歸平靜。

「……承……」

筷子大人對我說道。阿文放開手，對方只佇立原地，沒動分毫。

幸好「召喚仙君」的儀式不用什麼特別咒語，如此一來我們就形勢逆轉，嚴在山沒有任何勝算。這傢伙啞然地呆立當場，反倒阿文擋在我身前，以防對方使用同一招奪回筷子。

「Nice！品辰，看來你也有點腦袋嘛。不過未免太慢了，你應該一開始便想到這招啊。」阿文背著我，側過頭笑道。

「呸，你說得好像你早想到這方法似的。」我吐槽道。

「我的確一早想到喔，可是又不能跟你說，一說出來對方就有所防範啦。」

「還好說！你躲在我身體裡時為什麼不給我一點提示，害我心驚膽跳……」

「不讓你心驚膽跳哪能引出這個大個子？況且你的演技才沒有好到可以騙過這個惡棍耶。」

我們四人——正確來說是兩人和兩個「非人」——站在嚴在山面前，他背後是結實的牆壁，肯定無處可逃。

「你、你們……你們想對我做什麼？就算你把我交給警察，也不會查出任何罪證，他們亦不可能相信什麼筷子大人的鬼話……」嚴在山後退兩步，仍不服輸地說。

「這人渣死不足惜吧？」小葵冷冷地說。雖然平日她善良親切，面對惡徒她倒冷若寒冰，毫不留情。

我緊抓住筷子，思索著是否該向筷子大人下達懲罰嚴在山的命令，以對方施予別人的惡事回報他身上。一報還一報自然是天經地義，可是，我隱約覺得這報復無法平伏我心中的疙瘩。

「品辰，這傢伙由我處置，可以嗎？」阿文問道。我點點頭。

阿文對筷子大人輕聲說了幾句——我不知道是我聽不到他們的對話，還是聽不懂他們的語言——筷子大人逼近嚴在山，伸出左手，兩根指頭再度變長，往嚴在山胸膛刺過去。

嚴在山嚇得屁滾尿流，跌坐地上，可是他無法逃避，一如砧上之肉，直愣愣的任對方擺布。筷子大人不到一秒便抽回那像竹筷般的手指，手臂再度隱藏於那簑衣以下。

「你、你們幹了什麼？」嚴在山結結巴巴地問。他用雙手在自己的胸前亂摸，就像害怕自己有器官被挖了出來似的。

「嚴總經理，你利用這傢伙多年，很清楚他要『吃掉』他人的能量，儲存起來，才能替你辦骯髒事，可是你知道我們這些『神仙』吃的是什麼嗎？」阿文笑咪咪地問道。

「是生、生命力？或、或是陽、陽壽吧？」嚴在山惶恐地反問。

「不，是『Skandha』，中文譯做『蘊』，即是佛經不時提及的『五蘊』的那個『蘊』。」

「蘊？」小葵插嘴問道。

「五蘊者，色、受、想、行、識是也，簡單而言就是組成人的生理與心理元素，以至精神及抽象的自我存在。假如奪去一個人的『想蘊』和『識蘊』，他便會變成傀儡，奪去『受蘊』便會變成失去五感的植物人。當中『行蘊』牽涉到人的行爲與欲望，假如奪去某人的部分『行蘊』，便能令他失去實行某些行爲的意願，就像監獄以『化學去勢』對付性侵罪犯一樣。」

「就、就算你們拿走我的野心，也不會改變——」

「不，我們沒有拿走你的任何一蘊。」阿文蹲下來，直視著嚴在山雙眼。「剛才這傢伙不但沒吃掉你任何蘊，反而注入了新的行蘊。」

「哈？」

「行蘊也是反映善惡念頭的元素，剛才放進你身體裡的，是『良知』。從現在開始，你會察覺自己過去十年做了多少壞事，你會爲所作所爲感到懊悔，而且不管你日後做多少好事也無法彌補，餘生不斷受良知的苛責。你會痛苦得想自殺，可是你亦會知道自殺不能抵償自己的罪孽，無法違背良心自私地了結生命。你這輩子不會再懂得什麼是快樂，往後受到的心理折磨，比被關進任何一所監獄、受任何一種酷刑更難受、更可怕——這便是我對你的判決與懲罰。」

嚴在山聽罷阿文的說法，本來臉上帶著一絲不屑，可是轉瞬間表情驟變，他緊皺著眉，抱著雙臂，渾身發抖。他開始啜泣，漸漸聲淚俱下，像個被父母懲罰的小孩子般痛哭。就連我也看得出他是發自內心地感到哀傷，可是我不會爲他感到憐憫。

這是他應當受的苦。

我們丟下跪坐地上、抱頭號泣的嚴在山，離開廢屋。雖然我臉上傷痕纍纍，但塞翁失馬焉知非福，小葵著緊地扶著我的臉，用紙巾替我治理傷口，臉貼臉看到她泫然欲泣的心痛模樣，我被嚴在山痛毆的仇頓時煙消雲散，差點還想稱讚他打得好。我們拿走了嚴在山的手電筒，沿著山路走了約半個鐘頭，找回那輛車頭撞毀凹陷的藍色本田Jazz。

「天啊，原來已是九點多。」我從遺留在車上的手機看到時間。「怎麼這段時間沒有人發現這兒發生車禍了？」

「當然是這傢伙幹的好事囉。」阿文指了指一直跟在我們身後的筷子大人。「他操縱因果，令這兒暫時沒有人路過。嚴在山打算慢慢炮製你們，自然會下這樣的指令。」

「阿文，你認識這位『筷子大人』嗎？剛才你說你們幾百年沒見，即是說你們是舊識？」我問。我們見過余教授和史博士後，才知道筷子能夠召喚「仙君」，當時我有想過這個「異界之物」可能和阿文有點淵源，但沒想到竟然是「同類」。

「哎，眞不好意思，」阿文靠在車門旁，苦笑一下，指了指站在街燈下的筷子大人，「看到他現身時我也嚇一跳……這大個子啊，名義上是我的……父親。」

「等等，你的父親？那不就是……」我錯愕地轉頭瞧向沉默的筷子大人。

「對，就是他。」阿文聳聳肩。

「你們在說什麼？」小葵一臉疑惑地問。

「小葵妹妹，我忘了一直沒自我介紹。」阿文微微躬身行禮，說：「我姓姒，夏后氏，名文命。」

「姒文命……咦？」小葵瞪大雙眼，嚷道：「你是夏禹？治水的大禹？」

「正是在下，而這個大個子便是『治水失敗』的崇伯鯀。」阿文笑道。

「所以你們是神話時代的人物——」小葵似乎仍無法接受這驚人的消息——話說當初阿文告訴我時，我也花了幾天才能消化。

「算是，不過我們不是人類。像軒轅、炎帝、少昊、帝堯、帝舜等等妳說得出名字的上古傳說人物統統不是人類，我們全來自比你們維度更高的異界，用人類容易理解的說法，就是『同一種族的異次元生物』……不過我們沒有你們這個世界的繁殖倫理關係，什麼父子、兄弟、夫婦之類，全是你們人類任意詮釋的，我和這個大個子就從來不是『父子』，我們甚至沒有性別。」

「但你這個樣子……」

「你看到的形象不過是僞裝，我們這些『神明』本來就沒有特定形態，我只是入鄉隨俗而已。喂，大個子，你也別老是用這副噁心的模樣，換張人臉來看看吧。」

筷子大人微微抬頭，露出斗笠下的黑洞，然而不到一秒，一張長著白鬍子的中年男性樣貌從黝黑中浮現，乍看之下跟阿文有幾分相像。

「……何如？」筷子大人、不，穌說。

「本來我想叫你換套衣服，不過算了吧，反正我萬曆年間跟你重逢，你還是披著這身破爛簑衣，說著不懂訓詁學便聽不明白的『死語』，老天。」阿文擠個鬼臉，對小葵說：「這傢伙很頑固，石頭腦，所以才會被舜幹掉。」

「被舜幹掉……文哥你說過那段傳說是政治操作？那麼眞相是……」

阿文沒回答，倒是回頭望向馬路另一端。

「不如我們邊走邊說吧，反正車子壞了，這兒步行到淡水湖畔要花上一個鐘頭。」

「淡水湖？我們去船灣淡水湖幹什麼？」我問。

「送神。」阿文笑著回答。

7

根據我去年爲了跟小葵「偶遇」而調查關於新娘潭一帶的資料，上世紀六十年代，香港缺乏淡水資源，爲了解決水荒，政府實行一個大膽的工程，在船灣的西南面加建兩公里長的堤壩，圍起海灣，再將原來的海水抽乾，建成香港面積最大的水庫，命名爲船灣淡水湖。淡水湖鄰接新娘潭，位於新娘潭路的東南方。

「上古的神明，不管何地的全都來自異界。」我們走在山路上，帶頭的阿文說道。「我們沒有『種族』的概念，不過也能分類，而且每個個體的理念和行為都不一樣，所以難免有紛爭。有時對抗過後能達成協議，就像軒轅老頭和炎帝那傢伙一樣，但也有像蚩尤那種脾氣火爆的硬派，他的字典裡沒有妥協二字，談不攏敗陣後只能遠走他方。」

「蚩尤不是被軒轅黃帝殺掉了的嗎？」我問。

「我們是來自更高維度的異物，不受『時間』綑綁，自然沒有你們人類所想的『死亡』這回事。」阿文笑道。「蚩尤出走到了西方，自暴自棄隱居於一個大迷宮裡，結果被後人加油添醋說他是該國王后和公牛通姦所生的孽種，最後更被一位英雄殺死，真令人失笑。」

那不正是希臘米諾陶諾斯的傳說？

「雖然我們傳授人類知識，被視作尊貴的神明，可是其實我們才沒有那麼高貴。」阿文嘆一口氣。「我們只是來自異界的難民。」

「難民？」小葵訝異地問。

「對，難民。因為不明的原因，我們誤掉進低維度的世界——亦即是你們人類的世界——還被這世界的物理法則限制，無法脫離。我們就像漂流到荒島的魯賓遜，或者是《浩劫重生》的湯姆．漢克，而你們人類就像魯賓遜的土著僕役星期五，或是湯姆．漢克身邊那個排球『威爾森』……我們這些異界難民中，有人將你們人類當成工具，但也有人視你們為同伴，縱使後者只是少數派。」

「文哥你是後者？」

「嗯。」阿文說：「我們這些難民只有一個目的，就像魯賓遜一樣，『回家』。然而，在達成這目的之前我們有更迫切的問題要解決，也跟魯賓遜一樣，就是『存活』。」

「但文哥你剛才說你們不會死？」

「我們不會死，但有比死更嚴重的麻煩——我們從異界掉進這世界，尚且能維持一定高維度的特性，比如說干涉你們人類的因果、操控你們到目前仍無法理解的粒子層面的力學原理之類，可是我們持續需要『能量』來保持物質化，一旦耗光能量，失去形體，就離高維度次元更遠，更難吸收能量。對不會『死』的我們來說，你們這個『三點五次元』的宇宙便成為永恆的監牢。」

阿文曾對我說過，我們人類不是活在「三次元」宇宙而是「三點五次元」——除了立體空間的X、Y、Z軸外，還有一條時間軸，不過我們無法在時間軸上自由移動，所以是「三點五次元」。

「你們需要的『能量』就是『蘊』？」小葵問。

「哈，小葵妹妹，跟妳聊天真是一件樂事，我曾向品辰解釋過，可是他聽了老半天也聽不懂，我便放棄了。」

「我又不是理科生。」我抗議道。

「小葵妹妹也不是嘛。」阿文沒放過任何損我的機會。「對，我們『吃』的，便是人類的『蘊』。『蘊』是構成人類存在的元素，但正如你們進食一樣，你們既可以選擇宰掉牛羊或雞鴨吃牠們的肉，也可以無損牠們的性命吃雞蛋和喝牛奶，我們這些『異物』可以吃掉一個人所有的蘊，令他變成廢人、喪命甚至完整地將他從因果之網移除，抹煞掉他過去的存在，但亦可以只抽取一丁點，比如說『想蘊』，以人類的某種『思念』為食糧……當然後者的價值遠不及前者，就像你要喝很多杯牛奶才等同於吃一盤牛排的卡路里。」

「文哥你前天說過堯舜的傳說都是『政治操作』，就是指他們在這方面有分歧嗎？」

「差不多……或者先告訴你們一件事，因為這件事太令人不安，所以我之前都沒提，但為了讓你們全盤認識眞相，還是要說一下。」

「什麼？」我問道。去年阿文已跟我說過很多我作夢也不可能想到的事情，但我知道他有更多關於他們一族的事實沒告訴我。

「你們知道為什麼你們手臂上有魚紋印記？」

「不是你說什麼『天擇之人』嗎？」

「我是說，為什麼『上天挑選的人類』會在身體上出現這斑紋？」

「啊！」小葵突然高呼一聲，然後站住，露出複雜的表情。

「怎麼了？」我們也停下來。

「那是烙印……」

「對。」阿文點點頭，臉上帶著歉意。

「什麼烙印？」我問。

「……農場牲畜的烙印。」小葵說。

在明白她的話背後的意義時，我感到一陣寒慄。

「為了管理『食糧』，上古不同派系的神明會用不同的手段去表明『這是屬於我們的牲口』，我們這邊用的就是那個手臂上的印記。」阿文指了指路的前方，示意我們繼續走。「基本上，自軒轅開始，我們都主張『不殺』，即是與其抽掉一個人的蘊令他灰飛煙滅，不如讓他好好的活下來，長期持續提供能量給我們，就像酪農或雞蛋戶。不過，即使是相同做法，程度上也有所不同，有同伴便認為你們人類只是低等的牲畜，也有跟我一樣，認為我們只是來自異界的過客，你們才是這個世界的主人，我們不應自視過高的聲音。這種分歧就成了各派爭權的原因。」

「舜就是因為這理由而殺害了他？」我指了指在我們身旁的鯀。

「我說我們不會死，所以不是『殺害』，但概念上差不多，總之令大個子失去實權，將他旗下的人類收歸己用。我說過，我們都希望早日離開這個三點五次元的鬼地方，統治者自然不用排隊等『候補機位』。」阿文頓了頓，再說：「所以你們明白爲什麼我們要治水吧。」

「啊，因爲洪水氾濫，人命傷亡的話你們就更難取得足夠的蘊去支持你們回家。」小葵答道。

「嗯，而且甚至連我們基本的『存活』也受到威脅。」阿文點點頭。「其實『統治』這回事就是如此，只是我想就連軒轅老頭也沒想到，當初的做法會影響這民族往後數千年的命運……我是最後一個當領袖的異界之物，之後的，便是人類了，唉。」

「什麼意思？」我問。

「記得傳說中我的繼任人是誰嗎？」

「先是禪讓給伯益，但後來諸侯們推你的兒子啓當天子，伯益退位，夏朝的家天下因而開始……」小葵說。她比我更像歷史系學生哩。

「啓是人類。」阿文嘆道。「我奔走四方治水時，碰巧遇上一個被遺棄的嬰孩，我不忍心讓他成爲野獸的食糧，將他當成兒子，人們問起我便胡扯他是從石頭裡爆出來的。我想，這便是一切錯誤的開端。上古天子之所以用『禪讓』，是因爲我們根本沒有家族的概念，誰有方法更有效率地讓我們回家就好，然而人類不知道背後原委，加上你們有血族繁衍的生物機制，有樣學樣地實行封建制度，硬將統治權冠以天命所授的名堂，以謊言將自己的地位合理化，那便是災難。我不妨直說，在我們這些異界之物眼中，人類的『天子』就像頭自以爲是的豬，模仿農場主人去管理另一群自認受管理的豬一樣愚蠢，而這種極端的個性更深入這民族的血脈，人們一方面想當皇帝，再卑微的傢伙也想將自己的想法強加在他人身上，另一方面又想當奴僕，再有才能的人也想服從權威，數千年來仍沒擺脫這種扭曲的思想。」

「文哥，堯舜退位後怎麼了？」小葵問道。「你說你們目的是回到原來的異界，那他們其實不是死了，而是回家了？」

「對。」

「可是這就說不通了——為什麼你仍在這兒？」

「那很明顯啊，就是我不但無法離開，還『死』了。」

「你說你們需要『能量』來保持物質化，『死亡』就是耗光能量，失去形體吧？但你現在不是仍好好的麼？」小葵追問道。

「妳什麼時候產生我形體沒失去的錯覺？」阿文苦笑道。

「咦？可是……」

「一般人看不到阿文的。」我說。

小葵瞠目結舌，似乎這句話比剛才的「牲畜烙印」更叫她震撼。

當阿文救了我後，我發現他能穿牆過壁，旁人對他的存在一無所覺，才確認他所言非虛。他跟隨我回到臺灣，在我家待了大半年老爸也沒察覺異樣，就連我們和作家老師一起到B國小調查，她也不知道阿文一直跟在我們身邊。B國小倉庫裡的書包其實是阿文先找到的，為了隱瞞他的存在，我只好假裝是我發現的。

「被烙上印記的人，才能看到失去形體的『神明』。」阿文對小葵說。「自從我們這些異界難民走的走、死的死後，印記在人間逐漸消失，但某些人被深埋血脈的遠古因子所影響，出生時長有斑紋，天生具備異能——當然也有後天被烙印的傢伙，『筷子大人』要捕食『蘊』，他們便長出魚紋。」

我其實對阿文自稱為大禹有所懷疑，畢竟我無法確認，只是想不到跟兄長碰面時，他居然替我證實了——我到今天仍記得他看到阿文時那副驚訝的表情。本來吃驚的是我，我沒想到他看到我身邊有這個穿風衣的怪咖，但更滑稽的是我哥盯著阿文幾秒後，頓時挺胸肅立，就像新兵入營遇見教官。我之前可不知道，原來大禹是道教供奉的神明之一，任三官大帝的水官大帝，地位崇高。

「冒稱神明的遊魂我見得多了，沒想到我有生之年會遇上自稱偵探的神明。」那天告別時兄長對我們說。也因爲阿文是他的「直屬上司」，我們向他討筷子他自然不敢拒絕。

我原來不曉得兄長手臂上長著的魚紋會讓他看到阿文，更沒想到小葵也有，當她在病房問我阿文是誰，我自然嚇一大跳。

「啊，所以文哥你一早就知道嚴在山是犯人吧！」小葵高呼。

直到跟嚴在山見面後，我才了解阿文在打什麼算盤，也輕鬆地篩選出能看到筷子發出異象的傢伙，縱使我們不知道對方是主謀還是共犯。林淵只看到我和小葵——當時小葵似乎誤會了對方因爲她是年輕女生而忽視她，余教授和史博士亦沒看到——史博士只泡茶給我、小葵和余教授，魯醫師更完全沒對阿文的動作有半點反應。可是嚴在山甫跟我們見面，便說出「讓三位白跑一趟」，跟阿文對答如常，我當時還覺得太理所當然沒察覺有異。

「見面那一刻便知道了。」阿文笑道。「話說回來，品辰你怎麼以爲海德仁是主謀那麼笨？」

「那推理有什麼不對嗎？」我反駁道。

「一開始我已知道余魯海三人不是犯人嘛。」

「你這是事後諸葛吧？現在你說什麼都可以。」縱使阿文是神明，也不改他臭屁的性格。

「我一開始懷疑的從來不是他們三個，而是他們的助手。」阿文從容地說。

「爲什麼？」小葵問。

「假如他們能看出筷子有異，他們根本不用偷竊啊！」阿文大笑。「買個鼻煙壺也花上數千數萬，說一句『這筷子滿有意思的，林老闆你算我便宜一點吧』，大概可以兩千塊以內到手。會偷的，一定是跟他們一起到場的窮傢伙，可能是教授的助理、醫師的徒弟或是老闆的跟班。比起商人的私人助理或秘書，前兩者存在的機會很微，大學教授和醫師才不會連買個東西也帶著隨從，所以我先讓品辰跟他們見面，消去嫌犯。」

阿文一解釋，我才察覺這盲點。
「但『他們選購鼻煙壺時某人帶著助手』本身也只是猜測吧？」
「記得我們在魯醫師的診所看到的照片嗎？那張三人合照。」阿文說。
「怎麼了？」
「既然照片中有他們三人，那就說明有拿相機的第四人在場嘛。」
「那……那不可以是服務生或陌生人拍的嗎？」
「假如是服務生拍的，他們就會靠攏在一起，而不是自然地拿著杯子，像在閒聊時偶然發現有人舉起相機對著自己，向鏡頭展露笑容了。」
「好吧，就算一切如你所說，那不可能是跟班拿到寶物後，再跟老闆合謀嗎？」我依然不服輸，雖然這藉口連我自己也不信服。
「藍鯨是最近六、七年才賺大錢，但筷子在十年前已失去，這不就說明了嗎？」
「說明什麼？」
「啊呀，我明白了——」小葵像恍然大悟地插話：「得到筷子的犯人利用頭三、四年先令自己在公司出頭，假如海德仁是犯人之一，藍鯨該在十年前已開始擴展了。」
「全中。」阿文笑道：「妳眞的可以考慮當我徒弟，比起品辰，妳的頭腦好得多啊。」
我們說著說著，似乎已來到阿文想去的地點。他指示我們離開山路，沿著陡峭的小徑往湖邊走下去，爲了小心不滑倒，我全程緊緊牽住小葵的手。好吧阿文，這人情當是我欠你的。
我們來到湖邊，晚上十點多的淡水湖很平靜，天上灑落著點點繁星，雖然天氣有點冷，但這寧謐深邃的環境讓我忘掉身上傷口的痛，我彷彿重回大地之母的懷抱當中。小葵打了個噴嚏，我脫下外套讓她披上，畢竟她那件網購的外衣有點單薄。

「謝謝，辰哥。」

「品辰，你知道嗎？這兒六十年前仍是海灣，灣邊有六條鄉村，政府爲了建水塘，所以下令居民遷徙，有一千多人移居了呢。只要水退，我們便能看到六鄉廢村的遺址，有些階梯和水泥路仍保留得很好。想不到這事件跟被水淹埋的村子這麼有緣，我們在臺灣去過翡翠水庫，如今又來到這個船灣淡水湖，雖然老實說我們只要找個河口之類就好，不一定到這兒……」

「阿文，我們來湖邊做什麼？你說送神？」我打斷他的話，問道。

「嗯。」阿文向我攤手：「剛才嚴在山的筷子呢？」

我摸了摸身上，驚覺筷子不見，嚇得拿著電筒團團轉，慌忙往地上找，小葵卻噗哧一聲笑了出來。

「在這兒啊。」她從我的外套裡袋掏出筷子。

「品辰你啊，將來不找個精明的妻子一定連襪子也弄不成對。」阿文笑著接過筷子，並且掏出他一直收起來的那一隻。我其實一直想，他那件風衣是不是像多啦A夢的四次元口袋？因爲那隻筷子之前不但和他一起隱藏進我的身體裡，他更能從淵泉堂摸走林老闆的帳簿。我猜臺灣的魔神仔傳說、日本的神隱之類，搞不好是他的同類用類似的手法令人憑空消失的。

「你要做那個什麼『箸神』儀式嗎？」我問。「可是這兒沒有米缸……」

「品辰，其實你們一直弄錯一件很基本的事。」

「什麼？」

「這一雙根本不是筷子。」

阿文話畢，用力將珊瑚筷往湖面丟過去。它們落水後不久，忽然傳出巨響，兩道紅光往湖中心閃過去，當光線移到距離我們數百米之外，它們化成兩根數十米高的直線，一左一右的聳立在平靜的水面之上，兩者中間的空氣似乎冒出了波紋，宛如煙靄般幽幽搖曳。

「那是……」

「『門』。」阿文說。他轉身向鯀瞧了一眼，再說：「大個子，你想回去吧？你這些年來應該已吸夠蘊，足以回復形態，現在我給你開門了。」

「……銘感……」鯀伸出左手，指頭再伸長，抵住阿文胸口。「……餘蘊予爾，善。」

鯀說畢抽回手指，一步一步踏進水裡，不久沒頂，但在紅光之下，我們看到一道青色的影子在水底往前游去，那影子恍若一尾大魚。

「南朝《玉篇》有云，鯀，大魚也。」阿文貌似感觸，說：「這傢伙被困在這世上數千年，終於可以安心回家吧。」

「那雙筷子是……傳送裝置？」我驚訝地問。

「對。它們本來就是讓我們回家的工具，只是丟失了數千年，滯留下來的同伴們都無法回去了。我想，抱朴子葛洪發現『筷子』上抹血能召喚仙君，那其實是一種呼喚想回家的異界之物的做法，人類要求『仙君』完成一個願望，對方就可以用它回家，是一場公平交易，然而這方法失傳，嚴在山手上又只有一邊，結果大個子被召來後不得不受制於這工具的威力，被逼服從那混蛋的一個又一個的命令。『筷子大人』和『筷子仙』遊戲也是依附這力量而誕生的副產品，本來只是出於慰藉人類心靈的拜祭儀式，卻成爲了大個子唯一的食糧來源，參加者手上被烙上魚紋亦是這關係。」

「文哥，可是……你不會『餓』嗎？」小葵問道。

「當然餓啊，但不及大個子那麼淒慘。我說過『想蘊』也能供給我們能量吧，人類懷抱思念、祈求，也就會傳達這些微小的蘊給予祈求對象。我好歹是水官大帝，加上一堆禹王廟，幾千年來善信們對我的思念讓我可以在沒有實體下持續活動，相反被唾棄、被當成治水失敗罪人的大個子只能餓著冬眠。人們參與『筷子大人』遊戲而喪命可不是大個子的過錯，一來他必須服從嚴在山的命令，滿足那傢伙的要求不得不盡量多吃，二來一如品辰以前說過，參加賭命遊戲的人都有覺悟，假如沒有願意付出的意欲，大個子也不會隨便抹煞凡人的生命……」

啪答——

湖面上，青色的大魚身影從水面躍起，突然冒出刺眼的光芒，變成一副我之前沒想過的形態——一條藏青色的龍。

那條龍在空中打了個筋斗，閃耀的青色鱗片、銳利的龍爪反射著月光，構成一幅驚人的畫面。那像巨蛇一樣的身體隨即穿過那兩道紅光之間，消失於空氣之中，彷彿數秒前的一幕只是幻覺。

「啊啊啊！」小葵突然尖叫：「那是『門』！」

「什麼？」我問。

「『門』！是『龍門』！『禹鑿龍門』啊！」

我轉望向阿文，他仍眺望著湖面，似乎在送別久違的同伴。縱使我再不濟也知道「鯉躍龍門」的傳說，相傳鯉魚只要跳過龍門便會化成龍，所以鯉魚自古被視爲吉祥之物。傳說中，龍門就是大禹治水時留下的。

「好不容易才送走一個，不知道其餘留下來的傢伙在哪兒呢……」阿文嘆道。

「文哥你還有很多同伴滯留嗎？」

「多不勝數。至少二百年前，我就有八個同伴一起住在這兒，只是他們在這二百年間都不知所終了。」阿文莞爾一笑，對我說：「我不是經常說嗎？我是『九龍』第一名偵探，那八個傢伙都不及我精明嘛。」

我不知道該表示驚訝還是該吐槽，阿文的冷笑話實在教我受不了。就在我正想開口的一刻，湖面上的那兩道紅光消失，「咻」的一聲，兩隻珊瑚筷飛回我們身邊，刺在泥地上。

阿文彎腰撿起筷子。「任務完成，我們回去吧。」

「等等，文哥你不回家嗎？既然你已拿回龍門……」

「我還要搜索其餘同伴啊。爲了找他們，我只能不斷調查那些不可思議的怪事，因爲超自然現像九成是他們所爲。」阿文若有所思地頓了一頓。「小葵妹妹，妳剛才問我堯舜退位的事吧。舜那混蛋是那種令人哭笑不得、結下孽緣的損友，他沒有『殺死』大個子，只是令他無法保持形態，將他踢到回家隊列的最後尾；而這傢伙離開前爲了整我，更故意弄了個惡作劇，害我和餘下的同伴們回不去了。」

「惡作劇？」

「你們知道這兩隻『筷子』叫什麼名字？」

「『王仙君』？」我說。

「不，它們兩隻各有名字，」阿文舉起其中一邊，「這叫娥皇，而這隻叫女英。」

娥皇、女英？

「娥皇和女英不是舜的妻子嗎？」我和小葵不約而同地嚷道。

「沒有啦，堯那時候讓兩個人類女性各自管理其中一邊，『退位』回家前將它們交給舜，人類才會誤傳什麼許配女兒之類。輪到舜儲存足夠能量可以回去時，他卻命令跟隨他的凡人部下藏起這雙『筷子』。他應該是要我著急吧，不過幸好今天終於找回來了。」

「所以說，娥皇女英投水殉死只是傳說，那其實是……在江邊『開門』讓同伴回家？」小葵問道。

「對，就像其餘傳說，人類就是不斷將錯誤的訊息一代一代傳下去。」

「可是……舜這個惡作劇害你們滯留數千年！鯀回去後會不會找他算帳啊？」我問道。

「對你們來說數千年是很長的時間，但對回到那個次元的我們來說，時間本來就沒有意義，我倒不擔心他們有嫌隙。」阿文將娥皇女英收進風衣，說：「時間不早了，我們回去吧！我不怕冷，倒是你們繼續在這兒吃西北風，明天感冒肺炎就麻煩，我想小葵可不想再住醫院吧？」

阿文的話提醒了我。既然事情了結，我得向小葵懺悔。

「小葵，請等一等，我有話要說。」

「是？」小葵回頭望向我。

「妳發生意外那天……」

「品辰啊！事到如今你還要說嗎？」阿文打斷我。

「你為什麼一再阻止我？」我皺著眉對阿文說。小葵一臉不解地瞧著我們。

「唉……好吧。」阿文轉向小葵，說：「品辰這笨蛋，一直自責是他害妳和家人發生意外，因為他想見妳，那天才故意到新娘潭，他認為他不去你們便不會出意外。」

「阿文！這些話該由我親自說！」我既羞且怒，試問道歉不由當事人說出哪有意義？

「等等，為什麼……」小葵欲言又止。

「而妳呢，很清楚小魚自殺，是因為她以為自己下咒，令妳和父母遇上不幸。」

小魚？是小葵的好朋友嗎？她下什麼咒了？

「但你們全都錯了，我甚至會說，害你們出車禍的不是嚴在山、大個子或是品辰老爸的前妻等等。真正的罪魁禍首，是我。」

我和小葵一臉不解地盯著沮喪的阿文。

「為什麼是文哥你？」

「那天妳父親撞倒的不是山豬，是我啊。」

「啥？」我大嚷道。

「唉。」阿文深深嘆一口氣。「那天我為了調查『新娘潭筷子咒』的傳說，在樹林穿梭，不巧遇上一頭帶著孩子的山豬。動物比人類更靈敏，能看到無形的異界之物，山豬們看到我，察覺我的本質，嚇得四散逃跑，其中山豬媽媽從山邊衝出馬路，我看見車子駛來，連忙用僅有的力量去抱住牠，本來該是車子直接穿過無形的我，我卻不知道是不是從那些充滿怨念和惡意的腳尾飯沾染了某些蘊，力量竟然失控撞上車子了。」

我和小葵直愣愣地瞧著阿文，不知道該說些什麼。

「假如說責任的話，我大概要負得比較多，鮮少干涉人間事的我也不得不耗盡全力來救你們了。」阿文繼續說。「小葵妹妹，請原諒我沒有足夠力量去救妳父母，他們當時跟我說自己的命不要緊，最重要的是讓妳活下去。」

「你……和爸媽說過話？」小葵一臉震驚。

阿文攤開右手，似乎要做些什麼，再向小葵問道：「妳信不信任我？」

小葵有點猶豫，她瞄了我一眼，我想了想，給她一個肯定的眼神。

經過大半年的相處，我知道阿文不是壞人。

不管他是神明還是異界之物。

他尊重一切生命，不會貿然傷害他人。

小葵朝阿文點點頭，阿文右手食指和中指慢慢變長，就像「筷子大人」，變成可怕的竹筷模樣。

「我和堯舜不一樣，我很喜歡跟人類交往，我覺得你們很有意思。我甚至跟不少人說明我們一族吃蘊保命的特質，有些好心的傢伙就像現代人捐血一樣，願意將一些蘊直接獻給我，讓我用『手指』拿取……」阿文將手指刺進小葵的胸口。「有些人看到，覺得有趣，於是模仿我拿竹子當成夾東西的工具，再發展成夾熟食的筷子。」

所以筷子的確是禹發明的啊……

「但正如大個子剛才對嚴在山所做的，我們不止能『抽取』人類的蘊，也能『放下』。妳的父母離世一刻，他們留下一些『想蘊』和『識蘊』，我現在交給妳。他們的確不在人世了，但他們的想法、願望、對妳的思念也一一保留下來。妳就當是他們的遺言吧。」

阿文收起手指。小葵茫然地站著，表情漸漸起變化——她一向堅毅的眼神慢慢溶化，眼眶變紅，眼淚撲簌撲簌地沿著臉龐滑下。她漸漸站不穩，我連忙上前攙扶，只見她在啜泣中喊著爸媽，好像她正在某個我看不見的空間裡跟逝去的父母說話。出乎意料，小葵不久破涕爲笑，雖然淚留滿面，她卻不斷微笑著點頭，好像父母正對她說著一些鼓勵她的話。

「我沒事了。」過了約五分鐘，小葵擦過淚水，回復原來的表情。「謝謝你，文哥。」

「不用道謝，那是我僅能補償的一點小事。」阿文搖搖頭。「即使我是『神明』，仍逃不過這個次元的『業』網，被捲進這弔詭的因果律之內。假如沒發生那意外，我就不會認識品辰，也不可能重遇大個子，收回娥皇女英。人世間的業很奇妙，我想，或許我在這兒待太久，越來越跟你們人類同化吧……」

＊

「小葵，妳自己一個人上去眞的沒問題嗎？」

「嗯，辰哥，你和文哥在車裡等我就好了。」

送別「筷子大人」後已過了三天。姚學長明天回港，我也勉強趕及處理目前的狀況——那天晚上我叫了拖車將車子送修，修車行檢查後說幸好機件損壞不嚴重，兩天便修理好，我不用擔心學長責怪。當然，我多年的存款因此花光，回臺灣後必須邊上學邊打工賺錢。

事情結束，小葵便要面對原來的命運，孑然一身地活下去。

然而我想不到的是阿文的提議。

「大個子臨走前將多餘的力量傳給我了，我現在有足夠能力去改變因果。」他對小葵說：「我想，妳對原來的生活環境已沒有留戀吧？假如妳想以另一個身分活下去，重新啓動人生，我可以輕易做到，我甚至可以抹消他人對妳的記憶。妳有什麼想法？」

「文哥，請讓我考慮一下再答覆吧。」

我幾乎有衝動，想提出讓小葵跟我一起生活，既然阿文有能力改變因果，那改變戶籍之類應該很輕鬆吧。只是，我不知道這建議會不會太跨張了，畢竟我和小葵沒有交往，這好像是求婚似的。

「對啊，而且對方未成年，你簡直是個變態嘛。」

阿文又讀到我的內心。雖然他一再否認他有讀心的能力，但我實在懷疑他在糊弄我。

阿文利用他的能力，輕鬆地查出那個充當小葵監護人的福利主任身分，並且潛進對方的辦公室，偷回小葵的私人物品，包括住所鑰匙。小葵不急於回家，反而等車子修好後，才向我提出回家拿一些東西的要求。

她是不是有某個打算，讓阿文去改變她的因果呢？

「其實你爲什麼不告訴她你一直以來爲她許的願望？」在小葵住所樓下的車子裡，阿文問我。「你想她跟你一起，只要說出你爲她做過的事就好了。你瀕死時寧願不要命也要救她，我告訴你『筷子仙』遊戲時，你二話不說便押上性命，只求讓她康復。別跟我說是什麼『不求回報的愛情』那麼肉麻，你才不是這塊料。」

「我說出來的話，她會誤會我有恩於她吧。」我嘆道：「就算我不是出於愧疚而許這些願望，她因爲覺得有負於我而答應跟我交往，那也是不對的，我希望她是發自眞心的喜歡我才跟我一起。」

「品辰啊，你眞是浪漫得要死的傢伙。」阿文笑道：「不過我倒不介意有這樣的一個同伴。」

想起參加「筷子仙」賭命遊戲時，我實在沒想到阿文早有準備——他說的Hack the system，就是直接插手干涉我的因果。我第一次夢到B國小的夢時，阿文居然大剌剌地闖進我的夢境，直接在夢境裡調查，那根本就像玩線上遊戲開外掛。假若筷子大人找上我向我討命，那反而讓阿文能早一步跟對方接觸，結果不知道是我手氣好還是阿文運氣背，那八十四天都沒有任何異常，我糊里糊塗倖存下來，成爲勝利者了。

「對了，那天你爲什麼說是姜子牙發明筷子的？」無聊中我向阿文問道。

「的確是他發明的啊，雖然試毒的故事是誤傳的。」

「你大前天才說過筷子是你發明的嘛。」

「我先跟你說一件很重要的事。」阿文伸一個懶腰，嘴巴上說著「很重要」、表情卻顯不出有多重要地說：「你有沒有想過你目前的身分？」

「什麼身分？」

「你現在是『半神』了。用英文來說就是Demigod吧。」

「啥鬼？」

「我是永生不死的異界之物，將生命分了一半給你，你自然也不會死。除非你主動放棄，否則我無法讓你死掉。雖然我很習慣你們人類的生活，甚至很滿足，但我和你終究有所不同，他日你看著所愛的人老去離世，你會很難受。所以我告訴你，你最好想清楚何時去死，我不介意有你這樣一個同伴，但我可不想看到你某天咒罵我，說我害你『生不如死』。」

「唔……好吧。我明白了，我答應你，我該死時便會笑著去死。別忘了去年我爲了小葵，也不介意往那條光之隧道走過去啊。」我將手臂擱在方向盤上，說：「爲什你要趁這時跟我說這番話？」

「你不是我第一個附身的『半神』。」

「哦？」

「三千年前我曾將半條命給了一個意外瀕死的小伙子。他姓姜名尚。」

「……咦？姜子牙？」我再次被阿文嚇倒。到底他還有多少件足以顛覆我歷史概念的事未說出來？

「所以你明白爲什麼他能有才華當上周文王的軍師吧？還有爲什麼他有封神的傳說吧？」

「當年……所謂封神其實是送神？可是那時娥皇女英不是丟失了嗎？」

「那是另一個很長的故事了，有空我再告訴你吧。」阿文聳聳肩。「我只是想跟你說，姜子牙發明筷子一說，其實也有淵源，只是某些事情流傳下來，產生歧義與變化而已。」

我想，也許阿文可以給我很多史料來寫畢業論文？不過難保老師們會不會覺得我亂寫一氣……

「附帶一提，姜尚一百三十多歲才決定離世，給你參考一下。我覺得是有點太久了，不過考慮到他七十歲才當上軍師，將那個年紀當成中年的話，一百三十歲才退休好像也說得通。哈，這好像那些支持推遲退休年齡的無良政客與慣老闆的說詞了。」

「別再談這個吧。」雖然這一年來的種種經歷已叫我看破生死，但我這刻實在沒興趣思考自己該選擇何時結束自己的人生。

「好好好，我們談一下其他事情吧，例如你準備什麼時候向小葵妹妹表白？我很識趣的，你們要親熱時我會躲起來。」阿文裝出一副下流臉。

「你這混蛋……對了，我還未跟你算醫院那筆帳。」

「什麼帳？」

「你騙我要我偷吻小葵。」

阿文錯愕地瞪住我。

「你這呆瓜！你以爲我騙你嗎？」

「你不是騙我是什麼啊！還說什麼『煉精化氣、煉氣化神』之類的。」

「好好，那的確是藉口，可是你不吻小葵她不會醒來是事實啊。」

「什麼鬼？」

「我不是告訴過你嗎？『筷子大人』早已完成你的願望，小葵沒醒過來是她自己不願意嘛。」

「那我爲什麼吻她她便會醒過來？而且我根本就沒碰到她的嘴唇她便醒了——」

「品辰，」阿文嘴角上揚，「沒有女孩子會願意讓自己的心上人留下一個充滿口臭與汗臭的初吻回憶的。萬一你因此而討厭她，她就懊惱一輩子了。」

「你說什——」

我話沒說完，小葵回到車子，縱使我仍滿腹疑問也連忙閉嘴。

「哦，小葵妹妹，怎麼只有一個小小的紙袋？」阿文對坐上副駕駛席的小葵問道。

「嗯，我只拿了最重要的東西。」

「伯父伯母的照片嗎？」我問。我猜她眞有想法，打算讓阿文改變她的因果，捨棄她原來的人生了。

「不，他們已在我心裡。」小葵撫摸著胸口。我想起當晚在淡水湖畔的一幕。

「那這是？」我伸手拈開紙袋袋口，瞥了一眼。

「啊！辰哥你別偷看！」

小葵的驚呼讓我察覺這動作太魯莽，連忙縮手謝罪，可是紙袋裡的東西已曝光。

那是我送的帽子。

「我、我以爲妳討厭這帽子……」我話說得有點結巴。「上次我們見面時妳沒戴……」

「……那天下驟雨啊。」小葵紅著臉說。

因爲下雨，捨不得重要的寶物被弄髒——那份心情，就像我從老爸手上搶回那盒小餅乾一樣。
我要鼓起勇氣，說出心底話。
「小葵……請妳跟我在一起吧。」
我想起《舞姬》的主人翁豐太郎。優悠寡斷會招來不幸，即使莽撞，我也要說出來。
雖然這句話說得有夠鳥的，完全不像表白。
「嗯。」小葵露出我沒見過的嬌羞表情，微笑著點點頭。
「開車吧，笨蛋情侶。」坐在後座的阿文說道。
我按捺著激動的心情，微笑著踏下油門。
我不知道小葵對她往後的人生有什麼決定，我亦不知道自己打算活到多少歲，更不知道阿文要再花多少千年才能尋回每一個同伴。
但我知道即使面對再大的困難，只要有勇氣就能跨過去。
因爲穿破舊風衣、滿臉鬍碴的偵探神明會保佑有勇氣的人啊。

〈全文完〉

【亥豕魯魚】

亥豕，語出《呂氏春秋》：「有讀史記者曰：『晉師三豕涉河。』子夏曰：『非也，是己亥也。夫己與三相近，豕與亥相似。』」魯魚，語出《抱朴子》：「書字人知之，猶尚寫之多誤，故諺曰：『書三寫，魚成魯，帝成虎。』」意指文字字形相似致傳寫刊刻錯誤，引伸比喻資料在書寫傳達中失去原意。

作者後記

〈筷子大人〉／三津田信三

我的作品首度被代理翻譯出版的機會來自臺灣出版社，以前從未思考過自己的作品會經過翻譯被其他國家的讀者讀到，我對此感到非常開心。我一直很喜愛國外推理及恐怖作品，沒想到自己的作品也可以像這樣前往其他國家、被別國的讀者所讀到，令我百感交集。接下來，來自中國、韓國、泰國、越南的出版社也紛紛向我提案，包括正在翻譯中的作品，如今已經有超過六十部作品，實在十分感激。

這次接到來自最初翻譯我故事的臺灣創作委託，而且還是我最喜愛的怪奇短篇，甚至還有臺灣及香港的作家一同參加，彼此在創作的舞台上共演關於「筷子」主題的故事，在在讓我萬分期待不已。能讓我參加這樣有趣的企畫，再多的感謝都不足夠。

只是十分遺憾的，因爲語言的隔閡，我無法閱讀其他作家的故事。儘管出版社編輯告訴我每一個故事的大綱，但還是比不上直接閱讀享受故事。在此，衷心期盼日本的出版社，代理並翻譯這部作品。

〈珊瑚之骨〉／薛西斯

我因爲後記一個字都寫不出來而發愁。一方面寫後記從來都不是作家的天職，一方面這次合作的對象都是相當令我敬佩的作家。想到連後記也要與他們並列，就感到十分不安。該寫多寫少、寫拘謹寫輕浮，總而言之，也不知其他人會寫出什麼樣的後記，我就陷在這樣的囚徒困境之中。

在肯．弗雷特的《上帝之柱》中，有一回修道院副院長問建築匠湯姆爲什麼想蓋大教堂？湯姆心中有很多念頭，最後卻只總結成一句：「因爲它很美。」我想那就是湯姆的後記，我也想寫那樣的後記，將每個作家剝皮拆骨，最後一定都只剩下一個卑微的建築匠湯姆。

但是，現在已經不是一個說著「因爲它很美」就能將故事丟出去的時代，我們必須絞盡腦汁，想出一個讓讀者想走進教堂的理由。我認爲這次的企畫就是這樣：少見的跨國作家陣容，一開始就讓讀者好奇：這會是怎樣的合作？三地會寫出怎樣的不同風情？真能將分散各地的故事縫合嗎？甚至激發競爭意識，我們家的作家可不能輸給別人！

不過，在各位厲害的前輩面前，我還能發揮怎樣的懸疑恐怖呢？我決定逆向行駛，放棄筷子的陰森恐怖傳說，選擇其作爲工藝品的精緻面向，以及「成雙成對」的祝福意象，書寫從美麗墮落成醜惡不堪的恐怖，並在故事中反覆逆轉偵探、凶手與苦主的位置。這時，珊瑚的意象也慢慢浮現。臺港日都是臨水之地，企畫初期就曾出現過「海」的選題，可惜最後被否決了，不過作爲一個土生土長港都人，不論如何我都想在故事裡寫入潮聲。

故事剛完成時，我只感到筋疲力竭（感謝陪我一起筋疲力竭的編輯），「合作」或「競技」的實感都還不強烈。直到看到夜透紫老師、三津田老師有趣的故事，才慢慢能將自己抽離，站在旁觀者的角度享受故事的趣味。雖有相同的題目和限制，我們發揮的方向卻大異其趣，光憑筆觸就能輕鬆區別三地人。

但等瀟湘神老師、陳浩基老師收尾時，我又從旁觀者重回參與者的軌道上，有些部分明明是自己起的頭，我卻屢屢爲他人之筆發出驚呼「眞相竟然是這樣子啊！」眞是天衣無縫的精采，甚至覺得拙作也因此而增色，我從未體驗過這樣的創作，這時才明白，我參加了一個很了不起的企畫。

如果單獨一人，或許我只能蓋出一色石材的樸素教堂，但與他人合作，一切都變得更豐富全面，於是大教堂有了彩繪玻璃、有了拱頂天窗、有了高塔與隨之而來的寬廣視野。感謝參與的作家們、感謝提出如此大膽企畫的編輯部，尤其過程中負擔最重的必是責編本人。對於自己有幸參與這樣精彩的建築工事，我由衷地產生感謝之情。

另外，我也努力尋求更多讓大家走進來的理由——〈珊瑚之骨〉的偵探，將在我與漫畫家鸚鵡洲合作、刊載於《CCC創作集》月刊的推理漫畫「不可知論偵探」中作爲主角登場。漫畫中會向大家解答，偵探心中那最後百分之一的有神論是什麼。

最後分享一件小插曲，臺灣素有「珊瑚王國」美譽，在觀光地常可見珊瑚精品店，我也爲這個故事常去晃晃。有一次我隨手指一個盆景大小的八仙過海珊瑚雕刻：「請問這個價格多少呢？」店員以輕鬆的口吻說：「那個五百萬唷。」

我壓抑著落荒而逃的衝動，向她點頭微笑，想起故事中許多人對珊瑚的野蠻舉止，深覺有些事果然不要知道比較幸福，庶民的快樂就是這樣樸實無華。

〈咒網之魚〉／夜透紫

想當初獲邀參加這個計畫，喜出望外也戰戰兢兢。深知在諸位推理專家前，自己只能敬陪末座。很怕在一桌精美的日臺港料理中，我只能端出一碗宅女料理餐肉蛋即食麵，那該如何是好。

最具體的例子，大概就是明明是自己興高采烈提出用筷子作爲企畫主題之一，但在提案落實之後，某老師即場就已經想好怎麼用筷子作主題的大綱，我自己反而想不出來……到後來，又爲了應該用哪個角色當主視點重寫了好幾次，修正推理漏洞又重寫了好幾次，一個短篇居然陷入了修稿無間道，改到懷疑人生。

在此只能極力感謝願意冒險推薦我的路那，曾經給予我寶貴意見的林贖流老師，以及陪伴我度過漫長改稿地獄的責編小K。小K是非常溫柔體貼的編輯，特別是我在這一年個人狀況很不理想的情況下，再三容忍我厚顏無恥地拖稿。但是對稿子她毫不留情，她總是極其嚴格地再三反覆檢查有沒有漏洞和哪裡需要改善，比我這親媽更在乎這個故事，從來沒有放棄過我。在她的鞭策下完稿比起初稿簡直面目全非，質量卻也實在提升了好多。至少我現在完全沒勇氣去點開初稿的文件檔，眞想直接把黑歷史刪了算。

回說故事本身，因爲在收到其他作者的稿子前我們都不太清楚對方會寫什麼，而且難得是三地作者共演，所以我一開始就決定故事中一定要加入香港本地的傳說和特色。不過香港在我心目中，是個Cyberpunk屬性高於鬼怪屬性的都市，許多鬼怪傳說都已經流逝，不然就是已經面目模糊。在尋索本地怪異傳說的同時，又要思考可以配合企畫特色的元素，還眞是傷腦筋。最後還是選了香港人都很熟悉的新娘潭傳說，默默寄望與水有關的題材，也許能跟其他作者的故事串得起來。

想當初我還暗自期許要活用以前玩接龍的經驗，希望可以多多利用前一棒的故事元素。可是實際收到三津田老師的稿時，才發現有時空上的困難沒法把角色直接帶入。而且光是要顧及推理的合理性和故事的完整性，我已經燒光腦汁了，實在很遺憾。所以後來知道陳浩基老師想把我故事中的某角色延伸下去，還能跟其他故事角色互動，簡直開心得要死了，我還不立即預備嫁妝把角色嫁過去（笑）。

總之，能有幸在這本合集裡跟諸位仰慕良久的大師「同台演出」，深感榮幸。

〈鱷魚之夢〉／瀟湘神

一開始我聽編輯詹小姐提起小說接龍的點子，雖然立刻表示興趣，但還沒意識到自己被捲進了多大的計畫；直到聽說第一棒是三津田信三老師，最後一棒是陳浩基老師時，我興奮到都快昏過去了。

三津田老師的《如無頭作祟之物》，即使到現在我還會時不時拿出來翻閱。那是非常有推理意識的作品，不是推理迷，或許還不會明白為何這樣設計，堪稱推理文化的Golden Drop。陳浩基老師的《13‧67》，我也是一看就心折，詭計非常精采，香港史的部分也極具力道，能與這兩位合作，在興奮的同時，也難免有「哇，我真的有資格與之同列嗎？」的戰慄。

但這場小說接龍，精采的可不只開頭與結尾；說來慚愧，我先前未看過薛西斯老師的作品，但〈珊瑚之骨〉實在是太過流暢又深富娛樂性，我看完馬上跟太太分享，還到處向認識的朋友讚揚〈珊瑚之骨〉（同時跪求他們不要把尚未進入宣傳階段的小說接龍講出去）；夜透紫老師也非常厲害，〈咒網之魚〉讓人覺得彷彿看了一部完整的電影。

看完前三篇後，雖然暢快淋漓，但我不禁升起一個疑惑：這些充分反轉、經營過的作品，情報量如此之大，真的是兩萬字就能收尾的嗎……？於是我偷偷打開字數統計——果然啊！只有三津田老師恪守了最初的兩萬字準則，既然如此，準備要將故事收尾的我，怎麼可能在兩萬字以內完結!?好吧！來互相傷害吧！如此打算的我，就這樣開始了書寫之旅——

但事情並沒有順利發展。

以小說接龍來說，除了三津田老師刻意留下懸念，另外兩篇作品無論怎麼看都完整到沒有切入點！為此我極為苦惱，本來二〇一八年底就該交稿，我卻拖到了二〇一九年四月，這段期間的挫折與痛苦，實在難以言喻，也因為我的延遲，在出版社的時間考量下，勢必會壓縮到下家的書寫時間，對此我深感愧疚。

故事最後的樣貌也跟剛開始的預想不同。最初我對故事的印象是：大約在八〇年代，有個少年一絲不掛地在碧綠色的潭水游泳，陽光照著殘留在少年身上的河水，金色光輝強調了他纖細卻結實的身體曲線；另一位少年在岸上，兩人談著當年的祕密，這時鏡頭往上，越過潭面與少年的身軀，看到深潭底下的廢墟——最初我想寫的是兼具浪漫與懷舊感傷氣氛的青春故事。但在編造情節的過程中，這個浪漫想像根本全面棄守，幾乎到了讓我感到悲憤的程度；即使嚴重偏離最初的預想，這仍然是很具有敝人風格的故事，畢竟這段期間，我鑽研的主題就是鬼怪的社會功能，這也是敝人接龍部分的重點之一。雖然我也有些疑慮，這故事對性工作者的困境與苦楚，是否太過輕描淡寫，甚至有將性工作浪漫化的嫌疑呢……？雖然在這個條件嚴苛的小說接龍中，敝人自認已竭盡所能，但未善盡社會責任，也是事實；正好三津田老師的《如幽女怨對之物》已於二〇一九年下旬在臺灣出版，主題正是性工作者的命運，雖然日本與台灣情況不同，但雙方性工作者同爲體制與社會價值觀底下的受迫者，對臺灣讀者仍有可供警惕的面向。

說到《如幽女怨懟之物》，我有個有趣的體驗；讀三津田老師這本大作，是在〈鱷魚之夢〉完稿後。書中，三津田老師筆下的偵探刀城言耶爲了調查眞相，陸續採訪遊廓的老客人，巧的是，在〈鱷魚之夢〉裡，代表三津田老師的作家M先生也做過類似的事……這不是我第一次參加小說接龍，之前的經驗中，也發生過「作者各自援用的元素，在作者們的意料外偶然吻合並產生意義」，彷彿作者背後還有更宏大的手在編織故事；故事脫離作者的手，反過來咬住作者，使作者成爲故事的一部分，難道我們背後還有個更高次元的小說家嗎？有了這幾次的經驗，我不禁產生這種妄想。

〈亥豕魯魚〉／陳浩基

二〇一七年夏天，我收到獨步編輯K來信，告知獨步有意跨出翻譯小說的領域，出版華文原創作品。K當時提出「以同一主題找多位作家合寫」的短篇合集概念，我十分有興趣，於是答允，同時提出大膽的意見——爲什麼要規限於華文作家之內？我一向認爲「好作品無分國界」，獨步是出版翻譯小說的名牌，假如能弄出跨國的短篇合集，一定更有意義。雖然我在回信如此建議，卻暗想這涉及大量問題，能否實行全屬未知之數；結果編輯們克服種種技術困難，更邀得重量級的三津田老師加入陣營，叫我喜出望外，由衷佩服。

討論企畫初期，K提出讓我擔任接龍小說的最後一棒，我當然知道這位置有一定難度，但好歹有點自信，故此一口答應。當時我心想，不管四位同伴寫了什麼故事，我也可以使用同一招將它們串起來——只要「往外跳出一層」，將前四篇包裝成作中作，我便可以用後設小說的手法來連結各篇的元素，天馬行空地寫最後一章。

而我實在太天眞了。

瀟湘神老師在第四章一開始便用上後設元素，令我的奸計無法實行，更甚者是〈鱷魚之夢〉在我眼中近乎完美，將三津田老師、薛西斯老師和夜透紫老師的精采故事連結起來，錦上添花地賦予作品優秀的推理詭計以至社會文化上的深刻意義。讀過四篇作品後，我既驚且喜，喜的是讀到如此一部有意思的作品之餘更有幸參與其中，驚的自然是我必須在有限的時間內想出一個有趣的終章——我認爲，〈鱷〉的結局已爲故事畫下完美的句點，我如何接棒也只像狗尾續貂。

最叫我苦惱的，是讀畢〈鱷〉後，餘味極佳，假如我在最後一章挖已經得到救贖的角色出來再賜予苦難，實在有違我的創作宗旨（我對電影《異形3》的設定十分反感，所以我無法做出類同的事）。我苦思良久，心念一轉，決定忘掉作品的氛圍，捨棄恐怖懸疑的手法，改以另一個角度去創作這個最終章——將〈亥豕魯魚〉當成冒險科幻喜劇來寫，就像史匹柏電影那樣子。重點是「好玩有趣」，希望讀者讀到一個愉快的結局。

或者這便是接龍小說的醍醐味，每一篇章明明獨立，卻又彼此關聯，明明人物相同，印象上卻又有些微差異。這是一道跨國的Fusion料理，將西瓜放進章魚奶油濃湯（註）看似格格不入，但也許有人會喜歡那股獨特的風味哩。

註：這奇妙的菜色我的確在新加坡吃過。意外地美味。

當我們一同編織夢境——《筷：怪談競演奇物語》解說

（內文將提及故事謎底，敬請讀完小說後再閱讀本文）

這本集結了臺、港、日三地五位作家的短篇連作集《筷：怪談競演奇物語》終於要出版了。爲了寫這篇解說，我開始在信箱與通訊軟體數位資料的海洋之中潛泳，這才發現，從企畫最初的構思階段到本作眞正出版，中間竟已相隔兩年。

企畫的開端

故事的開端，是二〇一七年。身爲臺灣推理作家協會的一員，推動本土推理的發展，是我們之所以成立的初衷。因此，和編輯朋友聊天時，總是會順口聊一下華文推理的出版狀況。和獨步文化的編輯凱婷聊天時也不例外。已經忘了是在哪次的聚會裡，我半開玩笑地問獨步眞的沒有做華文推理的計畫嗎？在書市狀況日益艱難的情形下，這確實稱得上一個不太保險的做法，因此原本指望獲得一個不鹹不淡回答的我，在聽到編輯回答，她確然有這個想法，且因爲我之前推行了《歧路島》與「尋找推理祕密客」計畫，歡迎我一同加入的時候，那個喜出望外，也就無須贅言了。

編輯是非常有行動力的人。二〇一七年的八月，我們開始就企畫的形式與內容做進一步討論。彼時的想法是這樣的：我們想讓優秀的華文推理作家爲更多讀者所知。然而誠如薛西斯在後記裡所說的，「現在已經不是一個說著『因爲它很美』就能將故事丟出去的時代，我們必須絞盡腦汁，想出一個讓讀者想走進教堂的理由。」如果目標是引介讀者認識作家，進而培養出作家的粉絲，最有效的方法，自然是讓故事說話。但在那之前，讀者也要願意勻出時間來聽故事說話才行。什麼書籍形式，會讓人好奇得不得了？想翻開一看究竟？又是什麼形式，能盡可能一次介紹多位作家呢？

在這樣的思考下，最初決定採用帶有「什錦」概念的短篇形式，並且網羅多位作家。然而如果是各自獨立、沒有共通內在邏輯的短篇，便會喪失一個好好向讀者溝通「爲什麼這些故事放在一起出」的機會，更少了多位作家同時登場才可能迸發出來的閱讀樂趣。若缺乏妥善的規畫，那麼我們想像中的一場盛宴，極有可能變成美食街的試吃大雜燴。此外，也希望參與的作家能體驗到合作創作所激發出來的華麗火花——那會激盪出什麼樣的作品呢？我們好奇著。畢竟作者風格殊異，感興趣的題材大不相同，而單獨的寫作和眾多作家切磋競演，更非是同一件事。簡而言之，我們希望呈現精巧、兼具可讀性與娛樂性的「什錦拼盤」——作家也許有機會藉此構思日後相關長篇，而讀者們若喜歡哪位作家，則可按名索驥，蒐羅更多作品。（幸運的是，儘管後續出現了各種變化球，這個工程還是有了初步結果。例如薛西斯在本作中〈珊瑚之骨〉的主角在《CCC創作集》雜誌上和漫畫家鸚鵡洲合作，開始新探案「不可知論偵探」的旅程。此外，我也得知了二〇二〇年，將有兩位作家會在獨步文化出版長篇小說。）

行筆至此，不禁想起，「什錦拼盤」到底如何演變成今日的「怪談接龍小說」？當我與編輯不斷討論最適當的形式時，想起二〇一五年浩基和寵物兄雙手聯彈的《S.T.E.P》。在這本作品中，他們共創一個不可思議的世界，既顯示出作家特色，又激盪出複數作家一起創作才能產生的效果。之後，我們經過多次討論及點子翻修，終於有了進展，「共同創作」的概念浮上水面，企畫主軸慢慢穩固下來。在列出初步作家名單後，我們決定找五位作家，藉由共同因素的限制，編織出五個彼此有交集點的故事，但究竟「共同創作」應該採取什麼形式？同一個主題？同一個謎團？同一種詭計（如「一案多破」）？這個過程是在敲定並和作家討論後才逐漸定案——最後浮上檯面的，實際上是一個混合的模式：前面「共創」，後面「接龍」。

不是從頭到尾的「接龍」形式，主要是考慮到創作與出版時程的安排，「接龍」耗費的時間與精力可說太過龐大。在此考量下，決定加入「共創」的概念，將整本書的結構拆分成兩組——前三篇各自獨立，使用共通元素創作出不同在地故事，作爲共同世界觀的鋪墊。第四篇與第五篇則分別擔負組織和翻轉共同世界觀的任務。此外，既然是以娛樂性作爲核心，因此在小說的核心概念上也敲定了兩個讀者應該有興趣的關鍵字，即「懸疑」與「都市傳說／怪談」。在這樣的範疇內，讓同台競作的主角們自由發揮。

很幸運地，我們屬意作爲「先發部隊」的作家，幾乎都一口同意，也紛紛就各個環節上提供寶貴的建議——陳浩基提出找日本作家參與的點子，考慮到日本推理在華文世界的影響，這不僅是一個有力的宣傳著眼點，在創作意識的層面上或許將大有助益——除了「跨國競爭」外，更加上「跨語競爭」的刺激（神之又神的是，獨步出版社竟然也使命必達的辦到了）。而關於「接龍」中「共通主題」的訂定也受到有相關經驗的瀟湘神建議，同時他與薛西斯各都針對共同元素到底該訂到多細提出討論，力求在共同元素帶來的限制與寫作創意的揮灑空間之間辨明界線。這些討論對企畫端而言，是「痛並快樂著」的經驗——快樂的是討論，痛苦的也還是討論。我手邊還留著當初在說明自己想法時提出的各種方程式。**對，方程式**。

前面提到，「懸疑」與「都市傳說／怪談」是我們在娛樂性外最先確定的概念。但該如何落實這兩個概念呢？在確定這會是場跨國競演後，提出的元素即必須普遍到三地都有。因此，最初企畫端一度提出「和車站有關的都市傳說或怪談」及「每篇作品中都要出現的人物」爲共通要素，同時制定出「必須要解決的謎團」。但經過多次與作家討論，發現「必須要解決的謎團」反而窄化創作空間，而「車站」這樣的主題又不夠具備強烈的文化性。

我們苦思許久，推翻了一個又一個提案，某日，香港作家夜透紫靈光一現，神來之筆地提出「筷子」這個臺、港、日（與其他一些國家）共享的文化元素。我還記得，當「筷子」這個詞出現在螢幕上時，那種渾身通電的感覺：就是這個！既富有文化色彩，又普遍到三地都存在的元素，而且幾乎是每位讀者日日都用到的日常工具！如何讓這麼「日常」的工具，在故事中變得「異常」？光想便令人興奮。同時，有了「筷子」，那位「每篇作品中都要出現的人物」開始出現形象，如今不大回想得出究竟是誰率先提出這個想法（事實上距離企畫誕生歷經兩年，在此也十分擔憂自己相關記憶有誤和佚失），但既然是「筷子」，那不如就來條可以吃的「魚」吧——或許也和三地都臨海而嗜海有關。幾番「變形」後，這個貫穿全書都要出現的人，就成了「左手上有魚型痕跡的人。」終於，骨架確定了——這是一本有懸疑恐怖元素的接龍小說，共通元素是出現「和筷子有關的怪談／都市傳說」及「左手上有魚形痕跡的人」。

接著，是作家的登場安排。出於時程考量和必須加上翻譯時間等實際問題，便請日本作家三津田打響頭陣，寫出「日本的故事」。薛西斯和夜透紫一臺一港，正好負責兩地。而考慮到瀟湘神和陳浩基創作過這類型的作品，可說是翻轉與收尾的不二人選。順序就這樣定了下來。之後上演的，便是編輯與作家的噩夢——近乎無止盡的寫稿、審稿、改稿。（有幾次我打開信箱，收到編輯來信時忍不住懷疑自己的記憶——這和之前的稿子完全不是同一篇作品……吧？是我記錯了，還是他們真的重寫了？）

然而當成果出現後，相信無論是作家們或是編輯，都會覺得這些辛苦是有其價值吧。誠如夜透紫在後記裡所說，責編是對作者相當溫柔體貼，卻對稿子毫不留情的編輯。我曾多次見證她努力思考，要如何在將想法完整地傳達給作家的同時，也讓作家知道這些想法不代表否定了他們的辛勤工作。眾所皆知，臺灣缺乏像歐美日一樣，由編輯或出版經紀人協助作家打磨創作的傳統，也有許多人殷切期盼這樣的合作能在臺灣出現。《筷》就是在這種期待下出現的企畫。然而實際旁觀了整場過程的我，不由得對雙方付出的精力感到莫大的敬意。

那實在是非常耗力又耗能的事情啊。

五家競演下的世界線

那麼，現在來談談《筷》的內容吧。首先，想先替讀者們順一下時間線。在《筷》的世界裡，最早發生的事情，是〈亥豕魯魚〉中所提到的，禹等異界生物掉落到我們這個次元，在想辦法回家的同時，順手啓蒙了人類的文明進展，同時製造出「筷」這個概念。而後，正如同〈亥豕魯魚〉的篇名所隱含的傳接失真，禹等人回家用的次元門和吸食人類「蘊」的手段被混淆了起來，「紅珊瑚次元門」在漫長的時光之間成了「王仙君的珊瑚筷」。被按上一個浪漫愛情故事的珊瑚筷，接著引發的卻是不怎麼愉快的愛情故事。

這個不怎麼愉快的愛情故事，起源於〈鱷魚之夢〉，終結於〈珊瑚之骨〉：高家的雙胞胎女兒高淑蘭，因父母過於重男輕女，加上同情身爲童養媳的嫂嫂，因而在嫂嫂向承載著「王仙君」的珊瑚筷求助後，下定決心殺害兄長。而出於她對嫂嫂的仰慕，高淑蘭日後甚至不惜透過咒術，也要和嫂嫂的初戀情人「文勇哥」結婚生子。高淑蘭之子則在她失去丈夫後，成爲她世界的替代品。被母親與怪異的家族傳統壓得喘不過氣來的男孩，在〈珊瑚之骨〉中登場，被同學開玩笑地稱爲「天使」，在國三時和活潑外向的女孩程六兩意外結識，兩人之間產生了淡淡的好感。無論是出於賀爾蒙的驅動抑或好奇心的引導，程六兩都希望能更靠近「天使」一點，於是對珊瑚筷與高家的家族謎團產生了莫大的興趣。然而兩人畢竟年紀尚輕，儘管對彼此有好感，卻不知道該在什麼樣的距離前停步，最終像是大部分的青春戀曲，在一場轟轟烈烈的事件後，無疾而終。多年後，當程六兩決定進展到人生的下一階段後，才決心釐清過往這段關係中糾纏她多年的心魔。

在高淑蘭殺了兄長後，她身爲童養媳的嫂嫂同時失去了待在「家」中的理由。她自由了，然而缺乏謀生技能的童養媳，最終仍只能先靠著和男人性交爭得棲身之地。在公娼間掙扎求生的她，爲了慰藉因自己怨恨而死的孩童們，在〈鱷魚之夢〉中發明了「筷子仙」的儀式。這個儀式經過精心構思，表面上是祈願儀式，實際上卻成了祭拜儀式。在一九八〇至一九九〇年代間，豐沛的「臺日交流」很快地將這個儀式從臺灣的妓院傳播到了日本的小學，變形成名爲「筷子大人」的咒術。其結果，便是〈筷子大人〉中，成年的雨宮里深向M作家講述的故事：一九九〇年代的某個六月，還是小學生的雨宮里深在施行咒術，咒殺虐待她的兄長的過程之間所遇到的怪事。

正如同「筷子大人」的咒術在日本傳播歷久不衰，「筷子仙」的儀式在臺灣也是方興未艾。實際上，大眾對怪談與咒術的喜愛，讓〈咒網之魚〉中香港網紅「發條檸檬」龔霆聰想到了可以炮製一個靈異傳說，然後再加以拆穿的企畫。這個以龔霆聰爲首的四人小組，決定選擇香港知名的靈異傳說「新娘潭」作爲起點，參考了筷子仙/筷子大人，創作出「只要在新娘潭放置一碗白米，再插上一對寫上詛咒對象名字的筷子，鬼新娘就會把那人的魂魄拉到地府去吃她的喜酒」的詛咒儀式。龔霆聰等人的計策成功了，網路上掀起一股詛咒的熱潮，而當他站出來揭發眞相時，各式各樣的討論狂風暴雨般席捲而來。信仰理性，立志要破除迷信的龔霆聰，對送來的詛咒筷子不當回事，用它吃泡麵，接著卻眞的死掉了。

龔霆聰死後，女友林麗娜接到自稱「鬼新娘」的來電。她在生命受到威脅之下，啓動了對男友之死的調查。赫然發現原來他們炮製的「新娘潭」詛咒，竟因信者恆信而造成了難以抹滅的悲劇：工作室夥伴之一的葉思婕，其妹葉思妤因誤以爲自己的詛咒害得好友聶曉葵一家車禍重傷，而悲憤跳樓。

故事在此回到了〈亥豕魯魚〉。原來，聶曉葵一家車禍的同時，車上還有戀慕小葵的大學生張品辰在。張品辰被神祕的「九龍第一名偵探」阿文所救後，決心要救回小葵。阿文於是告訴品辰關於「筷子仙」的儀式。

迫不及待執行「筷子仙」儀式的品辰，很快地被父親張文勇發現。於是我們又繞回〈鱷魚之夢〉的故事：見到兒子竟然以身犯險，張文勇帶著他四處問事，希望能解救兒子於死亡之中。絕望的張文勇最後找上了「妖怪作家」，並愕然地發現原來「妖怪作家」就是張文勇前妻的嫂嫂，亦即「筷子仙」儀式的始作俑者。而那雙肇事的珊瑚筷，則保存在張文勇長子、道士「海鱗子」的手中。再然後，我們回到了〈亥豕魯魚〉，揭開了「筷子仙／大人」原來是異次元生物「鯀」的眞相。

看得頭都暈了嗎？那麼，再看一次吧！你會發現看似鬆散而獨立的故事，其根柢有著激烈相交的脈絡──然而弔詭的是，這個激烈相交的脈絡並非一開始就存在的，而是透過不斷地層疊往上，慢慢交織出來的。說起來，這篇解說其實也有著類似的性質。

當我們一瞥夢境的幕後

儘管如此，還是想和讀到這裡的您聊聊在這場競演裡所觀察到的有趣事物。

很有意思的是，儘管是分進合擊的短篇連作，作家們之間相對缺乏橫向溝通，然而或許是因為選題、大宇宙意志或是後家有意承接前家的關係，在篇章與篇章之間仍可看到巧妙的、在共通創作元素之外的主題共鳴。兩位女作家的作品，薛西斯的〈珊瑚之骨〉與夜透紫的〈咒網之魚〉所處理的主題，均可看到「罪惡感」的身影巧妙地穿梭其中：在〈珊瑚之骨〉中，程六兩在國中時為了想要讓好友海鱗子從祖傳信仰中脫出，不惜採用激烈的偷筷子手段，間接導致海鱗子落海，因而十五年來都活在質疑自己的負疚感中。在〈咒網之魚〉中，麗娜則在男友死後成為網友攻擊的第一嫌疑犯，在生命受到威脅的狀況下，決定開始追查男友之死的眞相，過程中逐步理解自己以為沒有什麼的行為，竟種下了悲劇的種子。體會負疚，然後放下或承擔這個負疚，是這兩篇作品隱然共鳴的旋律。

這樣共鳴的旋律，在三津田信三和瀟湘神兩位男作家的作品中同樣呼之欲出。三津田的〈筷子大人〉和瀟湘神的〈鱷魚之夢〉中，登場的角色都受制於性別歧視的壓制，而意欲透過非正統的形式加以反抗。〈筷子大人〉講述雨宮里深在遭受兄長家暴後，無法逃離也無人可以伸出援手的她，絕望地想透過「筷子大人」咒殺兄長。無獨有偶地，在〈鱷魚之夢〉中，主角「作家」與小姑高淑蘭亦是受制於家長的性別歧視而橫生不平，最終導致仍是小學生的高淑蘭透過魚藤茶謀殺親兄——說起來也很有意思的是，作爲以懸疑爲核心的小說集，高淑蘭的毒茶和龔霆聰的死亡，卻可能是本作中僅有的罪證確鑿的兩場謀殺。

無獨有偶地，〈珊瑚之骨〉與〈咒網之魚〉在性別議題上也存在與上述兩作相互呼應的段落——輕微如程六兩被算命師說「豬不肥，肥到狗」，嚴重如林麗娜在男友死後遭受到的厭女圍剿。有意思的是，從性別分組來看，男作家組選擇以情節強調此一議題，而女作家組則傾向透過日常的細節提出隱微表現。至於，這是否顯示出「社會」期待不同性別在議題討論上的態度呢？那又是另一個有意思的問題了。類似這樣隱然共通的部分其實不少，受限於篇幅，就讓大家自己去挖掘囉。

除開這些不謀而合的相似性，一定要討論的，自然就是「筷子」和「左手有魚形痕跡的人」這兩個共通元素。作家會讓它們在故事裡扮演什麼角色？有著什麼演變？是拿到稿子前最令我好奇的一點。

前三篇分別發生在日本、臺灣與香港的故事，某個程度上也可視爲作家對於臺灣讀者會喜歡什麼故事的想像。在三津田信三〈筷子大人〉中，筷子作爲食器、咒具與凶器登場，在開場便被賦予「以筷子刺向雙眼自殺的中學生幽靈」的陰森凶器印象。接續此一陰森意象的，是令人毛骨悚然的腳尾飯——臺灣的讀者裡，應該有不少人對二○○五年臺北市議員王育誠造假弄出的「腳尾飯事件」仍有印象吧？王育誠與媒體記者聯手假造殯葬業者在儀式結束後，將腳尾飯送到餐廳製成其他菜餚。事涉食安，立刻引起大眾注意。然而隨著店家出面澄清，疑點逐漸浮現，後來證明此事係議員爲搏「揭弊案」美名而自導自演。腳尾飯和相近的「捧飯」等喪禮習俗，因而受到相當關注。

臺灣的腳尾飯，同樣有露天炊煮的習慣。這個當時在報導上看過就算的細節，在三津田細膩演繹下，不禁越發令我毛骨悚然。這和三津田給臺灣讀者如我的印象相當一致：他總是能巧妙地以日常與民俗事物爲題材，編織出讓人微微地涼了背脊，卻又忍不住想讀下去的故事。

祭拜死者的習俗、兄妹相殘的悲劇，與記憶此一悲劇的怪談故事，構成〈筷子大人〉的骨幹。儘管從邏輯上來看，參與者到底是否是眞人，且在夢中過世是否代表眞實世界裡的死亡，實際上都難以驗證，然而「左手有魚形痕跡的人」畢竟成了有志一同卻須彼此相殺的徽記。這是一個奇怪的祕密社團——眾人在共享同一個祕密之餘，又各自懷抱著各自的祕密。爲了自我的祕密，必須毀掉他人的期盼——「魚」的標記，既是夢想有望成眞的入場券，亦是大逃殺正式啓動的一道響鈴。因此，小說的主角雨宮里深，儘管是從友好的轉學生音湖處得知這樣的儀式，然而兩人間的好感，卻很快地便被儀式的火焰給澆熄了。雨宮和音湖之間可能存在卻又因儀式而消失的，卻是〈珊瑚之骨〉討論的核心之所在。

如果說〈筷子大人〉是標準的怪談故事，那麼〈珊瑚之骨〉就是百分之百的愛情故事（對我來說，它可能比單純的愛情故事更好，因爲裡面包含了推理形式的謎團）。某個程度上，程六兩和海鱗子之間的走向，和雨宮與音湖之間原本可能存在的關係或許類似。

國中生六兩對海鱗子的好奇，是從許願儀式而起，因而當她被逼著證明自己的理性觀點正確時，六兩第一個想到的就是以同樣淡然態度面對儀式的海鱗子。然而等到她設法靠近海鱗子，她才發現在淡然表面之下的激烈漩渦。當材質由手製竹筷變成罕見珊瑚，謎團也從廣泛的儀式聚焦到單一的物件——「珊瑚筷」的由來是眞的嗎？它眞的有神鬼寄宿其上嗎？〈珊瑚之骨〉的故事圍繞著珊瑚筷形成叢叢謎團，在其間穿梭的，是親子與同儕兩股感情的力量。

「左手有魚形痕跡的人」則從〈筷子大人〉中的儀式進行者成了天生的胎記。六兩利用這個胎記，作爲計策的一環。這個情節準確地指向了臺灣校園一度的高壓環境。說起來很有意思的是，在〈筷子大人〉

裡，夢境中的所有人都被賦予班級幹部代稱，這些代稱裡卻唯獨缺少臺灣人最熟悉的「風紀股長」，各位可有想過這展示了文化上的何等差異嗎？

如果不是〈筷子大人〉將儀式參與者的代號設定爲班級幹部，我大約不會這麼清楚地意識到日本與臺灣兩地在班級經營想像上的不同。畢竟，臺灣的現代教育，實際上源起於日本殖民時代。校園裡令人印象深刻的威權象徵，如「司令台」、「操場」等以軍隊用語命名的設施，同樣淵遠流長。此一明顯承繼了軍國主義思想的名詞，在戰後爲國民政府所沿用，則顯示與舊殖民政府相類的規訓意味——學生最好像軍人，不要有自己的思考，只要乖乖聽話即可。這些早已爲人所熟知，然而我沒想到的是，這樣的心態其實不僅展現在學校硬體的名稱上，也不僅限於教官、值星官等學校治理的層次上，它實際上更顯現在細微的班級經營上。是的，那就是「風紀股長」。

對於風紀股長所扮演的角色，普遍記憶是被夾在同儕與上級（老師）之間，左右爲難，偶爾不得不充當「抓耙子」的角色。藉由「風紀股長」的名義，官方不但將維持課堂秩序這個教師工作丟給學生，更系統性地將「尋求權威支援以維持秩序」的概念植入我們的心靈。與此同時，學生群體內部的凝聚性，也將因職權問題而受到一定阻礙。

「以學生制學生」，正是「風紀股長」這個職位的精髓所在。透過「風紀股長」的設置，班級內部在自然人際圈之外，某種程度上也必然加劇權威與非權威之間的對立。「裡外不是人」的狀況，遂成爲風紀股長對校園生活的必備記憶。另一方面，「抓耙子」成爲臺灣學子最討厭的行爲，亦有跡可循。這也是爲何程六兩在講起偷筷子時，比起偷筷子本身，向海鱗子坦承是她密告教官他的手上有刺青一事，更令她滿懷罪惡感。

除了將「左手有魚形痕跡的人」當成計謀外，薛西斯同樣沒有放過「魚」這個獨立元素。海鱗子的命名並非偶然。除去身上的魚狀胎記外，他之所以被稱爲魚先生，是因爲他在陰陽交界處，永遠無法閉眼。

〈珊瑚之骨〉的結尾，六兩與海鱗子爭論著王仙君的存在與否，成了兩股力量撞擊後的絢爛爆發：原本篤信王仙君不存在的六兩，成了力爭其存在的角色；而原先力證王仙君存在的海鱗子，卻試圖透過理性抹消祂。當故事進行至此，我們赫然發現，「一身正氣」的程六兩實際上已和海鱗子的母親同化，她認為正是因為她的介入，才使得王仙君施以報復。海鱗子試圖替程六兩除靈，結果卻反而導致了六兩坐實其罪惡感——原來，王仙君的存在，不過是為了掩飾自己的無力感與罪惡感。這樣的局面，使得海鱗子不得不承認他在中學時期難以承認的、自己的軟弱。最終，是誰除了誰的靈呢？實在不好說。

本篇小說結尾的張力，實在令人難忘。

夜透紫的〈咒網之魚〉，和前述兩篇有著頗富趣味的共通點：它與〈筷子大人〉共享結尾虛虛實實的怪談氛圍；與〈珊瑚之骨〉同屬以理性破解「迷信」，然而卻被「迷信」反噬的故事。在這個故事中，「筷子」同樣承載著食器、咒具與凶器的功能，然而不同於〈筷子大人〉，在〈咒網之魚〉中凶器的功能是藉由食器來體現。另一方面，儘管〈咒網之魚〉的筷子作為咒具時僅有一個詛咒的功能，而不像〈筷子大人〉另提出門戶的用途，然而以筷子作為咒具，最後拆解成為推理素材的做法，卻有著驚喜的本格風采——順道一提，這也是我在讀夜透紫以輕小說形式出版的《小暮推理事件簿》時特別喜愛的部分。

〈咒網之魚〉中的「魚」同樣展現了多面性，它是實體，也是暱稱。聶曉葵是天生「左手有魚形痕跡的人」，她在上中學時因此和暱稱「小魚」的葉思妤結為好友。這也讓聶曉葵在布「鬼新娘」局時選擇了「在黑暗中游泳的紅色小魚」當成頭像。

如果說〈珊瑚之骨〉是關於愛情的故事，那麼〈咒網之魚〉則是關於詛咒的故事。這個詛咒的源頭乍看理性，然而若仔細深究，在理性下的，實際上是許許多多的自以為是——自以為理性即是一切而設計了鬼新娘詛咒的「發條檸檬」、自以為詛咒成功導致好友一家非死即傷而以死謝罪的葉思妤、自以為是正義而將唾罵丟向倖存者的網民，就其根柢，和〈珊瑚之骨〉中的程六兩，犯的正是同一個錯誤。

在瀟湘神的〈鱷魚之夢〉中，筷子浮出了在食器、咒具與凶器之外的性質——即文化層面的意義。在一九七〇年代，人文學科經歷一場「文化轉向」（cultural turn），研究者的興趣由過往菁英文化轉向一般大眾的生活，開始挖掘日常生活中的物質、物品與物件內蘊的歷史、文化以及其演進過程中所折射出的集體意識，藉此回應與挑戰固有的歷史論述。透過後設寫作，瀟湘神以「作家」的講演作爲筷子筒，收攏了前三位作家丟出的形形色色筷子。當然，瀟湘神也不忘在這個筷子筒裡加上自己的一雙：透過拆解儀式與追溯緣起，他將「食器」與「咒具」的組合「還原」成另一個綜合體：拜祭。

透過串聯前篇，瀟湘神拉出一系列的「左手有魚形痕跡的人」：網站上聲稱自己朋友施行儀式後，手上出現魚圖形的人們、張文勇的兒子張品辰、張文勇前妻高淑蘭之子「海鱗子」。而後透過眞相的疊加，還原儀式「拜祭」的元素，瀟湘神拉出了他所創造的「左手有魚形痕跡的人」：來不及出生的「魚仔」。

你在看到「魚仔」兩個字時，是否也想起了盧廣仲爲了《花甲男孩轉大人》創作的同名歌曲？「看魚仔在那游來游去/游來游去/我對你想來想去/想來想去」這首獻給祖母的歌，換成母親對孩子的思念，同樣合拍。

這條在溪流裡自由自在的魚仔，其誕生的根源是家父長制度下對女性的任意侵犯。在他之後才誕生的鱷魚島，其根源則是依循著家父長概念運作的國家體制對人民自由的任意侵犯——一九九六到二〇〇〇年間執行的碧山、永安、格頭三村遷村案，在二〇〇二年即被大法官釋字第五四二號宣告爲違憲。然而，村子沉了，鱷魚島出現了。即便村民在判決出現後可以合法歸家，然而家已無處可覓。逃離追殺的魚仔與盤據水面上的鱷魚，其實系出同源。遺憾的是，即便身爲其中一樣的受害者，卻也並不代表就能立刻同等地去理解受害的他人。「作家」的養父母們對外孫而言是慈愛的，然而他們明顯沒有理解到自己對養女的傷害；同樣地，藏起了孩子們屍體的「作家」，也毫無心力去理解父母的傷痛，直到她直面其中一人。

儀式的根源解開了，展現出人類扭曲概念的強大能力。陳浩基由此點入手，在〈亥豕魯魚〉中，將此一概念的扭曲上溯至遠古的神話時期：「筷子」作爲食器的概念，原來從一開始便是人類的誤解——那是「異界之物」回家的大門（而這又巧妙地呼應到〈筷子大人〉中自兩根長筷子的空間中現身的「筷子大人」）。僅因它的形式雷同「異界之物」進食的手指，因此造就了一個飲食文化圈的形成。與「筷子」同樣係因誤解而形成的，還有神話中的神話「禪讓制度」。這個誰先上車回家的排隊制，在不明所以的芻狗眼中成了美談，隨後演變爲帝制，成了千百年來無數英雄競逐的目標，最終成了至今難以破除的文化沉痾與不醒的噩夢。〈亥豕魯魚〉不僅承接〈鱷魚之夢〉對體制的批判，更進一步地上升了批判的高度。

然而，〈亥豕魯魚〉並非只顧著批判而忘卻了娛樂性的作品。巧妙的是，透過這樣的設定，陳浩基同時將先天的魚胎記與後天儀式的「魚聖痕」統合在一個體系之下。當形如大魚的鯀越過形如筷子的門，化爲龍形直衝上天的那刻，也是這兩個共通元素在這五篇小說裡各自變化萬千後，彼此終極交融的一刻。在電腦上讀完定稿的那一個剎那，我覺得這個場景像極了對這本小說本身的隱喻：屬於「異界生物」的作家與編輯，在歷經千辛萬苦後終於抵達形如筷狀的紅艷珊瑚門，完成了最終形的蛻變。

站在海景第一排的我，在欣喜之餘，也默默地微感與有榮焉。

作者簡介

路那

臺大臺文所博士候選人、「疑案辦」副主編、臺灣推理作家協會成員。熱愛謎團但拙於推理，最大的幸福是躲在故事裡，希望終生不會失去閱讀的熱情。合著有《圖解台灣史》、《現代日本的形成：空間與時間穿越的旅程》。

恠22／筷：怪談競演奇物語

作　者／三津田信三、薛西斯、夜透紫、瀟湘神、陳浩基
翻　譯／Rappa
責任編輯／詹凱婷
企畫協力／路那
編輯協力／陳逸瑛
編輯總監／劉麗真
總 經 理／陳逸瑛
榮譽社長／詹宏志
發 行 人／凃玉雲
出 版 社／獨步文化
城邦文化事業股份有限公司
104台北市中山區民生東路二段141號5樓
電話：(02) 2500-7696　傳真：(02) 2500-1967
發　行／英屬蓋曼群島商家庭傳媒股份有限公司城邦分公司
104 台北市中山區民生東路二段141號2樓
網址／www.cite.com.tw
讀者服務專線／(02) 2500-7718；2500-7719
服務時間／週一至週五：09：30～12：00　13：30～17：00
24小時傳真服務／(02) 2500-1900；2500-1991
讀者服務信箱E-mail／service@readingclub.com.tw
劃撥帳號／19863813
戶名／書虫股份有限公司
香港發行所／城邦（香港）出版集團有限公司
香港灣仔駱克道193號號1樓東超商業中心
電話／(852) 2508-6231　傳真／(852) 2578-9337
E-mail／hkcite@biznetvigator.com
馬新發行所／城邦（馬新）出版集團
Cite (M) Sdn Bhd
41, Jalan Radin Anum, Bandar Baru Sri Petaling,
57000 Kuala Lumpur, Malaysia.
Tel: (603) 90578822
Fax:(603) 90576622
email:cite@cite.com.my
封面設計／高偉哲
排　版／游淑萍
印　刷／中原造像股份有限公司
●2020年2月初版
●2023年8月23日初版九刷
售價430元
 ISBN 978-957-9447-60-7

國家圖書館出版品預行編目資料

筷：怪談競演奇物語／三津田信三、薛西斯、夜透紫、瀟湘神、陳浩基著；RAPPA譯．–初版．– 台北市：獨步文化，城邦文化出版：家庭傳媒城邦分公司發行，民109.02
面；公分．--（恠；22）

ISBN 978-957-9447-60-7
861.57　　106014753